喜剧的荣耀

XIJU DE RONGYAO

黄 宏◎著

中国文史出版社
CHINA CULTURAL AND HISTORICAL PRESS

黄宏（2010年）

目录

辑三　双拥小品

辑一————

元旦小品

超生游击队

人物

孩儿她爹、孩儿她妈

[爹背着一个婴儿，挂着弹棉花用的弓子和钉鞋的锤，手拎旅行袋，警惕地向四周观察着上场。然后向后台吹口哨，后台回应；拿起弓子弹出声，后台回应锤子声；向后台打手势，身怀有孕的妈，背着一个婴儿，手拿修鞋的拐子上场。

孩儿她妈	她爹呀！
孩儿她爹	嘘……
孩儿她妈	这地带安全不？
孩儿她爹	据我观察没发现敌情。
孩儿她妈	哎呀妈呀，累死我了。
孩儿她爹	小点声。
孩儿她妈	咋的啦？
孩儿她爹	你没看那边有个老太太，我看她那样像街道干部，现在对这事抓得可紧了。
孩儿她妈	哎呀，抓就抓，我豁出去了，整天价东躲西藏像做贼似的，干啥呀？
孩儿她爹	哎呀，再坚持几天生下来不就完了吗？
孩儿她妈	生、生，跟你结婚就没消停，结婚四年生了三个丫头片子。整

天是老大哭，老二叫的，哎呀妈呀，三儿又尿了。（从旅行袋里抱出小三儿）

孩儿她爹	来，接着。（摘下帽子）
孩儿她妈	那不漏哇？
孩儿她爹	这里面有个塑料袋，平时防雨，关键的时候接尿，两用。我跟你说城市这毛病可多了，吐痰就罚五角钱，这一泡尿还不滋出一张大团结去。
孩儿她妈	真的呀？
孩儿她爹	那可不咋的。（在地上捡起烟头，咳嗽）这片净外国烟头，一个比一个冲，（又捡起一个）这个还行。
孩儿她妈	你说说这日子过得真是，越过越穷，越穷越生，怀孕的时候想吃点什么都吃不上。
孩儿她爹	吃东西是次要的，生命在于运动，来，起来溜达溜达。
孩儿她妈	拉倒吧，溜达一天啦溜达个啥呀。
孩儿她爹	懒是丫头，来，起来溜达溜达。（搀着孩子她妈站起溜达）
孩儿她妈	想吃点水果都没有。
孩儿她爹	我不给你整来两捆大葱吗？
孩儿她妈	那个大葱和水果能比呀？
孩儿她爹	大葱和水果从科学的营养价值上讲是一样的。
孩儿她妈	拉倒吧，你吃大葱还敢和人家吃水果的比呀？你看人家吃水果的，脸个顶个，红扑扑的多水灵。你再看咱这几个都啥色啦，个顶个葱心绿。
孩儿她爹	这孩子更有特点，好认，现在国家不是有困难吗？等到2000年就能达到吃小康的水平了。
孩儿她妈	照你这么生啊，他糠都吃不上。
孩儿她爹	他吃上糠吃不上糠这和咱俩的关系都不大，你现在主要的任务就是吃，知道不？
孩儿她妈	你没看人家报纸上讲啊？
孩儿她爹	咋讲的？
孩儿她妈	时代不同了，男女都一样。

孩儿她爹	你听错了，人家是说实在不行了，男女才一样，那是指那些做绝育的说的。咱俩不是还行吗，趁着年轻多生几个，你知道哪个将来能培养个乡长什么的。
孩儿她妈	拉倒吧，你那个熊样儿还能培养出乡长来，给孩子起个名儿都起不好。
孩儿她爹	我咋起不好啦？
孩儿她妈	咱就说大丫头吧，一个女孩子叫个啥名不好哇，什么珍呀，玲呀，凤呀的，听着也顺耳呀。你可倒好，憋三天憋个脸通红，起了个海南岛，那叫人名呀？
孩儿她爹	那不是在海南岛做民工的时候生的吗？
孩儿她妈	老大没经验，老二呢，你给起了个吐鲁番。
孩儿她爹	那不是在新疆倒腾葡萄干儿的时候生的吗？都有纪念意义，知道不？
孩儿她妈	老三更好啦，你给起个少林寺，一个姑娘家长大之后叫得出口哇？
孩儿她爹	名儿这个东西就是个记性，我叫狗剩子我找谁了。歪名好养活知道不？
孩儿她妈	这老四还没生呢，你把歪名就起好了，叫什么兴安岭。这回我死活不依你，到了北戴河就生。
孩儿她爹	那就叫北戴河，这回依你行不？咱们的特点就是走一道生一路，住一站生一户。
孩儿她妈	还有脸说呢，人家背后叫咱啥你知道不？
孩儿她爹	叫啥呀？
孩儿她妈	流动大军。
孩儿她爹	那就对了，我们的特点就是流动，弄不到护照，要是能弄到护照，小四出国去生，名儿我都想好了。
孩儿她妈	叫啥呀？
孩儿她爹	OK，撒优娜拉。
孩儿她妈	哎呀妈呀，真没知识，还撒优娜拉呢。撒优娜拉啥意思你知道不？是再见的意思，你跟我撒优娜拉，这几个孩子归我一人养活呢？

孩儿她爹	你想得咋这么多，我这不是肚子里的词多，随便溜达出来一句，我也不知道是再见的意思。我要是知道是再见的意思我也不能说呀，我跟你再见了谁给我生儿子。
孩儿她妈	你咋知道我怀的就是儿子呀，要是丫头呢？
孩儿她爹	我听说现在医院有个什么超，丫头、小子一超就准。
孩儿她妈	屁超。
孩儿她爹	对，屁超。咱去超一下，丫头、小子一超不就放心了吗？
孩儿她妈	人家医生看咱带这些个孩子，那不露馅儿了？
孩儿她爹	真笨，咱俩就说是二婚，海南岛和吐鲁番都是前窝带来的。
孩儿她妈	你家二婚三孩子呀，那少林寺呢？
孩儿她爹	那就说是三婚不就完了吗？
孩儿她妈	拉倒吧，年轻轻的结三次婚丢死人了。你自己去吧，我不去。
孩儿她爹	时髦的事，啥丢人哪，走、走、走！（拉孩儿她妈）
孩儿她妈	干啥呀？
孩儿她爹	你现在这脾气吧可暴了，特别任性，你自己有感觉没？你别着急，你看咱村那老王家，第一胎、第二胎、第三胎，呱唧一下生个小子。
孩儿她妈	你跟人家能比呀，人家生得起，罚得起，你行啊？
孩儿她爹	我不行，我罚得起我罚，罚不起我跑。我们的原则是：他进我退，他退我追，他驻我扰，他疲我生。我跟你说，我就不信保不住一个儿子。
孩儿她妈	照你这么说，打一枪换一个地方，你弹棉花，我掌鞋，赶上二万五千里长征了。
孩儿她爹	咱这一道上叮叮当当地咱也没少挣钱呀！
孩儿她妈	还挣钱呢，你挣那点钱全捐给铁道部了。刚才在候车室那乘警指着我鼻子叫我啥，你知道不？
孩儿她爹	叫啥呀？
孩儿她妈	盲流。你听听还盲流呢，离流氓不远了。
孩儿她爹	管他盲流不盲流，不让做人流就行。咱们现在的任务就是生儿子，知道不？
孩儿她妈	我说生儿子就生儿子呀？

孩儿她爹	那咋的？
孩儿她妈	我要是说生儿子就生儿子，我要这几个孩子干啥呀？自从有了海南岛、吐鲁番和少林寺你看你妈那个样儿，整天价嘟噜个脸拉老长，跟长白山似的。
孩儿她爹	你妈像长白山！我妈跟长白山有啥关系？
孩儿她妈	我知道啥关系？
孩儿她爹	怪你自己不争气。
孩儿她妈	我不争气，人家科学上都讲了，生男生女老爷儿们是关键，你种的茄子能长出辣椒吗？
孩儿她爹	就你那破盐碱地，种什么都白扯。
孩儿她妈	白扯就白扯，我现在就上医院。
孩儿她爹	你站住，你要是把北戴河给流了，我跟你没完！你站住——（从地上捡起棉花弓子）
孩儿她妈	你干啥呀，你还想打我怎么的？（抢过弓子）
孩儿她爹	哎呀，你还想打我咋的？
孩儿她妈	我不打你，我打北戴河。（打自己肚子）
孩儿她爹	你可别打，算我错了。（二人争抢弓子）
孩儿她爹	我错了我错了。（跪下）我求求你不行么？！我求求你不行么？！……
孩儿她妈	她爹，起来吧，啊。起来。咱俩人交交心。坐下。她爹，你还记得当年不？咱俩人恩恩爱爱欢欢笑笑比翼双飞郎才女貌。白天你下地干活我在家做饭，到了晚上一吹灯你就给我讲故事。
孩儿她爹	讲的啥都忘了。
孩儿她妈	啥吓人你讲啥，尽讲些鬼啊神啊的，吓得我直往你怀里钻。
孩儿她爹	那时候你也特别……特别……温柔。
孩儿她妈	可自打有了这几个孩子，咱的生活水准真是急转直下一日千里。你看城里人看咱的眼神都不对。说实在的，咱自个儿都觉得咱影响市容。白天还好说，到了晚上连个住的地方都没有，成天钻那个水泥管子，看到孩子们冻得直哆嗦，我这个心啊都碎了。她爹，咱回去吧行不？
孩儿她爹	孩儿她妈，我有时候也想回去。可回了村咋整啊？小大小二小

三把家里的东西都罚得差不多了，剩个小四罚啥呀？

孩儿她妈　那咱总算有个家呀！咱跟村长主动承认错误，这也算咱坦白交代投案自首他不总得给咱个宽大处理啊？他要是不给咱宽大处理还要罚咱，咱给小四打个借条。咱保证以后是男是女再不生了。往后咱好好干活多多挣钱把这几个孩子培养成人，咱俩人幸幸福福快快乐乐地寻找咱俩人从前的影子。她爹，这不好吗？

孩儿她爹　好！孩儿她妈。我也不止一次在想，你说在这人生地不熟的，给人抓到不就麻烦了吗？

孩儿她妈　可不咋的！

　　　　　　〔二人争抢弓子。

孩儿她爹　尤其城市人多，走到哪儿……（发现前方有老太太）孩儿她妈，小脚侦缉队上来了。

孩儿她妈　她爹呀，撒！

孩儿她爹　你先撒，我掩护。

　　　　　　〔人拿着弓子、旅行袋下场。

　　　　　　〔剧终。

（1990 年中央电视台元旦联欢晚会 与段小洁合作）

小保姆与小木匠

时间：春节前夕
地点：王教授家中

人物

二　丫——小保姆
柱　子——小木匠

［屋内放有沙发、电话、桌子、文具等。二丫在清理着房间。电话
铃声，她拿起电话听筒。

二　丫　　喂，（故意拿不熟练的北京腔）对，这是王教授家。请问你找一
位呀？哎呀妈呀，是你呀小云，（露出东北口音）你把我给唬蒙
了。你咋知道我搬家了呢？哎呀妈呀，这房子条件可好了。我住
单间，王教授今天就让木匠来给我打床，这一住单间才觉得过去
那种生活特别不习惯。我有个建议，这不快过年了吗？我把咱们
东北在北京的小保姆都请到我这来聚一聚。一切从简，就按团拜
会那个形式，到时候定下来日子我再通知吧，现在不好定。我也
不知王教授啥时外出哇，这个新地址我谁也没告诉，他我也没告
诉。一告诉他，他就来信让我回去和他结婚，我认为咱们年轻人
还是应当以事业为重，你说对不？

［小木匠背着工具上。敲门。

柱　子　　王教授家在这儿住吗？

二　丫　　来了。（对着电话筒）家里来人了，咱改天再唠吧。（放下电话来
　　　　　到门前）王教授不在家，你有事吗？

柱　子　　（自语）这声音怎么这么像二丫呢？（在门上找缝儿）

二　丫　　（自语）走了。（在门镜看）这新房质量真差，门镜都安反了。

柱　子　　（看到门镜）这城里人真怪，门打得挺严实，上边还留个窟窿。
　　　　　（通过门镜往里看）哎呀，真是二丫。（故意放大声音）嘿！这房
　　　　　间布置得不错呀。

　　　　　［二丫迅速用手堵住门镜。

二　丫　　对不起，谢绝参观！

柱　子　　大妹子，听口音好像是东北老乡啊。

二　丫　　（拿着京腔）不，我是北京人儿。

柱　子　　北京人说话咋有东北味呢？

二　丫　　我生在东北，长在北京，家乡话一句都不会说了，特别苦恼。

柱　子　　家乡还有啥人哪？

二　丫　　没了，父母都在北京工作。

柱　子　　家乡没有个对象什么的？

二　丫　　谁在那疙瘩找对象啊，我对象是中国科学院的。

柱　子　　（生气地）开门，我是柱子。

二　丫　　（不知所措）哎呀！柱子哥来啦，（忙掏出口红抹嘴）柱子哥你等
　　　　　一会儿，我手里有点活儿马上就完。

柱　子　　（看门镜）别抹了，都看见了，开门吧。［二丫把门打开。

二　丫　　柱子哥，进来，快进来。［柱子不好意思地迈进屋。

二　丫　　哎呀，地毯！［柱子急忙把鞋脱在门外。

二　丫　　（捂住鼻子）柱子哥你还是穿上吧。

柱　子　　对，汗脚。［二丫拿过草垫子铺在地上，柱子踩着草垫子入座。

二　丫　　柱子哥，你咋来了呢？

柱　子　　王教授让我来打张床。

二　丫　　那就是给我打的。

柱　子	二丫，刚才隔着门我没听清，那中国科学院是怎么回事？
二　丫	我那是跟你逗着玩呢，你还当真哪，等着我给你整点好喝的去。
	（下场）
柱　子	不用，我喝白开水就行。（拿压力瓶倒水）
	［二丫抱着咖啡瓶上。
二　丫	上老帽儿，那是压力壶。（用力压水）
柱　子	这玩意儿挺科学。
	［二丫冲好咖啡。
二　丫	给，柱子哥。
柱　子	你先喝。
二　丫	你喝吧。［柱子喝了一口，表情苦涩，味道难咽。
二　丫	我天天都喝。这玩意儿吧，可怪了，晚上喝了睡不着觉，白天不喝没精神，都坐病了。
柱　子	你啥病啊？
二　丫	没啥病啊。
柱　子	没病喝这中药汤子干啥？
二　丫	啥中药汤子？你土老帽儿去吧，这叫雀巢咖啡。雀就是麻雀的雀，巢就是巢穴的巢，也就是鸟窝的意思。
柱　子	怪不得一股鸟粪味呢。
二　丫	柱子哥，你看我变样没有？看这嘴——（噘起嘴唇）
柱　子	肿啦。
二　丫	这是口红，好看不？
柱　子	啥玩意儿，血糊拉的。
二　丫	来，吻我一下。
柱　子	闻你？
二　丫	就是亲的意思。
柱　子	别……
二　丫	你不爱我，是不是？
柱　子	不是，我……
二　丫	人家王教授每天上班都亲他媳妇一下，你就不亲一下？

柱 子	那我能亲吗？
二 丫	你咋不能亲呢？
柱 子	王教授的媳妇我也不认识。
二 丫	我让你亲我。
柱 子	一会儿人家回来了怎么办？
二 丫	那怕啥呀？你没看电影里呀，人家头回见面就亲嘴儿，完了还干那啥。
柱 子	咱那边电视没那么多频道。
二 丫	不管哪个频道，只要有电视节目就有谈恋爱的，只要有谈恋爱的就有亲嘴儿的。
柱 子	我看那节目就没有亲嘴的。
二 丫	什么节目？
柱 子	动物世界。
二 丫	柱子哥，这边的电视节目可丰富了。我看哪个电视剧的男主角长得都有点像你，就说那个《情义无价》中的那个钟凯强，长得像你不？像你不？
柱 子	不像，人家那嘴多大呀。
二 丫	你看了？
柱 子	看了，那钟凯强不该跟慧芳离婚，那慧芳……
二 丫	你看哪儿去了，那慧芳是《渴望》里的。
柱 子	我都是边打木匠活边看，都给看混啦。
二 丫	柱子哥，你也进城干活来啦，这回你也想通了？
柱 子	我这次进城主要是找你，怕一时找不到，所以把工具也带来了。我想顺便……〔二丫不高兴地把身子一扭。
柱 子	二丫，快过年了，回家吧。
二 丫	回家，回家，人家外地人都想法往这儿跑你知不知道，这是啥地方你知不知道？北京这是祖国的心脏！
柱 子	都往心脏跑，时间长了不得心脏病啊？我跟你说，整个国家就好比是人的身子，咱那边远地区就好像手指头脚指头似的，心脏一旦缺血，神经末梢马上枯萎。

二 丫	哎呀，没看出来你还有点医学知识呢。
柱 子	我刚给刘医生家打完书柜。［二丫从兜内掏出卡片。
二 丫	柱子哥，你看我都把临时户口弄到手了，熬到这步多不容易呀。
柱 子	这算啥呀，人家刘医生的儿子把美国绿色户口都熬到手啦，那不也照样回来寻根吗？寻根这个含义我不明白，但我们木匠都知道，根上的木头就比梢上的结实。
二 丫	我不回去。北京多好哇，要啥有啥。
柱 子	再好也不是咱自己家呀。再者说了，家乡这两年建设得也不错啦，北京有的家乡也基本都具备了。
二 丫	你拉倒吧。北京有"亚运村"，家乡有"亚运村"吗？
柱 子	没"亚运村"，不是有个"寡妇村"吗？
二 丫	你坐着，我该做饭去了。（欲走）
柱 子	站住，二丫同志！既然如此，咱今天就把话说清楚：自打见到你我心里就不踏实，我千里迢迢来看你，还没进门呢，你就整出一个中国科学院的来。进了门不脱鞋不是，脱了鞋还不是。人家迎接贵宾都是红毡铺地，你在红毡上面给铺了个草垫子。压力壶我又不懂了？我跟你说，如果没咱村的压力井，可能还发展不出这个压力壶呢。我不愿用它，是怕把壶底的水锈抽上来影响身体健康。又雀巢又鸟窝的，还喝不习惯，结婚之后你想天天让我供你鸟窝哪！最不能让我接受的就是，一见面你就直截了当地让我亲你。二丫你变了，以前你有这种想法的时候从来不说，都是用眼神把我一勾，咱俩就心有灵犀一点通了。二丫，现在摆在你面前只有两条路，要走哪条路由你自己选择——你回家我高兴，你要是不走……（从工具兜内拿出斧子）
二 丫	你……
柱 子	我给你打床。打个双人床，让你在这儿安度终生。（说完甩手就走） ［二丫一把抓住柱子手中的锯，两人来回拉拽。
柱 子	放开，放开。
二 丫	拉大锯，扯大锯，小木匠别生气。你走到哪儿，能找到我这样的

媳妇，档次这么高！我还有话跟你说呢，你不想听了？

柱　子　　那就快说。〔二人坐下。

二　丫　　柱子哥，你真想让我回去呀？

柱　子　　那还用说吗，养鸡场的执照都办下来了。

二　丫　　养鸡场？

柱　子　　你忘了你跟我说的，只要自己能办个养鸡场，哪儿都不去了就陪我在家待着。

二　丫　　噢！前年八月十五的晚上。

柱　子　　对！俺俩村东头草垛上赏月的时候，你穿着那件小红格上衣。

二　丫　　你从你家拿出一包月饼。

柱　子　　你偷出你爹多半瓶酒，把我给灌醉了。

二　丫　　你醉了说话真丢人。

柱　子　　我那是酒后吐真言。

二　丫　　一回想起在家的日子真舒心。

柱　子　　二丫，哪儿也不如家，咱把家乡好好建设建设，让外人都往咱那儿跑。到时候咱也请个保姆，从北京请。

二　丫　　柱子哥你真好。（在柱子脸上重重地亲了一口，印上一块口红）

柱　子　　太幸福了。

二　丫　　柱子哥，我跟你走。

柱　子　　真的？我这就去买火车票。（欲下）

二　丫　　脸上有口红。

柱　子　　没事儿，别人问我就说给人家油家具沾上红漆了。（跑下）

〔剧终。

（1991年中央电视台元旦联欢晚会）

14

婚　礼

地点：元旦晚会现场

人物

新　郎——河南人

新　娘——安徽人

乡　长——五十多岁

　　　　　　　[乡长（节目主持人）风风火火地上。

乡　长　同志们，我们是从灾区来的。我们村一对儿年轻人，特意赶了上
　　　　千里路，来到了元旦晚会的现场，准备在这 1991 年的最后一天，
　　　　面对全国人民举行他们的婚礼。良辰已到，屋内掌灯，屋外鸣炮，
　　　　欢迎新人入场。[传递声不断，炮响灯明，数十名男女青年抬着喜
　　　　字、喜糖、嫁妆，新郎、新娘各自穿着不同颜色的肥大长袍，新
　　　　郎用红绸牵着新娘，新娘头蒙红布，在欢快的乐曲中入场。三人
　　　　在舞台上站定位置后，音乐止。

乡　长　天上的喜鹊叫喳喳，地上的新人佩红花，天地为媒结姻缘，一对
　　　　灾民成了家。下面由新郎、新娘向大家进行自我介绍。

新　郎　俺老家是河南的，姓名田水牛，年龄二十八岁，家庭出身贫农，
　　　　政治面貌群众。

新　娘	俺是……
新　郎	把这盖头摘下来说。
新　娘	俺不摘。
新　郎	同志们不要见怪，俺媳妇就是长得有点……不过她的心灵还是很美的。
新　娘	去你的。（自己把盖头摘去）我叫黄喜梅，家庭住址不好说，说河南算河南说安徽算安徽，在河南南，在安徽北，但总的来说还算安徽。
乡　长	同志们，我们请新郎、新娘给我们介绍恋爱经过好不好？
新　郎	你先说。
新　娘	你先说。
新　郎	咱一起说。
新　娘	好。
新　郎	俺俩虽说是两个省。
新　娘	但是村挨着村。
新　郎	中间就隔了个小山包。
新　娘	过去俺俩根本不认识。
新　郎	洪水到来那天，俺俩就跑到那个小山包上去了。
新　娘	当时我在山西边。
新　郎	我在山东边。
新　娘	那水是越涨越高。
新　郎	山头就越来越小。
新　娘	最后就把俺俩逼到山尖上去了。
新　郎	这也属于逼上梁山。
新　娘	当时俺俩就肩并了肩了。
新　郎	那叫相依为命。眼看那水就没了脖子了。
新　娘	——脚脖子。
新　郎	一会儿那水就没了肚子了。
新　娘	——腿肚子。
新　郎	噢，一点一点地说。到最后那水就越涨越高，一下子就到她下巴

颏儿这儿了，这时候"哗"地又来了一股浪。

新　娘　我一下就把他抱住了。

新　郎　对，特别突然，我一点思想准备也没有。

新　娘　啥思想准备？我抱住你是因为你个儿高。

新　郎　噢，你把我当成柱子啦。

新　娘　柱子也是一个傻柱子。

新　郎　当时我一看她这么主动，我也别客气啦，牙一咬眼一闭，就像那
　　　　芭蕾舞，王子举小天鹅似的把她托起来了。我把她托到怀中之后，
　　　　我就使劲控制自己感情。我当时的座右铭是：排除杂念，不能浮
　　　　想联翩，只当是怀中抱了个救生圈。

新　娘　当时我一看完啦，没想到活了二十四岁最后"交待"在他的怀里
　　　　了，这不是一朵鲜花插在牛粪上了吗？

新　郎　啥叫牛粪，这是缘分。当时我一看她绝望了，我就安慰她：生命
　　　　诚可贵，爱情价更高，要不是发大水，想抱也抱不着。

新　娘　这个人可损了，说着说着，吧唧给我一口。

新　郎　你知道什么，当时你脸上落了个大蚊子，我抱着你腾不出手来，
　　　　我想拿嘴给它拱走。

新　娘　蚊子倒是拱走了，可你那口比蚊子叮得还厉害哪。

新　郎　君子动口不动手。

新　娘　就在我们危难之际，解放军来到我们身边。

新　郎　一看到我们这个姿势，就把我们当成两口子啦，就让俺俩上船。

新　娘　结果我就上了贼船了。

新　郎　救命船。

新　娘　解放军那是救命船，你那是贼船。

新　郎　俺不管什么船，反正上船之后，就顺水推舟，俺俩就奔向那爱情
　　　　彼岸了。

新　娘　什么彼岸呢，奔向大坝了，上了大坝之后他就带着礼物来看俺。

新　郎　也算不上啥礼物，没花钱，就是俺在洪水中救了个孩子。

新　娘　他非让我给孩子当妈，俺也不能见死不救哇，俺就收下啦，可他
　　　　又提一个要求。

新 郎	我就是要求给孩子当爸。
新 娘	俺在抚养过程中，就对这孩子产生了感情，就真给这孩子当妈了。就在这时候孩子的亲生父母找到了，孩子一抱走，俺这心中空落落的。
新 郎	我就安慰她，别难过，面包会有的，房子会有的，孩子也会有的，留得青山在不怕没柴烧。就这样一来二往，俺俩就生米做成了熟饭啦。
新 娘	你瞎说什么呀，咱们是结婚手续办了，没有条件办喜事，这叫等米下锅。
新 郎	就在我等米下锅的为难之际，全国人民从四面八方给俺们送来了嫁妆。[新郎、新娘同时脱下长袍，露出身上穿着的极不协调的百家衣。
新 郎	同志们，也许你们看俺们穿得不好看，但这是俺全村男女老少精心设计的结婚礼服，这可不是一般的结婚礼服，都是全国名牌。
新 娘	俺这围脖是包头的。
新 郎	俺这帽子是保定的，（一摘帽子露出里边的新疆帽）里边还有个新疆的。
新 娘	俺这大棉袄是北京的，小棉袄是天津的，坎肩是上海的，套在一起是直辖市。
新 郎	俺大棉袄是福州的，二棉袄是杭州的，三棉袄是广州的，再往里边就是特区了。
新 娘	俺这裙子是长沙的。（拎起大长裙）
新 郎	俺这裤子是合肥的。（一拽裤子现出宽宽的裤腿）
新 娘	俺这鞋垫是台湾的，这袜子是香港的。
新 郎	俺这鞋垫是温州的，棉鞋是武汉的。
新 娘	俺这手套是解放军的。
新 郎	俺这手套是内蒙古的，而且不是一副——左手是巴林左旗，右手是巴林右旗。
新 娘	俺这鞋也不是一双，高跟的是西藏高原的，矮跟是四川盆地的，俺不是穿不上一双，而是想更多地展示一下全国人民对我们的支援。

新　郎	头顶保定府，手撑内蒙古。
新　娘	身穿直辖市，腿跨云贵川。
新　郎	总地说来，她穿的大部分是长江以南的，俺穿的大部分是长江以北的。
新　娘	俺俩往一块一站，就是个全国地图。
乡　长	让新郎新娘用家乡小调，给我们表演个节目好不好？

　　[台下掌声过后，新娘唱起凤阳花鼓。

新　娘	（唱）说凤阳，道凤阳，凤阳是个好地方。自从今年发大水，千顷良田遭灾荒。多亏社会主义好，一方有难八方帮。不用卖儿和卖女，也不用身背花鼓走四方。

　　[新郎接唱河南豫剧。

新　郎	（唱）俺媳妇讲话理不偏，一方有难八方来支援。海外侨胞作贡献，全国上下齐动员。不分老和少，不分女和男。家家户户人人搞贡献，灾民们才能有这吃和穿。你要是不相信，请往这身上看。我们的鞋和袜，还有衣和衫，千件万件都是他们献。
乡　长	同志们！良辰已到，新郎、新娘拜天地！
新　郎	不！俺不拜天，因为老天没有给俺们带来好的光景。
新　娘	俺也不拜地，因为大地没有给俺们带来好的收成。
新　娘	俺要拜全国人民和普天下炎黄子孙。（二人跪下）
新　郎	各位父老乡亲、叔叔大爷、老少爷儿们。
新　娘	各位兄弟姐妹、大娘大妈、海外侨胞们。
新　娘	俺夫妻这厢有礼了。

　　[在音乐声中二人礼拜四方。

乡　长	拿糖来！喜糖能给人们带来吉祥，我们要把吉祥撒给全国人民！

　　[喜糖撒满全场，结束。

　　[剧终。

（1992年中央电视台元旦联欢晚会　与张子扬合作）

辑二

春晚小品

招　聘

时间：当代

人物

李秘书——男，三十多岁
小　孙——男，酒杯分厂工人
小　张——男，酒瓶分厂工人
小　高——女，瓶盖分厂工人（小孙、小张、小高均由一人饰演）

　　［会场主席台上设一讲台，上边放着话筒。
　　［幕启，李秘书手持一公文包上。

李秘书　请同志们静一静，后面的同志请坐下啦！各位同志、各位领导，
　　　　招聘大会现在开始。首先宣布招聘规则：各位同志、各位领导，
　　　　玻璃器皿总厂为了适应对外开放、对内搞活的新形势，决定招聘
　　　　公共关系部部长一名。应聘的条件是：年轻力壮的、喝酒有量的、
　　　　年龄在三十五岁以下，酒量在一斤半以上。括号：只看实际工作
　　　　能力，不参照任何文凭，括号完了。如有符合本文条件应聘者，
　　　　方可录取。如经中间人推荐并入选，中间人可获"伯乐奖"。奖品
　　　　是：二十英寸彩电一台，外送一个青年女子——美发器。大会第
　　　　二项，请应聘者上台发言。根据事先抽签的顺序，首先请酒杯分

厂的应聘者上台发言。大家欢迎。［小孙上，向台下致意。

小　孙　　我是酒杯分厂的，我姓孙……

李秘书　　（与小孙握手）啊，小孙同志啊，请发言。

小　孙　　我们酒杯分厂呢，看完这个招聘启事之后进行了热烈的讨论，普
　　　　　遍认为我能喝。这么说吧，我自个儿对付二斤白酒没问题，另外
　　　　　我喝酒有一个外号，叫"三三见九"。

李秘书　　小孙同志，你能不能把"三三见九"的内容给介绍一下？

小　孙　　"三三见九"是怎么个事呢？就说我吧，喝酒有个习惯，一般说，
　　　　　我一上桌不吃菜空着肚子先整三个。如果是遇见对方是硬手呢，
　　　　　还能整三个。反正这么说吧，我最多一连气整九个。

李秘书　　噢！这么个三三见九哇。你用的是多大的杯？

小　孙　　哎呀，那都是我们厂的新产品，七钱的杯子。

李秘书　　这七九可就是六两三哪！

小　孙　　如果是垫巴垫巴菜呢，还能整。反正我在我们厂呢，算佼佼者了。
　　　　　不过人多出韩信，矬子里拔将军，不知其他厂有没有这方面的人
　　　　　才？我们提出了，请总厂领导考虑考虑……

李秘书　　小孙，这么的吧。我们总厂的煤气管道跑气了，我们请来了煤气
　　　　　站的两位同志，他们现在食堂的一号桌吃饭，你去那里陪他们。
　　　　　我们要通过实践检验，来考察一下你的实际工作能力如何。

小　孙　　这没问题，不就是煤气站的吗？你放心，我三杯下去，别看他煤
　　　　　气站的，保证叫他们当场撒气。（下）

李秘书　　小孙，你可要陪好他们。同志们，我认为这个小孙同志是一个很
　　　　　好的候选人，你们说是不是呀？好的，下面我们请酒瓶分厂的应
　　　　　聘者上台发言。大家欢迎。［小张上。

小　张　　我们酒瓶厂也进行了热烈的讨论，大家一致认为我能喝，我的特
　　　　　点呢是整啤的。

李秘书　　你是说喝啤酒？

小　张　　啊，对，我生长在啤酒故乡哈尔滨，解决了两地生活后调到沈阳
　　　　　的。这么说吧，我自个儿对付三箱啤酒不带上厕所的。我姓张，
　　　　　所以大伙儿给我起了个外号叫"啤酒张"。

李秘书	啊，"啤酒张"！
小　张	啊，我的特点是越喝越高兴，越高兴越能喝。我们酒瓶厂不是跟啤酒厂是配合生产挂钩单位吗？上回剪彩的时候呢，把我整去了，我一仰脖吹喇叭，咚、咚一气吹了八个，把啤酒厂的都给吹傻了。啤酒厂的领导把我看中了，想商调，把我整去，我们领导没舍得放。
李秘书	你们领导是怕你这个人才外流呀！
小　张	反正是怕有个急茬啥的好用上，像我们这些玩意儿也不好淘弄，也是紧俏商品吧，不过看完招聘通知之后，我们有个顾虑。
李秘书	什么顾虑？
小　张	不知道这啤酒算不算数？上边没写。
李秘书	当然算数。啤酒也是很重要的一项。小张同志，这么的吧，我们的生产用电超负荷了，供电所通知我们厂下个星期四给我们停电一天。为了不影响生产，我们把供电所的同志请来了，他们就在食堂的二号桌，你到那里去招呼他们，我们要通过这次实践，来考察你的实际工作能力如何。
小　张	交给我了，你放心，不就是供电所的吗？我半箱下去，保证叫他们当时没电！（下）
李秘书	小张，就看你的了。同志们，我认为这啤酒也不可忽视，有时候，白酒喝到一定程度，就全靠啤酒占肚。同志们，你说是不是啊？好的，下面请瓶盖分厂的应聘者上台发言。大家欢迎。〔小高上场。
小　高	我是瓶盖厂的，姓高……
李秘书	啊，小高同志，请讲。
小　高	老大哥厂呢都说完了，我们厂是全厂最小最薄弱最不起眼的一个家属民办厂子——瓶盖厂。我们瓶盖厂生存呢，主要靠老大哥单位了。尤其是酒瓶厂，如果说没有酒瓶厂，我们就是生产出再多的瓶盖儿也是没地方盖的。这个道理比较简单了。我说这话是什么意思呢？就是说从生产上，我们跟老大哥单位是没法比的，但是为什么我们对招聘有点想法呢？这是因为吧，我的特点是个

女的……

李秘书 女同志？在酒桌上也是顶重要的。

小　高 是。另外吧，我的特点是三盅全会型的……

李秘书 三中全会？

小　高 李秘书你可千万别误会，我说的是三盅全会呢，是一盅白酒，一盅啤酒，一盅果酒——三盅全会呀。

李秘书 啊，掺着喝啊！

小　高 对。我的特点呢，就是掺着喝，不过刚一开始也不习惯，一掺着喝就蒙。喝挺过去好几回，后来打针才抢救过来了。现在行了，现在厂子有个大事小情什么的，我到场劝酒特别方便。男同志劝酒，捏着鼻子掰着嘴地灌，多不文明啊！像我们女同志劝酒，有时候只要一个眼神过去，对方就得喝。

李秘书 小高哇，我看这样吧，这不是快过节了吗？我们厂的关系单位来了不少，他们现在就在食堂的三号、四号、五号桌上，你去陪他们，一定得陪好他们，这可是要考察你的实际工作能力的。

小　高 李秘书，我问一下，来宾是男的多，还是女的多？

李秘书 当然是男同志多了。

小　高 请组织放心，交给我啦！（下）

李秘书 好的。同志们哪，我认为三位候选人都是苗子，都是人才，都很有培养价值的呀！但是，我们选公关部部长只需要一名，我看这样吧，等他们三个喝酒回来之后，根据他们的实际表现和工作能力，来看一看谁来当部长最为合适……

　　〔小孙醉态，端一杯白酒上。

小　孙 李秘书……

李秘书 啊，回来了！小孙呀。

小　孙 啊，李秘书，（打嗝）煤气站的同志喝好了，我跟他们说了，明天就换煤气管道，那管子比以前粗多了，而且说了，把咱们厂煤气表的数字当场就往回拨归零，前半年等于白烧了。李秘书，为了庆贺谈判成功，这杯酒你得干了……

李秘书 叫我干了啊？

小　孙	对，你喝多少，你看着办。感情浅你舔一舔，感情深你一口闷。
	（把酒倒进李秘书脖子里）
李秘书	哎！下去。（推小孙下）档次太低，都喝成什么样子了，这种人怎么能够当部长呢？怎么能够登大雅之堂呢？档次太低，档次太低。
	（边说边擦脖子）
	［小张醉态，手握啤酒瓶上。
小　张	李秘书……
李秘书	啊，小张啊！
小　张	李秘书，供电所的几个同志都让我哥儿们干到桌子底下去了。我让他们在桌子底下当场拍板，下个星期四，保准给咱们厂停电一天……
李秘书	啊？应该叫他们给供电！
小　张	李秘书，你一说我明白了，喝反了是不是？这事整得太掉链子了。没关系，再摆一桌，我再喝回来，我让他停旁边灯泡厂的电……
李秘书	哎，可不要胡乱来呀！
小　张	啥胡乱来呀？啥时候了，你没听说现在有个说法吗？（摸着李秘书）叫羊毛出在狗身上。
李秘书	往哪儿摸呀！
小　张	对不起，李秘书，说话有些不太礼貌。你是官，我是兵；你是太阳，我是星；你是罪犯，我是帮凶；我判无期，你准枪崩。
李秘书	什么乱七八糟的。
小　张	你看你那样吧，你……李秘书，有痰盂没有给我找一个来。
李秘书	啊，你啤酒喝多了想吐是不是呀？
小　张	我喝啤酒从来没吐过。
李秘书	那你要痰盂做什么？
小　张	我想方便方便嘛！
李秘书	（推小张下）下去。成何体统，有伤大雅，这怎么可以随便方便呢？要知道这是公共厕所，不，不，是公共场所，把我都给气糊涂了。看来这厂子是很难找出这个公关部的部长了……［小高上。
小　高	李秘书，李秘书！

李秘书	啊，小高回来了！
小　高	李秘书，三桌都挺过去了。
李秘书	到底是女同志！喝酒后一点都不失态。小高——
小　高	到。
李秘书	怎么样，看过医生没有哇？
小　高	刚才医生给我抽血化验，一抽抽出一管"二锅头"来……
李秘书	啊！马上住院。
小　高	不，为了工作我挺得住。
李秘书	好同志，多好的同志啊！小高哇，有什么困难可以向组织提出来。
小　高	没有什么困难，如果说有困难的话，那就是幼儿园阿姨对我有点意见……
李秘书	她有什么意见啊？
小　高	她说，我那儿子一吃完我的奶，他就上头……
李秘书	上头？
小　高	没事在幼儿园耍酒疯。（醉态）
李秘书	下去！（推小高下）招聘大会到此结束，散会！

〔剧终。

（1989 年中央电视台春节联欢晚会）

难兄难弟

人物

满堂孙——三十岁，北方人

孙满堂——五十岁，南方人

［台上放着一个一米高二米长的水泥管，两人从不同的方向上场。孙满堂抱着一个孩子，背篓里背着两个孩子，提着旅行袋。满堂孙也背着两个孩子，抱着一个孩子，提着面袋子。

满堂孙　这个地方比较安全。

孙满堂　好地方。

　　　　［两人同时从不同的方向钻进水泥管，在管内吵了起来。

满堂孙　你往哪儿撞？

孙满堂　你走路怎么不抬头？

满堂孙　这是我的地方。

孙满堂　这是我的地方。

满堂孙　你给我出去。

　　　　［出去后两人从水泥管的不同方向退了出来，坐在地上。

满堂孙　想打架啊？

孙满堂　打也不怕你。

满堂孙　把孩子放下。

孙满堂	放下就放下。
	[两人同时把身上的孩子放入水泥管内。
满堂孙	分开点，这三个是我的，那三个是你的，放混了到时候不好挑。
孙满堂	没什么不好挑的，看你那长的样儿，跛子似的。
孙满堂	呼——哈！
孙满堂	不打了。
满堂孙	你怕了？
孙满堂	对，我怕把你打死，你那些孩子都交给我，我受不了。
满堂孙	哎呀，说话够嘎咕的了，你走不走？
孙满堂	不走！
满堂孙	你不走我给你扔了。（举起旅行袋欲扔）
孙满堂	放下！你要成杀人犯了。（抢过旅行袋，从中抱出一个婴儿，在满堂孙的面袋子上欲坐）
满堂孙	别坐！光顾你自己呀，我这里还有对双胞胎呢！（从面袋里抱出一对婴儿）[婴儿哭叫，满堂孙解开上衣，露出左胸前挂着的奶瓶，像妇女那样喂着孩子。
孙满堂	好办法。（指着满堂孙的右胸）这边有没有？
满堂孙	两边都有成啥了。
孙满堂	我是说如果有，借给我一个。
满堂孙	借给你？学去吧，一方便二保温。
孙满堂	看来你是老游击队员了，男孩儿女孩儿？
满堂孙	"三八"连——都是姑娘，你呢？
孙满堂	清一色，娘子军。
满堂孙	这几年走背字，抓的鸡崽子都是公鸡，生孩子全是丫头片子。
孙满堂	都叫什么名字？
满堂孙	老大"海南岛"，老二"吐鲁番"，老三"少林寺"，听见没有：少林寺！还想跟我动武？我是少林寺她爹。
孙满堂	看来地方没少走哇。
满堂孙	这么说吧，加起来能围着地球走一圈了。你那几个都叫啥呀？
孙满堂	老大"万宝路"，老二"大前门"，老三"大生产"，一个不如一个。

满堂孙	你要再生个老四，我看就叫捡烟头吧。
孙满堂	老弟，刚一开始我也是抽"万宝路"的，生一个降一级，生一个降一级。
满堂孙	这就叫舍不得孩子套不住狼，舍不出香烟得不到儿子。不瞒你说，我烟头都捡好几年了。
孙满堂	老弟，还想生吗？
满堂孙	生！不生前面那几个不白生了吗？你呢？
孙满堂	不生儿子我死不瞑目。你爱人呢？
满堂孙	南下了，到南方她姐家生去了。你老婆呢？
孙满堂	北上了，到北边她妹家生去了。北边的情况怎么样？
满堂孙	形势不好，这几年也开抓了。你南边呢？
孙满堂	情况也吃紧，（说着把包孩子的包布翻过来，上面画着地图）现在全国的形势都是这样的。
满堂孙	哎呀，还带着地图呢，这上面咋尽是小红旗呢？
孙满堂	那是禁区，都是计划生育的模范地带。
满堂孙	他们越模范，咱不越麻烦吗？
孙满堂	过去我们经常在少数民族地区流动，现在我们只能在沿海地带穿梭徘徊。
满堂孙	哎，这边没有红旗看着挺宽阔。
孙满堂	那是外国了。
满堂孙	那咱到外国去吧，到——日本。
孙满堂	不行，太远了。
满堂孙	不远，（指地图）这不才一巴掌远吗？
孙满堂	地图上看着一巴掌，走路要好几天哪，而且都是山。
满堂孙	老哥你懂得真多，今后遇到困难你可得多帮助哇。
孙满堂	没关系，有事找我，这是我的名片。（从兜内掏出名片给满堂孙）
满堂孙	（念名片）香港有限……老哥你是香港人哪？
孙满堂	反面。捡了一张名片，把我的名字写在后面啦。
满堂孙	我说的嘛，（从兜内也掏出自己的名片给孙满堂）这是我的。
孙满堂	（念名片）日本……

满堂孙	也是反面，都是捡来的。〔两人各自看手中的名片。
满堂孙	孙满堂。
孙满堂	满堂孙。
满堂孙	姐夫？
孙满堂	妹夫！〔两人紧紧地拥抱在一起。
孙满堂	我可找到你了！
满堂孙	姐夫，姐姐生了我给你带来了。
孙满堂	妹妹生了，我也给你捎来了。〔孙满堂接过旅行袋，满堂孙接过面袋子，两人同时冲着对方急问。
孙满堂	男孩儿女孩儿？
满堂孙	姐夫你先说，我小，你得让着我。
孙满堂	好！妹夫，你可要挺住啊！
满堂孙	你说吧。
孙满堂	看来你还得努力呀，又是一个姑娘。〔满堂孙一屁股跌坐在地上。
孙满堂	妹夫，你姐姐生个什么？
满堂孙	姐夫恭喜你呀。
孙满堂	谢天谢地！
满堂孙	又生了一对丫头片子。〔孙满堂晕了过去。
满堂孙	姐夫，姐夫，醒醒，咱还得接着干哪！
孙满堂	我怕是干不动啦！
满堂孙	姐夫，小脚侦缉队又来了。
孙满堂	我有办法。（把另一个孩子的尿布翻了过来，上面写着"儿童夏令营"，冲着满堂孙）满老师，快给同学们整队，咱们该出发了。〔满堂孙急忙来到水泥管处，冲里面——
满堂孙	同学们，出发。〔水泥管内，排好的女孩们，穿着破衣服，从管内手拉手走出。孙满堂举着夏令营的旗子吹着口哨，领队下场。

〔剧终。

（1990 年中央电视台春节联欢晚会）

手拉手

人物

男青年——卖鞋的

女青年——买鞋的

[女青年一手拿只鞋，一手拽着男青年的脖领子上场。

女青年　走！

男青年　你别拽我！

女青年　走！

男青年　有话说话，你别拽哇！

女青年　（撒手）我问你，这双鞋你给不给退？

男青年　你退给我，我退给谁去？再者说，好容易折腾出去一双，你一退我不白折腾了。

女青年　我找你们领导去。

男青年　我爸不在家！

女青年　我找领导跟你爸有什么关系？

男青年　我爸就是我们领导，我们领导就是我爸。我们公司就我们爷俩。

女青年　你爸干啥去了？

男青年　上货去了。这鞋比较畅销。

女青年　还畅销呢，这什么产品质量？我走出没有一百米跟儿就掉了。

男青年　多少米?

女青年　一百米!

男青年　不可能,根据我们质量跟踪考察证明掉跟基本都在一百一十米左右。

女青年　太可气了,我告你去!

男青年　快点去,回来我可能换地方了。(故意气人地喊)高跟鞋、高跟鞋,南方特产北方一绝,个儿小的穿上长个儿,腿不好的穿上治瘸。

女青年　(无奈)算我错了还不行吗?

男青年　你自己错在哪儿你清楚不?

女青年　我不该跟你要态度。

男青年　哎! 这话对了嘛。办事嘛就得和气,我说大姐呀!

女青年　你管谁叫大姐,瞧你那样,一脸褶子,还管我叫大姐!

男青年　这不是尊称嘛,依你那意思我管你叫表妹呀?

女青年　少废话,快给我退鞋。

男青年　退不可能,我给你修修吧!

女青年　怎么修?

男青年　我给你粘上,你知道你这跟儿为啥掉不? 主要你缺东西,买我们的鞋一般都搭配一管胶。

女青年　我买鞋不买胶。

男青年　我们是配套来的,行啦,瞅你也不容易,我挤点给你粘上吧。

　　　　　(欲粘)

女青年　告诉你,给我粘结实点,要不然……

男青年　放心吧,这是进口胶,黏性可大啦,用轮船往中国运的时候,由于海上风大,咔嚓一个大浪就把船打断了。当时一看没办法了,赶紧拿出几管胶往两边碴口上一抹,嘎吧,粘上了,当时那船继续乘风破浪就来到中国了。穿上吧!

女青年　你再给我多挤点儿!

男青年　免费这就不少了。

女青年　我再挤点。

男青年	别抢啊！
女青年	再来点。〔两人争执，胶管破裂，两人的手粘在一起。
女青年	松手哇你，再不松手我喊人了。
男青年	你喊啥人哪，粘上了。
女青年	哎呀，（焦急地）这怎么办哪？
男青年	拽！（二人表演）一、二、三，这胶大名"万年胶"，小名"死不开"，越拽越紧。
女青年	这怎么办哪，我怎么回家呀！这算怎么回事呀，出来时一个人，一回家领回去一个。
男青年	可不是咋的，这走哪儿还拖家带口的……
女青年	你说啥哪？我告诉你呀，你给我放规矩点儿，我手跟你粘在一起了，你心里可不能有啥想法。也就是说，客观上跟你粘在一起没有办法，你主观上不能有啥思想活动。
男青年	都啥时候了，哪有那心思呀。
女青年	这叫啥事呀，早知这样不如不来退鞋了！（抬腿就走，把男青年拽个趔趄）
男青年	咳——你打个招呼哇，现在是两个人的事，你咋这么主观呢，说走就走也不通知一声，你看外国那连体人办什么事相互都有个照应，姐姐谈恋爱妹妹都得作陪，咱得向人家学习。
女青年	你可真会说，谁跟你连体呀，也不看看自己长的是啥质量。
男青年	咱不是先天的连体，也算是后天嫁接的吧。咱现在只有心往一处想，劲往一处使，志同道合才能……
女青年	谁跟你志同道合呀！
男青年	那好，既然你不想志同道合，咱现在就分道扬镳，（拽着女青年就走）我回家。
女青年	等会儿大哥。啥时候能开呀？
男青年	开不了。时间一长血脉一通就可能长在一起，你要有个长期的思想准备。我这人毛病可多。
女青年	那你快给想想办法呀。
男青年	没办法，前两天干活，我这两手指粘一起了，到后来硬用刀给豁

开了。

[女青年哭，用两人粘在一起的手去抹泪，男青年把手拽回。

男青年　干啥呀，放着自己那边的手不用，尽用这公用的，那么自私呢。

[女青年哭声不止。

男青年　别哭，别哭哇，你看围这么多人，让人看着多不好……（冲着围观者）在家挺好的，一出来就撒娇。别哭了，你现在只好上医院吧。

女青年　上医院？

男青年　事到如今只好动刀。

女青年　不，我……

男青年　没关系，从我这边儿拉，保持你这个完美的人。

女青年　那我不成三只手了。

男青年　骗你一双鞋，搭上我一只手，也算是对我的惩罚。

女青年　头回见面我哪能要你这么珍贵的东西哇。坐下大哥，别着急，咱商量商量，这手拉下去容易，今后你可怎么生活呀，你怎么向家里人交代呀？

男青年　我还没成家呢，主要是怕连累你。

女青年　大哥，我也是单身。[二人都有些不好意思。

女青年　粘就粘上呗，反正不耽误右手干活。

男青年　我正好是左撇子。

女青年　啥破胶哇，还进口的呢，我捏前面它从后面出来了，这包装也太不结实了。

男青年　这胶粘别的根本粘不住，没想到粘肉皮儿这么结实。

女青年　现在的产品质量就这样，该结实的不结实，不该结实的反倒结实。

男青年　太对了。你就说那塑料袋吧，我买块粘膏从里一粘，塑料袋从口粘到脚。买袋烤鱼片，门牙都拽掉了愣没撕开。

女青年　你说我家那门铃，下班按它它不响，半夜睡着了，它自己在那儿唱。

男青年　俺家的电表平时用它它不转，只要一咳嗽就蹦字。前几天我家包饺子剁馅当当一剁，剁进好几十块去。

女青年　俺家那电视机不用手不出影，拿手一碰就出人，我妈说别总用手

36

举着天线挺累的，实在不行切点儿肉挂上它中不？

男青年　我家那洗衣机的动静比拖拉机还大，洗衣机一转，"哐哐"直撞墙。不敢在屋里洗衣服，那天我刚把它搬出门口……［二人的手已经分开，但双方都没察觉。

男青年　……就听有人撞门，打开门一看，它自己晃悠进屋了，我心想这破玩意儿挺懂事，自己认门。［二人的手又下意识地合在一起。

女青年　就说北京这霓虹灯吧，又红又绿挺好看的，可那字不是缺胳膊就是少腿的，"烤鸭店"仨字坏了俩，烤字坏了右半边，鸭字坏了左半边……［二人的手又分开，双方还是没注意。

女青年　……我一看"火鸟店"。我心想这玩意儿咱没吃过，尝尝吧，结果服务员端上来吓了我一跳，我心想门口那字不咋样，这鸟可够大的。［二人的手又下意识合在一起。

男青年　对，亚运会期间，北京大马路上到处都是霓虹灯的大字"北京欢迎您"。你听听多客气，欢迎您，过几天我一看，那您字下面的心字坏了，变成"北京欢迎你"了，我一想也通，外国人都走了，就咱自己人啦，不分你我，不用客气啦，你就你吧。可前两天我走到那再一看，你字又坏了个单立人，这回变成"北京欢迎尔"了，这就不通了。［二人的手再次分开双方还没注意。

女青年　大哥这你就不懂了，文言文里，尔也是你的意思。

男青年　这么说，它坏得还挺科学……［男青年突然发现两人的手分开了，急忙去抓女青年的手。

女青年　干啥呀大哥，都开了你咋还拽我手呢。

男青年　这是什么破胶哇，该开的时候不开，不该开的时候开啦！

［剧终。

（1991 年中央电视台春节联欢晚会）

秧歌情

地点：农家院落

人物

宋大娘、黄大爷、群众若干

[在欢快的东北秧歌乐曲声中，秧歌队载歌载舞上。

众　人　　宋大娘，黄大爷！［宋大娘身穿彩服应声上。

众　人　　宋大娘，你家黄大爷呢？

宋大娘　　在屋里化妆呢。

众　人　　我们青年秧歌队已全部到齐。

宋大娘　　好，我以秧歌协会主席的身份给予你们口头表扬，请到西场院
　　　　　待命。

众　人　　伙计们，走哇！宋大娘，你们快着点。

宋大娘　　就来！［秧歌队扭下。

宋大娘　　老伴啊，快着点！［无人应。

宋大娘　　老东西，听见没，你个老不死的，非得让我进屋拽你去？［宋大娘
　　　　　到侧幕拽黄大爷上。

黄大爷　　你干啥呀？

宋大娘　　我不拽你你能出来吗？喇叭呢？

黄大爷	光天化日，你这不是损害我的形象吗？我是村长你知道不？
宋大娘	我拿那玩意儿干啥？芝麻大的官还总提呢，再说你现在也不在位了。说实在的，你这村长还没我秧歌协会主席地位高呢。
黄大爷	你那协会是群众组织，我这怎么也算一级政府。从国家主席到村长中间就差四级——省长、市长、县长、我！村长是最基层的党的领导形象。
宋大娘	那李村长还现任村长呢，那不还归我调遣呢吗？
黄大爷	他能和我比吗？在城里，按资历我得算离休，要知道，我是在北戴河疗过养的干部，那北戴河……
宋大娘	（做出六的手势）……
黄大爷	我一提北戴河，你就跟我整这手势，啥意思？
宋大娘	六十多回了，不就是洗海澡、晒太阳、吃螃蟹、住楼房，你睡了几天沙发床，回来后，要在那火炕上面安弹簧。我告诉你，再不锻炼身体就完了，你看你低个头弯个腰，侧面一看跟问号似的，你什么时候抽巴成个句号，你这篇文章就算结束了。
黄大爷	大过年，你成心给我添堵？
宋大娘	你添堵啊，我心里也不痛快。
黄大爷	我说不去跳，你非让我去，这还没出门呢，就整个半红脸儿。
宋大娘	（端详）嘿！可不半红脸咋的，你不说我还给忘了，还没给你化完妆呢。来，接着化。
黄大爷	不化了。
宋大娘	快坐下。
黄大爷	不坐。
宋大娘	坐下，听我说！〔黄大爷坐下。
宋大娘	哎，真乖，别着急，一会儿就完。（给黄大爷接着化妆）
黄大爷	化化妆呗，你掐我干啥啊？
宋大娘	这叫掐吗？这叫拽。这老脸净褶子，都不着色啦，得抻着化。
黄大爷	我的皮肤弹性这么好，抻完一松手不又回去了吗？
宋大娘	可不是咋的？刚才化那边的时候，抻着看那老大一片，一松手，没啦，可费色啦。化了一个脸蛋儿，用了儿媳妇两管口红。来，

画眉毛。

黄大爷　再化就成彩色气球啦。

宋大娘　画眉毛显着年轻，这是提神的东西。你没听说眉毛传情，眉毛传情吗？眉毛是心灵的窗户。

黄大爷　拉倒吧，眼睛才是心灵的窗户呢。

宋大娘　对，眼睛是心灵的窗户，眉毛是窗户框。这不过手了吗？给窗框上加点油漆，来，扬脖儿！

黄大爷　你这是化妆呢，还是剃头呢？

宋大娘　上岁数了，眼不好使。

黄大爷　你眼不好使，别再把我拉瞎了。

宋大娘　放心，干这么多年文艺啦，手下有准。

黄大爷　你把我化这么漂亮，我出去你放心哪？

宋大娘　有啥不放心哪，我早想开啦，一旦出现第三者，我马上让位。

黄大爷　你快拉倒吧；我还不了解你？心眼儿跟针鼻似的，上回换鸡蛋那老太太多看我两眼，你三天没和我说话。

宋大娘　老鬼！〔黄大爷起身，眉毛画在眼睛下。台下观众一阵哄笑。

宋大娘　看见没有，妙手回春，你还没上场呢，就赢得了观众的热烈掌声。

黄大爷　别说你还真有两把刷子。

宋大娘　当然啦，化完之后跟变个人儿似……哎，老头子，我咋觉你这么别扭呢？

黄大爷　冷不丁一化妆，你看着肯定不习惯，记得年轻时你第一次给我化妆，我对着镜子越看越觉着……（掏小镜子自照）哎？我啥时候戴个黑边眼镜呀？哎，你家眉毛长眼睛底下呀？

宋大娘　哎？我记得刚才画眼睛上边儿啦。

黄大爷　刚才？那不拿着大顶呢吗？多亏是眉毛，要是嘴，你还不在我脸上开口——我成二郎神啦。不去啦，把个村长糟践成三花脸儿啦！

宋大娘　哎哟，看来什么东西呀，位置都得摆正了。本来眉毛是眼睛上边儿的东西，放在下边它就瞅着别扭，跟人一样，该多高，是多高，一摆错位置呀，就让人瞅着不舒服。

黄大爷	哎呀，这话里有话呀？摆错位置？我就是不摆错位置，我也不能和那帮人同日而语。我们领导干部到哪儿都应该是这样的，（背手踱步）而不应该是这样的。（秧歌步）
宋大娘	那韩副县长在我们这不也这样吗？（秧歌步）过去，他一脸严肃，见谁都冷冰冰的，人送外号"西伯利亚寒流"。现在在我们这一蹦一跳，像变个人儿似的，那气氛，明显气温回升。
黄大爷	要说人这玩意儿也是，穿着衣服能分出三六九等，到了澡堂子，全都一个模样。
宋大娘	其实人都是一样的，你别自己把自己从人堆儿里往外择。
黄大爷	谁择呀？你寻思我就不想扭秧歌呀？我告诉你，戒烟、戒酒容易，要想戒这秧歌呀，比什么都难。一听锣鼓响，我就犯瘾……
宋大娘	那你咋不去呢？人家都是一对对的，你知道我多么地想你，多么地爱你。
黄大爷	你爱我有多深？
宋大娘	你问我爱你有多深，月亮代表我的心，顶着星星去，背着月亮归。你从来就没去接过我。
黄大爷	你咋知道我没去呢？前天晚上你们在东场院跳到几点？
宋大娘	十二点。
黄大爷	我在柴禾垛里看到十二点半。
宋大娘	我看见你啦，你那是看秧歌去啦？
黄大爷	废话！不看秧歌我遭那罪。
宋大娘	我还以为你盯梢儿去了呢？怀疑我和老李头有啥事……
黄大爷	我哪有那心思！我是去宏观地看看总体的艺术效果。
宋大娘	提提意见？
黄大爷	毛病太多，一时不知从哪儿下口！（掏出本子）第一，基本功太差，眼神还可以，但总地看来动作跟不上眼神，节奏太慢，明显地看出里面有太极拳的痕迹；第二，年龄偏高，队伍老化，最高年龄不能超过九十，超过九十就没啥欣赏价值；第三，要坚持民族性，说到这我得说你几句，你说你过去那小秧歌范儿多正，现在这范儿啦，里边有芭蕾舞的东西，没事儿你扶着个炕沿儿绷脚

面，立脚尖儿。你那么大岁数，脚跟儿都走不稳，还立脚尖呢！

宋大娘　那怨我呀？你总犯喇叭瘾，还不好意思吹，一吹怕人听见，前边还堵块红布，小喇叭整出萨克斯味儿来，我这立脚尖儿是跟你萨克斯配套。既然你对秧歌这么在行，你咋就不去扭呢？

黄大爷　四十多年没扭喽，在理论上有一套，在实践上没多大把握，找不着感觉喽。

宋大娘　感觉丢了可以找回来。我现在就陪你练一段穆桂英和杨宗保初次见面的《穆柯寨》！（扔给黄大爷一小扫把，自己抄起一把长把扫把）看枪！

黄大爷　哎呀，动真的啦！

宋大娘　我就是穆桂英。

黄大爷　我就是杨宗保。

宋大娘　我泰山压顶。

黄大爷　我力举千钧。

宋大娘　我拦腰打狗。

黄大爷　我狗急跳墙。

宋大娘　我黑牛耕地，

黄大爷　我鬼子蹬鹰。

宋大娘　我穷追不舍。

黄大爷　我狼狈逃窜。

宋大娘　我再出长枪。

黄大爷　我急收短剑。住手，欺侮人是咋的？你这明显是以你之长，攻我之短，你也知道身段不是我的长项，我，我，取喇叭去！（下）

宋大娘　这太好啦。土改那年，他痛痛快快吹了一次；建国那年，他痛痛快快吹了一次；自打当了村长，就没见他摸过喇叭……〔黄大爷持唢呐上。

黄大爷　这牙也没啦，也不知能不能兜住风啦，这气儿短啦，也不知能不能鼓出声啦……

宋大娘　你鼓足了勇气吹，再不吹，你底气都没啦！

黄大爷　好，我吹！〔激越的唢呐声骤起，亦喜亦悲，钻天入地……

宋大娘	（泪下）老头子，四十年啦！我总算又听见你的味儿啦。想当年，你一曲多情的喇叭，吹开了我少女的心扉。我爱你有血，有肉，会哭，会笑，是个活生生的人！可自打你当了村长，这个人就没了。你整天板着个脸，端着个架子，我常常问自己呀，我是嫁给谁啦？我是嫁给人啦，还是嫁给组织啦？
黄大爷	老伴啊，我现在找着感觉啦，刚才吹喇叭，又回到咱年轻的时候啦……［远处飘起唢呐声。
黄大爷	那时候你是个漂亮人，不说赶得上杨贵妃，也超过杨三姐儿啦。
宋大娘	你也不错呀，赶不上杨宗保，也赶上杨六郎了。
黄大爷	是，我打小就面老。
宋大娘	你说那么多人追求我，我咋瞎眼嫁你啦？
黄大爷	我要不娶你呀，你都不一定嫁得出去。
宋大娘	那是谁呀？跳秧歌的时候使劲儿拽着人家手。
黄大爷	那是秧歌的规定动作。
宋大娘	那跳完秧歌你就撒开呗，回家的路上你拽了人家一道儿。
黄大爷	我不是怕打锣的小子把你领走吗？
宋大娘	我能看得上他吗？挺大的锣净往帮子上敲，一点艺术细胞没有。
黄大爷	你秧歌扭得浪，我喇叭吹得棒，所以咱才对上象。
宋大娘	你说当年我那功夫，腿一抬就到这，（脱鞋比画）后来就到这，现在鞋上去啦，腿是上不去啦。
黄大爷	当年我一口气儿能吹四个眼儿的发，现在我吹一个眼儿的发，我得换四口气儿！
宋大娘	不过我现在还能走小翻身……
黄大爷	快拉倒吧，晚上睡觉翻身都得靠我拥。
宋大娘	不信我给你翻翻，说翻就翻。（翻身动作，力不支，跌倒）
黄大爷	你不要命啦？（扶起宋大娘）
宋大娘	不服老是不行啦，真像人说的似的，有牙的时候没有花生米，现在有花生米啦，唉，牙又没啦……
黄大爷	当初咱演老头儿老太太，得戴头套，画皱纹，现在不用画啦，都自己出来啦。

宋大娘	来，我给你画眉毛，显着年轻……
黄大爷	不画啦，咱年轻时演老人画皱纹是假的，现在老了演年轻画眉毛也是假的，假的就是假的，还是真的好。
宋大娘	对，还是真的好！〔欢快的东北秧歌乐曲由远而近……
黄大爷	哎呀，秧歌队来啦！
宋大娘	老头子，咱们给他们来个当年的绝活。〔秧歌队扭上。
众　人	宋大娘、黄大爷，快出来呀！〔宋大娘、黄大爷内应："来啦——"二人男扮女，女扮男，脚蹬高跷上。
众　人	这回成了宋大爷、黄大娘啦！

〔众人大笑，齐扭下。剧终。

（1992年中央电视台春节联欢晚会　与崔凯、周保平共同创作）

擦皮鞋

时间：现代
地点：擦鞋匠家中

人物

擦鞋匠——男，三十多岁
男保姆——打工的，三十多岁

〔擦鞋匠穿着睡衣上。

擦鞋匠 腰包揣得很鼓，有钱就得享福。别管我是干啥的，我家能请起保姆。保姆、保姆、保姆！〔男保姆扎着围裙上。

男保姆 来咧来咧，你有什么事呀？伙计——

擦鞋匠 你管谁叫伙计？你是打小时工的，你是伙计，明白没？

男保姆 明白了，伙计。

擦鞋匠 你不说伙计不会说话是不是？从今以后不准再说伙计，记住没？

男保姆 记住了伙……火上热着奶呢！

擦鞋匠 上早茶！

男保姆 茶叶放在哪儿？

擦鞋匠 要茶叶干啥？

男保姆 你不要喝茶吗？

擦鞋匠	早茶——早餐——早点——早饭！
男保姆	哦！我才明白！
擦鞋匠	非逼着我说粗话。
男保姆	早就给你预备好了，伙计。（下）
擦鞋匠	我在他跟前算翻不了身了。（把桌上的闹表往回拨了半个小时）家用小时工千万别放松，能多用一分钟就多用一分钟。〔擦鞋匠从桌上拿起一块白布当餐巾系上，不想系反了。原来是一擦鞋匠广告，上写"欢迎惠顾擦皮鞋"。他猛然发觉，急忙解下。男保姆端餐盘上，擦鞋匠做出很有风度的样子，从男保姆手中一样样接东西。擦鞋匠把那块布翻过来系上。
擦鞋匠	餐刀、餐叉、餐勺、餐奶……
男保姆	餐奶？
擦鞋匠	这不是餐奶嘛！（伸手抓，被烫）哎哟，你这奶的温度烫脚合适！家里的活都让你干反个了。牛奶弄得挺烫，洗脚水整得冰凉！算了，不多用了！（擦嘴）
男保姆	你还没吃不用擦嘴。
擦鞋匠	去！（把餐巾扔在男保姆怀里，猛然惊悟，又一把抓回）更衣起驾。
男保姆	更衣？
擦鞋匠	什么都听不懂，我要去上班更更衣服——更。
男保姆	更夫，你是打更的。
擦鞋匠	谁是打更的，把我的衣服拿来！
男保姆	（下去取衣服又上）给你。
擦鞋匠	公文包。
男保姆	你一块儿说了多省事呀？（下）
擦鞋匠	你省事我折腾谁去呀！〔男保姆将擦鞋匠箱子拎上。
擦鞋匠	鞋！
男保姆	还得跑一趟，伙计——（下）〔男保姆拎一双皮鞋上。
男保姆	请您更鞋。
擦鞋匠	等会儿，这鞋怎么搞的？

男保姆	刚才我给你擦了点油！
擦鞋匠	这皮鞋有这么擦的吗？外行啊！记住，今后擦鞋要先去土后去泥，上油打蜡才不起皮。然后再……这都是学问，说你也弄不明白。（看表）时间不早了，（背箱）我得出去工作了。说清楚，你是小时工，我按点付款，下午四点半以前你都在我家干，归我领导。
男保姆	那没错。
擦鞋匠	一会儿上市场买点肉，买点菜，把中午的……
男保姆	午茶……我给你预备好！
擦鞋匠	行啊！有进步，这就叫近墨者黑，天天擦皮鞋没有不脏手的，擦皮……不能跟你说得太多，再说把底都漏出来了，我走了。（下）
男保姆	这个老伙计是真能摆谱。腆胸叠肚你还真就看不出他是个什么人物……其实他……〔擦鞋匠复上。
擦鞋匠	你在那叨咕啥呢？
男保姆	你怎么回来了，伙计？
擦鞋匠	没看下雨了吗？
男保姆	天这么旱，下点雨好。
擦鞋匠	好个屁，这一下雨直接影响我的工作。
男保姆	你办公室在露天？
擦鞋匠	那可不，天天在外边……现场办公。
男保姆	那你搭个棚不就完了吗？
擦鞋匠	搭棚也没用，下雨天都穿水鞋。
男保姆	你是嫌他们脚太脏啊？
擦鞋匠	越脏越好，搣哧泥加钱，上次雨后一放晴，我那围个风雨不透。我一鼓作气，刷刷刷——不大一会儿就擦了八十多双皮……批件！
男保姆	看你刚才姿势不像批文件？
擦鞋匠	我这基本上属于狂草。
男保姆	你还会书法呢？
擦鞋匠	天天挥毫泼墨！
男保姆	泼一回多少钱？

擦鞋匠	一双伍角……你咋那么多废话呢？下雨天打孩子闲着也是闲着，借此机会我得教育教育你。坐下！〔男保姆坐椅子上，擦鞋匠坐马扎上，一眼发现男保姆的鞋。
擦鞋匠	牛皮的呀？
男保姆	水牛皮。
擦鞋匠	水牛……（意识到坐错位，威严地与男保姆换座）哪儿你都敢坐！你在我们家不管是临时的也好，计时的也好，总而言之你是我的保姆，这一点你承认不？
男保姆	我承认。
擦鞋匠	我说姆儿哇……
男保姆	别，您最好是把保字加上，我总还是个男同志嘛。
擦鞋匠	我要不是个光棍儿，怕影响不好，绝对不雇你这男保姆。
男保姆	你不说男保姆是新生事物吗？
擦鞋匠	新生事物都有待于考察，上个星期六我通过一顿饭就发现你太能吃。
男保姆	我能吃我也能干哪，上周六我两个小时就给你挖了三个菜窖。
擦鞋匠	哪儿仨菜窖，不就挖一个吗？
男保姆	哎呀，伙计，左边一个洞，右边一个洞，中间一个方的，这不是仨吗？
擦鞋匠	这叫两室一厅，这叫一套，懂不？
男保姆	那你也别说我能吃呀。
擦鞋匠	过去的事咱不提了，你现在也很成问题。你看看你这打扮，我在这一带大小算个人物，你在我家出来进去，模样困难点，衣服脏一点，这都说得出去。关键你这双鞋，就你这鞋弄得皱皱巴巴、连灰带土的，你穿这双鞋在我家出去这不是直接影响我生意吗？
男保姆	这鞋怎么了？
擦鞋匠	你擦点油哇！
男保姆	我想擦哩，关键是擦完你那双鞋就没有油了。
擦鞋匠	寒碜我呢？埋汰我呢？你要别的，我家找不出来情有可原。这鞋油我闭着眼睛找出百八十盒来，你信不？

男保姆	我没找着。
擦鞋匠	那是你没找到正地方！〔从公文包里往外掏，鞋油、鞋刷子拍在地上。
擦鞋匠	这是啥，这是啥，这是啥？
男保姆	你挺讲究哇！公文包里还带这东西呀？
擦鞋匠	这就跟旅游出差带牙具是一个道理。（看男保姆鞋）你这鞋要再不擦可就擦不出来了。
男保姆	是双旧鞋了，没关系……
擦鞋匠	下下功夫能整出来。（从男保姆的腰中解下围裙套袖戴在自己身上）
男保姆	你干什么？
擦鞋匠	你坐下。
男保姆	这可不行。
擦鞋匠	你是信不着我咋的？你坐下吧！（一把抓住男保姆的鞋疯狂地擦起来）哎呀妈呀，可算逮着一双，挣不挣钱无所谓，关键是下雨天闲得膀子难受哇！
男保姆	你这活干得挺熟练哪！
擦鞋匠	干不干七八年了。
男保姆	你是干什么的？
擦鞋匠	擦鞋匠！
男保姆	干这活让熟人看见多难为情啊？
擦鞋匠	我只管低头擦鞋，绝不抬头看脸儿。
男保姆	你不觉得干这个低贱吗？
擦鞋匠	有啥低不低贱的，我在外边给别人服务，回到家也有人给我服务，我雇了个男保姆，一米八大个，这傻老爷儿们让我给收拾得像耗子似的，见到我他就……（突然警觉）起来！
男保姆	（大笑）哈哈……
擦鞋匠	你敢让我给你擦鞋？
男保姆	是你非要给我擦呀！
擦鞋匠	敢让我给你擦鞋，我是啥人物你知道不？

男保姆	你是啥人物我清楚，你不就是个擦鞋匠吗？（指黄围裙）
擦鞋匠	啊……对！我就是擦鞋匠你能把我咋的？坐下！（又抱住另一只脚）平时都是擦一双，今天擦一只难受，我非给你擦完不可！（发疯般地擦鞋）
男保姆	别擦了！别擦了！
擦鞋匠	不行！
男保姆	是你这个擦法费油。
擦鞋匠	费……费油？你是？
男保姆	你要问我是干什么的，更衣。（男保姆从门后拿出和擦鞋匠一样的擦鞋箱子）
擦鞋匠	你也是擦鞋匠？
男保姆	咱俩是同行。
擦鞋匠	那你怎么还当小时工哪？
男保姆	今天不是下雨吗？
擦鞋匠	真有你的。
男保姆	伙计，工作没有贵贱之分，我们擦鞋匠前途不是越抹越黑，而是越擦越亮。
擦鞋匠	说得好哇，伙计。［桌上的闹钟响了。
男保姆	时间到了，我该下班了。
擦鞋匠	你是该下班了，刚才我给你往前拨了半个小时。（从兜里掏出钱给男保姆）这是你今天的工资。
男保姆	算了，你还给我擦了双鞋哪。
擦鞋匠	天晴了，咱上工吧。
男保姆	走！
男保姆	擦皮鞋！（喊下）

［剧终。

（1993 年中央电视台春节联欢晚会 与王振华合作）

打扑克

时间：除夕夜
地点：列车上

人物

采购员、记者

[车窗连着茶几，一边一把高背靠椅。茶几上摆着简单的酒菜，两双筷子，两个酒杯。采购员恭恭敬敬地等着什么人，自言自语地说："这广播怎么还不广播？"[列车广播声："各位旅客春节好，欢迎您在除夕之夜乘坐本次列车。由于今夜旅客少，八号车厢十六号座位，有名男性旅客为了解除旅途寂寞，欲寻一位能说善聊的已婚男性共度除夕。他已备好酒菜，有应征者请速前往。

采购员　　让她这一播赶上征婚启事了。[记者拎提包上。

记　者　　十三、十四、十五、十……

采购员　　黑桃K！

记　者　　红桃A！

采购员　　老同学。

记　者　　太巧了，是你写的征友启事？

采购员　　没错。

记　者　　这么多年了你脾气还是没改，好热闹。

采购员	我好热闹，你好凑热闹，那么多人听了广播都没动心，就你来了。[二人大笑。
记 者	现在干吗呢？
采购员	还当采购员哪。[二人互递名片。
采购员	当记者了，老同学？
记 者	马马虎虎吧。一看见你我就想起咱们班同学来了，五十四个同学用五十四张扑克牌命的名。哎，我听说后来你和草花Q谈恋爱了？
采购员	她能看上我吗？让方片J给勾去了。哎，黑桃8有消息吗？
记 者	黑桃8发了，那小子真黑，把咱卖不出去的那些破胶鞋，粘上名牌商标整到苏联、越南挣老了。红桃3干什么哪？
采购员	当兵了，真把那三红桃扛肩膀上了，上校。
记 者	大小王呢？
采购员	你说的那是正副班长，留校当教师了，现在教我儿子哪。[二人大笑。
采购员	咱再甩两把，寻找一下过去的感觉。
记 者	来，拿扑克。
采购员	我没带。
记 者	那怎么玩呀？
采购员	找个什么东西代替一下，（突然发觉手中的名片）用它玩。
记 者	用名片玩？
采购员	当初扑克买不着，咱用粮票还玩过呢，半斤管二两。
记 者	一斤管半斤。
采购员	全国管地方。
记 者	咱今天就用名片玩啦。
采购员	这样，我出一张，你出一张，翻过来比大管小，输者喝酒。
记 者	赢者吃菜。
采购员	我先出，股长。
记 者	管上，科长，喝酒。
采购员	哎呀，（喝酒）科长。
记 者	管上，处长，喝酒。
采购员	哎，不减当年啊，（喝酒）处长。

记　者	管上，局长，喝酒。
采购员	我不喝了，你当记者的接触层次肯定比我高，这样下去这一瓶酒全得让我喝了。
记　者	不在接触人层次高低，关键是你水平差。
采购员	你要这么说咱俩换换牌你敢吗？
记　者	换牌你也不是对手。
采购员	那好，换牌。（两人相互交换名片）哎，这把牌多好，要啥有啥。
记　者	哎呀，这把牌是小点，一把科长。
采购员	出牌呀。
记　者	牌小不要紧，团结起来就是力量，四个科长。
采购员	管上，四个处长，这管得多痛快。
记　者	股长、科长、处长，同花一条顺。
采购员	管上，科长、处长、局长，三色一条龙。
记　者	我这是同花顺，人事股、组织科、干部处，你看我这行政关系理得多顺。
采购员	我这是真龙，生产科、销售处、外贸局，产销一条龙，直接打入国际市场。
记　者	行啊，老同学。
采购员	废话，没点现代意识敢用名片打牌吗？你喝吧！
记　者	等会儿，炸弹四个2。
采购员	你怎么还整出四个2来了。
记　者	副班长、副组长、副队长、副股长，都是二把手，四个2，喝酒。
采购员	等会儿，不就是四个2吗？管上，四个大王。
记　者	你哪来的四个大王哪？
采购员	这四位都是卖牛肉面的。
记　者	牛肉面大王啊！
采购员	满街都是，我们采购员吃这玩意儿实惠，你喝酒。
记　者	（喝酒）这样，你也别打我名片，我也别打你名片，把咱俩名片洗到一起抓着啥算啥。
采购员	公平竞争。
记　者	过去的这些不用了，拿新的。

采购员	这玩意儿有的是，一出门一把一把的。[二人同时从各自的包里拿出名片，洗到一起。
采购员	抓牌。
记　者	这一洗就说不准谁挨着谁了，有的认识，有的还是头一次见面。
采购员	哎呀！老同学呀，你接触人挺广啊，各行各业啥人都有哇，（抽出一张让记者看）这人你认识呀？
记　者	啊，我采访过他，出牌。
采购员	这张舍不得出，我留着做纪念吧，（放进兜里）一个副经理。
记　者	管上，经理。
采购员	管上，董事长。
采购员	管上，秘书。
记　者	你秘书能管上我董事长吗？
采购员	这是女秘书，在某种程度上讲，女秘书能当董事长的家。
记　者	看清楚我这董事长也是女的，不吃你那一套。你喝酒。
采购员	（喝酒）今天我算遇着对手了。我给你来个大的，光头衔就一溜，神州公关协会名誉会长、华夏广告中心名誉指导、国际美食协会名誉顾问、环球开发公司名誉董事。
记　者	到底哪个单位的？
采购员	没看明白。
记　者	有电话没有？
采购员	电话：6754833，请街道刘大妈叫一声。
记　者	公用电话呀，有印名片的钱，你安部电话好不好？这算废牌，（把名片扔到一边）出牌。
采购员	我给你来个绝的，一个和尚——副处级。
记　者	管上，日本和尚。
采购员	你日本和尚怎么就能管我这中国和尚呢？我这可是副处级呀。
记　者	没用，你就是正处级的和尚，也得归我这日本和尚管，这叫外来的和尚会念经。
采购员	你这是强词夺理。
记　者	这叫学问，谁让你小的时候不好好上学，一考试就抄我的。
采购员	你这人就是没良心，我也没白抄你的，哪一回你挨打不是我给你

报仇。

记　者　是呀，你报完仇我还得领人家看病去。（出牌）两个医生。

采购员　管上，一个兽医。

记　者　你兽医能管我医生吗？

采购员　现在兽比人金贵。我家邻居养了个小狗，前几天腰上系了个红布条，我问他咋回事儿，他说今年是它的本命年。

记　者　你说话注意点，今年是我的本命年。

采购员　你是属狗的？它就是狗，两码事，你跟它争啥，再者说了，你比它大好几岁呢！

记　者　你把我俩分开说好不好？

采购员　就这条狗，做了个"CT"花了几千块。

记　者　真舍得花钱。

采购员　啥舍得花钱，写的是他老丈人名给报销了。他有招，在狗的后边儿添了个"皮癣"，说他老丈人得了狗皮癣。领导一看，就睁一只眼，闭一只眼，反正是公款报销。

记　者　把这张名片给我。

采购员　还想学习一下经验哪？喝酒吧。

记　者　（喝酒）像这样挥霍医药费的人，是大有人在。药厂厂长。

采购员　管上，假药厂厂长。

记　者　你假的能管我真的吗？

采购员　你的药再好，我用你的商标出两回假药，你的牌子马上就倒。

记　者　这张名片也给我。管上他，摄像师。

采购员　你摄像师能管上我假药厂厂长吗？

记　者　正管，"质量万里行"摄像，我让你彻底曝光。喝酒。

采购员　（喝酒）来一张轻松点的，演员。

记　者　管上，著名演员。

采购员　管上，小报记者。谁有名就折腾谁，别管你多有名，给你编上两条花边新闻，马上让你臭名远扬。

记　者　管上，无名演员。我就不怕你折腾，你今天说我离婚，明天说我打官司，后天我就出名了。喝酒。

采购员　（喝酒）你出牌，我管你。

记　者	电影演员。
采购员	管上，电视演员。你再好的电影没电视观众多，别管演得好坏，先混个脸熟。
记　者	相声演员。
采购员	管上，小品演员，现在相声明显干不过小品。
记　者	京剧表演艺术家，
采购员	管上，通俗歌星，出场费三万。
记　者	这京剧是国粹，外国人看了都挑大拇指，这是中国的骄傲，人家那是真本事，一招一式……
采购员	没用，没听人说嘛，台下苦练十年功，不如歌星三分钟，出场费三万。
记　者	要这么说呀，管上，港台歌星。你再好的歌星也不如我港台的，哪怕是三流的也比你一流挣得多，出场费五十万。
采购员	五十万赶上我们半年的产值了。
记　者	这还得说是义演的价。你喝酒吧。
采购员	等会儿，那么多钱让他拿走我就不信管不上他，管上！税务局局长。新的税法已经公布，你就是挣得再多，也得到我这儿上税。喝酒。
记　者	（喝酒）出牌。
采购员	银行行长。
记　者	噢，这个行啊，管上，所长。
采购员	你玩赖，所长能管上行长吗？
记　者	看清楚，看守所所长，那行长进去了，（从兜里掏出报销医药费和假药厂的名片）像这样的如不警惕早晚也得归他管。喝酒！
采购员	（喝酒）这样的酒喝得痛快。运动员。
记　者	大球星。
采购员	教练。
记　者	外国教练。
采购员	外国教练就管我中国教练哪？
记　者	你得承认人家的水平。
采购员	有水平，（从兜里掏出刚才留作纪念那一张名片）管上，中国土生土长的马家军教练，连续打破世界纪录。管吧，我看你还拿什

么管？

记　者　　小管一下，外国记者，查查是否使用兴奋剂的问题。

采购员　　住口，你一提这事我就来气，外国人得了冠军，啥说的没有，中国人得了冠军就兴奋剂。一次打破世界纪录，吃兴奋剂；两次打破世界纪录，吃兴奋剂；三次、四次连续打破世界纪录，其检查结果是什么？结果是我们不仅打破了世界纪录，而且打破了他们的诽谤。告诉他们，不是马家军打兴奋剂，而是马家军给十二亿中国人和全世界华人打了一次兴奋剂。马家军只是百家姓里的一姓，赵钱孙李、周吴郑王，后备军多着呢。总有一天，整个中国会像马家军那样跑在世界的最前边。

记　者　　我喝酒！（激动地将酒咽下）太好了，老同学，我文章的题目找到了：《小小一把牌，社会大舞台》。

采购员　　生旦净末丑，是谁谁明白。［列车鸣笛，广播声："各位旅客，终点站——首都北京到了。"

　　　　　　［在音乐声中，落幕。剧终。

（1994 年中央电视台春节联欢晚会
根据王明义微型小说《新式扑克游戏》与焦乃积共同改编）

找焦点

时间：一九九五年春节前夕
地点：天安门广场

人物

丈　夫——五十岁左右
妻　子——五十岁左右

　　　　　　［丈夫身着农民特点极强的服装上场。

丈　夫　　我说孩儿他妈呀，这天安门广场可比咱村那场院大多了。［妻子身
　　　　　着农民特点极强的服装，肩扛摄像机上场。

妻　子　　你吵吵啥呀，怕别人不知道你是从农村来的呀。

丈　夫　　快，把这些景都录下来。前边、后边、左边、右边，一点别落下。

妻　子　　你到底录哪儿，有个准地方没有？

丈　夫　　你最好扛着机器给我横着划拉一圈儿。

妻　子　　还横着划拉，不就是转圈录吗？

丈　夫　　对，转，卧！卧！［妻子转三圈儿后失去重心，一屁股坐在地上。

丈　夫　　吁！

妻　子　　你在赶驴来哪，快把我拉起来。（让丈夫拉起）这一转还挺迷糊。

丈　夫　　那当然了，要不然驴拉磨的时候为啥还戴个眼罩？

妻 子	你说啥呢！
丈 夫	别生气，我这不是打个比方嘛！
妻 子	这回跟你出来遭老罪了。
丈 夫	去年咱村书法比赛咱家就拿了个第一，今年这个家庭录像比赛也一定要争夺冠军。
妻 子	你拉倒吧。电视里那么多节目，咱学哪个不好，你偏选个"焦点时刻"。
丈 夫	这是老百姓爱看的热门节目，再者说，村里要求每家的节目不能重样。
妻 子	你看人家老刘头多聪明，就拍自己的养鸡场、养鸭场、养猪场，起名叫《动物世界》。王会计多鬼道，都没离开自己的办公桌，坐那拨啦拨啦打算盘，一会儿的工夫就整个《经济半小时》。
丈 夫	参加比赛就得认真，为了出新，找焦点，就得到北京来找。
妻 子	你快拉倒吧，那中央电视台的焦点都到咱们村去找！
丈 夫	对，他到咱那找，咱到他这找。这说明北京人想了解农村，农村人想了解北京。换句话说是，中央关心地方，地方紧跟中央。
妻 子	呀，这词整得挺硬，那我可开拍了。
丈 夫	等会儿，这个节目由你来担任主持人？
妻 子	快拉倒吧，就我这模样还当主持人哪。
丈 夫	你这模样不比老孙婆子强多了，你看她那脸一层一层褶子堆得跟梯田似的，不还主持得挺来劲嘛。
妻 子	你别看人跟梯田似的，人那脸跟主持那节目配套，叫"科学种田"。
丈 夫	在家不说好了你主持吗？
妻 子	我不主。
丈 夫	你不主我现在就拿录像机录你。（见妻子用手捂住脸）你捂脸干啥？
妻 子	你没看电视上演过吗？录像的到那歌厅小包间一录像，坐沙发上的姑娘全这姿势。
丈 夫	你是三陪小姐呀！你主不主持？

妻　子　　广场上这么多人我张不开嘴嘛。

丈　夫　　这老娘儿们关键时候就松套，我来！不就是主持人嘛，赶不上倪萍，我还赶不上赵忠祥吗？开机。（从腰中掏出带有"焦点时刻"字样的话筒呈播音状）各位女士、各位先生、各位父老乡亲：窝瓜乡、葫芦镇、山里红村"焦点时刻"终于和您见面了。我们"焦点时刻"摄制组一行两人，来到北京天安门广场，长安街上车水马龙，有一大溜车队呼呼啦啦开向中南海，想必是有外国总统访问北……

妻　子　　停，串老罗家那《新闻联播》上去了。

丈　夫　　对，在我身后的纪念碑直接伸向蓝天，天空上一群大雁正往南飞，一会排成个人字，一会排成个一字，一会……

妻　子　　别转了，串老赵家那《人与自然》上去了。

丈　夫　　还躲不开。人民大会堂，今天披上节日的盛装，人们载歌载舞，在放声歌唱……坏了，串老倪家那《综艺大观》上去了。我一到北京咋找不着焦点了呢？

妻　子　　就你这水平还在北京找焦点呢！你看这两天张口焦点，闭嘴焦点，晚上说梦话都说焦点，扛个机器在街上见啥录啥。你说人家小青年在马路边谈恋爱你录啥，那也是焦点吗？

丈　夫　　我让咱村的年轻人开开眼，谈恋爱你得大大方方的，别没事尽整那假含蓄，动不动就钻高粱地。90年代你得增强透明度。

妻　子　　透明度太高了咱农村接受不了，挂历上那姑娘穿那衣服倒有透明度。

丈　夫　　你说那是去年的事，今年挂历上的姑娘穿得严实多了。由光膀子到貂皮大衣，看出生活水平有明显提高。

妻　子　　你找焦点总盯着人家那挂历干啥呀？你这焦点得录点北京人的精神面貌。

丈　夫　　北京人确实热情，有时候也是盛情难却。一下火车七八家拽着请吃饭，吃完饭之后人家都不让你交钱，档次多高，一碗猪肉炖粉条，赶上半头猪的价钱了。

妻　子　　那哪是北京人开的饭店，门口那不写着东北料理吗？

丈　夫	是呀，没想到在北京让东北老乡给撂里边了。
妻　子	也是，这北京除了川菜、就是粤菜，要不就是潮州菜。开饭店的都是外地人，这北京人都到哪去了？
丈　夫	北京人在纽约呀，跑美国开饭店去了。
妻　子	越说越没边，我看你今天是找不着焦点啦。（失望地坐在地上）
丈　夫	凉，（掏出报纸准备给老伴垫上，突然在报上发现了什么）老伴，这是焦点："遗传基因又有新发现，一对爱偷东西的夫妇生下一个婴儿，婴儿手中握着一个金戒指，夫妇二人惊奇万分，不料婴儿开口说话：妈妈为了给你带个见面礼，我顺手把接生护士手上的戒指撸了下来。"
妻　子	这都是谁编的，我看乱出这些小报就是焦点。
丈　夫	电视上看焦点挺多，这一找还找不着了。
妻　子	我来！
丈　夫	你要早来我不就省劲了吗？（扛起摄像机为妻子摄像）
妻　子	（手持话筒做播音状）广场上面都是人，我爱北京天安门，来到北京感受深，真的焦点在农村……
丈　夫	停！怎么又说回去啦，说北京。
妻　子	孩他爹，要不就说说北京的变化，你看人北京，变化多大呀，咱农村种庄稼，北京种大楼。
丈　夫	种庄稼还分个季节，北京这楼房一年四季噌噌地往起蹿。
妻　子	听说老百姓住的大楼都有电梯。
丈　夫	嗯，头一回看见电梯就把我给蒙了，咱也不明白那玩意儿上下通着呀。明明看见进去个老太太，过一会儿一开门从里面出来个大姑娘。这是大变活人哪，当时我就后悔了。
妻　子	后悔啥呀？
丈　夫	后悔没带你来呗，像人家那样进去回回炉，出来得多年轻啊。
妻　子	拉倒吧，要回炉也该你先回，看你那老样儿吧，我比你年轻多了。
丈　夫	后来我就不后悔了。
妻　子	咋的？
丈　夫	看着进去个小伙子，再一开门出来一个老头，我一看这玩意儿变

老变少没准!

妻　子　你个土老帽儿，前天你走迷路了，稀里糊涂上了立交桥，绕了三圈都没走下来，你去问人家站岗的警察，给人家鞠了三躬，警察都不理你。

丈　夫　可不是嘛，我一想北京警察真有功夫，板板正正，一个姿势，半个小时眼皮都不眨一下。我上去一摸那警察是塑料的，你说现在不但假货多，连警察都有假的。

妻　子　那是真警察下班了，假警察在那吓唬那些不好好开车的司机。

丈　夫　明白这道理，就跟庄稼地里扎的稻草人，吓唬家雀一个意思。

妻　子　一说稻草人我就想起咱农村了，你看人北京尽引进先进的东西。

丈　夫　跟咱村不一样，咱村把外国人整到咱村做豆腐去了，挺好的一块地，盖上合资大楼了。

妻　子　一个豆腐坊盖了十八层，那得卖多少层豆腐才能挣回来成本哪?

丈　夫　尤其是那些小青年，在合资豆腐坊上了两天班，就觉得自己是半拉外国人了。问他是干啥的，他说是做"歪得歪"的，翻回中文还是豆腐。

妻　子　你别说年轻人哪，就连半大老婆子都受影响了。老孙婆子都五十多岁了，上回我见着她，涂着粉，抹着红，头上还插朵花，我还以为她是要娶儿媳妇呢。她告诉我说:今天是情人节。

丈　夫　她在外边整得挺潇洒，他老伴在家急得直唱《爱上一个不回家的人》。

妻　子　咱这"焦点时刻"拍点这个也不错。

丈　夫　那不成了"讲述老百姓自己的故事"了吗?你别总往回勾我呀，咱在北京就得拍点大事。

妻　子　大事?大事多了。日本首相轮流坐庄，白宫门前三次开枪，广播里说 1994 年世界在战火中喘息，都是大事，你懂吗?

丈　夫　喘息有啥不懂的，那就等于两人打架打累了，坐那歇一会儿，缓过乏捯过气来接着掐。

妻　子　还接着掐，人那叫战争。你比如说"摸黑战争"……

丈　夫　哎呀妈呀，还"摸黑战争"，我跟你说了多少遍了，是波黑战争，不是"摸黑战争"。波坡摸弗都没整明白，还觍着脸来找"焦点"呢。

妻　子　我再不明白也比你强啊。在火车上人家议论"俄罗斯车臣危机"，你凑过去了还说呢，车臣危机主要是因为车拉的东西太沉了，你要分成两车拉可能就轻快多了。把你赶车那点本事全整到人家战争上去了。

丈　夫　这有啥呀，一个农民要想跟世界接轨，你总得有段学习过程。

妻　子　坏了，孩儿他爹，这录像机一直没关。

丈　夫　都录上了？

妻　子　那可不。

丈　夫　坏了！让全村一看可丢老人了。

妻　子　我把它关上去。

丈　夫　等会儿！我看这些录得挺好，让全村看看这就是咱找的焦点。

妻　子　来整好衣装咱再说几句。［夫妇二人对准镜头。

丈　夫　全村的乡亲们，我们今天谈的唠的比较散，啥是焦点，你自己选——家事、国事、天下事，祝愿祖国大发展！

［剧终。

（1995 年中央电视台春节联欢晚会　与张振彬、徐小帆合作）

今晚直播

时间：大年三十下午
地点：家中客厅

人物

丈　夫——喜剧演员，三十多岁
妻　子——美丽贤惠，二十多岁
记　者——女，二十多岁

[场景：长沙发、短沙发、茶几、电话机、录音机等，背景挂巨幅字画和一个倒计时日历，上写：距一九九六年春节晚会还有零天。

[开场：音乐（《春节序曲》）欢快，妻子穿着红袄上。

妻　子　（对观众）春节晚会家家乐，我们演员家里不好过。我们那口子，为了搞出个好小品，成天到晚瞎琢磨。他一心就盼节目火，做梦都在搞创作。这不，今天晚上要直播，那审查呀，还不知通过没通过哪……

[丈夫从观众席出现。

丈　夫　火啦！（从观众席后部沿中间通道朝前走）[掌声，叫喊声："节目通过啦！"

丈　夫　（至观众席前，灯光照耀，一边给学生签字）这么说吧，今天七八个小品一块审查，他们那些节目的掌声靠领导得往起煽呼，我那小品一演完掌声如雷，压都压不住！〔观众掌声。

丈　　夫　　比这热烈。（欲走）

〔记者上，截住丈夫。

记　　者　　能不能给我们报纸透露一下今天晚会的消息？

丈　　夫　　保密，一看直播你就全清楚了。

记　　者　　那能不能谈谈这次创作成功的感受？

丈　　夫　　这么跟你说吧，过去我演的那些小品加在一块，充其量我算个笑星，今年春节晚会我这小品一演——艺术家！〔观众掌声激发丈夫的讲演欲。

丈　　夫　　艺术家，他是属人民的！〔妻子从舞台至观众席拉住丈夫。观众掌声更强，丈夫激动得忘乎所以。

丈　　夫　　（甩开妻子）我心中的上帝就是你们——观众！〔妻子将丈夫拉上舞台，进屋。

妻　　子　　你又吹！就你在家里生憋出来的小品能火成哪样？

丈　　夫　　你懂啥呀！春节节目贵在出新。

妻　　子　　你新在哪儿啦？

丈　　夫　　面具（示面具），绝对新面孔！今天审查，我把这面具往脸上一戴，我就玩了命地蹦呀跳呀，蹦呀跳呀，一直跳出观众掌声，我才顺利过关。来，给我捶捶腿。（把腿架在妻子腿上）

妻　　子　　（捶腿）这小品演员都累腿了，那舞蹈演员累啥呀？

丈　　夫　　累嘴呀，你没看这个（学）"今儿个老百姓呀，真哪真高兴……"啥叫春节晚会，不该累的地方全累。

妻　　子　　你尽从外表上下功夫能打动观众呀？你演的小品叫啥？

丈　　夫　　《庆丰收》！

妻　　子　　戴个面具就成农民啦？你知道亩产多少斤？你知道怎么打粮食？你知道怎么囤粮食……

丈　　夫　　（打断）那有啥不知道，防霉通风灭老鼠！（忽喜）有啦，今晚直播我再加两句：（跳）猪年去，鼠年到，千万别忘耗子药，耗子药！火啦！

妻　子	你只知道在电视晚会里演小品，你根本不知道观众在电视机前对小品怎么说！
丈　夫	怎么说？
妻　子	现在这小品，甭管男女老少，上台就会连哭带笑，连蹦带跳，瞎编胡闹，粗制滥造，这样下去，小品这东西迟早毁掉！〔观众掌声。
丈　夫	（对观众）你们还鼓掌，我要是不闹你们要是不笑，就等于摘下我的艺术桂冠，对小品形式进行哀悼！
妻　子	我看这天马上来到。
丈　夫	（气急）你咒我呀？我今天晚上就直播，你什么意思？打我一进家门你就泼我的冷水……
妻　子	（赶紧安慰，按丈夫坐下）我还不是为了你好呀，你在家里闭门造车憋小品，多伤神哪，（为其捏脖子）你看你都谢顶啦……
丈　夫	谢顶，说明创作艰辛，那是小品演员的光荣！郭达光荣一半儿了，陈佩斯彻底光荣，就剩个赵本山还不敢摘帽子。只要观众能笑，我宁可把脑袋憋成电灯泡。
妻　子	行啦，行啦，你把头发憋掉是你的事，不能搅得我跟你睡不着觉。
丈　夫	我怎么搅得你睡不着觉了！
妻　子	自打家里挂上倒计时，你是天天梦话说小品！
丈　夫	伟大的作品都是在梦中产生！
妻　子	说梦话就说梦话呗，还非得让我给你接词。
丈　夫	废话，你不接话，我睡不踏实。
妻　子	最可气的是，你能睡着睡着，咣当就坐起来，迷迷瞪瞪就嚷嚷，人家邻居都说了，小品演员有毛病，半夜睡觉撒癔症。
丈　夫	（气急）瞎说！大是大非问题得整清楚！我不是因为演小品才有撒癔症的毛病，我是因为从小有撒癔症的毛病，所以长大才演小品。
妻　子	别烧包啦，再烧包又该撒癔症了。
丈　夫	大白天，我撒什么癔症！没时间搭理你，我得睡会儿，待会儿去现场准备直播了。〔丈夫躺沙发上睡。
丈　夫	（喃喃）位置变啦……艺术家啦……（睡着，呼噜声）火啦……
妻　子	又来了。（为丈夫盖上衣服）

丈　夫	火啦……火……（醒来，对妻）给搭一句，要不睡不踏实。	
妻　子	对，对，对，我还给忘了。	
丈　夫	火啦……	
妻　子	大火！	
丈　夫	位置变啦……	
妻　子	艺术家啦。	
丈　夫	不容易呀……	
妻　子	太不容易啦。	
丈　夫	（突然坐起，指日历牌）那可不！自打挂上倒计时。	
妻　子	（急制止）停！我替你说：（顺口溜般地）自打挂上倒计时，熬到今天不容易。节目审查过关了，观众也就满意。今天分别过除夕，明天咱俩过初一。对不？	
丈　夫	对。（放心躺下，睡熟）	
妻　子	（如释重负）天天如此，不说完这段睡不踏实。	
	［电话铃响，妻子接。	
妻　子	喂，春节剧组？他正在休息，一会儿就去……什么？不用去了，为什么？节目被拿下？不是说通过了吗？刚决定的……（呆呆地压话筒）节目……拿下……	
丈　夫	（猛坐起）不！谁拿下的？谁拿下的？（对妻子）你拿下的？	
妻　子	（害怕地）不是我！	
丈　夫	那是谁？	
妻　子	春节剧组！	
丈　夫	我找他去！（欲下）	
妻　子	（冲前抱住丈夫）你不能去……	
	［丈夫从梦中醒来。	
丈　夫	我做了个噩梦。	
妻　子	（哭笑不得）你又撒癔症！	
丈　夫	我梦见剧组来电话，说节目被拿下。	
妻　子	那不是梦！	
丈　夫	对，梦是反的。（顿喜）火啦！（持面具欲走）	
妻　子	（急切）那要是真的呢？	

丈　夫　　不可能，我跟你打个赌，他要是能把我拿下，我马上跳楼。
　　　　　（再走）

妻　子　　别走！

丈　夫　　（吓一跳）你有毛病呀？

妻　子　　我要你陪我在家过年。

丈　夫　　（安慰）好好好，演出完，我马上回来陪你过年。（又走）

妻　子　　（拉丈夫）你不能走！

丈　夫　　（生气地）别叽叽歪歪的！都什么时候了，你还跟我撒娇耍赖的。

妻　子　　（抢下面具，情绪突变）我不让你走！八年了，你年年参加春节晚
　　　　　会，把我撇在家里一个人过年，（突然伤心）你让人家开心，让我一
　　　　　个人孤独难受，这种滋味我跟你说过吗？今天你休想出这个家门。

丈　夫　　（爆发）你疯啦！二月份挂上倒计时，熬到今天为了什么！眼瞅要
　　　　　直播了，你给人撂场？我告诉你，今晚小品就指着我呢！我要不
　　　　　去，今年春节晚会就得砸锅！

妻　子　　我要你陪我在家过年……

丈　夫　　谁稀罕你，我心中的上帝是观众！

　　　　　［妻子哭，停顿，少顷，丈夫上前安慰。

丈　夫　　对不起，话重了……（语重心长地）你老公何尝不想在家过年呢？
　　　　　可你老公……是属于人民的。谁让咱是个喜剧演员呢？谁让咱是
　　　　　个喜剧明星呢？（激动地）马上要成艺术家啦！（见妻子欲说，急
　　　　　制止）我跟你说过，春节晚会是个啥？

妻　子　　（泣声）一桌菜……

丈　夫　　我是哪道菜？

妻　子　　……猪肉炖粉条……

丈　夫　　（急赤白脸）马上就成基围虾啦！（见妻子欲说，又制止）你听我
　　　　　说，熬过今年，明年说啥也不干了，一来陪你好好在家过年；二
　　　　　来给他们个想头……急流勇退，与其让别人拿下，不如咱自己主
　　　　　动拿下。对不？

妻　子　　（无奈，轻声地）你给剧组打个电话吧……

丈　夫　　（轻松下来）好好好，我打个电话，多陪你一会儿。（打电话拨号）
　　　　　喂，导演，家里有点儿事，晚去一会儿……好好，（心不在焉地重

68

复）节目被拿下……（压电话，对妻）你看，节目被拿下……（突然反应过来）拿下了？（急打电话）什么原因？观众认为肤浅？不可能，你听那掌声……什么？鼓倒掌？没听出来呀……没、没关系，导演，你不用安慰我，这老演员啦，就这样（压电话，故作轻松，面对妻），这回彻底踏实了……

妻　子　（害怕地）不，你没踏实……

丈　夫　不不，我真踏实了，如果说没拿下之前我心里打鼓，这拿下我倒踏踏实实了。我年年都上有什么意思？得培养新演员，给他们让路，他们一上来，我……我更踏实了。

妻　子　你别这样说。

丈　夫　（强装振作）我陪你在家过年，你高兴吗？

妻　子　高兴。

丈　夫　（抱住妻子）平时我让大家开心，让你一个人孤独，今天我为你单独来一个现场直播！（按响录音机）

　　　　[丈夫套面具，持红绸，在《春节序曲》旋律中狂舞。

　　　　[妻子高兴起来，欢笑，乐舞至高潮，丈夫抛出红绸，立地不动。

　　　　[妻子拾起红绸，发现丈夫沉默。

妻　子　（走近丈夫）你怎么了？

丈　夫　（摘下面具，潸然泪下）人生如戏，笑比哭难……位置一变，心里真不是滋味。

妻　子　谁也不可能永远在那个位置上，观众还是喜欢你的。

丈　夫　不怪别人，只怪自己，没有任何老本可吃，观众比你聪明。

妻　子　（依偎丈夫）别难受，走出家门，明年再来。

丈　夫　对，找准自己的位置，从零做起。

　　　　[夫妻走向倒计时日历，翻出新的一页，上写：距一九九七年春节晚会还有三百六十五天。

　　　　[音乐强，谢幕。

　　　　[剧终。

（1996 年中央电视台春节联欢晚会　与尚敬合作）

鞋　钉

时间：现代某日
地点：街头

人　物

老　人——六十多岁，修鞋匠
青　年——三十多岁

　　　　　［老人背修鞋箱从观众席上。
老　人　（冲观众）今天人来得不少哇，打扮得挺漂亮，都穿着鞋来的吧？
　　　　我发现目前穿鞋几大特点：老年人讲究古板，年轻人追求新款，
　　　　干部穿鞋注意检点，农民穿鞋喜欢扎眼。女士要穿高跟鞋，那是
　　　　为把线条显；男的要穿双高跟鞋，肯定对自己的个头不满。（朝台
　　　　上走）现在生活越来越好了，坐车的多了，修鞋的少了，我这个
　　　　饭碗呀，也快拉倒了……（坐下，摆摊）
　　　　　［青年上，西装革履，手拿玻璃框装的营业执照，喜气洋洋。
青　年　（用手机通话）喂，夫人哪，给你道喜了！营业执照我已经拿到
　　　　了，往墙上一钉就可以开张啦，我现在就顺路买几个钉子……不，
　　　　不，一定要自己去买，心诚则灵，买卖兴隆啦。再见啦。（挂机，
　　　　看见老人，惊喜地）哇！老师傅！老先生！老大爷！

老　人	一下给我整了仨职称，看你这兴奋劲是要结婚哪？
青　年	今天我公司开业，给您道喜啦！
老　人	你公司开业给我道啥喜呀？你要是修鞋那是对我的关照。
青　年	这鞋还用修吗？
老　人	这鞋咋的？
青　年	一千多块。
老　人	一双？
青　年	一只。
老　人	哎呀，现在这鞋都论只卖啦。
青　年	外国名牌。
老　人	别看那个国产鞋便宜，禁穿，开胶开绽的都是外国名牌。
青　年	这是鳄鱼的！
老　人	对，就这路鞋爱张嘴。
青　年	您真能开玩笑。
老　人	真的。昨天就有个小伙子到我这儿钉鞋，钉鞋我得把鞋垫拿出来。结果一看，鳄鱼牌的，那嘴张的，我直接从前边把舌头抽出来了。
青　年	大爷好幽默呀！
老　人	幽默？我这是寂寞。
青　年	我马上让您开张，我买你几个钉子。（拿钉子）
老　人	对不起，不卖。
青　年	您这不是有钉子吗？
老　人	我是修鞋的，不是卖钉子的。
青　年	修鞋的怎么就不能卖几个钉子呢？
老　人	你这个小伙子不懂规矩。
青　年	我怎么不懂规矩？
老　人	你能到澡堂里买拖鞋吗？
青　年	不能。
老　人	你能到饭馆里买大勺吗？
青　年	不能。
老　人	你能到公安局买手枪吗？

青　年	不能。
老　人	你能到鞋摊儿上买钉子吗？
青　年	（脱口）不能。
老　人	就是嘛。
青　年	哇！小题大做啦！照你这么说，所有修鞋的，都不卖钉子？
老　人	别人卖不卖，我不管，我不卖。祖传三代修鞋，没卖过一个钉子。修鞋的缝帮钉掌，卖的是手艺，不卖钉子，这是道。
青　年	道？（嘲笑地）都什么年代了，还认这老理？现在是什么挣钱就干什么，您看马路对面那个修脚铺，人家不是改成美容店了吗？
老　人	对，还是那把刀，不挖鸡眼了，改拉双眼皮啦。
青　年	挖一个鸡眼五块，拉一个双眼皮五百块，从下面挪到上面，不就涨价了吗？
老　人	价是涨了，那眼睛没法看啦，拉出的双眼皮，个顶个的像鸡眼。
青　年	您看人家挣钱，您眼气！
老　人	我眼气？我怕他眼上长脚气！
青　年	眼睛上怎么会长脚气？
老　人	我是说他这钱挣得不规矩！现在满街的发廊，我愣找不着正经剃头的；满街的桑拿，我愣找不着正经洗澡的；满街的婚纱摄影，我愣找不着正经照相的。好不容易照张相吧，还不给底版，说版权归他所有。我老头活了六十多岁，版权归了他了，我妈知道了，不气死？
青　年	不要强词夺理！
老　人	我是说这个道理！（按青年坐下）你听我说，医生的道，就是对症下药，不能为挣俩钱，得个感冒，让人做 CT 去；学校的道，是把学生教好，不能想法多收家长的入学费；农民的道，是把地种好，别为了那点儿小买卖，把庄稼荒了。三百六十行，行行有行行的道，我这修鞋的道就是把鞋修好，绝不卖钉子！
青　年	（忍无可忍）你的钉子多少钱一个！
老　人	（被吓住）五块钱一斤……
青　年	我五十块钱买您三个钉子，您卖不卖？

老　人　（拿起鞋钉盒交给青年）你自个拿。

青　年　不就完了吗？我就不信现在还有用钱买不到的东西！人说有钱能
　　　　　使鬼推磨，我说有钱能使磨推鬼！只要有钱我能上买天，下买地，
　　　　　中间买空气。只要有钱，我能让活人闭嘴，让死人喘气。不卖钉
　　　　　子，不卖钉子，你是不便宜卖钉子。（递钱）拿着！

老　人　需要钉子拿走，钱我不要。

青　年　您什么意思？

老　人　钉子我可以给你，但我绝不能卖。

青　年　今天我就要拿钱买您的钉子，您不要钱，我就不要钉子！

老　人　你这人怎么这么别扭呀？

青　年　是您给我找别扭嘛！

老　人　你要钉子干吗？

青　年　我往墙上挂执照。

老　人　你把钉子拿回去，把执照往墙上一钉不就完了吗？

青　年　钉执照我不白要钉子！

老　人　不是白要，你公司今天开业，这三个钉子就算我送你的贺礼。

青　年　（急）开业送礼有送钉子的吗？人家开业都是抬头见喜，您让我刚
　　　　　开张就碰钉子呀，而且是三个钉子。

老　人　你要不要？

青　年　不要！

老　人　你不要我还不给了呢！

青　年　您不给，您不给我也有办法！您不卖钉子，我！钉鞋。

老　人　对不起，新鞋不钉。

青　年　新鞋不钉，我加个前掌。

老　人　加掌可以。

青　年　我就不信整不走您几个钉子。

老　人　说清楚，新鞋加掌，不能用钉子钉，得用胶粘。（抄起锉）

青　年　（吓得抢鞋）老头，您成心跟我过不去！

老　人　该钉的不粘，该粘的不钉，这是行业规矩。

青　年　（讥讽地）您还行业呢，你也就是个修理破鞋的。

老　人	你别抬举我，我是修鞋的，不是修理破鞋的，扫黄不归我管。
青　年	（威胁地）我告诉您，我可是驴脾气，惹急了我把摊儿给您踢了！
老　人	你敢！再大的驴脾气我都见过，修鞋之前，我给驴钉过掌！
青　年	（气急）老头，我只问您一句，这鞋您给不给钉？
老　人	新鞋不钉！
青　年	新鞋不钉，我把它变旧鞋！（脱鞋，拿锤子，狠狠砸下）

〔老人一颤，停顿。少顷，老人走过去将鞋捡起，套进鞋拐，开始钉鞋。

〔青年歉意地走过去。

青　年	您不是说不钉吗？
老　人	小伙子，你坐下。〔青年坐下。
老　人	我在这儿修了三十年鞋，今天是最后一天了。我没跟人说，明天这儿就变成汽车交易市场啦……让我挪地方，我这心里不是个滋味，对不起，大喜的日子给你找别扭了。
青　年	不，是我给您找别扭！
老　人	不，是我给你找别扭！
青　年	是我给您找别扭！
老　人	小伙子，不是你给我找别扭，也不是我给你找别扭，是因为汽车交易市场，我心里别扭。
青　年	大爷，那汽车交易市场……是我开的。

〔老人无语，盯了青年片刻，又接着钉鞋。

青　年	大爷，您别难受，我这汽车交易市场一开张，我就聘请您到我这儿来给汽车补胎，这就等于给汽车修鞋。
老　人	这不胡扯吗？你那是往外拔钉子，我这是往里钉钉子，你把我弄去，等于给你撒气。
青　年	不用您老干活，您帮我守着摊，有您这样的人我心里踏实。
老　人	小伙子，别为我担心，坐车的再多，也有来修鞋的。来，穿上，你还得走道呢。
青　年	（穿上鞋）谢谢您大爷。再见。
老　人	等等，小伙子，（拿起钉子）我这个人也是太固执，这仨钉子我卖

给你啦！

青　年　不，不，大爷，您还是送给我吧。

老　人　好！（把钉子交给青年）

青　年　老大爷，从这三个钉子，我看到了您老的职业道德。

老　人　德谈不上，我守的是这个道。小伙子，要想守好你的摊，首先守
　　　　好你的道呀！我走啦！

　　　　［老人下，青年若有所思，目送老人，向他深深鞠躬。

　　　　［剧终。

　　　　（1997 年中央电视台春节联欢晚会 与王子华、尚敬合作）

回　家

时间：除夕之夜
地点：打工仔临时租住的房间内

人　物

夫——三十多岁
妻——三十多岁

　　〔舞台上摆放一张床，床脚糊着报纸，半边墙糊满了报纸。妻守着个整
　　理好的旅行袋和糕点酒瓶等年货，手上摇着一块擦车的抹布，等着丈夫
　　的归来——

妻　　（得意地）进城打工整一年，擦车挣了不少钱。本应该今天回家过春节，
　　　可我老公一劲儿挣钱没个完。（朝外喊）哥，哥呀，哥擦完了没有？
　　〔夫进屋。

夫　　喊啥呢，喊啥呢，王老板还没走呢，让王老板听着多砢碜！

妻　　这有啥砢碜的，城里人不都这样吗，王老板旁边那小秘，都管他叫哥。

夫　　她叫行了，人家不是正经夫妻，你一叫就好像咱俩关系不正经似的。

妻　　叫哥有啥不正经，你这人，女人的柔情你永远不懂。

　　〔汽车声由近至远。夫朝远处毕恭毕敬地目送。

夫　　再见了王老板，给家里人拜年了王老板，谢谢了王老板！

妻　　谢啥呀，他在咱这擦了一年车还没给钱哪。

夫　　给钱？（从兜里掏出一个"大哥大"摆在桌上）这是啥？见过没？

妻　　大哥大！

夫　　小名手机。

妻　　王老板给的？

夫　　顶一年擦车钱。

妻　　王老板干啥生意的？出手那么大方！

夫　　人家王老板新买了个翻盖儿的，因此就淘汰了这砖块儿的。

妻　　噢，二手货呀，那就不值钱了。

夫　　二手货咋不值钱呢？

妻　　二手货相当于二婚，这玩意儿跟人一样，原配夫妻恩恩爱爱，一旦离婚
　　　马上歇菜。

夫　　瞎说，你要跟我离婚了，我再找一个，这属于二锅头，闷着更香。

妻　　你闷着吧，我回家。

夫　　（欣喜地）我跟你说媳妇，这"大哥大"还是小事呢，王老板说来年一
　　　开春就给咱投资一个洗车棚儿，要跟咱合办个擦车公司。

妻　　（欣喜地）真的？

夫　　那当然了。

妻　　这人真不可貌相啊。这王老板外表好像大烟鬼，其实是北京萝卜心
　　　里美。

夫　　好人！谁说城里人人情差，大老板挥手就给个"大哥大"，别管它值钱
　　　不值钱，挎上它咱擦车族就算跨进现代化。（找到电话感觉）喂，擦
　　　车吗？

妻　　别烧包了，赶紧拎包儿回家拜年去。

夫　　你这不是捧个金碗要饭吃吗？有了它还用回家拜年？

妻　　整个"大哥大"，就不回家啦？我跟你说，你记住我爹这个人没啥更高
　　　追求，只盼三十晚上孩子磕头。

夫　　磕头不就是相互拜个年吗？今天咱就用它拜了。

妻　　给我爹？

夫　　还别说你爹啦，现在中央首长都讲究电话拜年，绝对时髦，有了它，你

爹由小村长直接享受国家领导人待遇。

妻　（不悦地）小村长咋的？当时你要不看我家地位高，你能要死要活追我吗？

夫　你看你又急了！说翻脸就翻脸，你们这干部子弟都这毛病！

　　［妻生气地不理他。

夫　妮儿，别生气，听哥说。

妻　你少跟我哥呀哥的不正经，我告诉你，你变了。

夫　我咋变了？

妻　刚进城擦地板的时候你还比较朴实，后来给宾馆擦玻璃你就有点耍滑，咱一家一家擦油烟机的时候你就开始变油，刚刚擦上汽车就摆弄"大哥大"了，照这样发展，擦完手枪你就得进公安局。

夫　你说啥呢！大过年的你提啥公安局呀。来，传你爹。

妻　说啥呢！刚说完公安局就传我爹，你想把他整进去呀！

夫　看来这公安局和传字儿不能一块说，犯忌。呼你爹。

妻　啥！

夫　噢！对，呼字也犯忌，咱家乡大过年都炜地瓜，炜猪爪，哪能炜你爹呢。传呼你爹。号码！

妻　0485，3724011。

夫　通了。呼多少？

妻　119。

夫　……你爹够火的。（对电话）请呼119。回电话01090888888。（挂机，对妻）你听王老板这号码多牛。

　　［电话铃响。

夫　快不？快不？绝对现代化，这就叫不出院子不出屋，天涯海角任我呼。接电话！

妻　（接电话）爹呀！爹……哎，这声儿咋不像我爹呢？

夫　移动电话你得移动！我来！（拿起电话）喂！喂！（变化姿势，最后找了一个很别扭的姿势定住）有了。

妻　我来。（拿过电话）

夫　你爹这声音咋像鸟儿叫呢？

妻	你爹才鸟儿叫呢。（学夫样子接电话）喂，爹，什么，老板？
夫	（抢过电话）这是找王老板的电话。
妻	你赶紧把它挂上，等爹的电话。
夫	王老板说了，万一有电话找他，帮着应付应付。（对电话）对，我是老板，噢，刚才那位小姐，呀，那是我的小秘——
妻	啥！
夫	——书。
妻	刚拿"大哥大"就起花心。
夫	（对电话）什么？我们公司招不招工，目前我公司还没有打算招工，因为我们两个人擦一台车基本上够了，啊不，两个人坐一台车基本上够了。（自语）差点儿说漏了。（对电话）什么？别的公司招不招工啊？（突然想起问妻）上回我拿回来的那报纸呢？
妻	糊墙了。
夫	快找找。王总的朋友，（对电话）我让秘书帮你查阅一下文件。
妻	咋查呀，都糊天棚上了。
夫	来，上肩膀。（让妻骑上肩膀，对电话）你等会儿，文件放楼上了。（对妻）念哪！
妻	这么高我咋念哪？
夫	你念给我，我念给他，什么文件不得从上到下一级一级传达。念！
妻	（念）"香港回归，大振国威。"
夫	不是这篇！
妻	那你往前走走。
夫	（往前走走）念！
妻	（念）"三峡合龙，万众欢腾。"
夫	又错了。
妻	那你再往前走走！（念）"江主席访美，克林顿倒水。"
夫	（生气地）你看清楚再念行不。累傻小子呢！
妻	腿长在你身上，你走哪我看哪，这叫骑驴看唱本儿走着瞧。
夫	你下来吧！（把妻放下）你说话文明点行不，你自己骑的啥你不清楚呀！还骑驴！

妻　你还怪我说你，你看你的脾气，比驴还驴呢。

夫　咱帮人找工作，你咋尽念大事呢？

妻　这边儿贴的都是大报，当然都是大事儿啦。

夫　那小报儿呢？

妻　贴床底下了。

夫　你钻下去看看！

妻　你钻下去看看！

夫　你钻！

妻　你钻！

夫　你钻！

妻　平时擦车底都是谁钻？

夫　……我钻。（把手机交妻，钻到床下念）"名人出书，一塌糊涂。"

妻　瞎说，有些书写得多好哇。书店里绝对畅销。

夫　好看，人那爱情描写得多曲折，谁被谁爱，谁被谁踹，谁被谁爱了又踹，谁被谁踹了又爱。名人的爱情用两字可以概括。

妻　哪俩字？

夫　小孩子被窝扛踹。

妻　（踢夫）我看你扛踹，赶紧帮人找报纸。

夫　对了，我把这茬给忘了。（念）"克隆绵羊，没爹没娘。"

妻　你说现在人这科学研究太可怕了，得亏克隆个羊啊，要是克隆个人那不乱套了？

夫　那乱啥套哇，好事！等你老了，再给我克隆个年轻的，一模一样，你俩可以用一个身份证。

妻　少废话，找报纸！

夫　（念）"中国足球，何日出头？"

妻　说啥呢！大过年的提它干啥？你这不是给人添堵吗！

夫　（从床底爬出来）这一年让足球把咱折腾的，看完甲B看甲A，最可气的是世界杯。天天喊着要出线，到后来是狗戴嚼子瞎胡勒，太可气了。

妻　（欣喜地指墙）在这儿呢！

夫　（对电话）注意听好。（对妻）念！

妻　（念）"我们公司……

夫　（重复）"我们公司……

妻　"大量招工……

夫　"大量招工……

妻　"联系电话……

夫　"联系电话……"

妻　糊上了。

夫　糊上了，糊上了！〔夫关手机，妻拎包就走。

夫　（拦住妻子，苦求）你听我说，妮儿，大过年的谁不想回家呀，刚才我在街上一看，过年擦一辆车是平时三倍的价钱。从初一到十五这得挣多少钱哪。为了明年的擦车棚咱得多挣钱哪！

妻　钱，钱，钱，你的灵魂迟早被金钱玷污！〔电话铃声，夫接电话。

夫　喂，爹呀！（自语）又错了。（见妻又要走急拉住妻不放，一边接电话）啥事？快说……什么？送货？（对妻）你听见没，好事来了，送货！

妻　送啥货呀！

夫　大过年的能给老板送啥货？年货！（对电话）喂，过年了，你们准备给老板送点儿什么货呀？噢，"海洛因"，（对妻）听见没有？"海洛因"？（猛然醒悟过来）"海洛因"？（吓得把电话扔到地上）哎呀妈，贩毒团伙。（扛起包就走）走，咱赶紧回家躲躲。

妻　躲？你躲过初一躲不过十五，这玩意儿全球通，你跑哪儿都把你逮着！

夫　那怎么办哪，妮儿？

妻　向 110 报警！

夫　人家王老板对咱这么好，咱不能把他供出来呀，再说他一进去，咱那洗车棚不就完了吗？

妻　还洗车棚呢，（指墙上）你看这报纸上写的：贩卖毒品国法难容。报警！

夫　好！报警！对不起了王老板，我今天只能大义灭亲……我先稳住他。（对电话）喂，请问"海洛因"具体在哪接货？什么？听岔了？不是海洛因，洁尔阴哪！你差哪儿去啦！

妻　你赶紧把它关了。

81

夫　　关了！我这就给他送回去，我管他要擦车钱去！（闻电话又铃响）要不再接一次？

妻　　没脸哪？你还接！

夫　　万一要是你爹呢？

妻　　你接可以，问清楚再叫，别拿个"大哥大"逮住谁都叫爹！

夫　　你放心，没弄清身份绝不叫爹。（对电话，恼怒地）喂，什么事儿？说！（突然兴奋地）哎呀，您终于来电话啦，爹！

妻　　真是爹？

夫　　你听。（电话交妻子）

妻　　（对电话）喂，是爹吗？哎呀，真是爹。

夫　　（拉妻子）快，给爹拜年哪。（把电话放在床上）

　　　〔二人面对面跪在床上对着电话磕头〕

夫　　爹，您老过年好哇！

妻　　爹，别忘了穿新袄呀！

夫　　爹，我们给你拜年了！

妻　　爹，别忘了压岁钱哪！

夫　　爹，我们给你磕头了！

妻　　爹，饺子一定煮熟了！

夫　　（抄起电话）爹呀，听见没有？这头磕得砰砰的，爹，我们这一年没白干，今年不回家了，现在拿上"大哥大"了，明年就有洗车棚啦爹。啥？大爹……什么大爹？（对妻）坏了，不是你爹。

妻　　那是谁爹？

夫　　人家向王老板汇报，说股票大跌。

　　　〔妻木然地坐在床上。

夫　　妮儿，咋的了？你说两句，你骂两句，你打我两下，你哭两声，你不能不出声啊。

妻　　此时无声胜有声。

夫　　我这汗毛都立起来了。

妻　　哥呀，咱俩结婚整一年，从没认真谈一谈。

夫　　可不嘛，这一年净忙事业了。

妻　过去咱那日子过得多安稳，自打进城擦汽车，整天拿块破抹布在街上摇哇摇哇，养成习惯之后一上街手就划圈儿，人都说我半身不遂。（哭）

夫　现在人们不都这样吗，不都在奔波吗！大家都拼命挣钱，不就是为了过好日子吗！

妻　光拼命挣钱就是好日子呀？大年三十回家过个团圆年，这不就是好日子吗。

　　[停顿。

夫　对！妮儿，今天哥听你的，该挣钱的时候咱玩命挣钱。该回家的时候立马回家，这才是好日子。[电话铃响。

夫　不接了。

妻　那要是咱爹呢？

夫　那也不接了。这就回家给爹当面磕头去。

妻　对。

合　回家！

　　[音乐（秧歌调）起，夫妻拎包下，夫下意识摇起抹布……

妻　咱都回家了，你还摇它干啥？

夫　这叫搂草打兔子，万一碰上生意，咱就顺路擦擦。

　　[剧终。

（1998 年中央电视台春节联欢晚会　与尚敬、张振彬合作）

家有老爸

时间：当代

地点：普通家庭

人物

老　人（黄宏扮演）

儿　子（林永健扮演）

儿　媳（黑妹扮演）

景置：普通人家，一应用具。

[幕启，黄宏抱小狗上。

老　人　现如今这日子越过越富有，我儿子是为做生意到处走，怕我一人太孤单，给我整只小巴狗，来，大大，我抱抱你，别总想你妈，你妈是我儿媳妇，她管我叫爸爸，我管你叫大大，这叫啥辈儿啊？大大，外面遛得差不多了，咱到屋里听听广播，行不？

[小狗：呜……

老　人　这是同意了，就是不会说话，心里啥都明白，来来来，你到屋里趴一会儿，我看这广播里有没有好听的节目。（掏出小收音机，打

开，收音机里播放足球比赛实况）

[小狗：汪汪……

老　人　不想听？咱再换一个。（换台，收音机里播放着歌曲：常回家看
　　　　看，回家看看……）

[小狗：呜……

老　人　它喜欢这口，见着歌星追着走，扑到身上就一口，比那少女还疯
　　　　狂，人送外号"追星狗"！

[林永健和黑妹扮演的儿子、儿媳拎着大包小裹上。

儿　子　你快点儿……

儿　媳　你急什么，急什么？你没看见我拎着这么多东西吗？

儿　子　我公司今天签合同，你非得今天来。

儿　媳　这不是来看你爸吗？

儿　子　什么看我爸呀，你看你这大包小包买的全是狗罐头，哪盒我爸能
　　　　吃啊？

儿　媳　呀！光想狗了把你爸给忘了。（欲走）

儿　子　站住！回来。（掏出钱递给媳妇儿）一会儿给爸。

儿　媳　哎！

儿　子　坐一会儿就走啊。

儿　媳　你别跟火烧屁股似的行不行？上回咱爸就不高兴了，和你没待够。

儿　子　是咱爸和我没待够呀？还是你跟小狗没待够呀？没时间了……（按
　　　　门铃）

老　人　谁啊？

儿　子　爸！

老　人　哎，来啦！这俩孩子多孝顺，三天来看我两回了。（开门）

儿　子　老爸！

儿　媳　爸爸！

老　人　哎，来就来呗，又给我买这么些吃的。（把林永健和黑妹手中的狗
　　　　食品接了过来，林永健、黑妹不知如何是好）还愣着干啥呢？快
　　　　到屋里说说话。

[黑妹赶忙进屋去看小狗。

儿　媳	（对着小狗说话）哎哟，大大！
老　人	（以为黑妹是在对自己说话）你看这儿媳妇跟我多亲啊，还爸爸……
儿　媳	（把狗抱起来）我想死你了！
老　人	我也想你们啊！
儿　媳	（对小狗）感冒好了吗？
老　人	好了，没看不咳嗽了吗？
儿　媳	（对小狗）天凉了，别老蹲地下！
老　人	没事，我坐沙发上。
儿　媳	（对小狗）对了，我还给你织了件毛衣呢。（从手袋里拿出一件给狗穿的毛衣）
老　人	想得多周到，还给我织了件毛……（黄宏看到了黑妹手上的那件"毛衣"，拿过来套在脖子上）喔，脖套啊？知道我这气管炎，特意让我把这挡上是吧？
儿　媳	不是！那是给大……
儿　子	（打圆场）大啥呀？不大！你看咱爸戴着多合适啊！呵呵……
老　人	我总觉着色艳点儿，跟老华侨似的。
儿　媳	爸，这是给您老的钱。
老　人	又给我拿钱，说多少回了，不缺钱，你们要缺钱我都能帮助你们！
儿　媳	哎呀，这不快过节了嘛，我们两手空空的来了，又没给你买点啥吃的……
老　人	还没买吃的？（指着给小狗买的那堆狗罐头）这不是吃的？这大包小包的我得吃多少日子啊？
儿　媳	哎呀，爸！
老　人	好了好了，这钱我收下，这点吃的给你妈拎过去。
儿　媳	这……
老　人	拿着！
	［小狗疯狂地叫着……
老　人	别叫了，有你啥事，跟着掺和。

儿　子　爸！那罐头是它的！

老　人　嗯？

儿　媳　爸！那不写着……宠物食品吗？

老　人　宠……（仔细看）你看我这眼神儿，幸亏你俩说清楚，要不然这玩意儿当礼物给领导拎去，我估计啥事也办不成，万一再碰见个腐败分子，吃完这玩意儿回头能咬死你，哈哈哈哈……来来来，坐下，说说话。

　　　　　〔黑妹和林永健刚刚坐下，林永健的手机响了。

儿　子　（接电话）喂，好好好，我马上下楼，你让公司派车，八点二十准时来接我，好的、好的、好的……爸，八点二十我……

老　人　我发现你这经理比总理还忙，你是来看我的，一进门你就看表，那表是你爹啊？

儿　子　哎呀，表爹啊……

老　人　哎，嗯？几天没来改表亲了？

儿　子　哎呀，老爸！你有事儿啊？

老　人　没事儿，我就想和你们说说话。

儿　媳　对，坐那说说话。

老　人　你咋没给我把孙子带来呢？

儿　媳　哦，他上学去了。

老　人　他学习好吗？

儿　子　好！

老　人　吃饭好吗？

儿　媳　好！

老　人　身体好吗？

儿　子　好！

老　人　长多高了？

儿　子　（看表，心不在焉地）八点二十。

老　人　哎呀，真快，一晃的工夫就长到八点二……你跟我说话心不在焉啊？啥叫八点二十？那是多高啊？你耍拨浪鼓呢你啊？还八点二十，看你那点儿定的，跟你那眉毛似的。

儿　子	爸！我公司等着我谈判签合同，我惦记着我那笔生意啊。
老　人	你惦记你生意，我惦记我孙子！
儿　媳	差不多该放学了，我来给小涛打个电话。（打电话）喂，小涛啊，放学啦？爷爷想你，跟爷爷说两句话，爸……（把手机递给黄宏）
老　人	涛啊，想爷爷没有？好孙子，爷爷也想你啊！
儿　子	爸！
老　人	催啥呀？好了，你爸这还有事，不……什么？你还想听大大给你叫两声？
儿　子	哎哟，急死我了！
老　人	好好好好！来，我这就让大大给你叫两声，来来来，大大，给我孙子叫两声。 〔小狗不叫。
老　人	平时不让你叫你瞎叫，一让你叫没本事了是不是？（对着手机说）你别着急，我启发启发它。（对小狗说）广告……中国足球……都他妈麻木了……你别着急啊，我这就让它叫。（学狗叫）嗷！ 〔狗：嗷！
老　人	嗷！ 〔狗：嗷！
老　人	嗷！ 〔狗：嗷！
老　人	哈哈哈哈，孙子，听见没有？什么俩狗啊？那是我和它，我们俩人！
儿　子	哎呀，行了！
老　人	你干啥啊？
儿　子	（踢狗）叫什么啊！
老　人	你说谁啊？
儿　子	没说你。
老　人	打狗你还得看主人呢！

儿　子	我也是它主人。
老　人	我是你爸爸!
儿　子	它是我大大!
老　人	你的意思我俩是哥俩是咋的呀?
儿　子	没时间了,你啰唆什么呀!
老　人	你干什么你呀?干什么!你没时间听我啰唆,我还不能跟孙子啰唆几句吗?我要你有什么用啊我?没时间,没时间,今后你没时间,你别来看我!
儿　子	(手机响)喂,催什么催?拍板你们拍不了,谈判还不会谈吗?我要你们有什么用啊!谈不了谈不了,今天要是谈不成就别来见我!
	［狗:呜……
儿　媳	大大,大大,大大不怕,不怕,不是吵架,是爷爷跟爸爸说话,爸,爸!其实,他挺惦记您的,可就是工作太忙了,他总是说,天下有做不完的生意赚不完的钱,可是爹就一个呀!
儿　子	爸……今天的事都是我不好,你老别生气了,我今天什么都不干了,我好好陪你在家聊天儿行吗?爸!
	［音乐起。
老　人	……儿子,爸不该怪你,其实我年轻的时候啊,和你一样,一下班回来呀,你爷爷奶奶就围着我,是又问这又问那的,我呢?往床上一躺,也是啥都不想说了,你奶奶拿着扇子摇啊……摇……这日子过得真快,我老了,你妈……我这心里一阵一阵总空落落的,就盼着你们回来能说说话……
儿　子	爸!
老　人	行了……我想明白了,总盼着你们回来看看,倒不如我出去转转,其实天下所有做父母的都一样,越看着儿女在外面忙活,自己在家里待着就越踏实。
儿　子	爸,我这就把小涛接来,咱们高高兴兴地团聚团聚。
儿　媳	对!咱们好好说说话。
老　人	拉倒吧,有正事你们忙去吧,我去接孙子!来,大大,外面天凉,

咱拿这玩意儿套上！哎，小芳，我发现你给我织这玩意儿套它身上挺合适！

儿　媳　爸……您别说了，行吗……

老　人　我早就知道不是我的。

儿　媳　我这还有毛线呢，回家给您织个坎肩！

老　人　行！它背心我坎肩，穿上一对情侣衫！

三　人　哈哈哈……

　　[三个人开怀地笑着，林永健悄然拭泪，剧终。

（1999年中央电视台春节联欢晚会　与尚敬、王宏、王铁虎合作）

打气儿

地点：街头

时间：某日上午

人物

修车人——男，50岁，乐观热情的下岗者

骑车人——男，30岁，心气儿不顺心的街道干部

[修车人兴冲冲上，手拿气管子和修车工具袋。

修车人 我买好了工具选好了地儿，摆个摊修车打气儿。办事处三天还没批下这个字儿，憋的我浑身都是劲儿。（发现自行车）正好这有辆自行车，给它整两下，我痛快一会是一会儿。别说这车子还真亏气儿，这丫头拿车子真不当回事儿，我就算开张了，打一个车两毛，一分、二分、三分四分五分……

[骑车人上场

骑车人 （大喊）干什么呢！

修车人 （吓趴在地）你喊啥呀？

骑车人 你干什么！

修车人 我摔跟头玩呢我干什么，没见我打气吗？

骑车人 是你的车吗你打气儿。

修车人 不是我的车，是你的车呀？你是女的呀，管闲事呀，一分、二分、

三分四分五分……

[骑车人拿出钥匙，叭的一声打开车锁。

修车人　（尴尬赔笑地）真没想到，这么大老爷们骑坤车呀，够秀气的。

骑车人　我愿意！讨厌！

修车人　哎呀妈呀，还讨厌，你别说这性格跟这车子还挺配套。

修车人　对不起，我刚才打这儿路过，正好看你这车亏气儿。

骑车人　噢，你这是做好事呢。

修车人　对，对，对，做好事。

骑车人　那你是雷锋啊。

修车人　我哪是雷锋呢。

骑车人　不是雷锋，就是疯子。

修车人　你怎么这么说话！

骑车人　你凭什么鼓捣我的车！看你刚才那个样子。一看就不像正经人，
　　　　（学修车人）还一分、两分、三分四分五分，你神经病呀？你脑子
　　　　有毛病啊。

修车人　我……我那不是高兴嘛。

骑车人　高兴就拿人家车撒欢呀，你要是不高兴是不是就拿人家车撒气呀？

修车人　我是修车的，能干那缺德事儿吗。

骑车人　噢，修车的呀？

修车人　是呀。

骑车人　那就对了，你在给自己找生意呀？

修车人　你啥意思？

骑车人　你偷偷拔了我的气门芯儿，我到你那里修车，你再安个气门芯儿，
　　　　你拿着我的气门芯儿，给我安上气门芯儿，一个气门芯你挣两份钱。

修车人　哎呀，你气死我了。（气得转来转去）

骑车人　你看，你看，这才像神经病呢。（欲走）

修车人　站住！（指自行车）你给我看清楚，我要拔了你的气门芯，这车胎
　　　　能那么鼓吗？

骑车人　气门芯可能没拔，但是你可以在上面扎个小眼，让它慢撒气。

[修车人生气地把车锁上。

骑车人	你要干什么？
修车人	干什么，（拔下气门芯儿）这里啥玩知道不，气门芯，完整无损的气门芯儿。哎呀，这上边咋真有个小眼呢。（尴尬愣住）
骑车人	哈，哈，哈，这回看你还怎么说！
修车人	这不是我干的。
骑车人	少废话，给我换个新的。
修车人	我，我这不没事找事吗。（换气门芯，"扑哧"）
骑车人	我总算出口气，好舒服哇。
修车人	消气了？
骑车人	消气了。
修车人	这车子也没气了，拜拜。（欲走）
骑车人	回来。
修车人	干啥？
骑车人	打气！
修车人	我凭什么给你打气！
骑车人	你凭什么拔掉我的气门芯？
修车人	是你逼我拔掉气门芯！
骑车人	车子没气我怎么骑呀。
修车人	你没法骑它，它可以骑你呀。
骑车人	我扛着呀。
修车人	谁骑谁不是骑呀，你欺负它那么长时间，它欺负你一会还不行啊。
骑车人	好，好，好，打一次气多少钱？
修车人	一分、二分、三分四分五分。
骑车人	我打气儿！
修车人	一分钱一分气儿。
骑车人	你打气，我给你钱。
修车人	给钱我也不打。
骑车人	那你借我气管子。
修车人	我不借。
骑车人	那我怎么打呀。

修车人	你爱咋打咋打，用嘴吹，吹炸了我也不管。
骑车人	我告诉你，别耽误了我的正经事！
修车人	别逗了，还正经事，一看就不像正经人。
骑车人	就算你做点好事还不行吗？
修车人	我凭什么做好事？我雷锋啊，我疯子啊；我神经病啊，我脑子有毛病啊？
骑车人	哎哟，你气死我啦。（气得乱转）
修车人	大伙看看，谁像神经病。哆嗦这两下，比我刚才还厉害。
骑车人	（气呼呼地）好！你不打气，我也能骑！
	［骑车人骑上车走。
修车人	站住！（骑车人吓得掉了下来，被车压住）
修车人	真应了我的话，真把你骑上了。
骑车人	你管不着。
修车人	这么骑不就把车子糟践了吗，下来！
骑车人	干什么？
修车人	打气儿！
	［骑车人顺从地让修车人打气。
修车人	（边打气）我跟你说吧，小伙子，我本来高高兴兴的，让你惹了一肚子气。
骑车人	我本来一肚子气，现在——多少好一点了。
修车人	年轻轻的，你哪来那么大气？
骑车人	你要在原单位干得好好的，突然把你调离，你来不来气？
修车人	那要看你往哪儿调了，（诙谐逗趣地）你要从街道办调到国务院，那你多灿烂。
骑车人	我灿烂，我惨了！正好相反。我大学毕业后分到省文联，可是不久就从省文联调到市妇联。
修车人	好哇。妇女工作很高尚，你不愁找个好对象。方便。
骑车人	市妇联干了没两年，又调到区里幼儿园。
修车人	好哇，不管大人管小孩儿，没事跟他们逗着玩嘛。省心。
骑车人	幼儿园待了一年半，又把我调到街道办，别人都是人往高处走，

偏偏我是水往低处流。

修车人　水往低处流就对了，水要老往高处走，长江大堤就决口了。

骑车人　我怎么那么苦啊。

修车人　常言说的好，苦不苦——

骑车人　（不耐烦地）知道，知道，苦不苦想想长征两万五。

修车人　你那是老词，苦不苦，想想人家萨达姆。顺不顺，看看人家克林顿。都不容易，谁还没点坎坷呀。

骑车人　我哪能跟他们比。

修车人　你不也是个官吗。

骑车人　那倒是。

修车人　当干部的，首先要有正气，对咱老百姓要和气，如果你往上升，不能傲气，如果你往下降，你别丧气。

骑车人　你是站着说话不腰疼！

修车人　你是身在福中不知福！谁能一帆风顺！一辈子总得遇上点事儿呀。就拿我来说吧。大小也是个干部。

骑车人　没看出来。

修车人　我十八岁进了自行车厂。三年当上小组长。后来在车间当主任。眼瞅要提副厂长。上级找我一谈话。说单位减员要并厂，当时我就表了态，咱工人要替国家想，我不下岗谁下岗！

［“呲”的一声车胎打爆。二人惊坐在地。静场——

修车人　（起身惊慌地）我给你补胎……（翻过自行车）

骑车人　（制止地）老同志，你下岗了……

修车人　下岗了。可是我又上岗了。

骑车人　修自行车？

修车人　我摆弄了它半辈子，对它有感情。

骑车人　大哥，对不起，其实我今天是出门修车的，我的车一直慢撒气。没想到碰上你，拿你出气……

修车人　（解嘲一笑）我也没给你好气，这不，彻底给你撒了气了。

骑车人　其实，人跟这车胎似的，气太足了就撒撒气儿，气要少了就打打气儿，这样才有好心气儿。

修车人	对，（拨拉一下车轱辘）这车轱辘往前转，咱要朝前看，别看我这车摊还没开业，不出三年我把它干成一个大修车行！
骑车人	你怎么还不开业？
修车人	没有，办事处没给签字儿。
骑车人	你找我呀，这事归我管，我一句话的事。
修车人	太谢谢你了，说实话我这两天也有点儿不顺气儿。往街道办事处跑了几趟，办开业证那小子就是不照面，心里有啥气儿，不能跟工作较劲儿。你得好好批评他，哪能身在福中不知……（修车人突然发觉说走嘴）哎呀妈呀。（扛起自行车就跑）
骑车人	你干什么？
修车人	我给你换个新胎去！
骑车人	大哥，气管子。（拿气管子追下）

﹝剧终。

（2000 年中央电视台春节联欢晚会 与张振彬、尚敬合作）

看　娘

时间：一九九九年秋天某夜
地点：一个小火车站候车室

人物

打工者——男，30 多岁（简称"工"）
台　胞——男，50 多岁（简称"台"）
广播员——女，20 多岁（简称"广"）

[幕启，舞台上一条长椅，女广播员身穿铁路制服，头戴大檐帽，手提便携喇叭上场——

广　观众朋友们，我们这是一个小火车站，它小得不能再小，许多快车都不在这里停留。但是，车速再快也带不走那动人的故事，这个故事发生在去年秋天，那天晚上是我值班——（列车呼啸而过的声音）旅客同志们请注意，旅客同志们请注意，开往省城去的 1999 次列车晚点运行，请旅客们在候车室候车。（广播员下）[打工者兴冲冲扛着行李上。

工　打工修路时间长，经常做梦想俺娘，工钱挣了三千块，回到家，给俺娘添点衣服修修房。（从怀里掏出钱来数钱）一五、一十、十五、二十、二十五、二十六、二十七、二十八、二十九、三十，三千，一张没少。挣点钱不容易。别让猫叼去，（将钱放在行李卷内）我有个毛病太可怕，一睡着了说梦话，只要别人一搭腔，人家问啥我说啥，我贴个封条挡上点。（拽出一张报纸盖在脸上，躺在长椅上，睡着）〔台胞拉着皮箱上场。

台　投资修路离开家，从台湾来到大山洼，听说台中闹地震，心中牵挂我妈妈。（嘟囔着）一点消息都没有，这三更半夜的，哪里有卖报纸的呀，谁有报纸呀？

工　（呼噜声）

台　（发现打工者脸上盖的报纸）报纸。（凑了过去，念报）台湾地震消息详见第四版……老乡。

工　（梦语）什么事？

台　借报纸看看。

工　（梦语）别客……

台　谢谢（拿起报纸）。

工　（猛然惊醒，一把抱住行李卷）你干什么？

台　没事，看看报。

工　看报，你掀我被窝干什么？（把报纸抢过）

台　这哪是被窝，不就是张报纸嘛。

工　拿在手里是报纸，盖在我身上就是被窝。

台　刚才你不是同意了吗？

工　刚才那是梦话，醒了就不算数了。

台　对不起，对不起，打扰你休息了。

工　（夹起行李卷，离开长椅，叨咕着）刚在梦里见着娘，就看见一个贼上房。

台　（不满地看了工一眼）

工　修路民工无所谓，铺上报纸就能睡。（往地上铺报，从行李里拿出钱往裤腰带里塞，嘟囔着）转移个地方，放在哪里都显眼，裤腰带里最保险，到家之前我就不上厕所了。（倒身睡下，呼噜声响）

台　睡了，（快步走到打工者面前，用手轻轻搬动打工者的身子看报）阅兵村有个战士一个月踢坏六双皮鞋，不少；女足姑娘个个都是铜头铁腿，厉害；两弹一星，发射成功。台湾……（胆怯地）老弟，我就想看这条消息，正好被你压住了，翻翻身行不行。

工　（呼噜声）

台　对不起你醒醒，（呼噜声）老弟醒醒，醒醒（打工者呼噜声越来越大）他怎么睡得那么死呀。（台搬动打工者身子，念）台湾……

工　抬不动。

台　台湾……

工　抬不动。

台　台，台……我怎么光抬他不弯呢？

工　（梦语）大丈夫宁折不弯。

台　嘿！我就不信我整不起来你。（吹口哨，打工者站起身就走，报纸贴在他的背后，台胞跟着他走）

工　（梦语）厕所在哪？

台　（台胞在他身后看报）前边。

工　还有多远？

台　快到了。

工　（迷迷糊糊走向观众席女广播员身边，被台阶绊醒）哎，我怎么跑这儿来了。

广　夜深人静了，请看好您自己的物品。

工　（急忙跑回自己刚才放行李处，台胞闭眼装睡）这是怎么回事儿？（不解地自语）刚才我在这铺报，然后躺下睡觉，接着有人抬腿，然后有人吹哨……（打工者冲着观众大声地）刚才是谁吹哨？是谁吹哨？是谁吹哨！

台　别喊，别喊，是我吹的。

工　我做梦正找厕所呢，你吹口哨，你损不损哪。你总跟着我干什么？

台　我想看报！（从打工者背后取下报纸）

工　你看报？我看你不像正经人。

台　是是，我老婆也这么说我。

工　你严肃点，别跟我嬉皮笑脸的。你是干什么的？

台　我是个台胞。

工　什么，呆包？

台　　台胞，这边人叫我台湾人，那边人叫我大陆人，还有人叫我台巴子，官称台湾同胞，简称台胞！

工　　你怎么那么多名，真能吹，你还台胞？我看你那个样像个胎儿，一攥拳一闭眼往福尔马林瓶子里一泡，整个一胎儿标本。

台　　怎么这么说话？（辩解地掏出护照）这是我的台胞证。

工　　现在，什么东西都有假冒，什么证件都能伪造，贴着名牌其实土造。说是桑拿进去胡泡。骗子行医为卖假药。名为练功其实邪教。

台　　对对对，没多少文化，还揣着张破报。

工　　谁没文化，不是跟你吹，我过目不忘，看完报纸都在我肚子里呢。（台胞躲打工者，打工者追着台胞念报）第一版，神舟飞船上太空，干哈去呀？要看十一大阅兵。第二版，WTO要OK，澳门同胞要归队。第三版……第四版……

台　　你累不累。

工　　不累。

台　　那你睡吧。

工　　不睡。

台　　你不睡我睡。

工　　你不能睡觉，你必须听我念报。

台　　你不要跟我胡闹！

工　　谁跟谁胡闹哇？人家这儿睡觉，你就搬着大腿看报哇，人家这儿睡觉，你就在旁边吹哨哇。我告诉你，我为了加班修这条路，我三天没合眼了你知不知道，你要的这篇文章——（将报纸撕成两半，往地上一拍）我给你。

台　　我不要！

工　　你爱要不要，我告诉你，你要再影响我睡觉，可别怪我脾气太暴。（用手中另一半报纸包钱，揣入怀内下）

台　　我——

工　　你怎么的？

台　　我走！

工　　扭脸就回来。（回到长椅上躺下）

台　　我还扭脸就回来，你是不了解我的脾气，我不是跟你吹，我老婆把我赶出门，不让我回家，我说不回家就不回家，我还扭脸就回来。还扭脸……（路过地下的报纸，无意扫视一眼，被吸引，念报）继9月21日台中地震后，宝岛同胞积极抗灾，共渡难关。昨天又发生强烈余震，大量房屋倒塌，受灾最严重的地方是……哎呀俺的娘啊，关键的地方他给撕掉了，（急切地）受灾最严重的地方到底是哪啊？到底在哪啊！

工　　（梦语）草屯。

台　　草屯就是俺家呀！（走上前去）老弟呀，你醒醒，我看看草屯的消息。

工　　（呼噜声）

台　　老弟呀，请醒醒。

工　　（呼噜声）

台　　老弟呀，醒醒！

工　　（呼噜声）

台　　醒醒！他睡觉怎么这么死呀？（吹口哨）

工　　娘，水开了灌壶。

台　　哎呀，我都急得要上厕所了，他还是不醒，（自语壮着胆）管他哪，反正他睡觉死，掏出来看后我再给他放回去。老弟呀，对不起，我下手了。［台胞刚把手伸进打工者的怀里，打工者一把把他抓住——

工　　我抓你个现行！

台　　你怎么醒了？

工　　我压根就没睡！走！上派出所。

台　　我什么都没干。

工　　你掏我的钱包。

台　　我是掏报纸。

工　　报纸包上钱就是钱包。

台　　（挥舞着手中的报纸）我不就是为了看看这张报纸嘛！

工　　（抢过台胞手中的报纸撕碎）我让你看！看！看！（撕碎报纸扔在地上）
　　　［台胞看着地上的碎报纸，伤心地哭泣起来——女广播员上。

广　　旅客同志们，开往省城的1999次列车马上进站，请大家准备上车。
　　　（下场）

工　你，你哭什么？

台　我真是台湾人。我回到家乡来就是为修这条路的。

工　胡说，这条路是我修的！

台　是我投资的。

工　你就是老板啊？

台　俺要不是急着回家看娘，你怎么能回家看娘呢？俺80岁老娘到现在还没有消息呀！要是你，你急不急呀。

工　（突然醒悟）哎呀俺的娘哎。对不起我不知道，（他急忙捡地上的碎报纸往一块拼凑）还缺一块，还缺一块，（从椅子下捡出一块报纸）就缺台湾这块了。〔火车一声鸣笛——

台　老弟，我该走了。

工　（迅速捡起地上的报纸）路上看，你放心，一方有难八万支援。大陆很多报纸都作了报道，（慌忙地从包里、兜里掏出报纸）这有，这有，这还有。（下意识地把怀中包钱的报纸包也掏出来，塞到台胞的怀里）都带着。

台　谢谢！（台胞捧着报纸下）

工　（望着台胞的背影）儿子走到哪儿都惦记着娘啊。（下意识摸钱，突然发现自己把怀中的钱也给了台胞）我的娘哎！哎——老板！

台　什么事？老弟。

工　那个钱，钱……

台　钱？

工　前边火车进站了。

台　知道了，知道了。（反身走）

工　老板！

台　什么事？

工　那个报纸包——

台　包？

工　保管好哇。

台　放心，放心！（反身去）

工　老板啊！

台　啊？

工　给台湾人民带好啊，给老娘带好啊。

台　谢谢了，老弟！（反身下）

工　（难受地）他给老娘带好，我给老娘带什么呀？〔打工者拿起行李卷欲走，台胞手里捧着三千元钱跑上。

台　老弟，钱！〔音乐起，打工者回过头来——

工　大哥，拿着吧。

台　不行，我知道你们挣点儿钱不容易。

工　我知道你们不缺钱，可多少是我的一点心意。我们受灾的时候，你们不是也捐助过我们嘛。

台　应该的。

工　拿着。

台　不行，不行。

工　你听我说，别人的钱你们都能接受，咱们是一奶同胞，你怎么就不能收下呢？这钱就算是我借给你的行吧！

台　好，我一定回来。

合　再见！

工　等等。（打工者从台胞手中的钱里抽出一张）路上用，这一张就够了。

〔打工者和台胞在火车的轰鸣和音乐声中分别从两侧下场——

〔广播员上场，目送着他们——

广　观众朋友们，后来的故事是，小站迁走了，因为那条高速公路开通了，我们愿这条路不停地向前延伸，愿它像一座桥梁飞架海峡两岸。

〔剧终。

（2001年中央电视台春节联欢晚会　与张振彬、尚敬合作）

茶 馆

时间：2008 年除夕
地点：茶馆

人物

老赵忠祥（年龄 98 岁）

老倪萍（年龄 89 岁）

老黄宏（年龄 88 岁）

[舞台提示：大屏幕上呈现年画等过年气氛，屏幕前挂着灯笼，飘着白雪，年迈的赵、倪拄着拐棍从两侧上场，赵戴着口罩、墨镜，倪用围巾把脸遮住，二人擦肩而过，同时停下脚步。

老 倪 萍　如果我没认错的话，你就是赵忠祥同志吧？

老赵忠祥　倪萍同志。（二人热情地握手）

老 倪 萍　老赵咱多年不见了，今年高寿啊？

老赵忠祥　98，你呢？

老 倪 萍　89，这大过年的你到哪儿去啊？

老赵忠祥　躲春节晚会。

老 倪 萍　我也是，自不上晚会我是一看这春节晚会就烦，都 99 届了，还折腾呢！

老赵忠祥	他们也快跨世纪了，前面有个小茶馆，咱们坐会儿。
老倪萍	坐会儿。[二人走入大屏幕，屏幕上呈现茶馆的场面。两人同时摘去口罩和围巾，露出饱经沧桑的脸。二人入座，茶座后写着一副对联。
老赵忠祥	（念）苦辣酸甜尽在品。
老倪萍	（念）喜怒哀乐都是情。
合	（念）茶。
老赵忠祥	还有点品位。
老倪萍	掌柜的。
老黄宏	来啦！
老倪萍	这不是黄宏吗？
老赵忠祥	你也下来啦？
老黄宏	过去小品，现在品茶，基本上属于老本行，来点什么茶？
老赵忠祥	先把门关上。
老倪萍	对，省得又签名又照相的，闹得慌。
老黄宏	没事，别说你们坐一会儿啦，我在这都八年了，没人认识。（下）
老赵忠祥	多年不见了，一点儿没变，你还是那小模样。
老倪萍	你也没变，还是那老模样。
老赵忠祥	要说现在的女主持人没一个赶上你的，当年你那《天气预报》（倒口），西北风今儿刮，明儿刮，后儿个还刮，说得多生动啊，你再看现在播《天气预报》，拿个小棍往那一杵，连点表情都没有，说哪儿晴天哪儿下雨，说哪儿下雨哪儿晴天。
老倪萍	老赵不是我夸你，想当年你那节目，无论是《人与自然》，还是《动物世界》，真是没说的，你就是出个声音都没出画面，就搞得那么热闹。你再看看现在这演员，折腾得都跟动物似的，还没啥意思。
老黄宏	（上来倒茶）二位别总相互吹捧，挑点毛病。（下场）
老赵忠祥	小倪，要说毛病你还真有，你主持节目哪点都好，就是太爱煽情。见着老头煽情，见着小孩也煽情，见着老太太煽情，见着

大姑娘还煽情，见着有病的煽情，见着没病的更煽情。

老倪萍 我是太爱煽情，我现在一看当年的录像，恨不得都扇自己几下。我爱煽情固然不假，你主持节目总是一个腔，《动物世界》一个腔，《人与自然》一个腔，《正大综艺》一个腔，春节晚会还是一个腔。

老赵忠祥 我这叫一腔热血。咱们老了，怎么宋祖英还是那么年轻漂亮。

老倪萍 那是化妆师偏心眼儿，给宋祖英是怎么漂亮怎么化，给我是怎么难看怎么抹。

老赵忠祥 唉，现在生活作风有问题的演员也能上晚会。宋丹丹一开始跟黄宏是两口子，现在又跟赵本山扯上了，昨天还约我呢！

老倪萍 老赵，你可要保持晚节啊。

老赵忠祥 我没理她。

老倪萍 你说冯巩那相声，想当年就逗不乐观众了。

老赵忠祥 对，拿着话筒到观众席去胳肢人，听说今年又把快板、弦子都折腾上去了，这不是闹吗！〔电话铃声响，倪接电话。

老倪萍 喂，哪里，春节晚会导演赵小安。

老赵忠祥 赵安他儿子。

老倪萍 张老海。

老赵忠祥 张小海他爸。

老倪萍 （冲赵）他们这不也是老少结合吗，（冲电话）什么，让我们参加春节晚会。

老赵忠祥 不去。

老倪萍 不去！不去！

老赵忠祥 你也别把话说得太死！

老倪萍 什么？观众还想着我们呢？（回头冲赵带有哭腔地）观众还想着咱们呢？

老赵忠祥 你又要煽情！

老倪萍 只要观众还想着我们，我们马上就动身。（挂上电话）

老赵忠祥 （得意地）掌柜的，买单。

老黄宏 （上）这喝点茶就来精神了。

老 倪 萍　　春节晚会有约请。

老 黄 宏　　真的！

老赵忠祥　　那还有错。

老 黄 宏　　你们问问导演，如果需要小品的话，帮我说说，今天这茶钱免单了。

老赵忠祥　　（打着官腔）我们研究研究再说！

老 倪 萍　　（边走边冲赵）黄宏真比以前大方多了。

老 黄 宏　　（自语）免单？这壶茶我给他记在春节晚会账上……

　　　　　［结束。

　　　　　　　　（2001年中央电视台春节联欢晚会　与尚敬合作）

花盆儿

时间：当代
地点：市场一角

人物

卖花盆的老大爷，简称——老
买花盆的新郎官，简称——郎
大爷的老伴，简称——娘

[幕启，大爷、大娘骑着装满花盆的三轮车上，车上挂着横幅"新春大酬宾，花盆五毛一个"。二人叫卖。

娘　　卖花盆喽。

老　　卖花盆喽。

娘　　花盆里边种鲜花。

老　　鲜花装点千万家。

娘　　今年国家喜事多。

老　　这花盆卖了一车又一车。

娘　　手脚一会儿都不闲。

老　　一天到晚净点钱。[娘从车上取下装土的红塑料桶，铺上坐垫，坐在桶上。

娘　　把今天卖的钱拿出来。

老　　这不都在这摆着呢吗？（掏出钱）

娘　　一到你手，你又偷着买烟去了。

老　　抽了一辈子了，能说改就改吗？

娘　　那不改你身体还要不要？我去买点东西，一会儿就回来。（娘下）

老　　现在的老婆太各路，天天都得查收入，为了家庭能和睦，老爷们儿必须要有小金库。（从鞋里往外掏钱）咱农民总跟土地打交道，我埋在土里最可靠。这盆里埋5块，留着抽烟的，这盆埋10块，留着喝酒的，这50块钱埋在她坐的装土的桶里，这是留后手的。〔郎手捧一束玫瑰花上。

郎　　老同志这盆儿怎么卖的？

老　　5毛钱一个。

郎　　真不贵！

老　　土是自家地里的，白送！

郎　　还是农民做生意实惠。

老　　（发现玫瑰花）这花真漂亮！

郎　　我刚刚结婚。

老　　看出来了，买玫瑰花是为了向爱情表白的。买野玫瑰那就是为了胡来的！

郎　　你还一套一套的。

老　　胡咧咧呗！

郎　　这花盆的价钱都一样吗？

老　　一个窑烧出来的，都5毛。

郎　　（发现地上的花盆）这还有几个。

老　　这个不卖。

郎　　摆这儿为什么不卖？

老　　这是留着自己用的。

郎　　自己用的为啥摆这儿。

老　　我怎么能跟你说呢？

郎　　一个花盆有啥不能说的！

老　　我跟你说，主要是为了我老婆……

娘　　（娘上）啥事为了我呀？

老　　坏了，回来了，啊，这小伙子要买花盆。

郎　　我就要这个。（指地上的花盆）

老　　你实在要买这个盆，那得给5块。

郎　　写着5毛，为什么要5块？

娘　　干啥呀，老头子？你也太黑了。

老　　价格放开了，自由浮动嘛！

娘　　那你浮动得也太大了。哪能那么财迷呢。

老　　我财迷你财迷呀，挣那点钱都让你给抠去了。

娘　　我不是怕你抽烟喝酒伤身体吗！（二人抢盆）

郎　　好了好了，大过年的，不要因为几块钱，影响了夫妻关系。不就是5块
　　　钱嘛，其实买东西就是个心理作用，对我来说哪个盆儿都一样。（抱起
　　　埋10块钱的盆儿欲走）

老　　等等！大兄弟这盆10块。

郎　　你什么意思？

老　　这盆确实值10块。

郎　　这花盆儿我不买了，（把盆儿放下，冲娘）把钱给我。

娘　　老东西，你干啥玩意儿？到手的钱让你给搅黄了，不能看人家老实就往
　　　死里捏咕。

老　　谁捏咕谁呀，大兄弟，我没捏咕你，这盆儿确实是10块，这盆儿5块，
　　　要不你买这盆儿，这盆便宜。

郎　　便宜没好货，好货不便宜，为了我这棵发财树，10块就10块。（欲走）

老　　对不起呀大兄弟……

郎　　算了算了。

老　　你还得给5毛盆钱。

郎　　（狠狠地把盆儿放下）奸商，十足的奸商。

娘　　大兄弟……

郎　　托儿，你是他的托儿，大过年的我不愿意跟你们动气。一个破花盆从

5 毛涨到 5 块，从 5 块涨到 10 块，还要涨，你以为你是什么盆！是金盆哪？

老　那不是。

郎　银盆呀？

娘　那不是。

郎　你这盆里能长出钱来呀？

老　那倒是。

郎　什么！

老　不是不是。

娘　大兄弟，你别听他的。

郎　大家都听见了吧！他说他这盆里能种出钱来。

老　大兄弟，你别喊哪！

郎　刚才充其量你是个奸商，现在你就是诈骗。

老　我骗啥了！

郎　你说你花盆里能长出钱来。

娘　他那是胡说八道。

郎　那我不管！你给我长！长不出钱来我送你上市场管理所。吊销你的营业执照。

娘　老头子快服个软吧……

老　大兄弟，我要是能种出钱来，还用在这儿卖花盆吗。

娘　就是，土里要能长出钱来，那我们就开银行了。

郎　那我不管，种不出钱来，你别想走。（锁车锁）

娘　咧咧吧，我看你咋种！

郎　种！

老　那我要种出来你就放我走。

郎　你要种不出来你就跟我走。

老　（无奈地）挖个坑儿，埋点儿土，数个一二三四五，种 5 块翻一翻，其实这事儿也简单。（从花盆土里双手各拿出 5 块钱）

郎　（吃惊地）哎呀！

老　这 5 块是你的种儿，这 5 块算收成。（娘欲翻花盆里的土）

郎　　别动。（翻土）

娘　　老头子你是咋鼓秋出来的？

老　　收拾收拾赶紧走哇！（往车上搬花盆）

郎　　等会儿，你身上有钱！

老　　没有！她翻过了。（把口袋掏出）

娘　　我做证。

郎　　（对娘说）把你那 10 块钱给我。［老头趁郎不注意迅速调换花盆。

郎　　你再给我种 10 块。

老　　说好了种出来让我走，你咋说话不算话呢。

郎　　再种 10 块我就让你走。（扔下 10 块钱）种！

老　　我种，挖个坑儿，埋点儿土儿，数个一二三四五，种 10 块长 1 倍，心里觉得很惭愧。［老双手离开花盆，各拿出 10 元。

郎　　哎呀！哎呀！

老　　这 10 块是你的种，这 10 块是我的收成。

郎　　大爷！

老　　咋的，看见钱叫大爷了。

郎　　你就是大爷。

老　　小伙子，以后别这样，哪能得理不让人呢！社会在发展科学在进步，土里到底能长出啥，谁也保不住。人能克隆了，庄稼基因了，土地里可能就长出现金了。我们农民多年的口号就是向土地要钱！如今终于实现了！

娘　　（自语）不对，这里肯定有鬼。（在装土的桶里翻找）

郎　　不可能呀，这是物理反应还是化学反应？

娘　　（从土里搜出 50 元人民币，冲观众）人的反应。

老　　你别管啥反应，反正我种出来了。不是跟你吹，刚才你是拿个 10 块的，你要拿出 50 来，照种！

郎　　真的。

老　　不信你拿呀！

郎　　那你给我种 50——

老　　没问题。

郎　美元。

老　（坐在地上）我这不是没事儿找事儿吗，把他美元还勾出来了。

娘　美国大豆还照种呢！美元怕啥呀！（坐在桶上）

老　你跟着掺和啥呀。小伙子，你是人民吗？

郎　当然是人民啦。

老　是人民咱就得种人民币！

娘　让你种啥你种啥呗。

老　外国这玩意在咱的土地上不一定长出啥来。

郎　长出英镑更好呀。

老　要长出卢布来，你不亏了吗？

娘　长啥都是钱哪！

耶　你可以试一试！

老　好！我试试。人有多大胆，地有多大产。

娘　盆有多大号，能种多大票。（把桶搬到老头面前）

老　你快学会了。挖个坑儿，埋点土儿，数个一二三四五，自己的土自己的地，种啥都长人民币……

娘　长啊。

老　自己的土自己的地，种啥都长人民币……

娘　长啊。

郎　哎呀，你不要催嘛，这不是拔苗助长吗。

老　自己的土自己的地。

娘　（举起手中的 50 块钱）种啥都长人民币。

老　看着没有！人民币是坚挺的，这阵子涨得挺猛的。亚洲经济不萧条，都是靠它带领的。

郎　我不明白，你种的钱怎么跑到她手里去了？

老　小伙子，你刚刚结婚，感受不深，过上几年，你就开始藏钱。

娘　老头子，真有点对不起你了，今天这事弄得我挺心酸，我把钱把着紧点，还不是怕你抽烟喝酒伤身体吗？现在咱还缺钱花吗，（拿出一瓶蜂蜜）这蜂蜜不比烟香、不比酒甜吗？

老　给我买的？

娘　　戒了烟常喝点蜂蜜水。

老　　小伙子，老话说得对呀，吃在肚里的才是饭，穿在身上的才是衣，栽在盆里的才是花，最疼你的才是妻。

郎　　大爷大娘，你们的爱情才叫浪漫，这束玫瑰花就送给你们了。

娘　　好！我也送给你个花盆。

老　　买束百合花，给你爱人带回去。

郎　　谢谢。

娘　　走了。

老　　（骑上车）好盆配好花。

娘　　好人配好家。

郎　　生活一定比蜜甜。

老　　对，千万别藏私房钱。

　　〔剧终。

（2002 年中央电视台春节联欢晚会　与张振彬合作）

兄　弟

时间：当代
地点：餐馆

人物

甲——农民，40 岁
乙——老板，40 岁

〔幕启，舞台上一个屏风，一张餐桌，两把高背椅，餐桌上有两双筷子，一本菜谱。甲从屏风一侧上。

甲　这城里人越来越离谱了！我干好事还给人添堵了，这下可把我治苦了，我是谁自己都做不了主啦！把我整来抽血化验又掰嘴，我成了萨达姆了！（蹲在地上）

〔乙从另一侧端两盘凉菜上。

乙　（冲观众）看见没有，这乡下人啊，走哪都蹲着。吃饭也蹲着？

甲　习惯了。

乙　（把盘子放在地上）吃吧。

甲　你喂猪哪！

乙　你们乡下人也怪，人家吃饭应该坐着吧，你们非蹲着。

甲　你们城里人更怪，人家上厕所都蹲着，你们非坐着。我说，这爹的结果啥时候能出来呀？

乙　那叫 DNA！

甲　爹 A！

乙　DNA！

甲　爹 A！

乙　DNA！

甲　爹 A！

乙　你别爹 A、爹 A 的，一个字一个字地跟我说。爹！

甲　–A！

乙　你要是我爹，咱俩就抱不错了。

甲　也不可能是这岁数呀。

乙　你怎么可能是我呢？

甲　我也不想是你呀，你别把脸拉那么长。兄弟，别着急，兴许化验结果一出来，咱俩还没抱错呢！

乙　就你这智商，连个 DNA 都说不清楚。

甲　啥说不清，我不愿意说。本来中国名挺好的，非把外国名整一堆。化验不叫化验，叫 DNA，厕所不叫厕所，叫 WC，挺好个中央电视台，非叫 CCTV！〔甲拿起筷子。

乙　等等，把你外衣脱了。

甲　人家这么高级的地方，我不好意思脱。

乙　你穿这身，我不好意思！脱了。〔甲脱掉棉大衣，露出对襟汗褂儿。

乙　你这里边还不如外边呢！

甲　（打一喷嚏）阿嚏！

乙　你往哪儿喷呢？

甲　兄弟，再脱没玩意儿了！

乙　你把我这衣服穿上。

　　〔乙递西服上衣给甲。

乙　穿上！别冻着！

甲　老板服穿上，我不得老板着嘛。〔甲穿上乙的西装，拿起筷子。

乙　往哪蹭呢？〔甲拿起筷子欲吃。

乙　等等，这还能吃吗？都让你喷上作料了。

甲　那不白瞎了？

乙　行了，想吃啥，你再点点儿可口的吧！〔乙把菜谱扔给甲。

甲　哎。我最不会点菜（翻看菜谱念出声）燕窝、鱼翅、鲍鱼、非洲鲍、澳洲鲍、美洲鲍……

乙　往哪儿看呢，后面那页！

甲　（翻一页）扒猪脸儿、烧羊脸儿、烤鸭脸儿，这不扯吗，鸭子才多大个脸呀，去了嘴没玩意儿了！要说吃脸还是吃驴脸。那玩意儿多长呀，实惠！

乙　给你脸了是不？

甲　比驴脸还长，那我就来两碗大米饭吧。

乙　我不吃！

甲　我一个人能吃两碗。

乙　胃口不小。

甲　为了今早抽血，昨晚就开始空着肚子。你不也空肚子抽的血嘛！你啥也不吃啊？

乙　我吃得下去吗！装啥呀，不都叫你闹腾的嘛！

甲　我闹腾啥啦？

乙　没事你到城里瞎转悠啥呀！

甲　我着急呀！这不到年底了，我寻思进城淘弄点钱吗！

乙　淘弄钱你就捡钱包呀！

甲　那看着了，你还能不捡呀！

乙　捡了钱包送到派出所你就走人呗！你留姓名干啥，非见我妈干啥？

甲　那能怪我嘛，派出所要见失主，你妈一看我就愣住了，说我长得像她，一看身份证，咱俩是同年同月同日生，细一打听还是同一个产房，仔细一唠才知道，你6号，我9号，当时我跟你妈开了个玩笑，只要九六一看倒，兴许两人就错抱！

乙　就你这一句话，就你这一句话，整的我们全家到现在不得安宁！
　　我妈越来越觉得你像她。

甲　是，看完照片我妈还说你像她呢。

乙　你妈也是，四十年前，跑城里生什么孩子呢？

甲　那时候产院少，不到城里，到哪生呀！

乙　你也不劝劝你妈换个地方！

甲　你咋不劝你妈换个地方呢？

乙　你傻呀！当时我不在我妈肚子里吗？

甲　你不傻，你在你妈肚子里，我当时不也和我妈没见面吗？〔略顿。

乙　行了，快吃吧！

甲　谁傻呀，我妈在哪生孩子你也管。我就不明白了，咱俩要真抱错了，我就是你，你就是我了？

乙　你寻思哪！

甲　你家就是我家了？

乙　嗯。

甲　你妈就是我妈了？

乙　嗯。

甲　你媳妇……还是你媳妇呗！

乙　废话！不是我媳妇是你媳妇呀！

甲　那我就放心了，我是怕我媳妇成你媳妇。

乙　想啥呢？

甲　这就没啥了。咱们做这个化验，就是给老人个安慰呗！咱们谁是谁都无所谓！

乙　你无所谓，我可有所谓。我妈是董事长，谁是她亲儿子，有个财产继承权的问题！你懂吗？

甲　是这么回事呀！兄弟，我冒昧地问一句，咱妈的企业有多大规模呢？

乙　你别一听财产继承权就咱妈咱妈的，我妈！

甲　行，化验结果没出来你还这么叫，你妈的企业规模？

乙　一个公司，两个餐饮，三个洗浴，四个仓买。

甲　这么说我倒不过来，你就直接说大约能合多少钱吧。

乙　千八百万吧！

甲　千八百万哪！这么多我也用不了哇！

乙　想啥呢？

118

甲　兄弟，我用不了那么多呀，真的，你不了解我，我最打怵就是理财。别说自己有多少钱我摆弄不明白，就是欠别人多少钱我心里都不清楚啊。

乙　你还欠钱呀。

甲　不，就是贷款！

乙　啊，啊，阿嚏！〔乙打一喷嚏。

甲　（拿过自己的棉大衣）你看看，凉着了吧？心里有火最容易着凉，披上，十层单不如一层棉，再破的衣服也挡风寒。〔甲为乙披上棉大衣，戴上帽子。

乙　别说，你这破玩意儿还真挺暖和。

甲　你看，衣服就是一层皮，打扮打扮就是乡下人儿，他也蹲下了，这哪像有钱的老板，典型的车老板儿嘛！

乙　去去去，别闹了。你们家那边怎么个情况啊？

甲　啊，咱们家的情况啊。

乙　你家。

甲　你家吧，你爸哥八个，但他排行最小。你们家特点呢，企业不多，大爷多，你大爷吧……

乙　你大爷！

甲　是呀，你大爷嘛！

乙　我大爷那边儿都指啥生活呀？

甲　种水稻呀。挑水沟，灌粪汤，最较劲的是插秧。

乙　哎呀，我腰不行呀！

甲　你是缺乏锻炼！起来！我跟你说，咱那大米，纯绿色食品，只要找个投资商，给咱好好一包装，我不是吹，保你一年奔小康。

乙　真的？

甲　现在教你插秧。（把筷子交给乙）你拿的是什么？

乙　秧苗吧？

甲　就这智商，绝对适合插秧。猫着腰，弓着背，好，插秧有三个步骤，先栽秧苗，腿跟上，抬头看看直不直。栽秧苗，腿跟上，抬头看看，栽秧苗，腿跟上，抬头看看，下一垄。栽，跟，抬头，栽，跟，抬头，栽，跟，头。〔乙摔在地上。

乙　你要我？

甲　真栽跟头啊？

乙　大过年的，让我给你磕头啊？

甲　真要磕头，我还得给你掏红包哪。咱那有规矩，有啥都得掏。［乙从衣
　　兜里掏出信用卡。

甲　啥玩意儿？

乙　信用卡。

甲　你放好。

乙　你揣起来！

甲　你揣起来。

乙　你揣兜里！

甲　你揣兜里！

乙　揣你兜里！

甲　啥我兜里，我兜里的。化验结果没出来之前，所有的财产该你的还是
　　你的。

乙　本来就是我的！

甲　我也没说是我的。

乙　我看你是想钱想疯了！

甲　我是想钱，没钱这大米打不出去呀！

乙　你这么缺钱，捡了钱包，你咋还往回送呢？

甲　这不拾金不昧嘛。

乙　你昧下多好啊，兜里有钱还种啥大米呀！

甲　（激动地）不，你这话啥意思呀？我知道你有钱，但你不能侮辱我的人
　　格。是，有钱能改变生活，有钱能赢得尊重，有钱人点菜不吃可以倒
　　掉，满桌山珍海味可以一筷子不动。兄弟，你别忘了，粮食是一粒粒地
　　收，钱是一分分地挣，咱都是 63 年出生的，在娘胎里就开始艰苦奋斗，
　　生下来就赶上学雷锋运动。日子再富也要勤俭，粮食是咱老百姓的命
　　啊！［电话铃同时响起，二人接听。

合　来了。

乙　喂。什么，我妈是谁？

甲　我是谁的儿子？

乙　不对。

甲　不可能！

乙　错了，错了！

甲　肯定是错了！

　　［甲乙二人，突然发现，互相拿着对方的手机。二人互换手机。

乙　她是我妈。

甲　我是她儿子。

乙　没抱错！

甲　真的！

乙　谢谢！

甲　谢谢！

甲　兄弟，祝贺你呀！

乙　我也祝贺你。

甲　咱们祝贺自己。

乙　还是自己。

合　哈哈哈。

　　［二人互换衣服。

甲　（从衣兜里掏出信用卡）你的信用卡还在我兜里呢。

乙　这卡里面有二十万，你拿着。

甲　这不行，这钱我不能要。

乙　听我说，我觉得你们的大米前景非常可观，就冲着你的人品，这个资我
　　投了。

甲　（惊喜地）真的？

乙　而且名字我都想好了，就叫兄弟牌大米。［音乐起。

甲　太好了，兄弟，为了寻找投资对象，我找得好苦啊。回去告诉你妈。

乙　咱妈。

甲　对，咱妈。从今天开始咱俩都多了位妈妈。

乙　对，从今往后，咱两家都当亲戚走。

甲　春天，你带着咱妈到我那踏青。

乙　冬天，你带咱妈来我那猫冬。

甲　定了！

乙　兄弟！

　　［二人紧紧拥抱在一起。

乙　哎，卡的密码是：63……

甲　1211。

乙　你怎么知道我的密码呢？

甲　这是咱俩的生日呀！

乙　你小子智商不低呀！

甲　还不低呢，纯属四大傻。拿着生日当成密码，拿着手机乱拍照，
　　网上恋爱找不着人，四十多岁抱没抱错不知道。

　　［二人哈哈大笑，甲拎起垃圾桶。

甲　小姐，打包！

乙　那还能吃嘛！

甲　回去喂猪！

　　［欢笑中二人下场。剧终。

（2003 年中央电视台春节联欢晚会　与张振彬、王承友合作）

足　疗

时间：当代

地点：足疗馆

人物

黄　宏——司机

牛　莉——妻子

沈　畅——足疗技师

景置：背景是一张招贴画，画上是一个巨大的脚丫子图案，招贴画的前面有一
　　　张专业的足疗榻。

[幕启，牛莉急匆匆上。

妻　　子　老公，你把车停好了，赶快过来，（发现一家足疗店）足疗？今
　　　　　天呀，就这了！哎，洗脚店里有人吗？
　　　　　[沈畅应声上场。
足疗技师　来啦……欢迎光临，请问是做足疗吗？
妻　　子　对，两位。
足疗技师　好，我马上准备水，请稍等。

妻　　子	好的，哎，等等。（用床单把招贴画遮住）
足疗技师	啊？
妻　　子	不好意思啊。
足疗技师	这个不能蒙……
妻　　子	我老公啊没做过足疗，我怕他一下子接受不了。
足疗技师	嘿嘿，真逗。（下）
妻　　子	老公，你快点儿啊！
	〔黄宏上。
司　　机	来啦，来啦来啦……来啦……现在这老婆真够呛，是吃喝玩乐讲高档，一上街，她买东西我买单，我这丈夫不叫丈夫，我叫付账！乐啥呀？所有男人都一样。
妻　　子	老公，今天真是太高兴了。
司　　机	我也高兴啊。
妻　　子	大过年的，咱俩应该好好地休闲休闲。
司　　机	别人休闲，咱得挣钱啊，我这出租车一天光拉你了，就没拉个正经人。
妻　　子	我说你啥意思啊你？
司　　机	不是……
妻　　子	你媳妇儿坐你的车你还打着计价器，你打算收多少钱啊？
司　　机	我不打算收多少钱，我得知道我赔多少钱啊，你这一天跑了多少地方了？（扯出一长串单子）
妻　　子	你排面条啊你。
司　　机	一说面条我还真饿了，说吧，想吃点儿啥？
妻　　子	进来。
司　　机	哎，咱在哪儿交钱啊？
妻　　子	（拿拖鞋）来，老公啊，把它换上。
司　　机	我不是跟你吹，一看这拖鞋我就知道吃啥。
妻　　子	吃啥？
司　　机	日本料理呗。
妻　　子	哈哈哈……

司　机	我拉过日本客人，我知道这玩意儿可麻烦了，只要鞋一脱，马上就上桌。
	［沈畅端洗脚水上。
足疗技师	二位老板请。
司　机	看见没有？人家日本人讲究营养和健康，点菜之前先送汤。
妻　子	啊？哈哈哈……老公，你听我跟你说……
司　机	说啥呀？喝，先整个水饱，少要点儿菜，省钱。
妻　子	哎呦，哈哈哈……
司　机	来来来，坐坐坐。
妻　子	我坐哪儿啊？
司　机	明白了，在日本女人根本没地位，一吃饭男人入座，女人下跪，在咱中国，换位！你坐，我跪！（跪下）
妻　子	哈哈哈……
司　机	哎呀，吃顿洋餐乐成这模样？我跟你说，这盆汤，咱俩根本喝不了，小姐，勺呢？我先尝尝咸淡。
妻　子	哎！别喝！这是洗脚水。
司　机	啥玩意儿？
妻　子	我今天请你洗脚……
司　机	疯了，疯了！现在这女的都疯了，过去两口子上街充其量吃顿水饺，现在改洗脚了，快回家，大过年的洗什么脚啊？
妻　子	哎呀，老公！现在洗脚是时尚！
司　机	如今真是不一样，洗脚丫子变时尚了，我奶奶那辈儿时尚是裹脚，我妈那辈儿时尚是放脚，到她这辈儿时尚是洗脚，要再往上那脚非长脑袋上不可。
妻　子	那叫犄角。
司　机	我看你就是狗长犄角——净整羊（洋）事儿，咱们普通老百姓能这么折腾吗？
妻　子	我不寻思着你没洗过脚，带你来尝试尝试嘛。
司　机	我多大岁数我没洗过脚？我在家不天天拿热水秃噜吗？
足疗技师	老板，在家洗脚是为了卫生，在这儿洗脚是为了放松。

司　　机	我说你知道我是干啥的你就让我放松啊？每天我方向盘一把，安全带一绷，只要一放松，肯定闯红灯，警察一敬礼，我挣多少钱都得交公，我还放松我还……
足疗技师	哎呀老板，您得学会休息，现如今生活水平提高了……
司　　机	提高了，鸡爪子都叫凤爪了，如果我没记错的话，你这洗脚店过去是卖猪蹄儿的吧？
足疗技师	对！这是新的创意。
司　　机	净新词儿，还创意？过去叫老妈，现在叫妈咪，过去叫老爹，现在叫爹地，过去叫损招儿，现在叫创意。
妻　　子	少废话啊，你不洗我洗，拿钱！
司　　机	哎呀，说那么白干啥？拿钱，你一叫丈夫我不就付账了吗？来来来来，洗一位多少钱？
足疗技师	八十。
司　　机	多少钱？
足疗技师	八十啊。
司　　机	洗个破脚八十啊？
足疗技师	哎呀，老板，八字儿不是吉利吗！
司　　机	八字儿吉利？你给我洗成八字脚我找谁去？有内部价吗？
足疗技师	没有。
司　　机	有我也不洗，你整成内八字儿更砢碜，走走走，回家！
妻　　子	走啥呀走！小姐，开票。
司　　机	这个败家的玩意儿……
足疗技师	谢谢。（下）
司　　机	你洗啊，我到门口擦车去。
妻　　子	放下！我说你离开出租车你活不了是咋的？
司　　机	这水不是方便吗？一会儿你再整一盆儿呗，外边擦辆车十块钱，我省十块钱，你那脚不就七十了吗？
妻　　子	一点儿不懂生活。
司　　机	哎，我问你啥叫生活啊？
妻　　子	你说啥叫生活？

司　　机	生活生活，生下来就得干活，我一脚刹车一脚油门儿的我容易吗？八十块钱机场我能跑个来回。
妻　　子	你不容易我容易啊？每天天不亮你就走了，深更半夜你才回来，一头扎进被窝儿，有时候连衣服都不脱，隔着好几层你让我怎么跟你唠唠知心嗑儿啊？
司　　机	哎呀，唠啥呀？两口子过日子讲的是实实在在、真真切切，虽然现在青春火花没有完全泯灭，都四十来岁的人了，哪有那么多激情燃烧的岁月？
妻　　子	那你也不能让我一个人在家守空房啊？
司　　机	你守啥空房啊？你不天天都看电视剧《空镜子》吗？再说了，我不是忙吗。
妻　　子	你再忙有我们老板忙吗？
司　　机	你跟我别总提你们老板好不好？
妻　　子	提我们老板怎么了？人家放长假时常带着老婆去国外休闲。
司　　机	你要羡慕他休闲，你把我休了，你跟他闲去。
妻　　子	越来越俗气！
司　　机	我知道你现在看不上我了。
妻　　子	看不上你？看不上你我带你去染头啊？看不上你我带你去吃饭啊？带你去打保龄球啊？
司　　机	你带我去染头那是嫌我长得难看，你带我去吃饭也许是最后的晚宴，你带我去打保龄球，很明显你想一撒手让我滚蛋。
妻　　子	讨厌！
司　　机	实话说出来了吧？没啥了不起的，过不了一块儿咱就散。
妻　　子	散就散！
司　　机	散就散！
	［沈畅上。
足疗技师	老板，票。
司　　机	别这么叫我，我不是老板。
妻　　子	你别介意啊，他是我老公。
足疗技师	没关系，老公慢慢发展也能成为老板。

司　　机	对，老板慢慢发展也能成为老公。
妻　　子	你这话我是越听越不顺耳了！
司　　机	主要是越看越不顺眼了。
足疗技师	一张票，二位谁洗啊？
司　　机	她洗！
妻　　子	他洗！
司　　机	你洗吧，八十块钱洗脚，洗完你就成贵足（贵族）了。
妻　　子	你不洗我今天就不走了。
司　　机	你爱走不走，我们出租司机还怕等人啊？
妻　　子	你……
足疗技师	别吵了，别吵，我看，还是二位一块儿洗吧。
司　　机	你啥意思啊小同志？我明白你的意思，你无非让我多开张票，这么多年我最烦的就是这一套，你这就等于出租司机故意给人绕道儿，都是老中医，你不用给我配这个药。
足疗技师	我不是为了让你们一块儿洗吗？
司　　机	一张票就不能一块儿洗吗？
足疗技师	一张票怎么一块儿洗啊？
司　　机	我……一人洗一只！能洗不？
妻　　子	一人一只算怎么回事啊？
司　　机	说明咱俩人之间没有第三者插足啊。
足疗技师	嘿嘿，一人一只我们确实没洗过。
司　　机	没洗过你可以尝试嘛，我问你，一个盆儿里几只脚？
足疗技师	两只啊。
司　　机	这不就完了吗，这叫加人不加脚，数量也正好，和我们出租司机是一个道理，一个人也是拉，两个人也是跑，我们是看表，你们是算脚，这还……
足疗技师	那……我们就照顾照顾你。
司　　机	谁照顾谁啊，我这脚是四十三号的，她是三十七号的，没让你打个三七折就算照顾你了。
妻　　子	满脑子计价器。

司　　机	你算说对了！今天洗洗脚，明天接着跑。
足疗技师	老板，洗哪只啊？
司　　机	洗油门这只，明天使使劲儿把这八十块钱再拉回来。
妻　　子	小姐听我的，洗刹车那只。
司　　机	我的脚听我的，洗油门那只。
妻　　子	洗刹车那只。
司　　机	洗油门那只。
妻　　子	洗刹车那只！
司　　机	油门那只。
妻　　子	刹车那只！
司　　机	油门……
足疗技师	哎呀，别吵了，刹车油门是一只。
司　　机	洗踩离合器这只！
妻　　子	我跟你说啊，要是真离了，你就别想合！
司　　机	哎呀，谁怕谁啊？金盆洗手是不干啦，木盆洗脚是要散啦，（沈畅为黄宏捏脚）哎呀，你看看……这，哎呦……
足疗技师	老板你最近很劳累吧？
司　　机	还行……
妻　　子	能调理调理吗？
足疗技师	能，你看啊，这儿管心、这儿管肺、这儿管肝、这儿管胃。
司　　机	哈哈哈哈……哎呀小姐，这只脚经常在黑暗中度过，冷不丁儿的一见生人它还有点儿害涩，我自己来，我自己来……
足疗技师	老板，足疗还是有好处吧？
司　　机	有好处，有好处……
足疗技师	老板，一进门就看您生气，现在终于看见笑模样了。
司　　机	笑了，笑了……
足疗技师	老板，比看相声小品还高兴吧？
司　　机	高兴！都说春节晚会难搞，主要是导演缺乏技巧，每个观众发上一个脚盆儿洗脚，所有的节目效果保准都好！哈哈哈……
妻　　子	小姐，我来洗，我来。

司　机　　对对，你轻点儿还行，你重了我受不了，还是你了解我……

　　　　　[温馨的音乐响起……

妻　子　　还痒吗？

司　机　　不痒了，媳妇儿一上手就啥感觉都没有了。

妻　子　　讨厌。

司　机　　我这跟你开玩笑呢。

妻　子　　老公啊，这一年多你太累了，脚都肿了。

司　机　　没事儿，破脚。

妻　子　　你是咱家的顶梁柱，你要垮了，挣再多的钱有啥用啊？今天带你来，就想让你好好地歇歇脚，享受享受。

司　机　　咱们普通老百姓享受得了吗？

妻　子　　谁家过年还不吃顿饺子啊？

司　机　　吃饺子行，洗脚我舍不得。

妻　子　　实话跟你说吧，我今天来就是想学学手艺，以后回家了，我天天给你捏。

司　机　　还是老婆疼我呀……小的时候，我妈给我洗过脚，现在是老婆给我洗……

妻　子　　等老了，咱孩子给你洗……

司　机　　好……

　　　　　[俩人聊着天，黄宏渐渐睡着了，均匀的鼾声中，剧终。

　　　　　（2004 年中央电视台春节联欢晚会　与张振彬、王宏合作）

装　修

时间：当代

地点：新房装修现场

人物

黄　宏——黄大锤

巩汉林——房主

林永健——分别饰邻家女、装修工、业主

景置：房门，门上有房间号，背景是一面待装修的墙壁。

[幕启：欢快的音乐声中，巩汉林捧油漆桶上。

房　主　嘿！亲爱的观众朋友们，过年好啊！鸡年大吉我买了新房，买了新房我装修忙，装修的程序都一样，家家户户先砸墙！（走到门前）哎，九层！我的新房到了，等装修完了请你们来串门啊！（放下油漆桶，拿出钥匙）看看，新房的门就是漂亮！（开门）哎哟，看看这个门板，看看这个门锁（使劲）你看看……你看……你……（拔出钥匙）哎呀，现在这个防盗门质量真不赖，自己家的钥匙都捅不开呀！（喊）黄大锤！

［黄宏拎大锤上。

黄大锤　哎，我来了！东风吹，战鼓擂，装修离不开黄大锤，砸了这家砸那家，让我砸谁我砸谁！大哥！

房　主　哎！

黄大锤　砸谁啊？

房　主　砸门！

黄大锤　砸……大哥，挺好的门砸了不可惜了吗？

房　主　哎哟，反正装修完房子都是要换门的。

黄大锤　为啥都得换门呢？

房　主　你想啊，我要你来装修，这个钥匙我要交给你吧？

黄大锤　嗯。

房　主　你拿这钥匙就天天来吧？

黄大锤　那我们得来呀！

房　主　一两个月你就走顺腿啦，等房子装修好了，趁着我们家没人的时候，你可能还来呀。

黄大锤　……你这啥意思？

房　主　哎哟，你怎么还不明白呀？说白啦，换门不是为了防小偷，主要是为了防你们装修的。

黄大锤　你怎么能这么说话呢？呃？（抢起锤子，威慑状）你这不是侮辱人格吗？还防装修的，真要进这个门我还用钥匙吗？

房　主　（恐惧地）你、你……

黄大锤　还用钥匙吗我？（抢锤砸开房门）这不进来了吗？

［黄宏进门，巩汉林抱起油漆桶尾随进屋。

房　主　对不起啊。

黄大锤　没你那么说话的！

房　主　不不不，你看这样好不好？这个门拆下来我送给你。

黄大锤　对不起，我们农村最不需要的就是防盗门。

房　主　为什么？

黄大锤　家家户户都养狗，不是跟你吹，我那儿一条好狗等于你这儿五个保安……

房　主	啊？
黄大锤	手里的警棍。
房　主	吓我一跳啊！（巩汉林放下油漆桶）快看看我们的新房怎么样？
黄大锤	还挺宽敞。
房　主	啊呀，过去不行哪，过去俺只住四平米啊，冬天漏风，夏天漏雨，三口人住在一张床上，这孩子老往中间挤，晚上想跟老婆亲热，条件根本不允许，（害羞地）呵呵……
黄大锤	（笑）那还用说吗？看你这身条，就知道过去住得挺窄巴。
房　主	（生气地）嘻！你的意思我这个身材是夹出来的？
黄大锤	有关系，你住房子跟我们农村养牲口一样……
房　主	什么？
黄大锤	棚矮了不长个儿，圈小的不长膘，现在房子住得大了，儿女全比父母高嘛。
房　主	胡说八道！
黄大锤	怎么呢？
房　主	个子高矮跟房子高低没关系。
黄大锤	怎么能没关系呢？
房　主	那我问问你……
黄大锤	你说。
房　主	姚明的个子高不高？
黄大锤	高。
房　主	和他们家房子有关系吗？
黄大锤	网上都说了，篮球巨星姚明家里的房子没顶棚，小品明星潘长江家里的房子像水缸，你看把孩子憋成啥样了？
房　主	（大笑）哈哈哈！你可真幽默哟！（掀油漆桶盖）
黄大锤	我发现你更有意思。
房　主	咋啦？
黄大锤	你说买桶油漆还用自己去啊？
房　主	那当然啦！装修嘛，就是要发扬"四不怕"的精神。
黄大锤	四不怕？

房　主	不怕麻烦，不怕出力，不怕返工，不怕生气！为了防止包工头给你作弊，就是买一颗小小的螺丝钉，我都要打的亲自去，便宜！
黄大锤	螺丝钉多少钱一个呀？
房　主	（认真地）一毛一呀！
黄大锤	打的费呢？
房　主	七十七呀！
黄大锤	（对观众）这脑袋在咱们农村说就是让驴给踢了！我告诉你，照你这么说，还有"四大基本结果"。
房　主	怎么讲？
黄大锤	那就是，家底基本搞光，身体基本搞伤，生活基本搞乱，夫妻基本搞僵。
房　主	哎呀，深有同感啊！（与黄握手）
黄大锤	对嘛！
房　主	自从我开始装修啊，我老婆是天天跟我闹别扭，白天，跟你们小工吵，晚上，跟我这个老公吵啊！
黄大锤	那你得跟大嫂说清楚，白天可以把老公当小工使唤，到了晚上，千万可不能把我们小工当老公使唤哪！
房　主	明白了……你占我便宜是不是？
黄大锤	我们晚上不加班。
房　主	对，不能扰民！（走向墙壁）你过来看啊，我准备在这个地方装一台五十六寸的背投，这个距离就是有点儿近。
黄大锤	是有点儿近。
房　主	先把这面墙……（在墙上做标记）砸掉！
黄大锤	大哥，没问题！不就这面墙吗，可别说……（观看墙的背面）大哥，这墙不能砸呀。
房　主	为什么？
黄大锤	这后面是厕所呀！
房　主	厕所怎么不能砸？
黄大锤	你想一下，前面是电视，后面是厕所，你要一方便，那不现场直播了吗？

房　主	你怎么一点儿浪漫都不懂？
黄大锤	我怎么不懂浪漫呢？
房　主	你以为这个厕所就是为了方便用的吗？
黄大锤	这厕所不方便还能干啥玩意儿？我不明白。
房　主	你可以冲冲凉啊，你可以泡泡澡啊，你想象一下（按黄坐在油漆桶上），如果你坐在这里看电视，（将黄的脑袋扭向墙的方向）我的老婆站在那里洗澡……
黄大锤	那我哪有心思看电视啊我……
房　主	（推开黄）我坐在这里看！
黄大锤	那我干啥呀？
房　主	砸墙！
黄大锤	砸墙！大哥，（热身）我上大锤了啊！
房　主	快一点！（黄宏正要开砸）停！
黄大锤	（急停）大哥，你说。
房　主	工钱还没有谈呢。
黄大锤	哦？那个……锤子不同价钱不等，小锤四十，大锤八十。
房　主	（诧异地）这就翻了一番啊？
黄大锤	大哥，大锤就相当于大腕儿嘛，这分量出场费肯定高啊。
房　主	呵呵，八十就八十！
黄大锤	谢谢大哥，八十了啊！谢谢大哥！（走向墙）砸了啊？
房　主	砸！
黄大锤	（边砸边喊）八！十！八！十……
房　主	（急切地）停！
黄大锤	（急停，扭了腰）哎哟……大哥！抡锤的时候最忌讳喊停，容易腰间盘突出啊！
房　主	对不起，我是想问问清楚啊，你是砸一天要八十，还是砸一锤要八十？
黄大锤	（不耐烦地）一天八十！一锤子八十那不是一锤子买卖了吗？
房　主	那你干吗砸一锤喊一句？
黄大锤	我这么喊心里不是有劲儿吗？

房　主	可我心里没底哟！
黄大锤	那你连订金都不给，我不喊你忘了呢？
房　主	好好好，好吧！
黄大锤	这个人毛病太大了吧！
房　主	小心眼儿！
黄大锤	喊喊都不行……（准备砸墙）我喊了啊！（边砸边喊）八！十！八！十……（墙破）大哥，搞定！
房　主	好！
	［墙里喷出水来。
黄大锤	大哥，水管砸裂了！
房　主	哎哟，太好了！就在这个地方给我搞一个喷泉。
黄大锤	大哥，恐怕不行。
房　主	为什么？
黄大锤	（用手抹脸）下水管儿！
房　主	哟哟哟！（在墙上另一处做标记）那边不行，砸这边。
黄大锤	砸这边啊？（边砸边喊）八！十！八！十！（墙破）大哥，搞定！
房　主	（走近）嘿哟，这边好！啥也没有啊！（伸手摸墙）哎呀！（拽着一根电线，触电状）电电电电……
黄大锤	（拎油漆桶）垫什么？
房　主	砸砸……
黄大锤	（放下油漆桶，拿起大锤）砸什么？
房　主	砸我！
黄大锤	大哥，砸！（砸向巩汉林，电线脱落）
房　主	哎哟！（僵硬地）砸砸砸砸……
黄大锤	（走近巩汉林）大哥，没事儿吧？
房　主	（虚弱地）我要跟你讲清楚，砸墙给钱，砸我就不给钱了吧？
黄大锤	大哥呀，这锤算我送你的，春节大酬宾，砸一送一！
房　主	谢谢……哎哟，太危险了……（站起，走向中间的墙。在墙上做标记）
黄大锤	大哥，你得有装修图啊，要不然这一锤子水一锤子电的，真要砸

出煤气来咱俩全没气儿了，大哥，你画啥玩意儿这是？

房　主　　图，按照这个图给我在墙上砸一个……

黄大锤　　（打断）不行，大哥，承重墙，一砸梁下来了。

房　主　　不要砸透，砸一半留一半，掏一个壁橱出来。

黄大锤　　这玩意儿要技术。

房　主　　哦？

黄大锤　　（放下大锤）大锤不能轻举妄动，（取出小锤）先得用小锤抠缝儿，
　　　　　然后再大锤搞定。

房　主　　小锤好，小锤便宜！（黄宏砸墙，巩汉林数数）四十、四十、
　　　　　四十！

黄大锤　　你喊啥啊你？

房　主　　你不是讲大锤八十小锤四十吗？

黄大锤　　如果再加这四十就一百二了你知不知道？

房　主　　再打个折，六十吧？

黄大锤　　不干！（收拾东西）都买一送一了你还要求反券啊你？

房　主　　八十……八十……

黄大锤　　（提起大锤）没那耐性，直接上大锤。（边砸边喊）八！十！八！
　　　　　十……（墙破）大哥，搞定！

房　主　　好！

　　　　　［林永健扮邻家女持扫把从墙窟窿中钻出。

房　主
黄大锤　　（惊恐地）哇！

邻家女　　干吗呢？干吗呢？干吗呢！

房　主　　大嫂，没干吗，我只是想拓展一下空间。

邻家女　　你拓展空间，到我们家来干吗呢？

黄大锤　　（对巩）大哥，那不是你家里屋啊？

邻家女　　那是我家里屋！

黄大锤　　砸过界了？

房　主　　大嫂，我本来不想过界，只是想掏一个壁橱。

邻家女	你掏壁橱啊？我们家壁橱刚做好，我正扫灰呢，好啊，一个大锤抡过来了！幸亏我躲得急呀，要不我这个脸啊，可就破了相了！知道吗！（哭）
黄大锤	（对巩汉林）大哥，就这模样破相等于整容啊！
邻家女	说吗了？说吗了！我跟你讲，我买个房子容易吗？一天没住啊，让你们就砸成破（唾沫飞溅）房子了！
黄大锤	（抹脸）大哥，比下水管还味儿呢！
房　主	大嫂，别生气，常言说得好，有了这堵墙，我们是两家，拆了这堵墙……
邻家女	也是两家！
黄大锤	对！各家和各家不能私通吗！
邻家女	说吗了？说吗了！
黄大锤	不能私自打通吗。
邻家女	行了，少废话，你们说怎么办吧？
房　主	马上给你砌墙。
邻家女	砌！
黄大锤	能拆就能砌，能破就能立！（取出砌墙工具）瓦工我也会！
邻家女	（打断）等会儿……我先过去。（走进墙窟窿）
黄大锤	大嫂啊，来串门儿哪！我要砌了，再来走正门！
房　主	黄大锤！我看你就是一个黄棒槌！
黄大锤	我也不知道她抠了一半儿了？我往整个墙上使劲儿呢！
房　主	你给我砌墙！
黄大锤	砌墙行，砖呢？
房　主	（反问）砖呢？
黄大锤	砸她家去了。
房　主	搬去！
黄大锤	大……大哥，我不敢……我一看她那模样，我也怕破相啊！
房　主	那我怎么办哪？你看看这墙……（另一侧的墙传来响声）
黄大锤	大哥，隔壁有动静。（巩汉林、黄宏将耳朵贴在墙上）听见没有？

程序都是一样的，先是小锤抠缝儿，然后大锤搞定。（回过神来，惊叫）搞定！（俩人迅速离开，墙塌）

[林永健扮装修工，从墙窟窿里露出脑袋。

房　主　干什么哪？

装修工　哎呀，大哥对不起呀！我想掏个壁橱，砸过界了！（林永健下，巩汉林欲追）

黄大锤　大哥，咱有砖啦！砖啊！

房　主　那这面墙怎么办？

黄大锤　你还管那么多？咱先拆了东墙补西墙呗！（砌墙）

房　主　哎呀，我怎么那么倒霉呀！这东一锤西一锤，把我好好一间房给砸成蜂窝煤啦！

[林永健饰业主上。

业　主　喂喂喂！谁砸的？谁砸的？谁砸的？

黄大锤　我……我砸的。

业　主　谁让你砸的？

房　主　（暴躁地）我让他砸的！怎么样？

黄大锤　（拉巩汉林）别太横了，可能是物业的……

房　主　物业有什么了不起？装修保证金我已经交过了！我告诉你，我想怎么砸，我就怎么砸，因为这是我的家！

业　主　你们家住几层啊？

房　主　九层。

业　主　（生气地）这儿是几层？

房　主　九层！

黄大锤　大哥没错，（拉林永健至门外）你看这门口写了吗，你看这门上的牌子，明明写着九层吗。

业　主　你知道什么呀你？我告诉你，这是昨天对门那家砸墙，把这个钉子给震掉了，（转回门牌号）这不是九层，是六层！你们砸的是我家！

黄大锤　大哥，把人家的房子给砸了……

业　主　　找物业，找物业去……（林永健拉巩汉林急下）

黄大锤　　（喊）大哥！大哥！没给钱哪！八十啊！大哥，农民工工资不能拖
　　　　　欠！你跑？你跑……我让你跑！我告诉你！（进屋）你跑得了和尚
　　　　　跑不了庙！今天我坐这儿死等！（坐台阶上）我……（一个大钻头
　　　　　从黄宏的屁股下钻出）哎呀！楼下往上打电钻了！打漏啦……上
　　　　　医院啊！

〔黄大锤捂着屁股一瘸一拐跑下……剧终。

（2005年中央电视台春节联欢晚会　与张振彬、王宏合作）

邻 居

时间：当代
地点：小区住宅

人物

民　　工——黄　宏
邻居甲——巩汉林
邻居乙——刘亚津
大　　姐——林永健

景置：背景为一面大落地窗。室内有沙发、茶几等。

　　　　　[幕启：黄宏上。

民　工　　去年给人砸墙，今年给人看房，房主大姐把钥匙亲手交给我，让
　　　　　我一人住她的双人床，照这样下去很危险，弄不好她有意让我当
　　　　　新郎，没门儿！我想好了，她要实在强迫我，两字——投降！到
　　　　　了，大姐说了，进屋打开推拉窗，把屋里的甲醛都放光，这一年，
　　　　　城里人净整新名词儿，给我们村里出难题儿，我大嫂名叫苏丹红，
　　　　　想开饭店没开成；我大舅，姓秦名叫秦流感，整了个鸡场破了产；

最可气，我们装修的工头叫贾全，给谁装修谁都烦，现在城里人真讲究，不怕假货怕甲醛！哎呀，大过年的一个人喝酒有点儿孤单啊，摆上几个杯子，就等于有了伴了，举杯邀明月，我就对影成三人。（从外面的窗户里扔进一个扳子）有人！

[黄宏拿起地上的扳子，躲起来，巩汉林从窗外跳进来。

民　工　小偷？

邻居甲　哎呦……我敲他家六遍门，屋里果然没有人，朋友们，买房子千万要注意，我买了一楼真受气，他二楼装修一漏水，我家天天洗淋浴，可开发商还说买一楼接地气，我呸！纯属狗年放狗屁！（找扳子）我的扳子呢？

民　工　在这儿呢。

[俩人一惊。

民　工　干什么的？

邻居甲　大哥你别误会，我是你家邻居。

民　工　小偷！

邻居甲　我就住在楼下"110"。

民　工　胆儿挺肥呀，小偷还敢住在警察的地方？站好了！看见没有，动作绝对熟练，一看就是惯犯，别动……腰里什么东西？

邻居甲　裤腰带。

民　工　（解下巩汉林身上的红腰带）本命年？

邻居甲　对，36，属狗的。

民　工　别说，挺像，看这身材绝对腊肠。

邻居甲　大哥，我没有那么纯，他们说我是"串儿"。

民　工　串几家了，挨家串？说！有同伙吗？

邻居甲　没有。

民　工　没同伙儿就好办。（外面又有一个扳子扔进来）又来一个？同伙儿！（把巩汉林推进窗帘后躲起来）

[刘亚津翻窗入室。

邻居乙　（拿起地上的扳子）哎呀，我今天敲了他家八次门，这屋里果然没有人，哎呦，冷啊！朋友们，二楼这家装修乱改暖气，我们家三楼可断了气儿了，我老婆生完孩子刚出院，本来身体就不行，回到家暖气全都停，孩子吃奶裹不住，奶水都变成冰激凌了，邦邦地！（找扳子）哎，我扳子呢？

民　工　（拿出俩板子）这俩哪个是你的？（俩人对视吓了一跳）俩小偷！

邻居乙　大哥你误会了，我是你家邻居。

民　工　撒谎！

邻居乙　我就住在你家楼上 315。

民　工　这骗子敢住在打假的地方？

邻居甲　（冲刘亚津）站好了！

民　工　你喊啥呀？吓我一跳。

　　　　　［刘亚津举起手露出红腰带。

民　工　今年也本命年？

邻居乙　36 了，属狗的。

民　工　也属狗的，看你这一脸褶子，沙皮啊？

邻居乙　来到北京以后他们叫我京巴。

民　工　经常扒别人窗户是不是？

邻居乙　不是……

民　工
邻居甲　站好了！

民　工　（对巩汉林）有你啥事，站一边去！大过年的没啥事儿，审俩小偷解解闷儿，你俩姓啥叫啥？

邻居甲　大哥你别误会，咱们是邻居。

邻居乙　大哥，咱们真是邻居。

民　工　（指着刘亚津问巩汉林）是邻居你认识他吗？

邻居甲　不认识。

民　工　（指着巩汉林问刘亚津）你认识他吗？

邻居乙　不认识。

民　工　邻居有不认识的吗？

邻居甲　哎呀，现在这个邻居楼上楼下互相都不认识。

邻居乙　我们之间都不来往，都通过门镜观察对方。

民　工	去！看你俩这造型吧，过去讲门缝里看人把人看扁了，你们这不是门镜里看人把人看远了吗？
邻居乙	大哥，我真的住在你家楼上，我姓尚。
邻居甲	我真的住在你家楼下，我姓夏。
民　工	编，接着编！住在楼上就姓上啊？住在楼下就姓下啊？我在当中我姓当啊？
邻居甲	哈哈，我说当大哥呀……
民　工	谁当大哥呀？
邻居乙	就是啊，什么叫当大哥呀？人家是哥大当！
民　工	你大当！说话那么不干净呢！
邻居乙	不是，大哥，我就住在你家楼上，我真姓尚。
民　工	你叫什么名字啊？
邻居乙	尚步渠。
民　工	叫啥？
邻居乙	尚步渠啊！
民　工	哈哈……他姓上叫上不去。
邻居甲	哎呦，这个名字太俗气了。
民　工	你姓下，那你叫啥呀？
邻居甲	夏部莱。
民　工	哈哈……你还不如他呢！（巩汉林、刘亚津二人相互辩解）我告诉你们，今天把话说清楚了，为什么到这来，要不然我让你上不去，我让你下不来，你们信不信！
邻居甲	哎呀，没有什么不清楚的大哥，我真住这儿，我知道这里的物业费交多少。
邻居乙	大哥我也真住这儿，这物业费我也知道。
民　工	多少？
邻居甲	头一年2块7，第二年3块7，今年交了4块7，明年就交5块7，
邻居乙	6块7，7块7……（像玩石头剪刀布）
民　工	行了！我说你们划拳来了是不是？哪有自己往上抬价的？

邻居甲	物业公司要求我们这样交的。
邻居乙	他们说了，这是高档次小区。
民　工	高档高档，说白了就是让你们高高兴兴上当。
邻居甲	他们说我们这里是豪宅。
民　工	拉倒吧，卖房子的都这么忽悠，有个包就说山，有个坑就说水，撒泡尿就说有温泉，真的，只要你一入住，所有的好事儿全都玩儿完，有些开发商就是骗咱兜里这点儿钱，现在有很多物业就跟你俩这名儿似的，服务上不去，价钱下不来。
邻居甲	大哥，那你说我们交多少合适？
民　工	我哪儿知道啊？我又不住这儿。
邻居甲	你不住这儿？
民　工	不住这儿。
邻居乙	那你住哪儿？
民　工	天天转悠呗，谁家没人到谁家呗。
邻居甲 邻居乙	大哥，你过年也不回家？
民　工	回啥家啊，钱没到手呢，干我们这一行，钱没到手，绝不走空。 （露出了红腰带）
邻居甲	（与刘亚津对视）看来咱俩是邻居。
邻居乙	他是小偷。
民　工	看来这么审不行，要上点儿手段，喝点儿酒就说实话了，哎，我说，大过年的咱们碰到一块儿不容易，喝两杯咋样啊？
邻居甲 邻居乙	好，喝两杯。
邻居甲	过年的时候，东北大哥贼能喝。
民　工	对！今年过年和贼喝。（喝酒）
邻居乙	大哥这样子一看就是海量啊。
民　工	不是吹，我还没放开呢，解开腰带我喝死你俩信不信？
邻居甲 邻居乙	大哥，今年也是你的本命年？

邻居甲	大哥，你也属狗啊？
民　工	废话，要不然能给人看门儿吗。
邻居乙	哎呀，咱大哥给人家看门儿也是条好狗啊。
邻居甲	绝对的好狗！你看这身材，藏獒啊！
民　工	藏不藏獒我不敢说，门儿我得给人家看好了。
邻居乙	大哥，你这个狗也36啊？
民　工	怎么说话呢？怎么那么不文明啊？什么叫我这个狗啊？
邻居甲	对，他这只狗。
民　工	行了！你还不如他呢……我这条狗啊……今年48了。
邻居甲	哎呀，本命年啊。
民　工	本命年。
邻居甲	这样扎腰带可不吉利啊。
邻居乙	不吉利啊。
民　工	那应该怎样扎？
邻居乙	人家网上都说了嘛。
民　工	怎么说的？
邻居甲	（拿过黄宏的腰带，边说边捆）12岁往前搭，24岁挽个花，36岁
邻居乙	打个叉，48岁你这么一拉，（把黄宏绑了起来）你是小偷！
民　工	干什么！
邻居甲	我们俩是邻居。
邻居乙	你是小偷！
民　工	谁小偷啊？
邻居甲 邻居乙	你！
民　工	谁小偷啊？
邻居甲 邻居乙	你！
民　工	我是看房的。
邻居甲	房东呢？

民　工	房东出国了。(二人拉起黄宏就要走)
	[林永健饰演的大姐上。
大　姐	干吗呢？干吗呢？干吗呢！
邻居甲 邻居乙	你是……
大　姐	房主，大长今！
民　工	大姐，你不是出国上飞机了吗？
大　姐	嘻！别提了，去年砸墙不是破了相了嘛，我呀做了个整容手术，没想到过海关的时候，人家说本人太漂亮了，与护照上的照片不符，拒签！
民　工	这原来得是啥模样啊？
邻居甲	大姐，他可是小偷啊。
大　姐	嘛小偷啊？咱们都是朋友啊，这是兄弟黄大锤，这是邻居老尚，邻居老夏。
民　工	大姐，你认识他吗？
大　姐	认识，门镜儿里见过，每次来都提着个扳子，我没敢开门，我害怕呀。
邻居甲	大姐，你们家装修漏水了，我们不拿个扳子怎么修啊？
邻居乙	对啊，我修那个暖气不拿扳子行吗？
大　姐	大锤，给修修啊。
民　工	那不简单吗，窗帘后边俩管，一个水管，一个气管，(拧水管)拧一下就行了嘛！
众　人	还是你厉害啊。
民　工	哎呀，我发现这城里的邻居可真怪啊，不漏水不交流，不断气不通气儿。(众乐)
邻居甲	行了，我家里不漏水了。
邻居乙	我家里这个气儿也通了。
大　姐	我说兄弟们，对不起了，I'm sorry！
邻居甲	你看，大姐也戴一条红围巾啊？
大　姐	这不属狗嘛。

邻居乙	你看，巧了，我们都是属狗的。
邻居甲	我是腊肠。
邻居乙	我是京巴。
民　工	我是藏獒。
大　姐	我是——贵妇人！
民　工	这哪是贵妇人啊，这脸型典型的——
众　人	牧羊犬！
邻居乙	行了行了，啥也别说了，以后邻居之间有啥事说话。
邻居甲	今天给你拜年了啊。
民　工	我说拜年串门儿别走窗户啊，省得你上不去，下不来。

〔众人相互告别，巩汉林、刘亚津下。

大　姐	大锤！
民　工	哎。
大　姐	时候不早了，洗洗睡吧。
民　工	你回来了，就一张双人床我睡哪儿啊？
大　姐	睡屋里啊！
民　工	姐，你给我解开啊！姐！
大　姐	解嘛解啊？我未婚女子正青春，给你解开了，我睡到屋里不放心，绑着吧！
民　工	哎呀姐啊，你还是给我解开吧，你半夜起来我不放心啊！

〔怪异的音乐声中，林永健下，黄宏追下，剧终。

（2006 年中央电视台春节联欢晚会　与张振彬、王宏合作）

开　锁

时间：当代
地点：丈夫家

人物

丈　　夫——40多岁
妻　　子——30多岁
林锁匠——男，30多岁
巩物业——男，30多岁

景置：舞台中间有一个沙发，一个木箱子，后边是一面装饰墙。

  ［**幕启：丈夫兴冲冲上。**

丈　夫　　观众朋友们过年好！人逢喜事心欢笑，老夫妻补拍新婚照，穿上
　　　　　婚纱服，就等于新被面裹着老被套。哎呀，现在这个照相的技术
　　　　　简直是太高了，你说我媳妇那体形长得跟肥肥似的，照出照片愣
　　　　　像董卿！看见没有，就这小腰也就一尺八，实际情况三尺六，全
　　　　　靠腹带勒的，照完相一解腹带那肚子跟折叠椅似的，咣嚓就出去
　　　　　了。今天是乔迁之喜，加上新婚20周年纪念，我要订上一桌烛

光晚餐，给我媳妇一个惊喜，好不好？就是兜里没钱！（指着箱子）搬家的时候，媳妇把钱全锁在箱子里了，就一把钥匙在她手上，要不怎么叫一把手呢，就这么来的。现在这女同志啊，是怎么实惠怎么来，婚前婚后两张牌，结婚之前要彩礼，结婚之后要理财……有了！楼下就有一家开锁公司。（拨电话）喂，开锁公司吗？我是110啊，对面小区110房间！我要开锁，谢谢啊！（挂电话）现在这个社区服务太方便了，想开锁找开锁公司，想搬家找搬家公司，不过小偷也方便了，不用动手自己干了，打俩电话全都办了。

　　〔林锁匠上场。

林锁匠　朋友们过年好啊！自从有了防盗门，忙坏了我们开锁人，开了东家开西家，撬门破锁为人民，耶！（按门铃）

丈　夫　来了。

林锁匠　大哥，开锁啊？

丈　夫　开锁。

林锁匠　（指着门）哎，你这个锁不是开了吗？

丈　夫　我开那个箱子。

林锁匠　这把锁啊？

丈　夫　是。

林锁匠　没问题。请出示身份证、房产证、户口本等有效证件。

丈　夫　啊，这个……证件都有，全都锁在这个箱子里了，这样，你给我打开箱子，我给你出示证件。

林锁匠　你给我出示证件，我就帮你打开箱子。

丈　夫　你要不给我打开箱子，我就没法给你出示证件。

林锁匠　你要不给我出示证件，我就没法给你打开箱子。

丈　夫　你先给我打开箱子，我后给你出示证件。

林锁匠　你先给我出示证件，我后给你打开箱子。

丈　夫　我先给你出示证件，你后给我打开箱子嘛。

林锁匠　我先给你打开箱子，你后给我出示证件嘛。

丈　夫　对了。

林锁匠	嗯？不对，程序有点乱，你必须先给我出示证件，我才能给你打开箱子。
丈　夫	我说你这个人怎么这么犟呢？
林锁匠	我说大哥，这是行规，万一你要不是这家的主人，那我不就找麻烦了吗？
丈　夫	我怎么能不是这家主人呢？你看照片，这是我吧。
林锁匠	是你。
丈　夫	这是我老婆吧？
林锁匠	不一定。
丈　夫	不是我老婆我能这么照相吗？我俩能这么亲密吗？
林锁匠	哎呀大哥，这说明不了什么，现如今科技日益崛起，在网上你的脑袋拼凑给我，我的屁股拼凑给你，比尔·盖茨能和杨贵妃接吻，秦始皇能和布兰妮小甜甜搂在一起。
丈　夫	好好好，你可以不给我开锁，但不能让你不信任我，请坐！
林锁匠	谢谢！
丈　夫	我给你证明，（丈夫拿起电话，林拿出坐垫）带着尿不湿来的？喂，物业吗？我是110房间，有点事请你们帮忙，对，上来一趟，好，谢谢！（挂电话）哎呀，非常理解你们，干你们这行，有点儿疑心也是正常的，你们整天撬门破锁的……
林锁匠	大哥，我们是职业的。
丈　夫	对，你们是职业的，非职业那帮子都进去了嘛。
林锁匠	不，大哥，我们在公安局是有备案的。
丈　夫	绝对得备案啊，说实话你这小模样长得就有点儿犯法，哎呀，这小眼睛给你长的，今年本命年吧？
林锁匠	大哥，我不属鼠。
丈　夫	不可能啊，脸上都写着嘛，贼眉鼠眼，贼眉鼠眼嘛。
林锁匠	不是，大哥……
丈　夫	我给你开个玩笑，实际上，你也是为我们负责嘛。
林锁匠	对，准确地说是为这家主人负责。
丈　夫	我就是主人，一会儿你就知道了嘛。

[巩物业上场。

巩物业 Hi……亲爱的朋友们大家过年好啊！拜年了！哎呦，都说我们物业公司服务差，总和业主来吵架，可我和他们不一样，见谁都把招呼打，我是多打招呼少挨骂！Hi！（按门铃）

丈　夫 来了！

巩物业 Hi！（与丈夫打招呼，然后穿鞋套）

丈　夫 哎呀，真是太专业了，过去进门脱鞋，现在进门戴套。

巩物业 这是为你们业主着想，穿上鞋套踩不脏。

丈　夫 哎呀，你看看人家，你是尿不湿，他是踩不脏，一个护着脚，一个护着裆。

巩物业 啊？

丈　夫 不是，档次不一样。我来介绍一下，这位就是物业公司的。

巩物业 嗨！

丈　夫 这是开锁公司的。

林锁匠 耶！

丈　夫 是这么回事，我想给我老婆一个惊喜，但是钱呢锁在箱子里了，我想让他帮我打开箱子，他对我有点儿不信任，你来帮我证明一下，我是这家主人。

巩物业 没问题。请出示身份证、房产证、户口本等有效证件。

丈　夫 证件都有，全锁在箱子里了。

巩物业 他不是开锁的吗？很简单，请他把箱子打开不就完了吗？

林锁匠 你说的太简单了，你不给他证明，我怎么给他打开啊。

巩物业 你不给他打开，我怎么给他证明啊？

丈　夫 没那么复杂，很简单，就是你证明一下我是我不就完了吗？

巩物业 不可以啊，我们是有制度的，看不到你的证件，我没有办法证明你是你啊。

丈　夫 那我自己是我自己我还不了解吗？

巩物业 你既然了解你自己那干吗还要我来证明呢？

丈　夫 你不是认识我吗？

巩物业 不认识啊！

152

丈　夫	不认识我你天天跟我 Hi、Hi 的打招呼？
巩物业	我们是搞物业的，见谁都要打招呼，这是礼貌，Hi！（与林相互打招呼）
丈　夫	好好好，来，你看这个，（拿照片）看见没有，这是我吗？
巩物业	是。
丈　夫	这是我媳妇吗？
巩物业	不一定。
丈　夫	不是我老婆能这么照相吗？不是两口子我俩能住在一起吗？
巩物业	哎呦，现如今两口子不一定住在一起，住在一起的不一定是两口子。
丈　夫	你什么意思？啊……
林锁匠	大哥，你听我说，他的意思是两口子的关系，好比是钥匙跟锁头的关系。
巩物业	对！
林锁匠	过去是一把钥匙配一把锁。
巩物业	原配。
林锁匠	现在是一把锁配好几把钥匙。
巩物业	乱配。
丈　夫	谁乱配啊？
林锁匠	大哥，他不认识你是肯定了吧？那你认识他吗？
丈　夫	物业的。
林锁匠	他姓什么？
丈　夫	姓嗨！
林锁匠	那他叫什么？
丈　夫	欠嗨！
巩物业	哎，你这个先生怎么这么讲话？
丈　夫	那我怎么讲话？
巩物业	什么叫欠嗨啊？
丈　夫	你不叫欠嗨你叫什么啊？
巩物业	（掏出名片）我谦扁，这是我的证件，谦虚的谦，扁鹊的扁，我

谦扁！

丈　夫	哎呀，你要不掏出证件谁知道你是谦扁啊？
巩物业	好好看一看。
丈　夫	哎呀，这小模样，确实欠扁。（递给林锁匠看，林锁匠接过证件）
林锁匠	你看，有了证件就可以开了嘛！
巩物业	停！
丈　夫	干什么啊这是？
巩物业	你不能押着我的证件来开你的箱子！（冲林锁匠）万一他不是这家的主人我就成同案犯了。
林锁匠	呀！团伙儿呀？
丈　夫	说什么呢？说什么呢！你们把我当什么人了？把我当成坏人了是不是？我告诉你，我从小到大任何坏事我都没干过！我孝敬父母，我善待儿女，我爱我老婆，这么多年了我都没有过一次外遇，我冤不冤啊……
巩物业	哎呀，你真是个好同志啊，但这只是你的隐私。
林锁匠	对，这证明不了什么。
丈　夫	我给你证明，我马上就给你们证明！（打电话）喂亲爱的，在哪儿呢？哎呀美什么容啊，赶紧回家，家里有事，越快越好，就这样！（挂电话）二位请坐，我老婆马上回来，钥匙就在她手里，她打开这个箱子我看看你们还怎么说？我让你们看一看，这房子是不是我的房子，这箱子是不是我的箱子，我是不是我，我老婆是不是我老婆！
	〔妻子上场。
妻　子	女人有空常美容，老公准像跟屁虫，二十年了还黏糊，离开一会儿都不行，烦人……催催催，你催什么催！
丈　夫	哎呀，你终于回来了！（拉住老婆冲林锁匠和巩物业）你们看，我是不是我？
众　人	是。
丈　夫	这是不是我老婆？
众　人	不一定。

妻　子	啊？
丈　夫	别急，你让大伙儿说说，如果不是两口子敢这么拉手吗？不是两口子敢这么搂吗？我还敢来个更亲密的动作你们信不信？哈哈，我不上你们这个当！我告诉你们，中年夫妻亲一口，噩梦能做好几宿！
妻　子	你说什么呢你？
丈　夫	亲爱的，我不是这个意思，你听我给你说，你赶紧把箱子的锁头打开。
妻　子	开箱子干吗呀？
丈　夫	哎呀，我让你开你就开。
妻　子	你怎么这么多事啊？（找钥匙）哎呀，我把钥匙给丢了。
丈　夫	哎呀，你怎么能把钥匙丢了呢？你丢钱、丢物、丢人都行，你怎么能把钥匙给丢了呢？
妻　子	至于吗？那楼下不是有开锁公司吗？
丈　夫	他们不是不给开吗。
妻　子	有钱不挣他傻子呀？
丈　夫	他比傻子还傻子。
妻　子	那找物业公司。
丈　夫	物业比他还傻。
妻　子	那你把他俩找一块儿不就行了吗？
丈　夫	这不俩傻子都在这儿站着呢。
巩物业	嗨！我是物业公司的。
林锁匠	耶！我是开锁公司的。
妻　子	那好呀，你给证明，你给开锁，不就完了吗？
众　人	没问题，请出示您的身份证、房产证、户口本等有效证件。
丈　夫	够了！我看你们在这成心的！我不用你来开锁，也不用你来证明！不就是一把锁吗？说破天就是一锤子的事，我自己开，我让你看看箱子里有没有证件！（砸开箱子拿出一堆证书）从小到大，我所有的证件我全在这儿存着呢，出生证、学生证、毕业证、工作证、结婚证、独生子女证、计划生育证、粮油证、副食证、购

煤证、购油证、购物证、自行车证、摩托车证、汽车驾驶证、下岗待业证、上岗培训证、公费医疗证、养老保险证、房产证、股权证、身份证！这一辈子怎么这么多的证啊，我不相信这么多的证，证明不了我的身份！

林锁匠 大哥，我现在可以给你开锁了。

巩物业 先生，我现在可以为你证明了。

丈　夫 晚了！汽车撞墙了你知道拐了？股票涨起来了你知道买了？犯错误判刑了你知道改了？大鼻涕流到嘴里你知道甩了，你还以为酸奶呢你啊！

巩物业 哎呀，先生不要生气，我主要是为你们业主着想嘛。

丈　夫 你怎么不为我着想呢？

巩物业 不要这么说嘛，我们是一个小区的。

妻　子 一个小区的怎么不替我们证明？

巩物业 哎呦，我们可是一家人啊！

丈　夫 一家人你不认识我？

巩物业 我一直拿你们当我的衣食父母……

妻　子 我们都父母了你还气我们？

丈　夫 看你把你母亲气成啥样了？

妻　子 这孩子不孝顺啊。

丈　夫 别跟他们一般见识……（巩、林两人连忙开始干活）想想钥匙丢哪儿了？一把锁就带来那么大的麻烦，一串钥匙丢了咱们家……（发现林锁匠在卸锁）等会儿！干什么？你干什么！物业公司，你看着没有，我要开锁他要证明，没经过我的允许就卸我们家门锁……

林锁匠 大哥，你们家的钥匙丢了，这把锁就不安全了，我给你们换了个锁芯，这是钥匙。

丈　夫 换锁芯……

[温馨的音乐起。

巩物业 先生啊，刚才我们是闹了一场小误会，现在我们要祝福你们二位，幸福美满。

妻　子　谢谢，谢谢！

丈　夫　一把钥匙打开一把锁，换了个锁芯打开了心锁。

妻　子　（伸手）钥匙……

丈　夫　（递钥匙）还得交给一把手啊，谢谢啊！喜怒哀乐百家事儿。

妻　子　酸甜苦辣都有趣儿。

林锁匠　共享和谐多美好。

众　人　好日子，咱要过出好滋味儿。

　　[音乐起，剧终。

（2007 年中央电视台春节联欢晚会　与张振彬、王宏合作）

157

考　验

时间：当代
地点：郊外，水塘边

人物

某　男

某　女

老　汉

景置：河边，大树下有一排联椅。

　　　　　　　[幕启：某女上。

某　女　　进城来找未婚夫，结婚登记领证书，2007啥时尚？猪年生个小金
　　　　　　猪！哎呀，怎么还没来呀？
　　　　　　[老汉上。

老　汉　　来啦，哎呀，来啦来啦来啦！

某　女　　爸，户口本拿来了？

老　汉　　（拿出户口本）拿来了，可我不能给你。

某　女　　为什么？

老　汉	不为什么，我还是不放心，（把户口本揣在怀里）你听着，一会儿他来了，咱们按原计划，再对他进行一次考验。
某　女	爸，你俩第一次见面，这么做合适吗？
老　汉	怎么不合适啊？我就是要看看他，结婚以后能不能听你的话，他要是……听着，我一咳嗽你就开始，我不发话，你绝不能跟他去登记去。（躲到一边，假装钓鱼）

　　　　　［某男上。

某　男	大家好！各行各业传喜讯，俩目标让我最兴奋，2008 北京奥运，2007 让媳妇儿怀孕，这就叫小家大家都走运！
某　男	亲爱的……
某　女	亲爱的，你想我吗？
某　男	那还用说吗？我这么跟你说吧，前两天我们工头结婚，让我去当伴郎，一想你我就看那新娘，一想你我就看那新娘，加上那天喝点酒，差点跟人入了洞房。
某　女	讨厌！
某　男	开玩笑。我可听说今天结婚登记的人特别多，去晚了就赶不上了，快走！
某　女	你等等。
某　男	啊？
某　女	我爸……
某　男	你爸？
某　女	哦……我吧……想跟你谈谈。
某　男	这快结婚了还谈啥呀？入洞房再说呗！
某　女	我爸说了，你的岁数比我大，结婚后一定要听媳妇话。
某　男	那还用说吗？这俩耳朵就是为了你长的嘛，要不长这破玩意儿干啥？扑扑棱棱多碍事啊。
某　女	我爸还说了，老话讲是嫁鸡随鸡嫁狗随狗，现如今啊，这话得反过来，你娶鸡随鸡……
某　男	停！停，我娶什么鸡呀我呀？我娶妻！
某　女	那你娶狗随狗……

某 男	什么叫娶狗随狗啊？你属猪，我娶你，准确地说是娶你——随猪嘛。
某 女	……那结婚后，你不许再想你那个初恋女友。
某 男	早忘了，结婚后，不管别的女人有多美，在我面前全白给，我让她插不进足，伸不进腿，一辈子情感不会出轨，结过婚的男人全明白嘛，在家里，媳妇就是纪检委。
某 女	说得太好了。
某 男	走，登记去！
某 女	登记去！
老 汉	（咳嗽）咳……
某 女	哦……等等。
某 男	啊？
某 女	我……我还想跟你谈谈。
某 男	还谈啥玩意儿啊？
某 女	啊……咱们谈点眼前的吧……
某 男	行，谈眼前的，你让我谈啥我谈啥。
某 女	我让你弹啥你弹啥？
某 男	你让我谈啥我谈啥。
某 女	真的？
某 男	真的！
某 女	（指老汉）你弹那老头一个脑瓜崩儿。
某 男	弹什么玩意儿？
某 女	脑瓜崩儿。
某 男	我凭什么弹人家脑瓜崩儿啊？
某 女	什么也不凭，就看我的话你听不听。
某 男	你的话我肯定听，但我也不能弹人家脑瓜崩儿啊？
某 女	你今天不弹脑瓜崩儿，就证明我的话你不听，弹不弹？
某 男	不能弹啊……
某 女	不弹？好，我也不谈了。（转身欲走）
某 男	等会儿！

某	女	哎呀，你不知道，你今天不弹脑瓜崩儿……就别想去登记。
某	男	这登记和弹脑瓜崩儿有什么关系呢？
某	女	这是登记之前对你的考验。
某	男	这是什么考验啊这是？
某	女	这种考验很简单嘛，不就是弹指一挥间嘛，弹不弹？
某	男	弹！这哪是谈恋爱啊，这成了"弹"恋爱了，（对手指头哈气）你说我又不认识人家，弹完之后我怎么说呀？
某	女	我不管你说什么，就看我的话你听不听。
某	男	你的话我肯定听，但是我不能弹人家脑瓜崩儿啊。
某	女	你不弹脑瓜崩儿，就证明我的话你不听！
某	男	什么逻辑啊这是？
某	女	弹不弹？（欲走）
某	男	弹！没说不弹啊……这大龄青年谈个恋爱太不容易了，比六方会谈还艰难呢。（看老汉，老汉假装打盹儿）大爷睡着了，你看他睡得多香啊，我这一弹他肯定醒，一醒他肯定骂我。
某	女	你是怕挨骂啊？
某	男	我不是怕挨骂，我是怕挨揍啊。
某	女	哼，人家外国人，为了爱情能决斗，你就不能为了我挨顿揍？
某	男	能，跟国际接轨嘛，今天我这顿揍算是挨定了，等着……（走到老汉背后）大爷，对不起了，就在你酣然入睡的时候，没想到用这种方式把你惊醒，大过年的，就等于给你拜年了。（弹脑瓜崩儿）
老	汉	（疼得跳起来）你，你干什么你？
某	男	（指着老汉）呵呵呵呵……老谭！
老	汉	老谭？
某	女	老谭？
某	男	老谭嘛，外号，谭鱼头！老谭啊，这么多年没见了，你一点儿都没变，不在市场卖鱼了？跑这钓鱼来了？
老	汉	谁是老谭？俺姓王，叫王 BIANG DANG。
某	男	（看老汉脑袋）别动，哎呀呀，呀呀呀呀，什么老谭，（对女）你认错人了，什么眼神呀，出门又没戴博士伦吧？嘿嘿嘿，大爷，对

不起，认错人了，还以为老谭呢，你跟老谭长得一模一样。

老　汉		小伙子。
某　男		啊……
老　汉		往后啊，瞅准了人再弹！
某　男		对对。
老　汉		（摸自己脑袋）手劲还挺大。
某　男		对不起了大爷。
老　汉		哎呀……（换个地方，继续坐下钓鱼）
某　男		对不起了大爷，我认错人了。
某　女		（冲老人）弹疼了吧？
某　男		能不疼吗？我手都震麻了。
某　女		（推开男）哎呀，你使那么大劲儿干什么？
某　男		实在嘛，我在工地上就是拧钢筋的，一出手就是劲儿！
某　女		讨厌！（冲老人）可以了……爸？
某　男		可以了，不弹了。
某　女		（冲老汉）满意了……爸？
某　男		你满意我就满意。
某　女		（冲老汉）通过了……爸？
某　男		你别总爸爸的，叫的我都不好意思，你管我叫爸，你管你爸叫啥呀？一家出现俩爸，我俩在一块儿，肯定掐架。
某　女		讨厌！（推开男）
某　男		登记去？
某　女		（冲老汉）登记去……爸？
某　男		走！

［老汉又咳嗽。

某　女		你……你再弹他一个。
某　男		脑瓜崩儿啊？
某　女		嗯。
某　男		我凭什么弹人家两个脑瓜崩儿啊？
某　女		你凭什么谈两次恋爱啊？

某 男	我谈两次恋爱就得弹人家两个脑瓜崩儿啊？
某 女	谈两次恋爱，就要用两个脑瓜崩儿来考验。
某 男	再一不能再二啊，再弹，我说什么呀？
某 女	我不管你说啥，你必须再弹一个，弹不弹？
某 男	不弹！
某 女	不弹？（转身又要走）
某 男	弹！弹嘛，没说不弹嘛！这不往那儿走嘛……（走到老汉背后）大爷，对不起了，还得麻烦您老人家。（又弹一下，跑回去）
老 汉	（老汉跳起来，拿鱼竿欲打男）有完没完你！
某 男	老谭！
老 汉	谁是老谭？
某 男	你就是老谭，老谭啊，不能因为你欠我几个钱，你就装作不认识我呀？对不对啊？那点钱我不要了行不行啊？
老 汉	谁欠你钱了？
某 男	我不要了。
老 汉	谁欠你钱了？
某 男	老谭！
老 汉	（掏出身份证等）你看看这是什么？身份证，王 BIANG DANG，医疗证，王 BIANG DANG，退休证，王 BIANG DANG！
某 男	你可拉倒吧，还 BIANG DANG 呢，哪有这俩字啊？
老 汉	怎么没有？当了个当，BIANG 了个 BIANG，当了个当，BIANG 了个 BIANG，王 BIANG DANG！
某 男	大爷，对不起，你跟老谭长得太像了，就跟复印的似的。
老 汉	小伙子，别说俺不是老谭，俺就真是老谭，俺都这么大岁数了，你也不能弹我啊？
某 男	打扑克嘛，谁输了弹谁，我一看老谭那大秃头，我的手就痒痒。
老 汉	哎！行了行了行了。
某 男	我就想弹……
老 汉	走了走了走了。
某 男	一弹我就收不住……走了？

老　汉	什么事儿啊！（下场）
某　男	对不起了大爷，你长得太像老谭了！
某　女	人呢？
某　男	弹走了。
某　女	啊？
某　男	怎么样，我听不听你话？我听不听你话？
某　女	太危险了。
某　男	危险？那是对别人，对我来讲，那是小菜儿！这叫智商你知不知道，我不是跟你吹，他这是走了，他要是不走，我还敢弹。老生常……弹……

[老汉复上，男吃惊地站起身来，老汉大声咳嗽。

某　女	（对老汉）哎呀，有完没完啊？不弹了，坚决不弹了，就是不弹了！我走了。
某　男	站住！
某　女	不弹了。
某　男	什么不谈了呀？这都要结婚了，说不谈就不谈了吗？你拿爱情当儿戏呢？
某　女	哎呀，不是这个谈，是那个弹。（指老汉）
某　男	不就是他吗？我再弹一次不就完了吗？再一再二再三嘛。（走向老汉，女没拉住，蹿到老汉背后在他脑袋上来了个双响）
某　女	啊……
老　汉	哎呀！你怎么还来个双响的呢！
某　男	哈哈哈哈……（抱住老汉，在脑袋上亲了一下）哎呀，老谭啊老谭，刚才那边有个钓鱼的老头，跟你长得太像了，我还以为是你呢，我弹人家两个脑瓜崩儿啊。
老　汉	什么两个？是四个！刚才那个老头就是俺，俺就是刚才那个老头！
某　男	不可能啊？
老　汉	什么不可能，来来，你看看，你看看……（低头）
某　男	哎呀妈呀，都弹成骰子了，我数一数啊，你别动，一二三四……那咋五个印呢？

老　汉	你还咬我一口呢。
某　男	对不起了大爷，你跟老谭长得太像了，我给你赔礼大爷，对不起了，老人家……
老　汉	嘿嘿嘿嘿……弹得好！
某　男	完了，弹出毛病来了。
老　汉	小伙子，过来我问问你。
某　男	不用，你就在这儿说吧。
老　汉	刚才，是她让你弹的吧？
某　男	跟她没关系。
老　汉	刚才是她命令你弹的？
某　男	完全是我自己自愿弹的。
老　汉	你还能有我了解她呀？
某　男	我当然比你了解她了，我是她老公啊。
老　汉	俺是她老爹！
某　男	完了……劲使大了，（对女）给你弹出个爹来。
某　女	啥弹出个爹呀？他本来就是我爹。
老　汉	闺女！
某　女	爸！
老　汉	过来过来。
某　男	哎呦完了，大过年的没磕头，弹了老丈人四个脑瓜崩儿啊……
某　女	爹，你受委屈了。
老　汉	没事，没事，为了找个好姑爷，在老丈人头上进行点破坏性的实验，值了，值了。
某　女	弹一个不就得了嘛，你干吗没完没了的啊？
老　汉	弹得越多，了解得越全面啊，从我这四个疙瘩，俺总结出四点，这小伙子，一听话，二胆大，三机灵，四有劲儿。
某　女	爸，结婚后他肯定听我的话？
老　汉	嗯！（拿出户口本交给女）登记去吧。
某　女	哎！亲爱的，我爸同意了。
某　男	你爸同意啊？

某 女	对！
某 男	我不同意！
某 女	为什么？
某 男	你们俩这不是合着一块儿耍我吗？
老 汉	哎哎……小伙子，你别生气啊，刚才俺就是想看看，结婚以后你能不能听媳妇的话。
某 男	听媳妇的话也得讲原则！什么话都听吗？我们村长听媳妇的，媳妇让他干啥他干啥，让他把公家的地卖了，他把公家的地卖了，让他把公家的钱花了，他把公家的钱花了，让他把公家的驴牵回家，他把公家的驴牵回家了，他媳妇骑上驴，他下马了！记住了，坏媳妇就是身边的炸弹，好媳妇才是身边的防线！
某 女	亲爱的，我就是你身边的碉堡！
某 男	好！堡儿，千万别做炸弹，搂着炸弹睡觉，两人都没好。
老 汉	嗯，很好，很好！小伙子！
某 男	嗯？
老 汉	刚才你这番话呀，比弹我四个脑瓜崩儿震动还大，俺明白了，小两口过日子，谁对听谁的，从今天起，俺把闺女就交给你了！
某 女	爸！
某 男	谢谢您了，老谭！（给老汉鞠躬，老人趁机给了男一个脑瓜崩儿）嗬！你爸的手劲儿比我大，他这一下顶四下。
老 汉	走！
某 女	登记去！
某 男	在座的老丈人请注意啊，考核女婿很重要，最好戴上安全帽！

[众笑，剧终。

（2008 年中央电视台春节联欢晚会 与张振彬、王宏合作）

166

黄豆黄

时间：2008 年 8 月，北京奥运会开幕的第二天
地点：黄豆黄家

人物

黄豆黄——男，60 多岁，种粮大户
大　娘——60 多岁，黄豆黄未来的老伴
村　长——40 多岁，大娘的儿子
由　总——男，40 多岁，粮油公司总经理

景置：一个双人沙发，一个雕漆木箱。

　　　　［幕启：欢快的音乐声中，大娘端一大盆面条，手拿擀面杖兴冲冲
　　　　上场。
大　娘　北京奥运顶呱呱，我村有人去参加，黄豆黄现场看完开幕式，今
　　　　天早上刚回家！黄豆黄！黄豆黄！老黄头！
　　　　［黄豆黄上。
黄豆黄　来了！黄昏恋，恋夕阳，老年恋爱更疯狂。年轻人谈情说爱太磨
　　　　叽，我们老年人直截了当——更快、更高、更强！

大　娘	回来了？（伸手欲跟黄握手）
黄豆黄	别握手，拥抱更有力量！（欲抱）
大　娘	去你的！咱俩的事还没公开，连我儿子都不知道，他还一口一个大哥地叫着你，让人知道这算是啥呀？
黄豆黄	他现在叫我大哥，当村长之前他叫我大爷！人家当官干事儿，他当官长辈儿。
大　娘	别贫了！这手擀面可筋道了，赶紧煮了快吃吧，欢迎你的大会马上开始。（欲走）
黄豆黄	别走！（拽住娘）
大　娘	咋的了？
黄豆黄	我跟你说实话吧，这次去北京，鸟巢没进去，开幕式没看着，我把票丢了！
大　娘	啊？（坐在了地上）全村人都等着欢迎你这奥运第一人呢！这可咋整呀！
黄豆黄	窝囊啊！太窝囊了！这就等于买个新车刚一上路让人追尾了，投资股票一分没挣全毁了，要洗澡刚打完肥皂停水了，想接吻没想到假牙剐了人家嘴了！丢人啊！
	［村长画外音：“黄豆黄！”
黄豆黄	坏了！村长来了！
大　娘	千万别让我儿子发现咱俩的事！
黄豆黄	你到里屋躲躲，实在不行蒙被窝。
大　娘	那不更说不清了吗！
黄豆黄	藏沙发后边，不行！你坨太大了！
	［村长画外音：黄豆黄！
黄豆黄	来不及了，进箱子！
	［娘进到箱子里，黄盖上箱盖，村长上。
村　长	老大哥，你好啊！
黄豆黄	村长大兄弟你好呀！差辈了吧？我早晚让他改口。
村　长	为了欢迎你，昨晚我是全村上下总动员呀。
黄豆黄	听说了，你在喇叭里喊到半夜，狗叫了一宿，今天早晨你起来了，

狗都睡了。

村　长　　也不光为了你，在开幕式现场你给由总的豆油做广告了吗？

黄豆黄　　做了！黄豆牌食用油，为中国加油！（敞开怀，露出胸前"加油"二字）请记住，黄盖儿的！（造型）

村　长　　好！好！

黄豆黄　　村长，你这创意太经典了，遵照你的指示到哪儿都没摘，睡觉我都戴着这顶黄帽子，幸亏是给黄豆油做广告，要给绿豆做广告还麻烦了呢！

村　长　　你个老光棍你还在乎这个吗？

黄豆黄　　我倒不在乎，怕影响你妈的名誉。

村　长　　和我妈有什么关系？

黄豆黄　　咋没关系呢，乡里乡亲的！（拍箱子）

村　长　　挨不着，粮油公司的由总马上就到，一会儿你把开幕式的盛况向由总做个汇报。

黄豆黄　　汇报就算了吧。

村　长　　那不行，你那张开幕式的门票谁给的？

黄豆黄　　由总啊。

村　长　　你得让人家高兴啊！今天他要跟咱签订一千吨大豆的订购合同，你可别把这事给我整黄了，好好准备，我去接由总。

　　　　　〔村长下，黄豆黄坐在箱子上。

黄豆黄　　完了，完了！

　　　　　〔拍箱子，娘在里边推开箱盖，黄差点趴在地上。

大　娘　　你想憋死我呀？

黄豆黄　　对不起，我忘了里边有活的了，事大了……我干脆跟村长实话实说吧！（欲走）

大　娘　　千万别说！你看我儿子那劲头，你要实话实说了还不要了他的命呀！

黄豆黄　　我要不实话实说还不要我命啊？再说啥也没看着我说啥呀？

大　娘　　没进现场你还没看电视呀！

黄豆黄　　没有！围着鸟巢跑了半宿，我上哪儿看去？

大　娘	我倒是看了，没用呀。
黄豆黄	你从头到尾都看了？
大　娘	看了，为了在电视上找你，我看得可仔细了，镜头上有个老头特别像你，仔细一看，萨马兰奇！这我都看清楚了。
黄豆黄	有了！一会儿由总来了你替我汇报，单身女人好攻关……
大　娘	拉倒吧！你是咱村儿奥运第一人，我算啥呀？
黄豆黄	我是奥运第一人，你就是未来的第一夫人啊！
大　娘	还第一夫人呢！别不识数了，咱俩结了婚，也是二婚……
黄豆黄	有了！你把在电视上看的告诉我，我就说我在现场看的不就完了吗！
大　娘	是个办法。开幕式我印象深的有那么几点，第一，就是场中间那个画轴。
黄豆黄	画轴？
大　娘	（举起擀面杖）就像擀面杖一样，一擀一张画儿，一擀一张画儿！
黄豆黄	还有呢？
大　娘	姚明！运动员入场的时候，姚明举旗，还带个孩子。
黄豆黄	还有呢？
大　娘	击缶，那场面，上千人击缶，大家都说好，你就说"缶"！
黄豆黄	拉倒吧！我是谁呀？那么多人都说好，我说否就给否了哇？
大　娘	击缶……其实就是敲鼓。
黄豆黄	哦……还有呢？
大　娘	最后你就说铺天盖地都是祥云。
黄豆黄	祥云？
大　娘	奥运图案！我叫啥？
黄豆黄	李祥云啊！
大　娘	记住我不就记住祥云了吗！
黄豆黄	记住了！一擀、二举、三敲、四……
大　娘	我呀！
黄豆黄	对！李祥云。
大　娘	我撤了！

黄豆黄	别走，我万一忘了你在旁边提醒我。
大　娘	我这身份在这不合适！
黄豆黄	帮帮忙，打架亲兄弟，上阵父子兵，恋人就如同战友嘛！
大　娘	我也没当过兵，啥战友呀？
黄豆黄	你想占有我，我想占有你，占有嘛！相互的！为了占有，你就受点委屈吧！进箱子！（黄豆黄把大娘扣在箱子里）这才叫相亲相爱嘛！来，演习一遍！第一点。
大　娘	（开箱盖做擀面的动作）
黄豆黄	太好了……
	［村长画外音：黄豆黄！
黄豆黄	来了！（一屁股坐在箱子上）
	［村长陪由总上。
村　长	黄豆黄大哥，由总看你来了！
由　总	黄大爷，你好啊！
黄豆黄	（坐在箱子上）你好！你好！
村　长	站起来！汇报！
黄豆黄	由总啊，谢谢你给我的这张票啊！开幕式太壮观了，太精彩了，太好看了！归纳起来就四点，第一点……（发现村长坐在箱子上）
村　长	说！
黄豆黄	村长你别坐箱子上，不礼貌。
村　长	坐箱子有什么不礼貌的？
黄豆黄	你得有老有少呀！你是领导，得坐沙发。
	［黄豆黄把村长拉到沙发上。
黄豆黄	第一点！（大娘打开箱盖儿做擀面状）擀面杖！
村　长	擀面杖？
黄豆黄	场中间那个擀来擀去的……
由　总	画轴儿！
黄豆黄	对呀！画轴儿像擀面杖一样，一擀一张画儿，一擀一张画儿，跟手擀面似的，可筋道了。
由　总	哎呀，农民的语言太形象了！
村　长	不到现场还真没有这种感觉，说得不错！（又坐在箱子上）

黄豆黄	第二点……
村　长	接着说！
黄豆黄	……村长，你咋老坐箱子呢？你想当乡长啊？
村　长	我坐箱子和当乡长有啥关系呀？
黄豆黄	你是领导，你坐沙发。
村　长	太客气了。

　　〔黄豆黄再次把村长拉到沙发上。

黄豆黄	第二点……（大娘打开箱盖儿做"举"状）举旗！运动员入场的时候，姚明举旗，还带着他儿子！
村　长	儿子？
由　总	姚明刚结婚哪有那么大的儿子？
黄豆黄	……现在社会进步了，火车都提速了，姚明个儿大，生下来儿子就会走路了！
村　长	瞎说，那是灾区孩子的代表！
黄豆黄	灾区的孩子不就是我们的儿子吗？难道我说得不对吗？
由　总	黄大爷，你说得太好了！
黄豆黄	他没去现场他不知道，（对村长）不了解情况别发言，说错了让人笑话，第三点……（看见村长又坐在箱子上）乡长……
村　长	谁乡长啊？坐箱子就乡长啊？你给我提的级呀？
黄豆黄	你当了乡长我还得矮一辈。
由　总	你是领导，你坐箱子大爷心里不踏实。
黄豆黄	是！你坐那儿你妈心里更不踏实，第三点……

　　〔黄豆黄回头发现由总坐在箱子上。

黄豆黄	不能谁逮着谁坐呀！由总，你坐着我更不踏实！（把由总拉到沙发上）第三点……（大娘打开箱子盖儿做"敲"状）……敲鼓！
村　长	敲鼓？
由　总	击缶！
黄豆黄	对，上千人在那儿击缶呀！
村　长	那个节目太壮观了，上千人，一边击缶一边喊，啊——
村　长	
由　总	哇！有朋自远方来，不亦乐乎！

黄豆黄	就是呀，你看人家这个创意，直接反映地震灾区，当时缺的就是棚子呀！
由 总 村 长	棚子？
黄豆黄	帐篷啊！全国、全世界的帐篷都运地震灾区去了！乡亲们高兴地欢呼哇——有棚子！远方来的！不亦乐乎哇！
村 长	什么乱七八糟的！
由 总	黄大爷的想象力太丰富了。（坐在箱子上）
黄豆黄	第四点……好像是什么图案。
由 总	祥云？（由总站起，大娘打开箱子盖指自己）
黄豆黄	没错，李祥云嘛！
村 长	李祥云？
黄豆黄	那还有错吗？那场上，铺天盖地都是你妈。
由 总	（坐在箱子上）我的妈呀！
	［大娘一脚蹬开箱子，由总滚落箱后。
大 娘	说啥呢！铺天盖地都是我那还有法看呀？
村 长	妈！
黄豆黄	你出来干啥？
村 长	妈！你怎么在这儿呢？
黄豆黄	兄弟呀，这事事先没敢说，我和你妈早拍拖了。
村 长	你说啥呢？
大 娘	儿子，啥也别说了，他把票丢了……
村 长	什么票丢了？
黄豆黄	门票丢了，鸟巢没进去，开幕式没看着。
村 长	黄豆黄！全村就这么一张门票，奖给你这种粮大户了，你愣给丢了！你真是我爹呀！
黄豆黄	哎呀！关系终于捋顺了，孩子总算承认了，当时我想拿钱再买一张，（从包里掏出一摞现金）两万块钱愣没买着！
村 长	等会儿！你这是买票的钱呀？还是卖票的钱呀？
黄豆黄	你什么意思？
村 长	这么金贵的东西说丢就丢了？

黄豆黄	咱子一辈父一辈，这么多年你还不了解我吗？
村　长	我太了解你了，听我妈说，年轻的时候我爸有张电影票给你了，你高兴的呀，一出门儿就给卖了！
黄豆黄	我也后悔呀！我不知道你妈那天也去看电影了呀，要不卖这张票，我早跟你妈好上了，还能让你爸钻空子！
大　娘	说啥呢！
黄豆黄	可我这张票确实没卖！
村　长	谁证明？谁证明？
由　总	我证明！
众　人	由总？
由　总	（顶着一头面条从箱子后面站起来，拽着手擀面）手擀面确实筋道啊！（众人把由总搀扶到沙发上，由总拉住村长的手）你冤枉他了，你爸爸的票确实没卖。
村　长	哎呀……他……
由　总	我在网上订了两张票，号是挨着的，昨晚我也去了，可我旁边的座位一直是空的。
黄豆黄	对不起由总，说票丢了，我怕伤了你的一片心。
大　娘	是！这张票太珍贵了，去北京之前我让他把票缝在身上。
黄豆黄	可缝在哪儿都不放心！
大　娘	我让他缝在左边！
黄豆黄	我说右边安全。
大　娘	我让他缝在里边。
黄豆黄	我说外边安全。
大　娘	我让他缝在下边。
黄豆黄	我说上边安全，上边！（摸脑袋，捶胸顿足）哎呀……
由　总	你爸爸怎么了？
黄豆黄	我把票缝帽子里啦！
村　长	你怎么不摘下帽子找找呀！
黄豆黄	为了做广告，你不是不让我摘吗！
大　娘	你傻呀！
黄豆黄	我冤哪！我他妈太冤啦！我顶着一张票，围着鸟巢跑了十六圈愣

没进去，路边的人又鼓掌又送饮料，还说呢，这老头真不容易呀，这么大岁数还跑马拉松……这么好的开幕式我愣没看着！

由　总　大爷别难过！你人没进去，但心到了……（掏出礼包）昨晚的开幕式，现场每个观众的座位上都有一份奥运礼包，我给你带回来了。

黄豆黄　谢谢！

[黄豆黄看着礼包里的东西。

黄豆黄　祥云丝巾！（递给大娘）你的，拨浪鼓！（递给村长）给孩子玩儿吧。

[舒缓的音乐声中，黄豆黄拿出了一面国旗。

黄豆黄　（激动地）国旗！不知为啥，现在我一看到这五星红旗就激动得想流泪。

由　总　是啊，昨晚，当五星红旗在鸟巢上空升起的时候，在场的九万多观众一同挥动起手中的国旗……

黄豆黄　不，不止九万，马路上，车停下了，人站住了，鸟巢外人山人海，红旗一片啊，全北京，全中国，在同一个时间，唱响了同一首歌——国歌！

[国歌的变奏音乐响起。

村　长　心醉了，梦圆了。

大　娘　好日子越过越甜了。

由　总　你是豆，我是油，中国一步一层楼。

黄豆黄　我是爹，她是妈，咱们永远是一家。

村　长　爹！

黄豆黄　兄弟！

众　人　差辈了！

由　总　签合同！

众　人　走！

[音乐声扬起，剧终。

（2009 年中央电视台春节联欢晚会　与张振彬、王宏合作）

两毛一脚

时间：秋季
地点：东北山区一条公路旁

人物

农家大爷——60多岁
青年司机——30多岁

景置：舞台深处的大屏幕上，是一条蜿蜒的山区公路。表演区有两棵枣树，一
　　　大一小，一粗一细。枝头上结满了红枣，大树上的红枣更多、更大一
　　　些。农家大爷手提木牌上，牌上写着一个醒目的大字——"枣"。

大　爷　房后一条公路，房前两棵枣树，只要买卖公平，干啥都能致富。
　　　　（放下牌子）
司　机　（幕后）大爷。
大　爷　来生意了。（坐在箱子上）〔年轻司机提着水桶急匆匆地上。
司　机　大爷，车开锅了，附近有水吗？
大　爷　过路财神，坡下就有水沟。
司　机　谢谢。（突然发现牌子）枣？怎么卖啊？
大　爷　两毛一脚。（翻过牌子，上写两毛一脚）

司　机　两毛一脚？什么意思？

大　爷　就是两毛钱一脚。

司　机　怎么个两毛钱一脚啊？

大　爷　枣，在树上呢，你交两毛钱，照着树上踹一脚，掉下来多少是多少，全都归你，两毛一脚嘛。

司　机　哎！有点意思。（放下水桶）也就是说我交给你两毛钱，我照树上踹一脚，掉下来的枣都是我的？

大　爷　对！就这意思。两毛一脚。

司　机　好玩！两毛一脚，我试试。（掏出两毛钱递给大爷）两毛。（看了看两棵树）大爷踹哪棵树都行吧？

大　爷　爱踹哪棵踹哪棵？

司　机　（冲着那棵大树）这棵树上的枣多。（把水桶放在树下接着）接着点，这要米一脚，全家吃不了。大爷，我踹了。

大　爷　踹。付完钱就可以上脚。〔司机抬腿照着树上踹了一脚，迅速把自己的头捂住，大树纹丝没动，一个枣也没落，大爷把一颗黄豆"当啷"一声扔进茶缸里。

大　爷　一脚。

司　机　哎？（抬腿刚要踹第二脚）

大　爷　停！两毛一脚，你要还想踹再给两毛。

司　机　不是，刚才那脚没踹下来枣。

大　爷　枣下没下来我不管，我只算脚不看枣。

司　机　啊……不管掉不掉枣都是两毛钱一脚？

大　爷　对，就这意思。

司　机　行行行！（掏钱递给大爷）两毛。（抬起腿来照着树上又是一脚，大树仍然纹丝没动，一枣未掉）

大　爷　（又把一颗黄豆"当啷"一声扔进茶缸）两脚！〔司机有些急躁，没再说话，掏出两毛钱递给大爷，又换了个角度照树上用力踹了一脚，树还是没动。

大　爷　（继续把黄豆仍进茶缸）三脚！

司　机　哎！我就不信了！（解开衣服）

大　爷　行了！别较劲了，有人踹得下来，有人踹不下来，别耽误正事，打水去吧。

司　机　　不行！我非给它踹下来不可。（掏出两块钱递给大爷）我踹两块
　　　　　钱的！

大　爷　　（抓起一把黄豆）两块钱十脚。〔随着司机踹树节奏，大爷不停地
　　　　　把黄豆扔进茶缸，他前三脚是用单脚踹的，见树不动，后三脚是
　　　　　用双脚踹的，树还不动，他正要再踹，大爷叫停。

大　爷　　停！我提醒你一下，我这用黄豆给你记着呢，你给了我两块钱，
　　　　　应该是十脚。你前三脚踹的是单脚，两毛一脚，后三脚踹的是双
　　　　　脚，一脚四毛！单脚和双脚加到一块，已经踹了九脚。现在你只
　　　　　剩下两毛，也就是说接下来你只能再踹一次单脚，不能再踹双脚。

司　机　　（气愤地）你算得还挺细。一棵破树多一脚少一脚能怎么的？又不
　　　　　是踹你。

大　爷　　你怎么说话呢？做生意就要公平合理。

司　机　　你合什么理啊？我踹了十多脚一个枣都没掉。

大　爷　　那你不能怪我啊？这说明你力度不够啊。

司　机　　我正要使劲呢你喊停了，差点把我腰闪了！

大　爷　　我要不喊停你踹冒了呢？

司　机　　踹冒了怎么了，十几脚的钱都给你了，多个一脚半脚的能怎么的，
　　　　　你怎么那么较真呢！你怎么那么算计呢！还单脚双脚，现在到商
　　　　　店买东西还打个折呢！

大　爷　　好好，消消气儿，踹吧，单脚双脚都行，就算我买一送一了。

司　机　　不踹了！你以为我稀罕你这破枣啊，白给都不要，找钱！你还差
　　　　　我两毛。

大　爷　　行！那是找给你钱呢，还是找给你脚哇？

司　机　　找脚？

大　爷　　不是，我是说找你钱呢，还是找你枣哇，我寻思着你一个枣也没
　　　　　踹下来，要是找你点儿枣，不也算没白忙活吗。

司　机　　我得踹得下来啊！我都怀疑你这枣是拿焊条焊上去的。

大　爷　　你要想要枣，我就替你踹一脚，踹下来的枣全都归你。

司　机　　你替我踹？

大　爷　　啊！

司　机　好——啊！你踹，你踹，我就不相信了，我踹不下来，你能踹下来。（一屁股坐在箱子上）踹！我可告诉你，你要踹下来啥事没有，你要踹不下来，就证明你这是托，我告你去，告你欺诈！

大　爷　（气愤地）对不起，我还不伺候了。（把两毛钱塞给司机）走人！你爱上哪告上哪告。走！

司　机　你凭什么让我走啊？心虚了？你踹不下来我再走，我要证据。看见没有，（掏出一把零钱，往箱子上一拍）你要踹下来全都给你，你要踹不下来，我跟你没完！

大　爷　让开！［大爷冲树上抬腿一脚，树上的枣哗啦落了下来，砸在司机的头上，傻了。

大　爷　是托吗？是欺诈吗？是用焊条焊上去的吗？（把桶往地上一蹾）捡枣去，至少半斤。

司　机　半斤？你怎么连分量都知道呢。

大　爷　脚下有准，做生意要认真，货真价实不贪心，我们这一斤四毛是收购价，两毛一脚是半斤。偷着乐去吧，按批发价踹给你的。（把箱子上的那把零钱塞给司机）收起你的糟钱，早知道你这脾气，都不带你玩。该干啥干啥去。

司　机　凭什么？你这是生意，花钱踹枣这是我的权利。既然开饭店你就别怕大肚汉。

大　爷　关键是你肚量太小。小体格吧，还玩力量呢，整不好再栽到这儿。回去没事练练身体，手不能提，肩不能扛，往这儿一站，整个一根火腿肠。

司　机　你像猪屁股！我还就不信了，我三十多岁正当年踹不过你个糟老头子！

大　爷　我糟树不糟，枣木硬。

司　机　硬？你要把我惹急了我给你踹断了！

大　爷　吹吧，真要较上劲我怕受伤的是你。

司　机　我的身体我做主。我就是M—ZONG人。让开！［司机又一次把那把零钱拍在箱子上，接着朝那棵大树发起了猛烈地攻击，雷声大，雨点小，还是不见枣落下，一不小心把皮鞋踢开。

司　机　哎呀妈呀，鞋开了！

大　爷　（从箱子里拿出一双大号的旅游鞋）换上，免费的？

司　机　你怎么还预备这玩意儿呢？

大　爷　方便顾客嘛，像你这样的脚气也不止一个嘛。

司　机　闪开！（司机一把推开大爷，自己不小心撞在那棵小枣树上，树上
　　　　的枣哗啦掉了下来）下来了！看见没有！枣下来了！我就不信了
　　　　我治不了它！

大　爷　两毛一脚，撞下来的不算。

司　机　你凭什么不算！

大　爷　游戏规则嘛！打篮球用脚踢那是捣乱，踢足球用手扒拉人家不干，
　　　　说好了两毛一脚，用身体冲撞下来的不算。

司　机　我让你不算！（歇斯底里地脱下那只破皮鞋，光着脚冲那棵大树冲
　　　　去）啊——

大　爷　危险！

司　机　（飞身一脚，应声倒地）哎呀我的妈呀！

大　爷　（迅速上前将他搀起）猛了，猛了，整的太猛了。

司　机　我的脚啊！

大　爷　幸亏用脚，这要用头就完了。

司　机　有你这么卖枣的吗？

大　爷　有你那么买枣的？你这叫光脚不怕穿鞋的！（说着从箱子里拿出绷
　　　　带）来，我给你包包。

司　机　你这箱子里怎么什么都有啊？

大　爷　我在村里干过兽医。

司　机　你卖枣怎么不预备个秤呀？

大　爷　小本经营，就两棵树。用不着破费。

司　机　你太抠门了。一个秤能有多少钱啊？

大　爷　秤就公平吗？有多少黑心秤啊，还是脚靠谱，除了中国足球以外，
　　　　你哪还听过黑心脚啊！

司　机　你把枣摘下来卖不就完了吗。

大　爷　这不省事嘛。

司　机　你太懒了。

大　爷　儿子媳妇都进城了，我这岁数爬不上去。

司　机	那你踹枣咋那么大劲呢？
大　爷	经验嘛，踹多少年了，踹树得掌握要领。首先找到重心，踹树要用脚跟，脚掌一般踹不下来几个。
司　机	你咋不早说呢？
大　爷	早说我不赔了吗！
司　机	这是谁想的招啊，太损了。
大　爷	你可别那么说，踹枣是我们村的传统，用脚踹枣、效果最好，不伤枝叶、利于环保，掉的不生，生的不掉，瓜熟蒂落，省劲讨巧。
司　机	关键是不省劲啊。
大　爷	你太死心眼了，大树踹不动，你踹小树啊。
司　机	我看着大树比小树枣多。
大　爷	太贪了，爷们一定记住，做事必须量力，否则前功尽弃。做人不能太贪，不然路就走偏了。来，我背你上车。
司　机	等会，咱先把价格讲好，踹枣一脚两毛，背我一步多少钱哪？
大　爷	不能把什么都当成生意。（大爷把地上的枣装进桶里）来，（背起司机）哎，这小体格太轻了，也就160多脚吧。
司　机	我体重80斤。
大　爷	对嘛，一脚半斤，160多脚嘛。
司　机	你这个买卖不错，你干脆把那片枣园都包下来，两毛一脚挣老钱了。
大　爷	你看，白说了，做人不能太贪了，量力而行，我这岁数，伺候两棵枣树没问题，要是把那片枣园包下来就得跟你一样，受伤。
司　机	老爷子，我替你吆喝吆喝生意。
大　爷	好，喊！
司　机	两毛一脚！
大　爷	一脚两毛，东北大枣！（下场）

［剧终。

（2010年中央电视台春节联欢晚会　与张振彬合作）

美丽的尴尬

时间：春节前夕
地点：家中

人物

丈　　夫——40 多岁

妻　　子——40 多岁

朋　　友——40 多岁

经　　理——50 多岁

丈母娘——70 多岁

副导演——30 多岁

景置：普通人家的客厅，五斗橱上放有一帧丈夫和妻子的合影。（照片中的妻子为林永健反串）

[幕启：零星的鞭炮声中，丈夫兴冲冲上。

丈　夫　　日子好了心气儿高，老娘们想起一招是一招，我媳妇儿非要到韩国去整容，没病没灾儿去挨刀，俩字儿——发飙！（走到照片前边，指着照片冲观众）这也不完全怪她，有个导演要拍电影续集

《四枪拍案》，不知怎么就选上她了，她就是挨第四枪的那个，哎呀，这下她烧包的就不得了了，其实她这模样不用整，长得还可以，看没，不说可以接受，起码可以忍受，就这形象，为家庭为社会都做了很大贡献，自打挂上这张照片，我们小区就没进过贼，家里都没闹过耗子，看这小眼睛，耗子都认亲，甭管是牛年还是虎年，我们家挂上它，永远是鼠年！（门铃声）是不是回来了？整成啥样心里真没底啊？见证奇迹的时刻就要来到了！

　　［丈夫开门，漂亮的妻子用韩语打招呼。

妻　子　@#￥%……&★！

丈　夫　你找谁?

妻　子　@#￥%……&★！

丈　夫　你有事儿吗?

妻　子　@#￥%……&★！（扑向丈夫）

丈　夫　别别！我告诉你，我老婆可不在家，我的意志也不太坚强，你这种举动让我感到很迷茫。

妻　子　嘛迷茫呀？我就是你老婆！

丈　夫　鼠儿?

妻　子　就是我！

丈　夫　哎呦老婆，你咋变化这么大呢?

妻　子　好看吗?

丈　夫　太好看了！下巴也削了，鼻子也高了，眼睛也大了，也种了眉梢了，这么一整，不像老鼠，倒像猫了。

妻　子　这我就放心了，为这张脸我挨了一千多刀呢。

丈　夫　这才叫千刀万剐嘛。

妻　子　值吗?

丈　夫　值！有钱花在刀刃上嘛！

妻　子　和以前比呢?

丈　夫　简直判若两人，现在整的多经典啊，原来长得多惊险啊……

妻　子　讨厌！抱抱。

丈　夫　等会儿，我把门关上。

妻　子　关门干啥呀？

丈　夫　以前抱着你心情很平静，现在看着你心情很激动，有一种负罪感，太神奇了，总感觉像抱着别人的老婆……

妻　子　哈哈哈……（两手撑着眼角）

丈　夫　怎么还拿手撑着呢？

妻　子　医生说不能有太多表情，我这刚长好容易迸开。

丈　夫　来！祝贺祝贺！

妻　子　我给你做好吃的去。（下）

丈　夫　我今天终于焕发青春了，不破坏家庭也能享受到二婚了。

　　　　〔门铃声。丈夫开门，朋友上。

丈　夫　猴子来了？

朋　友　黄大哥，马总后天结婚，让我来给你送个请柬。

丈　夫　啊……下午办啊？

朋　友　二婚，他本来想和这女的随便玩玩儿，没想到砸手里了。

丈　夫　男人绝对不能整这个，夫妻还是原配好，感觉就看你怎么找。

朋　友　大哥，这点儿我最佩服你了，就说嫂子长得那样，要换我都离八次了……

丈　夫　说啥呢？

朋　友　我的意思是说嫂子这面相，看着就本分，长得多安全啊。

丈　夫　安全啥呀？现在也相当危险了。（喊妻子）鼠儿……

　　　　〔妻子上。

妻　子　你好！

朋　友　（吓了一跳）大哥，有人呀？那我告辞了。

丈　夫　别走，别走，我给你介绍一下，叫嫂子。

朋　友　二嫂。

丈　夫　什么二嫂？嫂子！（冲妻子）热情点。

妻　子　挺热情的。

丈　夫　笑点儿。

妻　子　我已经笑了。

丈　夫　再笑点儿。

妻　子	我心里已经哈哈大笑了。
丈　夫	笑出声来。
妻　子	（突然大笑）哈哈哈……我现在不能有太多表情。
丈　夫	怕迸开。
妻　子	（冲客人）我给你倒茶去。（下）
朋　友	大哥，换了？
丈　夫	换什么换？这就是你嫂子！
朋　友	瞎扯，嫂子我见过，去年来送苹果，她在阳台上冲我一乐，吓得我撂下苹果就跑了。
丈　夫	现在怎么样？
朋　友	更可怕了，（学妻子，两手撑着眼角大笑）哈哈哈……大哥，办事儿的时候告诉我一声。
丈　夫	办什么事儿呀？
朋　友	哈哈哈……
丈　夫	别出去乱说去啊。
朋　友	（学妻子，两手撑着眼角大笑）哈哈哈……（下）
丈　夫	愣没认出来？（看照片）行了，这一页算是翻过去了……（把照片翻了过去）鼠儿！他没认出来……
	〔老婆上。
妻　子	什么没认出来？
丈　夫	他没认出你来，把你好顿夸啊！
妻　子	真的？
丈　夫	可不是嘛，我终于在朋友面前扬眉吐气了，我现在可以跟你说实话了，以前跟你上街，不拉你的手吧，伤你自尊，拉你的手吧，伤我自尊。
妻　子	为什么呢？
丈　夫	好几个同事跟我说，昨天看见你了，你妈挺年轻的。
妻　子	谁说的？
丈　夫	这话都传到领导那去了，在大会上表扬我，说情人节别人都带着老婆，带着情人，人家老黄带他妈玩儿。

妻　子	哪个领导？
丈　夫	我们经理，对我印象可好了，要不然能提我当副经理吗？
	［门铃声。
丈　夫	来，拉着手给他们看看。（开门，发现是自己的经理）经理！你怎么来了？
经　理	你那个述职报告有几处需要修改。
丈　夫	快请坐。
妻　子	请坐。
经　理	这是你女儿啊？
丈　夫	不不！我老婆。
经　理	哎呀！弟妹，长得挺年轻啊！
妻　子	女儿？哈哈哈……
丈　夫	别把经理吓着，快倒茶去。
妻　子	哈哈哈……女儿……（下）
经　理	俩人蛮恩爱的啊……（说着话把照片翻过来，愣住）这怎么回事儿？
丈　夫	哎呀，经理，这么点儿小事打个电话就行了，你还亲自来了。
经　理	来的很有必要，老黄啊，你可马上要提副经理了，现在我要提醒你，在生活作风方面你要检点儿啊！
丈　夫	经理，这方面你放心，花花事儿咱不干，漂亮妞咱不看，我这么跟你说吧，美女坐怀咱都不乱，可领导往这里一坐，我心里有点打战。
经　理	还是心里有事儿。
丈　夫	没事儿。
经　理	你个人简历里婚否这一栏写的可是已婚啊。
丈　夫	没错，已了多少年了。
经　理	那你刚才怎么介绍那女的是你老婆呢？
丈　夫	她就是我老婆呀！
经　理	（指着照片）那这是谁的老婆呀？
丈　夫	这也是我的老婆啊！

经　理	你有几个老婆呀？
丈　夫	俩老婆呀……不！俩老婆一个人，不是，一个老婆两个人！（发现照片）哎呀！谁他妈又给翻过来了……
经　理	我翻的，好事儿不背人。（欲走）
丈　夫	经理，她整容了……
经　理	什么整容？我看你在给我整事儿！
丈　夫	经理你误会了，你听我给你解释……
经　理	不用解释了，私人的事情我无权干涉，告辞了！
丈　夫	哎，经理，你还没说呢，那我那述职报告哪条需要改啊？
经　理	全都改！（关门，下）
妻　子	（兴奋地上）整容之前说我像你妈，整容之后说我像你闺女，哈哈哈……
丈　夫	别笑了！哎呀……
	［门铃声。
妻　子	我开门去。
丈　夫	亲爱的，我给你商量点事儿，你先到屋里躲躲。
妻　子	躲啥呀？我见不得人啊？
丈　夫	不是你见不得人，是人见不得你，要是生人还行，熟人你总得给人家个精神准备吧？（门铃不断地响，丈夫看门镜）开吧，你妈。
妻　子	太好了，我给她个惊喜。（躲进里屋）
丈　夫	你别藏了，她这么大岁数了，你再把她吓着。（门铃不断地响，开门）妈！
	［丈母娘风风火火上。
丈母娘	干吗呢？干吗呢？干吗呢？
丈　夫	哎呀妈呀，今天咋没扭秧歌去呢？
丈母娘	敲了半天不开门，屋里有人吧？
丈　夫	没人。
丈母娘	谁呀？
丈　夫	没有。
丈母娘	到底谁呀？

丈　夫	真没有。
丈母娘	到底是谁？
妻　子	（拿腔拿势地出现在里屋门口）朋友！哈哈哈……
丈母娘	怪不得不开门啊？屋里藏着个小三儿啊！（脱下鞋上前就打）
丈　夫	妈，你听我解释！
丈母娘	（追打着丈夫）解释吗呀？你小子表面上道貌岸然，一肚子男盗女娼啊！

　　［妻子阻拦。

妻　子	妈！我是你闺女！
丈母娘	呸！你是我闺女那她是谁啊？这才是我闺女！（指着照片）大伙看看，我们俩长得多像呀，这两张脸就跟复印的似的。
妻　子	妈，我真是你闺女，鼠儿！

　　［丈母娘听到女儿的声音住手，仔细端详，这才认清女儿。

丈母娘	你怎么变这样了？
丈　夫	这不刚整完容嘛。
丈母娘	我的天呀，闺女，你这哪是整容呀，跟她一比，你这脸就是破了相了！

　　［门铃声，副导演上。

丈　夫	（开门）导演来了。
副导演	大哥，今天俺们《四枪拍案》开机，导演让我接你老婆过去。
丈　夫	在这儿呢。
妻　子	导演，#@￥%&★。
副导演	大哥这是谁呀？
丈　夫	这不就是我老婆吗？
副导演	咋变成这样了呢？
丈　夫	为你们拍电影整的容啊？
副导演	哎呀大哥，我们张导选她当谋女郎就是冲她那双鼠眼，这整完咋变成猫眼了呢？
丈母娘	嘛鼠眼？嘛鼠眼？那叫母眼！随我。
副导演	大哥，这是谁啊？

188

丈　夫	我丈母娘。
丈母娘	她妈！
副导演	哎，大哥跟你商量个事儿呗？
丈　夫	啥事儿呀？
副导演	你丈母娘能借俺用用拍两天戏吗？
丈　夫	还借啥呀？赶紧整走！
副导演	谢谢啊，大娘，你现在就是我们寻找的《四枪拍案》里的谋女郎了！
丈母娘	嘛玩意儿？
副导演	谋女郎！
丈母娘	没想到我这岁数还能当谋女郎？哈哈哈……
副导演	走吧大娘。（二人下）
妻　子	妈，妈！老公，我妈拍四枪去了，我咋办啊？
丈　夫	别着急，还有机会，拍完四枪拍五枪，五枪拍完了拍六枪，闹不好还拍机关枪呢。
妻　子	不行！我按我妈的模样，再改回来！（下）
丈　夫	哎呀！你……看见没有，追求美丽没有错，什么事情都不能过，一旦折腾过了头，就不知是福还是祸！老婆，千万别改，万一改不好就不像你妈了，该像你姥姥了……

〔追下，一片笑声中，剧终。

（2010 年中央电视台春节联欢晚会　与张振彬、王宏合作）

聪明丈夫

时间：当代
地点：筒子楼中的一个简易房间

人物

丈　　夫——40多岁
妻　　子——30多岁
孙大喇叭——30多岁
小　　芳——40多岁

景置：筒子楼单身宿舍，墙上挂着"衣架"，桌上摆着酒菜。

　　　　　　　　[幕启：欢快的音乐中，丈夫身披写有"销售状元"的大红绶带
　　　　　　　兴冲冲上。

丈　　夫　　观众朋友们过年好吗！（众人：好）耶！这手势大家常用，知
　　　　　　　道这是什么标志吗?（众人：二）英语，二怎么说?（众人：兔）
　　　　　　　答对了，兔！两只大耳朵多可爱啊，这就是兔年的标志。朋友
　　　　　　　们记住了，全世界的人只要亮出这手势就是对咱中国兔年的祝
　　　　　　　福！明天咱拜年就这手势了，不说耶，说兔！现场的朋友们跟

190

我一起来，一二三！兔！（众人：兔）兔年要到了，我好运也来了，三喜临门。第一喜，我被公司评为年度销售状元。第二喜，公司老板要奖给销售状元一套 90 平（方）米的房子。第三喜，我跟我亲爱的媳妇儿就要离婚了！朋友们，请祝福我吧！什么？我神经病？对，自从得了神经病，我整个人精神多了。跟大家说实话吧，我们公司今年评出了两个销售状元，我和老王，可就一套房子，到底奖给谁老板为难了，我听老板司机孙大喇叭说老板仁义啊，说他要把房子奖给我们两个人当中最需要的那个，我现在的住房比老王的住房大几平（方）米，按这个逻辑肯定不奖给我啊，咱多聪明啊，立马跟媳妇儿策划了一个假离婚，原有的房子让媳妇儿住，我在筒子楼临时租了间小房，这就叫下不了血本争不过老王，舍不出媳妇儿换不来房！

[妻子上，按门铃。

丈　　夫	谁？
妻　　子	我！
丈　　夫	媳妇儿来啦！我跟我媳妇儿好几天没见了，我媳妇年轻温柔又顾家，模样儿赛过铁梨花！

[丈夫开门。

妻　　子	老公！
丈　　夫	媳妇儿！
丈　　夫	（关门）媳妇儿！你进门的时候没人看见吧？
妻　　子	没有。
丈　　夫	太好啦！（拿起拴红绳的梨）媳妇儿，明天就要办手续了，今天咱俩热热闹闹地举行个离婚仪式，进行第一项：咬梨！
妻　　子	怎么咬梨呀？
丈　　夫	离婚你不咬梨咬啥呀？不同婚姻不同的符号，咬什么东西要跟婚姻性质配套！
妻　　子	什么婚都能咬？
丈　　夫	你只要说出什么婚来，我就告诉你咬什么东西！
妻　　子	试婚的咬啥？

丈　夫	试婚咬柿子！试试嘛！
妻　子	闪婚？
丈　夫	闪婚咬雷！先打闪后打雷嘛！你看那些闪婚的，婚后哪家过的不是电闪雷鸣的！
妻　子	那隐婚的咬啥呀？
丈　夫	啥叫隐婚呀？
妻　子	就是现在有些明星，偷偷摸摸结婚，不想让人知道，隐婚！咬啥？
丈　夫	……那就咬牙啦！咬着牙打死不说结婚！家里都仨孩子了还在外面愣装单身！（学）小妹妹！目前为止我还是单身啦……
妻　子	讨厌！我告诉你啊，这梨不能咬，咱又不是真离婚！
丈　夫	对！房子到手咱马上复婚。
妻　子	我告诉你呀，办完了手续你一个人可得老实点儿，遇见年轻漂亮的小姑娘不许看！
丈　夫	你也不许看帅哥。
妻　子	我没事，你眼睛带钩儿。
丈　夫	我眼睛带钩？你眼睛放电，打过鱼的都知道，不怕下钩就怕放电，下钩顶多钓上一条，放电一电，电死一片！
妻　子	别贫了！
丈　夫	媳妇儿，这两天睡不着我就想啊，咱太合算啦！我都问了，办个离婚手续费才9块钱，一转手就得了个90平（方）米的房子，咱就等于花9块钱买了个90平（方）米的房子，你算了没有？才合多少钱一平（方）米呀？一毛钱一平（方）米！
妻　子	太便宜了！
丈　夫	别说是四环以里了，就是六环以外，七环八环有这价吗？
妻　子	通州也没这价啊！
丈　夫	德州也没这价啊！
妻　子	徐州也没这价啊！
丈　夫	非洲也没这价啊！啥也别说了，媳妇儿，为了即将到手的房子。干杯！（二人碰杯）

妻　　子	老公，你说咱俩过得好好的，说离就离了，人家能信吗？
丈　　夫	那就得看你咋说了，这两天我是把舆论给你造足了。
妻　　子	你怎么造的？
丈　　夫	你别管我咋造的，反正全公司上上下下没有不信的。
妻　　子	老公，咱就俩人，住两套房子合适吗？
丈　　夫	有啥不合适的！今天是兔年，狡兔三窟，咱还少一套呢。
妻　　子	老公，你说这大过年的，人家都是回家团聚，咱们是夫妻分离呀……
丈　　夫	你放心！我不会让你孤独的，三十儿晚上，我在你照片前边摆上饺子摆上菜，我给你倒上酒，再摆上一双筷子……好像不太吉利吧？
妻　　子	你咒我呀？
丈　　夫	我逗你玩儿呢。
	［孙大喇叭上，按门铃。
丈　　夫	谁？
孙大喇叭	哥呀！
丈　　夫	坏了，老板的司机孙大喇叭来了，他要知道底儿就麻烦了。（孙大喇叭：哥呀！）赶紧藏起来！
妻　　子	我藏哪儿呀？这屁大点儿的地方，我往哪儿藏啊？
	［丈夫把挂着大衣的衣架递给妻子。
丈　　夫	你过来！举着别动！这身材典型的衣服架子。
妻　　子	你可快点儿呀！
丈　　夫	我马上把他打发走。
	［孙大喇叭：哥呀，开门呀！
	［丈夫开门，孙大喇叭醉醺醺地摔进门来。
孙大喇叭	哥！
丈　　夫	兄弟！这大过年的，免礼免礼！
孙大喇叭	哥呀，你开门怎么不告诉我一声呀？
丈　　夫	我也不知道你喝这么大呀！
孙大喇叭	哥呀！你的事我都听说了！（摘围脖挂在"衣架"上，一个趔

（趔，丈夫上前扶住）

孙大喇叭　我听说嫂子把你踹了？（坐下）

　　　　　[丈夫看了一眼妻子，使劲儿点头。

孙大喇叭　哥，我听说是嫂子外边有人了？

　　　　　[丈夫竖起食指，做"嘘"的动作。

孙大喇叭　一个呀？

　　　　　[丈夫看了一眼妻子，冲孙摆手。

孙大喇叭　五个？嫂子太给力啦！哥呀，你受的伤害不小呀！

丈　　夫　常在江湖漂，哪能不挨刀啊，中国足球去参赛，哪能不被别
　　　　　人踹。

孙大喇叭　哥呀，你得想开啊……

丈　　夫　行了兄弟，你不用劝了，我想得开，离婚不算丢人，精神不会
　　　　　消沉，一切都会过去，神马都是浮云！

孙大喇叭　汉子！男汉子！这我就放心了，我走了。（顺手戴上拴梨的绳
　　　　　子）这围脖怎么这么细呀……这是什么？

丈　　夫　绳子。

　　　　　[孙大喇叭把绳套撑开。

孙大喇叭　绳子怎么还拴个套儿？

丈　　夫　我闲着没事拴着玩儿的。

孙大喇叭　你想玩儿什么呀？

丈　　夫　我想玩点儿刺激的。

孙大喇叭　哥呀，你这是玩儿命啊！

丈　　夫　你别一惊一乍的，我把它解开不玩儿了行了吧？

孙大喇叭　不行！我走了你再接着玩儿呢？我一叫门儿，没人开啦，哥呀，
　　　　　我以后找谁玩儿去？

丈　　夫　（打开窗户把绳子扔下去）我把它扔了！行了吧！

孙大喇叭　更不行啦！这可是八层楼哇，我走了，你跳下去找绳子，怎
　　　　　么办？

丈　　夫　你傻呀？我都跳下去了我就不用那根儿绳子了。

孙大喇叭　你看看！让我说准了吧！哥呀，你可得往好处想啊。

丈　　夫	行行，我跟你说实话吧，我那绳子是拴梨的，我们是幸福离婚，快乐分手！你看我这梨上还贴了个喜字儿，我们这是喜梨嘛！我们准备把它挂起来，两个人嘴对嘴地咬，你一口，我一口，幸福离婚，快乐分手，你想多有意思啊！
孙大喇叭	疯啦，疯啦！还是幻想型的，哥，我不能走了，我今天不能走，明天不能走，你什么时候好了我什么时候走，今天晚上我就陪你睡了！
妻　　子	（惊叫）什么？
孙大喇叭	谁啊？
丈　　夫	我！我！
孙大喇叭	哎呀哥呀，上火了，这嗓子都整出太监动静来了。
丈　　夫	是啊，能不上火吗！
孙大喇叭	哥呀，人在一块儿的时候就多想她的好处，一旦分开了就多想她的坏处，既然她外边儿有了人啦，她就不是什么好玩意儿，别以为她长个翅膀就是天使，她就是个鸟人！（妻子踹孙大喇叭）谁踹我？
丈　　夫	我！
孙大喇叭	你踹我干什么？
丈　　夫	你该踹！你别在这儿胡说八道。
孙大喇叭	我怎么胡说八道了？你说的嫂子外边有人了……
丈　　夫	谁说她外边有人了？
孙大喇叭	她外边没人你为什么跟她离婚啊？
丈　　夫	因为我们过不下去了！
孙大喇叭	你们为什么过不下去了？
丈　　夫	因为我们感情不和！
孙大喇叭	你们为什么感情不和呀？
丈　　夫	因为我们婚姻破裂了！
孙大喇叭	为什么你们婚姻破裂了？
丈　　夫	因为她外边有人了……
孙大喇叭	你看看！我说对了吧！

[妻子踹丈夫。

丈　　夫　　你踹我干什么？

孙大喇叭　　我没踹你！

丈　　夫　　你踹我干什么？

孙大喇叭　　哥，我真没踹你！

[嫂子上前。

丈　　夫　　（看到妻子）我明白了，我踹的我！

孙大喇叭　　不可能吧？

丈　　夫　　怎么不可能，就是我踹的我嘛！你看看，你看看！我再踹一
　　　　　　下……（自己反踹自己）

孙大喇叭　　哥呀，你现在太不正常了。

丈　　夫　　走！你走不走？你要不从门出去我就从窗户出去。（边说边走向
　　　　　　窗户）

孙大喇叭　　哥呀，求求你了！（跪）

丈　　夫　　兄弟，我求求你了！（跪）

孙大喇叭　　哥呀，你要多往好处想啊！

丈　　夫　　我想的是挺好，都让你给搅了，我求求你兄弟，你走吧。

孙大喇叭　　哥，我走，我走！（出门又进）哥！我的围脖……

丈　　夫　　（把围脖扔给了孙大喇叭）走！

孙大喇叭　　疯了，还是狂躁型的……

[丈夫关上门，冲妻子做了个胜利的手势。

丈　　夫　　耶！老婆，这手势代表啥你知道吗？

妻　　子　　代表啥？代表你二，你凭什么说我外边儿有人啦？

丈　　夫　　媳妇儿，咱不是为了那套奖励房吗，我……

妻　　子　　你怎么不说你外边儿有人呢？

丈　　夫　　谁信哪？你让大伙儿看看，咱俩往这一站，一看你就像外边儿
　　　　　　有人的，一看我就像外边儿有债的。

妻　　子　　那你也不能往我头上泼脏水啊？

丈　　夫　　老婆，为了房子泼点脏水也值啊，全当是喷发胶了，完事儿咱
　　　　　　再洗了不就完了吗？

196

妻　子	你胡说八道！
	［门铃声。
丈　夫	又来人了，你快藏起来！
妻　子	我不藏！
丈　夫	我求求你啦！万一让人发现了，不但房子得不到，连饭碗都得砸了。
	［丈夫把妻子推到门后，开门，孙大喇叭上。
孙大喇叭	哥呀！
丈　夫	你怎么又回来了？
孙大喇叭	哥，我知道我劝不了你。
丈　夫	你劝不了我。
孙大喇叭	我找了个女的来劝你。
丈　夫	女的？
孙大喇叭	这个女的可不是外人啊。
丈　夫	谁呀？
孙大喇叭	你的初恋女友，小芳！
丈　夫	你……你千万不能让她上来呀！
孙大喇叭	她已经上来啦！
	［《渴望》主题音乐起。
	［音乐声中，小芳走了进来。
丈　夫	小芳？
小　芳	大黄！
丈　夫	你怎么来了？
小　芳	我一直在楼下。
丈　夫	小芳，你不应该上来啊！
小　芳	（掏出丈夫扔的那根绳子）我不放心呀！
丈　夫	我的妈呀！
小　芳	还记得当时我跟你说过的那句话吗？你幸福的时候我会转身离开，你不幸的时候我会随时出现。
丈　夫	你出现的不是时候。

小　芳	嫂子的事我听说了。	
丈　夫	你听我说……	
小　芳	你不能拿别人的错误来惩罚自己。	
丈　夫	你听我说……	
小　芳	你听我说！大黄，自从咱俩分手以后我一直在默默地为你祝福，我养了一条狗也叫大黄，想你的时候我就摸摸它的头，想你的时候我就摸摸它的头，时间一长，它头上都没毛了。	
丈　夫	我说我头发怎么掉得那么快呢？	
小　芳	唉！家里没个女人真不行，你看这屋里乱的。（动手叠被子）	
孙大喇叭	哥呀，你看看，还是那么贤惠、善良！	
丈　夫	是啊，一点儿没变……	

[妻子踹门而出。

妻　子	够了！	
孙大喇叭	怎么个情况？	
小　芳	嫂子？	
妻　子	别客气，你是嫂子了！	
丈　夫	媳妇儿……	
妻　子	你还知道我是你媳妇儿？有你这样做丈夫的吗？我跟你结婚那么多年了，踏踏实实守着家，一心一意跟你过日子！为了占点便宜，你宁愿办个假离婚！你到处说假话，编瞎话！为了那套奖励房，你脸都不要了！	
孙大喇叭	哥，你是为了那套房子离婚啊？	
丈　夫	兄弟，这是我这辈子干的最蠢的一件事……	
孙大喇叭	你这不是蠢啊，你这是脑残啊！老板说了，你说离就离，对家庭都不负责任，这种人不可靠！我看不起你！（下）	
小　芳	（走到丈夫身边）大黄，我看不起你！（下）	

[妻子走到丈夫跟前……

小　芳	……	
丈　夫	媳妇儿，别说了……我知道你也看不起我……都是这梨闹的！（把梨从窗口扔出）	

妻　　子	……其实这事儿我也有责任，做人真的不能太贪。
丈　　夫	是啊，有人说过，这人哪，眼睛是黑的，心是红的，一旦眼睛红了，心就黑了，媳妇儿你放心，我一定努力工作，明年再拿个销售状元。
妻　　子	老公，我还会像以前那样爱你……老公！有了好房子不等于就有好日子。
丈　　夫	有个好房子，不如有个好妻子。
夫、妻	家和万事兴啊！

[孙大喇叭举着梨，捂着脑袋上。

孙大喇叭	哥呀！
丈　　夫	你怎么又来了？
孙大喇叭	你也太狠了，我就说了一句我看不起你，你也不能拿梨砸我啊！

[众笑，剧终。

（2011年中央电视台春节联欢晚会　与张振彬、王宏合作）

荆轲刺秦

时间：当代
地点：剧组拍摄现场

人　物

黄大爷——60 多岁，送盒饭的，兼演"秦始皇"
儿　子——30 多岁，剧组副导演，兼演"太监"
导　演——男，30 多岁，剧组导演，兼演"荆轲"
宫女若干

景置：剧组片场门外及秦代皇宫内景。

〔幕启：黄大爷蹬着送盒饭的三轮车上。

黄大爷　　我是送盒饭的，给剧组送盒饭的！这剧组不得了，历史戏，《荆轲刺秦》，这戏拍出来肯定好看！这段历史我了解，想当初，秦国金銮殿，图穷匕首现！那荆轲拔出短剑刺向秦始皇，秦始皇几经躲闪欲拔剑还击，但秦剑过长，难以出鞘，有大臣喝道："大王把剑背在背上"，秦始皇这才拔出宝剑顺势砍伤荆轲，众武士蜂拥而上，那荆轲死于乱剑，秦始皇这才保住性命！到后来，他横扫六国，一统天下！

[儿子穿着太监的服装从门后闪出。

儿　子	喊什么喊啊？喊什么喊啊？里边儿拍着戏呢！
黄大爷	哎呀！儿子，你不是副导演吗？咋还扮上了呢？
儿　子	群众演员不够，工作人员就得凑！真是的。
黄大爷	你说话咋这动静了呢？
儿　子	我演太监。
黄大爷	太像了，吃饭！
儿　子	吃什么吃？就知道吃呀！真是的。
黄大爷	咋的？拍摄不顺利呀？
儿　子	演皇上的群众演员到现在还没来，导演说了，皇上这场戏拍不完谁也别想吃饭。
黄大爷	这不皇上不急太监急吗？该吃饭了，我去跟他们说说去……
儿　子	站住！导演正发火呢，你非往枪口上撞啊？
黄大爷	天冷，再不吃就凉啦！
儿　子	凉了你也等着！你一送盒饭的多什么嘴呀？真是的。

[黄脱下大衣盖住盒饭。

儿　子	你干吗呢？
黄大爷	保温！
儿　子	保什么温啊？把你那破大衣拿下来！导演都说啦，吃你的盒饭一股大衣味儿。
黄大爷	那我的大衣上还一股盒饭味儿呢。
儿　子	你那大衣有点盒饭味儿就等于喷香水了。
黄大爷	去你爹的！（一脚把儿子踹倒）
儿　子	哎呀！爹！
黄大爷	你还知道你有爹呀？太监没儿子，还没爹呀？
儿　子	爹！皇上不来是我副导演的责任。
黄大爷	你皇上不来我不能在这冻着啊？
儿　子	你先把这个穿上，（把皇上的衣服扔给黄，黄穿上）你说这演皇上的群众演员怎么还不到啊……（盯着黄）爹，你帮我个忙呗！帮我

演个皇上吧。

黄大爷　秦始皇？

儿　子　对啊！

黄大爷　你拉倒吧！

儿　子　《荆轲刺秦》这个故事你不从小就给我们讲吗？

黄大爷　故事我能讲，这演戏我可演不了。

儿　子　我们这部戏荆轲是主角，秦始皇就是个配角，就一场戏，三句话。

黄大爷　一句话我也来不了啊。

儿　子　你到底演不演？

黄大爷　不演！

儿　子　那以后盒饭你也别送了！

黄大爷　这跟送盒饭有啥关系？

儿　子　当然有关系啦！因为我是副导演，剧组才用你来送盒饭！咱家盒饭12块钱一盒，人家有10块钱一盒的我都没订！

黄大爷　12块钱我货真价实呀！每盒里多两个笨鸡蛋，全是你妈新下的。

儿　子　啊？

黄大爷　全是你妈和我养的笨鸡新下的！

儿　子　你俩笨蛋有啥用？

黄大爷　谁俩笨蛋啊？

儿　子　我是说你多俩笨鸡蛋没有用，导演一发火把我炒啦，你还送什么盒饭哪？

黄大爷　不送拉倒，剧组有的是！

儿　子　爹，你听我说，特别简单，只要你在导演面前别说你是送盒饭的，别说你是我爹，我保证你过关！

黄大爷　好，我不说我是你爹，我就说我是你儿子。

儿　子　行。

黄大爷　行个屁！到底谁是爹啊？

儿　子　在剧组里导演说了算，导演才是爹呢！记住了没有？

黄大爷　记住了……我能行吗？

儿　子　肯定行！（对大门内）导演——秦始皇到了！请——

[音乐声中，两扇大门轰然开启，里边显现富丽堂皇的宫廷景象，二人进入片场。

导　演　好，演秦始皇的演员到了，我再重申一遍，皇上这场戏拍不完，谁也别想吃饭！

黄大爷　导演脾气是挺大！

儿　子　要不怎么他是爹呢，导演，这位就是演秦始皇的演员，（对黄）这就是我们导演！

黄大爷　爹！

导　演　……啥玩意儿？

儿　子　跨着戏呢，上个戏里演儿子，见了谁都叫爹。

导　演　哎呀！入戏了？

黄大爷　对，入戏啦！

导　演　好，剧情了解了吧？

黄大爷　我儿子都告诉我了。

导　演　……啥玩意儿？

黄大爷　又入戏了，我另一部演爹，见谁都喊儿子，导演。

导　演　哎呀，跨仨戏呢？腕儿呀！价儿谈好了吗？

儿　子　谈好啦。

黄大爷　12 块钱一盒！

导　演　……啥玩意儿？

儿　子　12 块钱一天！

导　演　这么便宜呀？哪个单位的？

儿　子　省话剧团的。

导　演　哦，省话的。

黄大爷　对，省化的！你咋知道我单位呢？退休好几年啦！

导　演　演过皇上吗？

黄大爷　我……（看儿子）演过没有？

儿　子　演过！

黄大爷　我都忘了。

儿　子　演过好多呢！康熙皇上、雍正皇上、乾隆皇上、道济皇上……

导　演	道济？
黄大爷	济公！
儿　子	对！
导　演	对个屁！那不是皇上，那是和尚。
黄大爷	演的太多，都串啦！
导　演	老师挺幽默呀！好，各部门注意，这位老师是老演员啦！咱争取一条过！
黄大爷	拍完了吃饭！
导　演	副导演，给他说说调度，抓紧时间扮上，我也该扮上啦。
	［众宫女簇拥着导演走入景片后。
儿　子	宫女们，给皇上更衣！
众宫女	喏！（鱼贯而出）
黄大爷	等会儿！哎呀，咋还有宫女的戏呀？
儿　子	你是皇上！有后宫三千佳丽呢！
黄导演	我还有后宫的戏啊？
儿　子	你想什么呢？你就这一场！
黄大爷	那我就放心了！演无所谓，我怕对不起你妈！
儿　子	姐妹们！给他扮上！你听着，你演皇上，导演演荆轲，我演太监！我先说："使臣觐见——"然后荆轲上场，站定，你说第一句话："下站者何人？"
黄大爷	下站者何人？
儿　子	荆轲说："燕国使臣荆轲拜见大王！"你说第二句："燕国来降可有诚意？"
黄大爷	燕国来降可有诚意？
儿　子	荆轲说："有燕国地图在此！"你说第三句："请荆轲呈上来！"
黄大爷	请荆轲呈上来！
儿　子	耶！
黄大爷	耶！
儿　子	嘿——你别说，你扮上还挺像！我刚才说的你再重复一遍！第一句——

黄大爷	下站者何人？
儿　子	第二句——
黄大爷	燕国来降可有诚意？
儿　子	第三句——
黄大爷	请荆轲呈上来，耶！
儿　子	没有耶！
黄大爷	没有耶！
儿　子	再来一遍！第一句——
黄大爷	下站者何人？
儿　子	第二句——
黄大爷	燕国来降可有诚意？
儿　子	第三句——
黄大爷	请荆轲呈上来，没有耶！
儿　子	没有耶！
黄大爷	是没有耶！
儿　子	没有耶！
黄大爷	到底有没有耶呀？
儿　子	不用说没有耶！
黄大爷	你说的没有耶呀！
儿　子	没……就这样吧！
黄大爷	拍完咱就可以开饭了吧？
儿　子	对！拍完就开饭！
	［导演幕后：“各部门注意啊！马上开始！皇上好了吗？饭来了没有？”
黄大爷	来了来了！早来了！端上来就能吃！今天的盒饭非常好！两个笨鸡蛋，都是新下的！
儿　子	拍戏呢！
导　演	预备……
黄大爷	（冲着身后众宫女）姑娘们饿了吧？拍完就吃！两个笨鸡蛋，都是新下的！

导　演	——开始！
儿　子	使者觐见——
	［音乐中，荆轲手捧地图出场。
黄大爷	下蛋者何人？
	［荆轲大惊，手中地图落地。
儿　子	什么下蛋啊？下站！
黄大爷	下站！
导　演	停！老师，别紧张，第一条就当没走带！站！
黄大爷	站！
导　演	站！
黄大爷	站！
导　演	再来一遍！准备！开始！
儿　子	使者觐见——
	［音乐中，荆轲再次出场。
黄大爷	站！站着下蛋者何人？
	［荆轲惊得跪在地下。
黄大爷	跪着下蛋者何人？
	［荆轲趴下。
黄大爷	趴着下蛋者何人？
导　演	停！
儿　子	你错了！
导　演	老师，我很像一只鸡吗？
黄大爷	你不像鸡，你肯定养过鸡！趴着下蛋就对了！你要站着下，啪嚓，蛋就碎了！
导　演	（指儿）你！过来！你找来的？省话的？
儿　子	啊！省话的！
导　演	多少钱一天？
儿　子	12块钱一盒……不是，12块钱一天，也就是一盒盒饭的钱！
导　演	你玩儿我呢？
儿　子	对不起……导演，我再跟他说说戏！

[导演示意，儿子拾起地图，递给导演，导演下。

儿　子　　爹呀，咱演的是荆轲刺秦，不是荆轲下蛋。

黄大爷　　我说我来不了嘛，满脑子都是盒饭。

儿　子　　爹，你别想盒饭！别想盒饭！这段历史你熟悉，你只要不想着盒
　　　　　饭就一定能演好！

黄大爷　　好！我不想盒饭！来吧！

　　　　　[导演幕后："准备！开始！"

儿　子　　使者觐见——

　　　　　[音乐中，荆轲再一次出场。

黄大爷　　下站者何人？

导　演　　燕国使臣荆轲，叩见大王。

黄大爷　　燕国来降可有诚意？

导　演　　有燕国地图在此。

黄大爷　　好！只要燕国归降，朕就可以扫平六国，一统天下！

儿　子　　停！错了！

导　演　　你错了！

儿　子　　他乱加词。

导　演　　这句词加的好！（冲黄）不愧是省话的，一看就有文化！副导演，
　　　　　劳务费加倍！两盒盒饭钱，24块！

黄大爷　　加不加钱无所谓，盒饭再不端上来就凉了。

儿　子　　又想盒饭，又想盒饭，端、端、端、端什么端？

黄大爷　　不端，不端啦！

导　演　　老师，咱前边的戏过了！我给你搭一句："有燕国地图在此。"你
　　　　　说："请荆轲呈上来！"准备，开始！（进人物）有燕国地图在此！

黄大爷　　请把荆轲端上来。

儿　子　　把荆轲端上来？是呈上来！

黄大爷　　请荆轲盛好了端上来！

导　演　　停！老师，我明白了，我不是一只鸡，我是一送盒饭的！这戏没
　　　　　法拍了！还让我盛好了端上来？

黄大爷　　导演，对不起！我错了，我是送盒饭的……不是……就算我是送

207

盒饭的行吗？对不起，耽误大家吃饭了，（对宫女）姑娘，对不起，拍完马上就吃。（对儿）你快坐下！（抓过云帚）把这个给我！预备，开始——使者觐见！

[儿子坐在龙椅上，所有人盯着黄看。

黄大爷　起来！这是你坐的地儿吗？（坐上龙椅）请荆轲呈上来！

导　演　过！就这么的吧！

黄大爷　太好了，开饭！

导　演　老师，老师，还有两句话，拍完了再开饭。

黄大爷　不就三句吗？

儿　子　有有有，这两句特别简单，第一句：啊……第二句：啊……

黄大爷　啊……啊……怎么这秦始皇变乌鸦了？

导　演　图穷匕首现，我展开地图拔出匕首，你一惊讶："啊！"

儿　子　他刺向你，你：啊……

黄大爷　啊？到这段儿啦！那我得配上宝剑啊！

儿　子　不用，不用！

黄大爷　行行行，开始！

导　演　开始！

[音乐中，荆轲拔出匕首，众宫女慌乱逃散。

黄大爷　啊……

[荆轲持刀刺向黄大爷。

黄大爷　啊……（闪开）

[荆轲持刀刺向黄大爷。

黄大爷　啊……

[黄大爷不断躲闪，最后抱起儿子当盾牌，嘴里还不断地"啊"着。

导　演　（扔下匕首）停！你怎么老躲呢？

黄大爷　不躲？不躲你不扎上我了吗？

导　演　我不仅要扎上你，我还得扎死你呢。

黄大爷　演个戏还有生命危险？

导　演　我不是扎死你，我是扎死秦始皇。

黄大爷	等会儿！（冲儿）把秦始皇扎死了？
儿　子	扎死了。
黄大爷	秦始皇死了那后来谁统一的天下呀？
儿　子	荆轲啊！
黄大爷	他？你这不胡说八道吗？（冲导演）导演，你年轻，这段历史你可能不熟悉，你这么拍可让人笑话，可不能把秦始皇刺死，想当初，图穷匕首现，荆轲拔出匕首刺向秦始皇，秦始皇几经躲闪欲拔剑还击，但秦剑过长难以出鞘……
儿　子	你说的那是《荆轲刺秦王》，我们这个戏叫《荆轲刺情郎》。
黄大爷	情郎？
儿　子	对，秦始皇和荆轲为争一个女人结下仇怨。荆轲将你刺死，属于情杀。
黄大爷	这不胡说八道嘛！
导　演	老师，我们这戏新就新在穿越，荆轲刺死秦王以后……
儿　子	得到了秦皇后。
导　演	后来他又穿越到了宋朝，参与了当时的重大事件五鼠闹东京！
儿　子	接回了李师师！
导　演	再后来，荆轲又从宋朝穿越到了清朝，随乾隆微服私访……
儿　子	迎娶了还珠格格。
导　演	最后荆轲穿越到了民国，血战上海滩。
儿　子	征服了冯程程！
二人合	穿越穿越，征服一切！
黄大爷	你这哪儿是穿越啊？我看你是脑子进水了，得穿刺！现在老百姓的文化品位都提高了，你这么弄谁看呀？谁给你播呀？
导　演	拍出来就有人看。
黄大爷	那你拍吧，我不演了！
导　演	站住！作为一个职业演员你不能这么干啊？
黄大爷	谁职业演员？我是送盒饭的！
导　演	你不省话的吗？
黄大爷	我省化肥厂的，退休好几年啦！

导　演	副导演!
黄大爷	你别问他,他是我儿子。
儿　子	爹!
黄大爷	儿子,这个故事我过去给你讲,现在我给我孙子讲,你们这么折腾,我孙子看完了还以为我撒谎呢!盒饭不干净,吃了顶多拉几天肚子,你们这玩意儿要是不干净,影响的可是几代人啊!走了!
儿　子	爹,那你得把盒饭留下。
黄大爷	俩笨蛋还好意思吃饭啊?
儿　子	爹,你把服装留下……
黄大爷	我冷!
	〔黄大爷蹬车下,儿子追下。
导　演	收工!改剧本!
众宫女	喏!

〔剧终。

（2012 年中央电视台春节联欢晚会　与张振彬、王宏合作）

辑三

双拥小品

演　讲

地点：会场

人物

中年男子

［场上放有演讲台，一个身穿西服头戴军帽的中年男子上场。向
观众敬礼，然后从兜内取出演讲稿。

中年男子　心情激动上讲台，革命豪情满胸怀。今日上台来演讲，希望大家
能喜欢。我没有更多的文化，也不能出口成章，但是，我有一颗
赤诚的心。过去，我也看过许多演讲，我认为他们的成功不在那
华丽的语言，关键在于真实。本着这个原则，我做了认真的思想
准备，我今天所要讲的题目是——"谁是最可爱的人？"

　　当然了，不同的世界观对这个词有不同的理解。天真烂漫
的儿童认为，最可爱的人是养育他们的父母；年迈苍苍的老人
认为，最可爱的人是抚养他们的儿女；而我认为，最可爱的人
就是——解放军。醋从哪儿酸，糖从哪儿甜，我还得深挖思想
根基从头谈。

　　我与解放军的接触虽然不多，但是，每一次都给我留下了
深刻的印象。记得第一次是在我少年时代，当时我还没有完全

213

成人。那时候我就对解放军特别羡慕，尤其看见那身军装，一颗红星头上戴，革命红旗挂两边，穿上特别精神。由于对解放军特别羡慕吧，所以，我就开始抢军帽。大家别笑，我是怎么真实怎么谈。记得那是一个漆黑的夜晚，我躲在一个胡同的一端。这时，一个解放军骑着一个破自行车飞速向我驶来。根据我的观察，可以动手。因为这个解放军骑的车特别破，除了铃不响哪疙瘩都晃荡，万一失手可以脱身。于是，我就做好了出击的准备。我心中在打鼓，脚下在生风，飞身一个箭步，上前一把没抓住军帽，一回手让解放军把我给抓住了。我一看难以脱身，回头一个猛击，当时就给解放军来个封眼。捂眼睛那位解放军别看膀大腰圆他没敢还手，他抓住我的脖领子非常文明地把我送进了派出所。警察叔叔对我进行了认真的教育，考虑我年龄太小，因此判个抢军帽未遂，拘留三天。三天之后我回到家门，没想到那位解放军主动找我来交朋友，他约我到军营里参观，去学习，去玩。到部队一看我才知他是特务连连长。一想起这事我就挺后怕的。你想啊，人家是特务连连长，摸爬滚打什么不会？那玩儿我还不跟玩儿似的，但是人家没有玩儿。这说明什么呢？这说明解放军有高尚的情操。通过这件事，我更加了解了解放军。解放军真正美丽的不是那身军装，而是他的心灵。这位解放军同志临复员之前又一次来到我的家，送给我这顶军帽，作为纪念。从此之后，我就不怕别人说我土老帽，穿什么衣服都带军帽。

第二次与解放军接触，是我在煤矿当临时工的时候。有一天，我盲肠炎突发，痛苦万分，在昏迷中我被送进了医院。当我醒来的时候，见一位白衣少女站在我的面前，两面红旗在那白衣下显得格外鲜艳。她面带微笑特别温柔，就像是穿着军装的维纳斯。当时她手拿针头准备给我打针，我从小有个习惯——晕针。但在姑娘面前我不能掉价，别说针就是刺刀我也得挺着。她看出我有些紧张，用棉球边给我消毒也跟我唠嗑，她说："你多大了？"我说我十八。她说："你属啥？"我说我属猪。她说："属猪，属猪扎针不哭。"像哄小孩一样将药水注入我的肌肉，她面带微笑离开了病房，留给我的是一片空虚。不知为什么，从那天起，我就产生了一种特殊的感觉，天天盼望那位女兵来我病房让我多看她一眼。但是，不幸的是我年轻体壮，没等两天伤口就长上，第三天就能离炕，第四天就回到了煤矿。回到煤矿之后就特别闹心，于是就怀着一种不可告人的目的给这位女兵写信，记得当时我写了一首朦胧诗，在这里我念给大家："啊，女兵！啊，女兵！不知你长我几岁，还是小我几岁，不知你是我的姐姐，还是我的妹妹，不知是友情还是爱情，朦朦胧胧说不清的东西最珍贵。"没等几天我就接到女兵的回信，她在信中告诉我以后写诗一定要注意错别字。从那以后，她每封来信都教我俩生字，不但教我文化还教我知识。在通信中，我更加了解了女兵，她不但有男兵一样刚强的性格，而且还有慈母一样温暖的情怀。但是，应该说明的是，我们书信来往的内容非常健康，没有一点精神污染。因为，我们是正常的同志关系。当然作为我也不是不想改变关系，但是不大可能，因为咱跟人家一比吧，咱知道自己几斤几两，用现代话讲，就是档次比较低。我没有找到一个女兵作为自己的生活伴侣认为是一件憾事，但是我今天还要非常高兴地告诉大家，我虽然没有找到女兵，到后来我却找了个民兵。我和那民兵生活非常美满、非常幸福，已经生儿育女了。尤其是现在开放搞活，我俩也做了点小买卖，倒弄点水果什么的，于是乎，第三次与解放军进行了接触。

　　记得那是前不久，我到广州上了一火车皮的香蕉，上的是青香蕉，本想运到沈阳正好变成黄香蕉，到市场上卖个差价什么的。结果没想到，火车还没进沈阳站就遇上暴风雨，一下就是三天，眼看着黄香蕉变成了黑香蕉，眼看着香蕉流水，眼瞅着香蕉发烂。当时把我急的，拿着钱去求人帮助，都没求到人。常言说得好，男儿有泪不轻弹，当时把我急得坐在火车道旁边开哭，我的哭声惊动了火车闷罐里的解放军，一开门下来个一角三——也就是一道杠三个星，用我们的话讲就是一角三——

他问清情况之后，冲火车上一摆手，呼啦下来四五十新兵，他们连搬带扛，把我这一火车皮香蕉运到了避雨之处。当时把我感动得不知说啥好，我赶紧打开一筐香蕉，我说亲人们吃香蕉吧，就没有一个吃的。当时我想起了伟大领袖毛主席的教导："锦州那地方出苹果，不吃是高尚的。"沈阳这地方有香蕉，不吃不也是高尚的吗？

首长、同志们，我虽说没有军人的身，但是有一颗热爱军人的心。请允许我用一句最简短的语言结束我今天的演讲吧，那就是：我们军民团结紧紧的，誓看天能怎的。

〔敬军礼，转身下场。剧终。

（1991年双拥晚会）

小　站

时间：当代
地点：边远小站候车室

人物

东北大哥、山东大哥

[幕启，舞台上挂着牌子，上书："小站候车室。"牌下放有长椅、痰盂。长椅上睡着东北大哥，阵阵鼾声与火车声交融在一起。火车到站，鼾声渐止。

东北大哥　　服吧，打不过你。（翻身又睡）

[火车候车室喇叭里传出播音员的声音："各位旅客春节好，由山东开往本站的 989 次列车已到站，有接亲属的同志请注意接车。"

[山东大哥提着大包小包抱着孩子上。

山东大哥　　注意接车？大年三十儿谁还出门儿，就我们爷儿俩一个半人儿，这也倒好，省得挤了。（闻孩子哭）又该把尿了。

[山东大哥对着痰盂把尿，不小心将尿溅在东北大哥头上。

[东北大哥坐起。

东北大哥　　下雨了？

山东大哥	不是下雨。
东北大哥	那就是楼上滴的水，现在施工质量太差。（指着楼上）这位置——可能是厕所。
山东大哥	都不对，是我给孩子把尿，他滋高了。
东北大哥	啊……我说热乎乎的嘛，大过年刚换身新衣服你就用尿浇我呀！
山东大哥	可能这孩子看你厚厚道道的，比较可交。
东北大哥	要交交点衷情，别浇这玩意儿。
山东大哥	对不起，我给你擦擦。
东北大哥	别了，小孩尿，问题不大，据说这玩意儿还能美容，很多化妆品里都含有童子尿的成分。
山东大哥	你懂得真多。
东北大哥	从哪儿来呀？
山东大哥	山东拥军县。你呢？
东北大哥	东北急水城的。大过年到这旮沓来干啥呀？
山东大哥	到部队探亲。
东北大哥	看你兄弟？
山东大哥	哪有抱着孩子来看兄弟的。
东北大哥	看你父母？
山东大哥	是俺爹催俺来的。
东北大哥	那你到底看谁？
山东大哥	俺……看俺媳妇。
东北大哥	看媳妇有啥不好意思的，都是合法夫妻。
山东大哥	到部队来探亲一般都是女的看男的，咱这大老爷儿们千里迢迢看媳妇，总觉着有点磨不开面子。
东北大哥	不瞒你说我也是到部队来探亲。
山东大哥	你看谁呀？
东北大哥	我们虽然是来自五湖四海，但是，都是为了一个共同的目标走到一起来了。
山东大哥	你也是看媳妇？

东北大哥	Yes！
山东大哥	太巧了，咱俩都是军属。
东北大哥	对，一对大老爷儿们，你那位在哪个部门？
山东大哥	测控连，上尉。你那位呢？
东北大哥	导弹团，中校。
山东大哥	（肃然起敬）哎哟，你是首长家属。（敬礼）
东北大哥	不在营房内，不用敬礼了！（看了看孩子）这小鬼多大了？
山东大哥	五个月了。
东北大哥	很年轻，这么大就抱出来要小心。
山东大哥	他妈来信说想孩子。
东北大哥	看来你对妇女的心理缺乏研究，一般嘴上说想孩子，心里都是想孩子他爹。
山东大哥	想有啥用，远水解不了近渴。
东北大哥	现在不是近水楼台了吗，你还不快去捞月亮？
山东大哥	（看表）啊……那……什么，不着急，反正走到那儿天也亮了，月亮也下去了，什么也捞不着了，先去再说吧。首长大哥你到得比我早，你怎么也不着急？
东北大哥	说实话，我根本就不想来，她左一封信、右一封信往死里催我，我一想没办法，两口子应付应付吧。这不，一到这儿又犯懒不愿意动弹。（偷着看表）
山东大哥	正好咱俩做个伴。
东北大哥	那咱喝点？
山东大哥	喝点就喝点，反正没到点呢。〔两人同时从包里取东西。
山东大哥	吃，山东醉枣。
东北大哥	喝，东北茅台北大仓。〔两人欲喝，孩子哭叫。
山东大哥	等会儿，我先给他垫块尿不湿。
东北大哥	现在生活水平是提高了，那时候哪有尿不湿呀，都用褯子。有一次我儿子褯子晾院里，让炊事班当屉布给收去了，结果蒸出一锅馒头，全是碱大。
山东大哥	首长大哥，孩子你带着呢？

东北大哥	我这身份，我能带那玩意儿吗？不是跟你吹，五六年了没着过边，再者说，那也不是大老爷们干的活呀。
山东大哥	你说得太对了，咱大老爷们就祖上就没传下来这个能力。看人家妇女喂孩子想上前学学吧，还怕人说俺不正经。你看，又吐奶了。
东北大哥	你倒是年轻，没经验，孩子能这么喂吗？记住喂孩子有三点：一，奶温要合适，装完瓶子拿脸试试以不烫脸为原则；二，奶嘴眼不能太大了，要不然就连风带水都过去了；三，姿势要对，喂完后不能马上放平，抱起来竖竖，拍拍后背，什么时候打上奶嗝了，什么时候才能放下。你看这不好了嘛。
山东大哥	首长大哥，你这套业务挺熟练。
东北大哥	带干不干五六年了。
山东大哥	你不是没带过孩子吗？
东北大哥	我……前几年带过，现在孩儿大了交给他姥姥啦。
山东大哥	你可真能吹牛哇。
东北大哥	（举杯）干！
山东大哥	干……找个当兵的媳妇也够受罪的，咱是又当爹又当妈呀。带孩子，咱认了，谁让俺是他爹，可前途完了，事业完了。我们那些同学，有当经理的，有当局长的，有当教授的，有当大款的。就凭俺这能力，转业到地方干什么不行呀？我说了多少回，她就是听不进去。
东北大哥	那说明你没本事，降不住媳妇那还叫老爷们呀？小树在砍，媳妇在管。我们那位，不管她在部队是中校还是什么校的，回到家一律无效。她不冲我微笑，我绝不冲她大笑。家里大事我说了算。前不久，我曾严厉地跟她说：两地生活的问题绝不能再继续下去了，我必须马上随军。我刚一建议，她马上就批准了。
山东大哥	你看还是人家媳妇听话，说随军就随……噢，你随过去哪？
东北大哥	你甭管谁随过去，我不拍板这事定不下来！
山东大哥	你真能吹牛。
东北大哥	啥叫吹牛？这叫威力——来喝！

山东大哥	（拿瓶子喝）两地生活千万苦，最难整的是想媳妇。别的苦再苦咱能克服。这想媳妇要想起来……它挠心。上回，我去看看她，她说要请示请示首长。我看媳妇请示什么首长呀？是我看媳妇，是首长看媳妇……这是哪家婚姻法规定的？你是首长大哥就是首长，首长你给评评理。
东北大哥	你别着急，平时部队有任务，这次我们研究研究让你多待两天。
山东大哥	你不让我多待两天也不行，现在我正休产假呢！
东北大哥	喝点酒说话就走板儿，大老爷们休产假没听说过。
山东大哥	我问你，按规定，产假应当休一百天对不对？
东北大哥	那没错！
山东大哥	俺媳妇刚满月就回部队了，一百天减去一个月还剩多少天？
东北大哥	七十天。
山东大哥	俺单位领导看我带着孩子不容易，把俺媳妇剩下米的七十天产假补给我了。
东北大哥	也就是拥军县领导能想出这招来，这也真为咱军属排忧解难。
山东大哥	排忧解难，这种日子我再也不想过了。这次我就要跟她谈，要不就好好过，要不就离婚！（发现东北大哥不停地吃枣）大哥那是给我媳妇带的你别都给吃了。（喝酒）
东北大哥	少喝点，老弟！从喝酒可以看出你是个标准的山东大汉。
山东大哥	还山东大汉呢，整天缝缝补补，洗洗涮涮，烧火做饭带孩子，我还像个男人吗？我还是个大老爷们吗……（哭）三八妇女节妇女开大会，领导让我上台发言，我算大老爷们还算大老娘们？
东北大哥	别哭了，离部队这么远，你不怕影响不好吗？处在中校家属的位置上，我得说你几句，你难，你媳妇比你更难知道吗？你干的不是男人干的活，你媳妇干的就是女人干的活吗？（掏出没织完的毛衣）这不都在干吗！
山东大哥	大哥，这毛衣是给嫂子织的？
东北大哥	对！
山东大哥	不能织平针，这儿风大。

东北大哥	女人比咱男人恋家呀！说句实心话，每次探亲我都不愿意来，来的时候高兴，走的时候不是个滋味呀！上次我拎着提包都要出门了，她硬是拽着我不让我走，一头扎在我怀里哭呀，哭呀。肩章上的星都要掉了，眼看着中校变成少校。我说这不是在家，是在军营，你要注意自己的身份。她说我不怕，我一年三百六十天，天天都是女强人，今天我要当回媳妇。
山东大哥	大哥！你也哭了？
东北大哥	都是你勾的。〔午夜的钟声、鞭炮声齐鸣，广播喇叭里传来新年祝词。两人同时放声高喊："过年了……"
东北大哥	快！
山东大哥	快！〔两人急速地收拾好行装。
山东大哥	大哥！你不是不着急吗？
东北大哥	你不是不着慌吗？
山东大哥	是不是大嫂对你有规定，十二点钟以前不能不赶到部队。
东北大哥	那还用她规定，咱当军属的就应该有这觉悟，大过年的谁不想家，咱团聚了不能勾别人的心思吗？
山东大哥	现在该走了。
东北大哥	再见！明年这时候再聊呀！

〔剧终。

（1992 年双拥晚会　与徐小帆、王铁虎合作）

夜　练

时间：现代
地点：某部队操场

人物

老黄头、老魏头均为支前老模范

[凌晨，万籁俱寂，唧唧虫鸣。舞台当中有一训练用的独木桥。两老头摸索着从两侧上。

[黄老头击掌招呼魏老头，老魏头以击掌应答。

老黄头　口令？

老魏头　土豆。回令？

老黄头　地瓜！

老魏头　来啦！

老黄头　小点儿声，咱这口令是解放战争时期用的，现在部队用的口令可先进了，听说今晚问令"麦当劳"，回令"肯德基"。

老魏头　什么意思？

老黄头　英语，说了你也不懂，回到老部队真热情啊！

老魏头　可不是嘛，我住那一排，又给打洗脚水，又给挤牙膏。

老黄头　我那二排更热情，一口一个老前辈，怕我摔着，上厕所都跟着两个士兵，往门口一站，把我在里边整得挺紧张。

老魏头　我紧张的是明天的传统报告会，再有四个小时就要登台了，到现在还不知怎么说哪。

老黄头　我这不是把你叫出来排练一下嘛。昨晚上我观察了一下地形，舞台不小，台口挺宽，我想了一下，给战士作报告，必须体现点儿咱的素质，上台一律甩正步。

老魏头　那我会甩。（走出令人可笑的正步）

老黄头　立定！动作一点儿不规范，你胳膊要到位，抬腿要够高，时刻记住就好像横穿地瓜垄似的，脚稍低一点儿就蹚着地瓜秧。（说着自己走起来，他也紧张地顺拐）这多简单的事。

老魏头　我看你走得也不大顺眼。

老黄头　地太平，不如在地瓜地里发挥得好。

　　　　　[二人走到独木桥后面。

老黄头　站在讲台之后，先敬礼，在这个时候，台下肯定给你掌声，等掌声下去之后才能说话，要不然前两句词儿就白编了。开说！

老魏头　百花盛开春来早。

老黄头　改革形势一片好。

老魏头　家家户户放鞭炮。

老黄头　送俺军营作报告。

老魏头　我们不是作报告。

老黄头　是到这儿来汇报。

老魏头　要问我俩说点儿啥？

老黄头　说说农村新面貌。好！开场就这样了。接下来讲讲咱农村的大好形势，取消白条子，大兴水利，粮食增产，发展乡镇企业，计划生育得到控制。

老魏头　养猪事业不断发展。

老黄头　咱不能说空话，多讲实例，多讲讲战士们高兴的事。

老魏头　对，咱县里办了好些工厂，军人分配绝对优先。

老黄头　咱乡里拥军服务一条龙，家属小孩全管着。

老魏头　咱村里还盖了饭店，军人就餐五折优惠。

老黄头	咱俩集资修了个厕所，现役军人一律免费。
老魏头	接着我就念县民政局的这封慰问信。（掏出大信封）
老黄头	你那口音念不清楚，尤其最后几句要亮开嗓门，叫出劲来。"军人同志们，你们放心地干吧，我们要尽最大努力，为你们解除一切后顾之忧。"
老魏头	对，小伙子们，放心吧！全县的姑娘给你们送来一副对联："姑娘真心爱大兵，不爱彩礼要军功。"
老黄头	姑娘们别着急，我们县的小伙子们还有一副下联："小伙儿标准在上升，心中偶像是女兵。"
	［掌声。
老黄头	下面讲咱们参加革命的过程，讲讲咱们是怎么来到这个连队的。
老魏头	话说一九四八年，正是寒冬腊月天。
老黄头	天上下着鹅毛雪，地下刮着西北风。
老魏头	咱村百十号青年，冒着刺骨寒风，坐着马爬犁就出发了。
老黄头	到了区里报到，才发现他掉队了。
老魏头	我不是新婚吗？她舍不得让我走，她拉着我的手，一直把我送到村口，看看没人，就给了我一个……
老黄头	给战士你别讲这见不得人的事。
老魏头	有啥不能讲的，她给了我一个烟荷包。
老黄头	你是该掉队，给个烟荷包就磨叽那么半天。
老魏头	我后来不是跑着去了吗？前后就差一个钟头。
老黄头	就这一个钟头，我就穿上军装成了正规军了，你就穿个老羊皮袄，跟我们后头抬担架了。
老魏头	老哥，这事儿你就别说那么仔细了。
老黄头	我没别的意思，我想告诉战士们，作为军人时间观念的重要性。现在讲时间就是金钱，战争年代，时间就是生命。有一次，我单独执行任务，晚出发了儿分钟，就和敌人遭遇了，那敌人可他妈的疯狂了，把我紧紧围住，我手持一把大刀，左冲右杀，一个连的敌人全让我给抹了。
老魏头	（拽拽老黄头的衣角）一个连？你上回不是讲一个排吗？

老黄头	那是给小学生讲的，说多了怕把孩子吓着。这事儿连队荣誉室里有记载，确实是一个连，不过当时那个连死得也差不多了，总共就剩下七八个人。
老魏头	多少人我不清楚，反正我看见你的时候，你躺在血泊中，生命垂危。我急中生智，乳汁救伤员……
老黄头	哎，什么乳汁，你说清楚。
老魏头	对，我是说，我抓了一只老奶羊，挤了一壶羊奶，把你救活了。
老黄头	他这是为了给战士增添点战地救护知识。（语重心长）同志们，那次负伤后我就离开了队伍，虽然我只当了三个月的兵，但这三个月，我骄傲了一辈子。（解开扣子，露出里边发白的军装）这身军装，我一直留着。今天我穿着它回老连队报到来了，我还是一名老兵。
老魏头	我遗憾的是一辈子没穿过军装，但是，我还留着支前队里拉车用过的麻绳。每次战斗胜利，我就在绳上打个结，它系满了人民群众和军队的情啊！
老黄头	老哥，你还记得咱当年拉车的那个小调吗？
老魏头	咋不记得呢！
老黄头	（唱）东北风啊刮呀刮呀。
老魏头	刮晴天那么晴了天，庄稼人翻身嘞……
	〔二人边唱边扭，做着推车拉车的动作走上独木桥，这时军营吹响了起床号。
老黄头	坏了，我把二排长的鞋穿来了。
老魏头	我穿的是三班长的裤子。
老黄头	快送给他们去，要不然他们起不了床。
老魏头	快走！
老黄头	慢！军营里要有军人姿态。立正，向右转，正步走。一，一，一二一。〔二人齐步下场。

〔剧终。

（1993 年双拥晚会 与张振彬、陈亦兵、徐小帆合作）

俺爹来特区

时间：现代，除夕
地点：特区前沿，驻军营房内

人物

老班长、新战士

[舞台正面有一堵墙，透过宽大的窗户可看见特区的高楼大厦。墙上挂着一面锦旗，上写有"特区卫士"。墙角上立一枪架，上面放两支冲锋枪。室内有桌椅。

[幕启，新兵与老兵用扁担抬着一筐慰问品上场，音乐放着《纤夫的爱》。

老班长　……人民的情人民的爱，在肩头上荡悠悠……

新战士　吁！

老班长　干啥呀？

新战士　我这不是叫你站住吗？

老班长　记住，你现在是军人，以后遇见这种情况要喊立定，别动不动就把赶车那点口头语溜达出来，记住没？

新战士　记住了。走吧！

老班长　驾！

新战士	班长，你……
老班长	这不是你勾的吗？

    ［二人乐，放筐。

新战士	班长，在部队过年真好，我还是大姑娘上轿头一遭。
老班长	那当然，在我们连队有个说法叫："洞房花烛夜，新兵上哨时。"
新战士	那是两码事嘛！
老班长	那种激动和兴奋的心情基本是一样的。
新战士	等会儿一上哨可能就会体验到了。
老班长	（看筐里）嗬！今年好吃的东西真不少，接着！

    ［老班长一样样扔给新战士。

老班长	北京的果脯，天津的麻花，上海的五香豆，你们四川的麻辣牛肉，我们东北的黏豆包，新疆的、江苏的、河南的、广东的……
新战士	（摆在桌上）班长，这整个摆了个中国地图嘛！（捡起一样慰问品）班长，这是啥子哟？
老班长	你吹起来我看。［新战士吹起来一个嘴形的气球。
新战士	救生圈？气枕头？停，我看出来了，这是一个大嘴呀？弄不好跟爱情有点关系。这上面还有字。
老班长	念！
新战士	"送你一个吻，代表我的心。"
老班长	停！拿过来，这就是你来特区的第一课。这地方很开放，整个形势是大好的，但是也要注意那些不健康的东西。
新战士	下边还有。
老班长	（接过气球）"我吻过爸爸、妈妈，吻过爷爷、奶奶，过年了我要吻一下亲爱的解放军叔叔——五岁的童童。"是个小朋友。
新战士	这里的事情好新鲜呀！
老班长	小四川，你在这儿待长了，新鲜事还多着呢。远的不说，就说今年秋天……

    ［响起 BP 机的声音。

老班长	就说今年秋天……

    ［响起 BP 机的声音。

老班长	今年秋……

［BP 机又响。

老班长	哪来的蛐蛐？
新战士	班长，它影响你对我的教育，我逮住它。（趴在地下逮蛐蛐，顺着声音奔筐而去）班长，这特区还有送蛐蛐的呀？（从筐中拿出一纸盒，打开一看。盒内有一个新的 BP 机）
老班长	BP 机？
新战士	还是汉字显示的。（按了一下 BP 机键子）"过年了送你一个 BP 机，祝王班长新年快乐！国际联合开发公司刘总经理。"班长你路子好宽哪，你还认识大老板哪。
老班长	搞军民共建，免不了和地方打些交道。（将 BP 机接过来）我们是……

［BP 机响起，老班长按了下 BP 机键子。

老班长	股票行情，近日股票行情出现牛市。
新战士	哎哟，班长，牛市就是看涨啊。
老班长	小四川你挺内行啊。

［BP 机又响，老班长按了下键子。

老班长	商贸指南：山东草垫畅销巴基斯坦，浙江发卡走俏斯里兰卡，安徽刷子风靡毛里求斯，四川榨菜威震尼加拉瓜。
新战士	要得，要得，我将来让我爸爸把榨菜运到这里来出口，换美元。
老班长	只要你在这里站好岗，放好哨，这一切都是有可能的。来，我给你介绍一下这里的地理环境。前方是波澜壮阔的大海，脚下是风景秀丽的花园，身后是繁花似锦的特区。今天是你第一次上哨，为了介绍环境，我破例让你看一看美丽神奇的特区。
新战士	真是黄金地带哟。
老班长	那当然寸土值千金啦。
新战士	寸土千金，我们连队四千八百五十平方米，值老钱了。
老班长	哎呀，小四川，你虽然来连队时间不长，对咱连基本情况了解得还挺全。
新战士	我琢磨好几天了，我有个不成熟的想法。

老班长	你说。
新战士	我想承包咱们连队。
老班长	啥！来坐下，你打算怎么包哇？
新战士	一包到底。
老班长	你像连长啊、指导员、排长，也打算包进去呀？
新战士	返聘回来。
老班长	看来你的魄力远远超过你的军龄，能具体谈谈不？
新战士	可以。（站起走向地图）首先，扩大院门，让八面来风吹进军营。
老班长	不如干脆拆掉围墙，这样能跟特区直接接轨。
新战士	班长，你的想法更大胆哪。
老班长	我是受你启发呀，接着说。
新战士	我想把饭堂改成舞厅。
老班长	对，把荣誉室改成卡拉 OK。
新战士	那没有 KTV 包间呀。
老班长	那不有连部吗？再说还有两个小仓库哪，连窗户都没有，关上门可严实了。
新战士	岗楼改酒吧，还能看风景。
老班长	猪圈改桑拿浴，那一间间的不用隔了。
新战士	那咱们还得培养一些按摩的。
老班长	不用，炊事班那几个山东兵，擀面擀得可好了，多胖的都能给你捏透。
新战士	班长那我们住哪儿呀？
老班长	那时候我们连队有的是钱了，都包五星级宾馆了。
新战士	班长，那听到起床号还起不起床啊？
老班长	你把"请勿打扰"往门上一挂，谁都不敢招呼你。
新战士	那我们还像当兵的吗？
老班长	都承包了你还管那么多干啥，该干啥干啥去吧。
新战士	我们当兵是为了来锻炼的嘛，这成了什么样子？
老班长	你还知道不像样子哇，我以为你转不回来了呢。
新战士	我也是触景生情嘛。

老班长	小四川，刚到特区，肯定会有这样那样的想法。班长我也是从新兵过来的，我刚当兵的时候，这里还是一个普通小镇。十二年来，我们看着它一天天在繁荣。记住了，每个人都有自己的位置，我们的位置就在特区的哨位上。
新战士	班长，都说你会带兵，今天我算是服了。在特区当兵和在边远地区当兵有不同的意义。
老班长	是呀，在艰苦的边远地区站岗，是对心灵的净化，那么在繁荣的特区放哨就是对意志的一种锤炼。［BP 机又响起。老班长拿出 BP 机按了一下键子。
老班长	小四川，过了春节我就要离开部队了。刘总经理想让我留在特区，可是我的家乡在呼唤我，我要把在这里学到的东西带回家乡去，建设家乡。总有一天我要把特区的朋友呼到我的家乡去作客。［新年钟声响起。
新战士	班长，新年的钟声敲响了。
老班长	小四川，今天是我最后一班岗。
新战士	班长，今天是我的第一班岗。
老班长	来，在上岗之前，让我们给祖国拜年。
	［音乐起。在音乐声中老兵、新兵走到台口向祖国的方向拜年。

［剧终。

（1994 年双拥晚会 与徐小帆、王铁虎、张振彬合作）

歪打正着

时间：当代
地点：某军营所在地的一个路口

人物

摊主、摊主妻、战士

[幕启，摊主骑着一辆"倒骑驴"三轮车，车上摆放着各种奖品和一只竹篮。车床的一侧支起的木板上挂满了五颜六色的小气球，木板上方用布帘挡着一条横幅标语，上边写着"解放军是个大学校"。

摊　主　（肩上交叉背着两支气枪边骑边唱）朝花夕拾杯中酒，今年又多了一个星期六，寂寞的人儿哪里去呀，端起那个气枪就打气球。哎，瞧一瞧，看一看，打一打，练一练，五毛钱一枪，一块钱两枪。打中了气球可白拿奖品你就往家装，打不中气球不要紧，国防意识大增强，骑马挎枪保边疆……
[摊主妻急匆匆上场。

摊主妻　别吆喝了，可把你找着了。

摊　主　你跑这儿来干啥呀？

摊主妻　干啥？你出来了，我让一帮学生家长堵屋里了。收摊，回公园儿去。

摊　主　你看这挺好的买卖让你搅和了。

摊主妻　办营业执照的时候，人家指定的地点是人民公园大门口，你可倒好，骑个车子到处乱窜。

摊　主　我这叫流动靶。

摊主妻　你往哪儿去不行，非到学校门口转悠。你说你从小学到中学，从普通中学到重点中学，哪个学校你没去过？

摊　主　有个学校我就没去过。

摊主妻　哪个学校？

摊　主　盲人学校。

摊主妻　少贫嘴，（继续收拾东西）你不但干扰学生学习，连学生买书买本儿的钱都交你这儿了。

摊　主　我也不白收他们的，我那是提高学生战斗力，让他们提前进入预备役。

摊主妻　你让人家打上两个气球也行啊，据家长和孩子们反映，到目前为止没打中一枪。

摊　主　废话，让他们打上我还赚谁钱去，拿我这枪要能打上那不成神童了？

摊主妻　我不跟你废话，收摊。

摊　主　我今天不到小学，也不到中学，还不行吗？

摊主妻　那你到哪儿？

摊　主　（掀开布帘露出"解放军是个大学校"字样）我这回到大学，档次提高了。

摊主妻　啊！你跑到军营门口摆摊了。

摊　主　今天是双休日，当兵的好不容易休息两天，能不出来玩玩吗？这里住着一两千人，一人打一枪钱就得拿筐装。

摊主妻　你装个屁，人家解放军天天练枪，你要把他们吆喝出来，不把你爹赔进去才怪呢。

摊　主　你以为现在当兵的还像你爹当兵那时候？那时候冬练三九，夏练三伏，个个都是神枪手。现在就很难说，咱对门老王家二小子，腰里别着 BP 机，手里拿着大哥大，脱下名牌穿军装，揣着名片扛起枪，我琢磨着像他那样的打台球肯定比打枪准。

摊主妻	你可别这么说，听说对面那大院里当兵的，个个都是神枪手。
摊　主	神枪手也打不上我这靶。
摊主妻	那人家要是打呢？
摊　主	没那事儿，我可以跟你打个赌。
摊主妻	赌啥呀？
摊　主	他要真有打上的，我马上就回公园摆摊去。
摊主妻	真的？
摊　主	说话算数。
摊主妻	那我帮你吆喝。
摊　主	吆喝吧。
摊主妻	解放军快来打呀！快来呀解放军！
摊　主	去，你害我呢，就咱俩在这儿，让解放军听见还以为你碰上流氓了呢！
摊主妻	那咋吆喝呀？
摊　主	招揽顾客也得有技巧，在这个地方就得吆喝向解放军学习，向解放军致敬。这么一喊，他们以为是慰问团来了呢。说不定弄几个连，排着队敲锣打鼓就跑出来了。
摊主妻	美得你。
摊　主	听我的——"向解放军学习，向解放军致敬"。

〔战士挑担青菜上场。

战　士	向人民学习，向人民致敬。
摊　主	管用吧，还真招来一个。
战　士	你们好，你们好。（挑担向前走）
摊主妻	解放军同志，先别走，在这打几枪吧。
战　士	谢谢，我不打。
摊　主	你拦他干啥呀，你以为当后勤兵的都会打枪啊，有的连枪都没摸过。
战　士	你怎么知道我没摸过枪啊？

摊　主	我咋不知道哇，部队上也是各行各业。开车的、驯狗的、做饭的、酿酒的。他们上哪儿摸枪去？还有像黄宏那种练嘴的，阎维文那种唱曲儿的，甭说打枪，把枪发给他们自个儿先哆嗦。赶紧让人家走吧，人家是炊事员。
战　士	炊事员怎么了？
摊　主	炊事员好哇，现在部队上讲究政治合格，军事过硬，作风优良，纪律严明，保障有力。一看你这个身份，跟军事过硬这四个字没关系，基本属于保障有力那部分的。
战　士	你怎么知道我就不过硬呢？
摊主妻	过硬，我看过硬！来打两枪。（递枪给战士）
摊　主	你拿着枪给人家炊事兵人家能要吗？不习惯，你要是给他烧火棍、擀面杖他马上就接着了。
战　士	嗬，我看你这位老板是跟我较劲儿呀！
摊　主	较劲不较劲的，你打两枪试试，省得人家说你是"装假兵"。
战　士	说错了，我是步兵，不是装甲兵。
摊　主	我说的装假兵，是怕有的当兵的跟市场上有些商品一样，外边包装挺好，里边装的是假货——"装假兵"。
战　士	你……看来我今天是非打两枪不可了。
摊主妻	这就对了，真的假的整两枪给他看看。
战　士	说吧，怎么个打法？
摊　主	五毛一枪，一块两枪。
战　士	我就打这些钱的。（掏出五元钱）
摊　主	好咧，（向妻说）给他压子弹。
战　士	我让你看看炊事兵的枪法。（围裙一抖，扎上）
摊　主	对，扎上，这就要上灶点火。
战　士	我习惯了。（又戴套袖）
摊　主	对，套上，这就要炝锅儿炒菜了。
战　士	对，我就给你来个爆炒气球。
摊主妻	对，全给他打碎喽！
摊　主	这老娘儿们，咋胳膊肘往外拐呢，你和谁一家呀？

摊主妻	这叫军民一家。
战　士	上枪。
摊　主	我听着像上汤。
战　士	爱武习武，保卫祖国。（持枪跑步）
摊主妻	还是解放军正规。
战　士	你看靶吧，（立姿射击，枪响球没碎）嗯？
摊　主	第一枪没打着，心里不要太发毛。
战　士	我发什么毛哇，看靶，（跪姿，枪响气球还没碎）嗯？
摊　主	第二枪没打中，心里不要太悲痛。
战　士	我悲什么痛啊。（又举枪）
摊　主	第三枪打不上。
战　士	我还没打呢。
摊　主	这叫超前意识。［第三枪枪响，红色气球被打碎。
摊主妻	这回打上了！
战　士	不对，你这个枪有毛病。
摊　主	都打中了还有什么毛病？
战　士	我瞄的右边那个黄球，怎么左边那个绿球碎了呢？
摊　主	你这叫声东击西，高哇！
战　士	不对，你这个枪有假呀，我让你明白明白，这支枪的准星用锉刀锉歪了两毫米。今天的风力二到三级，射程十二米，铅弹重量一点三克。所以你这枪要这么打。（一口气把货架的气球全部打碎）
摊主妻	向解放军学习！
摊　主	向解放军致敬……这奖品你拿着。
战　士	老板，这奖品我不要，我就要你一句话，我还是不是"装假兵"啊？
摊　主	啥"装假兵"啊，神枪手！真神，有你们这样当兵的，咱老百姓心里就踏实了。
战　士	老板那你记住，假烟假酒伤身体，假医假药害死人。当兵的功夫要是有假，这国门可就难守了，回去做饭了。（挑担边唱边下）说打就打，说干就干，练一练手中枪……

摊　主	还练呢，再练我就得改行了。
摊主妻	对！咱改套圈吧。
摊　主	套圈更不行了，对面就住着工兵团，工兵们天天在地上练套圈。
摊主妻	那叫探雷器。
摊　主	甭管叫啥，地下的东西都能套上，摆在地面上还不一套一个准儿呀。我还是收摊吧。
摊主妻	回公园。
摊　主	走！（唱）朝花夕拾杯中酒，当兵的个个都是神枪手，打靶套圈的人儿们哪，见着那个当兵的赶快溜。

〔摊主边唱边和摊主妻推车下。

〔剧终。

（1995 年双拥晚会　与张振彬、李文启合作）

照　相

时间：某双休日的下午
地点：某连队炊事班

人物

班　长——男，25 岁

连　长——男，28 岁

战　士——男，18 岁

[幕启，舞台中央摆放一张炊事班用的面案，案面上放着擀面杖、饭勺子、大勺、扣着面盆等。案下放着水桶，周围有四个小方凳。班长一只胳膊上搭着一件有上尉军衔的军上衣，手里拿着一个照相机，腰扎围裙，拽着战士上场。

班　长　牛小刚，你给我进来，别在外边给我丢人现眼。

战　士　我怎么丢人现眼了？

班　长　你个小新兵，还穿上连长的衣服照相，还有点组织纪律性没有？你不是爱照相吗？我今天让你照个够！把围裙扎上，把套袖戴上，把擀面杖拿起来，做赶面条动作，笑着点儿——

战　士　我笑不出来！

班　长　说茄子，你那嘴不就咧开了吗？

战　士　　茄子！〔照一张。

班　长　　把大勺拿起来，做炒菜动作。说茄子。

战　士　　茄子！〔又照一张。

班　长　　换上水勺子，做喂猪动作。说茄子。

战　士　　说西葫芦我也笑不出来。

班　长　　刚才穿着连长的衣服怎么笑得那么美呀。把坛子顶起来。

战　士　　我是杂技团的呀？

班　长　　你不是爱照相吗？各种动作都照一张，我在全班给你办个影展，让大家都看一看，你是怎么由一个炊事新兵"唰棱"一下当上连长的。

战　士　　谁当连长了？

班　长　　没当连长你穿连长的衣服照相？

战　士　　连长的衣服干了，我帮他收起来。今天星期六，我就穿上连长的衣服照照相，怎么了？

班　长　　噢，星期六就得穿连长的衣服照相，那要星期天，你还不把团长的衣服穿上啊？过年过节还不更麻烦了！别人的进步都是干出来的，你可倒好，随着节气往上长，大年初一过年，闹不好你就成了将军了！

战　士　　你挖苦人！

班　长　　挖苦人，我问你穿连长的衣服照相什么意思？

战　士　　帅气！

班　长　　帅气，我还不知道你是怎么想的，照张照片往家里一邮，街坊邻居一看，当连长了，成军官了，出风头！

战　士　　反正你就看我别扭。

班　长　　别人没你这么虚荣。

战　士　　我虚荣，你才虚荣呢。

班　长　　我怎么虚荣了？

战　士　　上个月连里英语考试，我考了第一，你考了十八分，从那天开始你就看我别扭。

班　长　　笑话，你不就英语考了个第一吗？我政治考第一，这叫政治合格；

我军事考核优秀，这叫军事过硬；我从不穿连长的衣服照相，这叫作风优良；我遵守各种条令条例，这叫纪律严明；全炊事班我的饹面馒头蒸得最香，这叫保障有力。英语我是不稀罕考，来是"卡母"去是"勾儿"，是是"也斯"不是"NO"，英语就是个顺口溜儿。把坛子顶起来——［连长穿着衬衣上场。

连　长　嗬，好热闹哇，学杂技呢。

班　长　连长，这是你的衣服。

连　长　是你帮我洗的？

班　长　不，是他洗的。

连　长　谢谢你小牛。

班　长　衣服是他洗的，晒干了之后他又穿上了。他穿着你的军装，拿个照相机在全连乱转。

战　士　谁乱转了，我不就去了趟猪圈嘛。

班　长　去了趟猪圈还不够吗？整得那些猪都不吃食了。

战　士　猪不吃食跟我有什么关系？

班　长　关系大了，每次连里杀猪都是连长亲自到猪圈去选，连长到猪圈一转，证明伙食改善，你穿着连长的衣服往那一站，整得猪心慌慌，还有心思吃饭？连长您不知道，他今天穿着你的衣服，掐着腰那么一站，从后边看我还以为是您咧，我咔嚓给他敬了个礼，他一挥手说了句："同志们，辛苦了。"当时把我都整蒙了，那猪还能不毛吗？

战　士　你也太夸张了。

班　长　连长，我正要向您汇报……

连　长　刚才你们俩在屋里发生的事儿，我都看见了。

班　长　看见了更好，这要不处理，我这个班长没法当了。

连　长　你不当我干。

班　长　就是……你干？

连　长　今天我当一回炊事班长，你当连长。我看看这件事你怎么处理？

战　士　连长啊，你可别让他当啊，他当个班长就发这么大脾气，要当了连长还不处理我退伍哇。

连　长　　那就得看这位连长的态度了。（拿起军装）连长穿上军装上任吧！

班　长　　连长，这是组织的意思吗？

战　士　　他还当真了。

连　长　　今天不是周末，咱们搞个小活动，题目叫"假如你是连长"。

班　长　　连长，我离组织的要求还差得很远。

战　士　　你差着好几级呢。

班　长　　闭嘴，怎么连长往队前一站，下面就嘀嘀咕咕的。

连　长　　嗯，有点意思了。（一摸围裙，发现兜里的英语考试卷子）

战　士　　这是我们班长的英语试卷。

连　长　　先放这儿。

班　长　　（双手掐腰）怎么一穿上干部服就爱掐腰呢。连长，你那腰风湿好
　　　　　了吗？

连　长　　好多了。

战　士　　连长，你得多注意点儿。

班　长　　没你事儿，领导之间研究工作，插什么嘴呀。连长你请坐。

连　长　　我现在是班长，你是连长！

班　长　　下面——我讲几句。［连长和战士二人立正。

班　长　　连长，你可以稍息。

战　士　　有你这样的连长吗？

班　长　　你立正，刚跟班长顶完，又跟连长顶啊？

连　长　　报告连长，我们炊事班今天发生了一件事情。

班　长　　请指示——不，请指出，是谁干的？

连　长　　新兵牛小刚，穿连长的衣服照相，不按规定着装，我建议给予严
　　　　　肃处理。

班　长　　太对了，咱俩想到一块了，听见没有，这就是连长的态度。

战　士　　你现在是连长，连长是班长。

班　长　　那你作为一名战士，对班长的批评有什么想法。

战　士　　批评我接受，但不像他说得那么严重。穿军官服我觉得帅，再说
　　　　　了，你不是常说：不想当将军的士兵不是好士兵吗？

班　长　　想想是可以的，但不能真干哪。你觉得平时穿穿连长的衣服没什

	么，可我们这里是部队，打起仗来那不乱套了吗？你说呢连长，不，你说呢班长。
连　长	所以，所以我刚才对他采取了严厉措施。我让他拿着擀面杖照相，端着大勺照相，拿着水勺子照相，顶着坛子照相……
班　长	对，给他办个全班影展。让大家看一看，他是怎么由一个炊事新兵"哧棱"一下子当上连长的。
连　长	连长，我吃不准，你说这样做算不算过分啦？
班　长	我——我也吃不准，再怎么也不能顶坛子呀。
连　长	那怎么办？
班　长	先做思想工作嘛。
连　长	怎么做？
班　长	态度和蔼点儿嘛。
连　长	怎么和蔼？
班　长	我教你；小牛哇，过来，过来，牛小刚同志今年多大了？牛小刚同志什么地方人啦？牛小刚同志，你叫什么名啊？
战　士	你不都知道吗？
连　长	你问这个干什么？
班　长	刚入伍的时候你不是就这么问我的吗？小牛哇，你知道军装是严肃的吗？
战　士	知道。
班　长	既然知道，班长批评为什么不接受哇？
战　士	他讽刺挖苦我。
连　长	讽刺挖苦是为了让你长记性。
班　长	他为什么讽刺挖苦你呀？
战　士	上个星期我英语考试考了第一，打那儿以后，我总觉得他看我别扭。
连　长	你不就英语考个第一吗？我政治考试第一，这叫政治合格；我军事考核优秀，这叫军事过硬；我不穿连长的衣服照相，这叫作风优良；我遵守条令条例，这叫纪律严明。全炊事班我的饸面馒头蒸得最香，这叫保障有力。英语有什么了不起的……

班　长	够了！有你这么做思想工作的吗，你英语考试就是不好嘛。
连　长	（掏出试卷）我怎么不好，英语81分。
班　长	还81分，你骗得了我吗？不用看，闭着眼我就知道是18分。
连　长	18分，他违反纪律我就不能管了？
班　长	管是可以的，要讲究方法，要晓之以理，动之以情嘛。
连　长	还动之以情？我告诉你，这个事要不严肃处理，我这个班长就不干了。
班　长	还不干了，你这个班长就这么闹情绪？处理完他我就处理你，你看看你这个班长还像样吗？你这个班长称职吗？你——（醒悟地）我这个班长称职吗？
连　长	你说你称职吗？
战　士	连长，我们班长称职，我知道他是恨铁不成钢。我晚上睡觉不老实，他每天晚上给我掖被角，我都知道。我是汗脚，可每天早上的鞋垫都是干的，都是他替我烤的。连长，班长平时对我们可好了。
连　长	好也不能让你顶坛子。
战　士	他自己还顶坛子呢。上次连里腌咸菜，我们进城买东西，班长让我拎轻的，他自己把那么大个坛子顶回来的。
班　长	小牛说这些干什么，谁让我是班长呢。
连　长	哎，这就对了，我们是战友，大家要互相尊重，互相爱护，谁能没毛病呢？要是没毛病，还要我们这些班长、连长干什么？搞好官兵关系，关键在官。
班　长	我还什么官哪，说到家我也就算个兵头吧。
连　长	那你还是将尾呢。
班　长	小牛哇，今后在工作上我是你的班长，在学习英语上你是我的"蹄筋儿"。
战　士	什么？
班　长	蹄筋儿！
连　长	什么意思？
班　长	"蹄筋儿"英语就是老师的意思。

战　士　那叫"提车"。

连　长　你这个英语，英国人不懂，山东人也不明白。

班　长　连长啊，英语太难记了。做饭的时候，天天切蹄筋，我就念叨蹄
　　　　筋、蹄筋。小牛姓牛，牛老师，就是我的牛蹄筋。

　　　　〔连长、班长、战士大笑。歌声起："战友战友亲如兄弟。"

战　士　连长，连长，还有最后一张，咱们来个合影我寄回家去吧。

班　长
　　　　　好！
连　长

战　士　别动！

　　　　〔闪光灯一闪，三人的投影照片呈现天幕上，歌声渐强。

　　　　〔剧终。

　　　　　　　　　　（1996 年双拥晚会 与尚敬、张振彬、王铁虎合作）

244

三峡情话

时间：迁移前夜
地点：三峡坝区某村

人物

村　　长——60 多岁
村长妻——50 多岁
新　　郎——28 岁，运输连连长
新　　娘——26 岁，水利工程师
群众甲、乙、丙、丁等

[舞台上分室内、外两个演区，中间用门隔开。室内有床、被褥、小柜等用品，柜上置一对红蜡烛，舞台上方悬挂一个大红"囍"字，显出洞房气氛。室外有一树墩，天幕上是一轮明月。

[开始时，舞台上静场。村长、村长妻分别从观众席左右太平门探出头来——

村　　长　（喊）老伴儿呀！

村长妻　　哎！老头子！

村　　长　你们女方那边准备好了没有？

村长妻　　准备好了！你们男方那边准备好没有？

村　长	准备好了。好，良辰已到，奏乐鸣炮，起轿！

〔顿时鼓乐大作。上场门：村长鸣锣开道，新郎身着作训服，十字披红，紧随其后，众战士和村民簇拥他入场。下场门：村长妻舞动红绸带路，身后四个小伙抬一个树枝编成的花轿，轿上披红挂绿，后面是吹喇叭的、穿彩服的、戴大头娃娃的，好不热闹……

〔在欢快的乐曲声中，两队会合，众围着花轿欢闹。

众	新娘子，下轿！新娘子，下轿……
村长妻	新郎官必须敬礼喊报告，否则新娘不下轿。
众	对，敬礼，报告！
新　郎	（对着花轿敬礼，大声喊道）报告！
村　长	解放军同志真谦虚，刚过门就给自己降一级。

〔新娘子蒙着红盖头，从轿内走出。在群众的欢闹下，连长为新娘子揭下红盖头，新娘子头戴安全帽，新郎新娘并排站好。

村　长	我来给大家做个介绍，新郎官是运输连长管掌舵的，新娘子是水利工程搞勘测的，具体讲都是来到三峡搞建设的！
村长妻	为咱三峡建设推迟婚期整一年，今天我们全村为他们办喜事。这也是咱们村的大喜事！〔众欢呼……
新　郎	我们来到三峡库区一年多了，每天在工地搞运输的时候，乡亲们总为我们送茶送水，在此我代表全连指战员感谢全村父老乡亲对我们的厚爱。
新　娘	乡亲们，明天一早你们就要搬迁离开这个地方了！在这最后一个夜晚，为我们举行了这样隆重的婚礼，我们真是感激不尽！
村　长	别客气了！新婚典礼现在开始。（鼓乐齐鸣）长江三峡披彩虹，咱们上下齐沸腾，军民团结如长城，结婚就像坝合龙。首先请欣赏对口词——（对妻）开始！
村长妻	看！一轮明月挂夜空。
村　长	就好像三峡发电点电灯！
村长妻	月光下面办喜事。
村　长	人间美景胜月宫。
村长妻	请看舞蹈，嫦娥欢乐舒广袖！

［乐声中，杂技、歌舞穿插表演，众乡亲、战士饮酒助兴……随着村长一声锣响，结束。

村　长　散了散了早点休息！新郎新娘要进洞房啦！我宣布一条纪律，平时咱村闹洞房，又爬窗户又钻床，从天黑闹到大天亮，把新郎新娘累够呛。但是考虑到连长明天还要掌舵，工程师明天还要勘测，为了不影响明天正常工作，我宣布闹洞房一项，撤！

　　　　［众喊："不行！我们要闹洞房！"

村　长　（敲锣）谁吵吵的？我在门前把岗站，我看谁敢来扯淡！撤！撤！

　　　　［众被轰下……

　　　　［村长妻推一对新人进屋。

村长妻　天不早了快休息吧！

新　娘　大娘，您的心意我们领了，别再添麻烦了。

新　郎　对，我们还是回工地吧。

村长妻　不行，不行，快进屋！

村　长　等会儿，我先到屋里侦察侦察。（进屋）

村长妻　你侦察啥？（跟进）

村　长　我到屋里抓抓贼，（挥舞锣锤）探雷器在犄角旮旯儿扫扫雷，（往床下扫）出来！（用锣锤打一下床，拽出一个儿童）出来、出来、出来！（连续赶出几个儿童）

新　郎　大叔，让他们在这儿玩玩吧。

村　长　玩？这帮孩子瞎胡闹，关键时刻吓一跳。我和你大妈结婚的时候，全村老少折腾我们一宿哇！不信问你大妈。

村长妻　说这话你不害臊！

村　长　我不放心，我钻下去看看。（钻进床下）老伴哪，这回床下彻底没人了，关门吧。

村长妻　关门？你给我出来！（拿锣锤砸村长）

村　长　对了，喝点酒就发蒙，屋里屋外分不清。（一边往外走一连顺手打开柜门），这里可能还有埋伏，（从柜内又揪出一个儿童）走！

　　　　［村长、村长妻出屋。

村长妻　天凉，我给你拿件大衣去。（下）

［村长守在门外，屋内新郎、新娘稍拘谨，低声交谈。

新　娘　大爷走了吗?

新　郎　我到门口听听……（到门口探听）

村　长　（指远处）去!（把新郎、新娘吓一哆嗦）你在那儿偷听啥呢!

新　郎　他说谁呢?（开门出屋）大爷，我们还是回去吧。

村　长　（推新郎进屋）不行，进去、进去!

［新郎、新娘被村长推进屋里。

新　郎　小云，推迟婚期你不怪我吧?

新　娘　为了三峡工程咱们不是都在忙吗……

新　郎　你真好……

［新娘羞涩，两人拉起手。

村　长　（指着远处大喊）去!（把新娘吓得松开手）你俩还拉着手往这儿
　　　　摸，大半夜不睡觉干啥!回去!

新　郎　（门开出屋）大爷，你回去休息吧。

村　长　（推新郎进屋，关门）不行，进去、进去!［新郎、新娘又被村长
　　　　关进屋内。

新　娘　明天搬迁，你指挥车队，一定要注意安全哪。

新　郎　你放心吧，等完成任务，我一定回家好好陪你。

［两人甜蜜欲拥抱……

村　长　（指着远处大喊）去!（把新人吓得马上又分开）你还抱着他往上
　　　　蹿，也不怕把孩子摔着!……

新　郎　（开门）大爷，您干脆进来歇会儿吧。

村　长　瞎扯!我在这儿维持秩序，就是怕打搅你们休息。

新　娘　您还是进来吧，反正我们也睡不着。

村　长　（恍然大悟）哦，我这一惊一乍得影响你们俩休息了吧，放心，这
　　　　回我准不喊了，有啥情况我也不出声，（关上门）我到房后巡逻巡
　　　　逻。（走到景片后）

［室内新郎、新娘听着……

新　郎　忙乎一天，他也够累的。来!（拥新娘刚刚坐到床边）

［突然传出一声锣响，把新人吓得跌坐在地上。

新　娘　　他还不如喊呢，这铜锣一敲更吓人。

新　郎　　（尴尬地）你瞧大爷多好……

新　娘　　（解嘲地）是，有点太好了……

村　长　　（揪耳朵扯出一个半大孩子）小兔崽子，你还跑到房后折腾。（自语）我衣兜里边有壶酒，困了我就喝一口。（和衣倚门，喝酒入睡）

新　娘　　这么晚了，乡亲们还没睡，他们真兴奋哪。

新　郎　　你觉得他们只是兴奋吗？明天他们就要离开故土了，他们心里舍不得呀。[村长睡着，呼噜声起。

新　郎　　听，大爷在门口睡着了。

新　娘　　江风太凉，咱们快把他让进来。

　　　　　[新郎、新娘刚一开门，村长顺门倒进屋里，醒来后辨错方向，将二位新人向屋外推去。

村　长　　不行，进去、进去！

　　　　　[村长把门关死，倒地又睡，新郎、新娘进屋把他抬上床，盖好被子。

新　娘　　大爷睡得真香啊！

新　郎　　你知道为什么吗？这是他的床……

村　长　　（梦话）喝点酒就是不一样，身上马上就暖和了……

新　郎　　天快亮了，我去检查一下车辆情况。

新　娘　　我陪你去。

　　　　　[新郎新娘轻轻出屋，关死门下。

　　　　　[追光：村长呼噜声大作。

　　　　　[村长妻子，抱着大衣。四下寻找……

村长妻　　怪了，老头子说在门前站岗，人跑哪儿去了？（听见呼噜声）新郎太累，刚结婚早早就睡了。（又听）这呼噜声耳熟呀，（细听）两长一短，肯定是他这老东西！（欲进屋再想想）不对呀，新郎新娘跑哪儿去了……我再听听。（凑近门听）

村　长　　（梦话）去！你在那儿听啥呢？

村长妻　　（吓得要跑，又返身回来）就是他！（进屋掀开花被）老头子，真

249

　　　　　是你？

村　长　（懵懂起身）老伴呀，我做了个梦。

村长妻　你梦见啥了？

村　长　我梦见当年家乡闹水灾，咱们逃荒从下游来到上游，我在路上认识了你，咱们在这儿成了家……

村长妻　老头子，我知道你舍不得离开这儿。

村　长　有啥舍不得的，人往高处走，当年因为水患咱们来到这儿，如今为了治水咱们离开这儿，值得！

　　　　　［众人悄悄围上："老村长不在了，快闹洞房哪！"

村长妻　坏了，老头子，闹洞房的又来了。

村　长　（猛醒）哎，新郎新娘跑哪儿去了？（四处找）

村长妻　跑哪儿去了，让你给看跑了！

村　长　快，把门关上，不然大家知道我把新郎新娘放跑了，我这老脸往哪儿搁哪！

　　　　　［村长妻刚要关门，众人拥入。村长急忙扯过花被蒙头盖上。

众　　　闹洞房啊，闹洞房！咱们大家来看新娘，看新郎！

村　长　（掀开被子）新郎？老郎！［众人被逗大笑。

群众甲　大爷，新郎、新娘呢？

　　　　　［门外传来汽车马达声。

村长妻　老头子，天亮了。

众　　　村长，接人的车子来了……咱们该走啦……

　　　　　［众人心潮涌动，沉默有顷……

村　长　孩他妈，我的锣呢？（起身，下床）

村长妻　在这儿呢。（忙把锣交给村长）

村　长　（感慨地）我老罗头，在这块土地上度过了六十八个春秋，是长江水哺育了我们祖祖辈辈。大江有耳，铜锣有声——当年解放大西南，我就是敲着这面锣，喊着："咱们解放啦！"三中全会以后，我又敲着这面锣挨家挨户奔走相告："咱们要致富啦……"今天我们就要告别故土搬进新家园了，让我再一次敲响这面铜锣，告诉咱们的祖先："咱们梦想成真啦——"

［众人肃穆。村长奋力敲锣三声。

［天幕随之变亮，直至呈现金色晨光……

［新郎、新娘上。

新　郎　　大爷，车队已到，出发吧!

［音乐声中，村长双手高擎铜锣，村长妻将红盖头蒙在锣上。村长庄重地将锣放在地上，众人从四面八方围上……

［传来车队的喇叭声，人潮鼎沸、气氛热烈，动人心魄。

［剧终。

（1997 年双拥晚会　与尚敬、张振彬合作）

西部西瓜

时间：八月十五中秋节
地点：西部地区的一个瓜摊

人物

卖瓜老汉——70多岁，简称"老"
解放军战士——20多岁，简称"战"
台湾青年——40多岁，简称"台"

[幕启，舞台右侧置一个小方桌，桌旁摆着数十个西瓜，三个马扎凳，一把大太阳伞和一堆西瓜。一个红塑料桶，一个写着"西部西瓜"的牌子，卖瓜老汉把一个最大的西瓜祭典式地放到高处。又拿起西瓜刀和一个西瓜，来到方桌前。

老 圆圆的西瓜像地球儿，咱西部就在最西头儿，这西瓜熟了才好吃（切西瓜），这叫"杀熟儿"。[解放军小战士上场。

战 张大爷。

老 来熟人了。

战 张大爷，你又在"杀熟儿"啊。

老 咱这西部西瓜一到八月十五，该熟的都熟了。

战 （拿出一袋瓜籽）大爷这是瓜籽儿。

老　这解放军心多细啊，西瓜吃完了，还把籽送回来。

战　明年再种。

老　对。

战　"八一"节您给我们送去了一车西瓜，大伙都说那是"拥军瓜"。

老　你又还给了我一袋子瓜籽，这就得叫"爱民籽"了。（两人乐）来，吃瓜。

战　不吃了，我走了。

老　不行，八月十五吃西瓜，走到哪里都不想家，吃。（把战士按在座位上）

战　不吃。

老　必须吃。

战　不收钱，绝对不吃。

老　你吃了，我就收钱。

战　收！

老　收，不收钱不赔了吗，平时对军人打八折，这不刚过"八一"节就打一折。

战　"八一"节早过去了，今天是八月十五。

老　那就打十五折。

战　好，十五折。（掏出十块钱）

老　对……那不越打越多吗？你这小脑袋瓜，我是算不过你。

战　（起身）大爷，我还是先把西瓜皮给您倒了吧。（下场）〔台湾青年手拿自制地图上场。

台　跨越千山和万水，从台湾来到大西北，和爷爷说的不一样，这地图怎么也对不上。（举手看坐标，奔西瓜摊走去）

老　吃……瓜，（台绕过西瓜摊走到另一侧）一上来就比比画画的，不是勘探就是开发的，这模样不像吃瓜的。〔战士上场。

战　大爷，我回连队了。

老　（拉住战士）不行，你免费给我干活，今天就得免费吃西瓜。（把战士按在座位上）吃。

战　不吃。

老　吃。

战　真不吃。

老　不吃不行。

战　大爷。

台　（拉住战士）小兄弟，你听我说。

老　你听他说。

台　老先生既然这么热情。

老　是呀。

台　就不要客气了。

老　不要客气，坐。

台　吃。

老　你是干啥的？

台　和他一样吃西瓜的。（欲拿西瓜）

老　你是谁，你能跟他比呀，他是当兵的。

战　张大爷是拥军模范。

台　我也是当兵的嘛。

老　当兵的咋不穿军装呢。

台　退役了嘛。

战　你是复员兵啊。

台　是的，是的，我们叫退役兵。

老　早说呀。复员退役的和现役的一个待遇。吃！

台　哇！

老　不好好吃西瓜，你喊啥？

台　这西部的西瓜确实是甜哪！

老　那当然啦！西瓜西瓜，就得数咱西边的瓜。

台　那我们南边……

老　南瓜呀！那是跟红米饭配套的。

战　那我们东边呢？

老　冬瓜呀！包饺子合适。[三人乐。

台　老先生知识面很广啊！

老　一小般吧。

台　看来地方没少走啊！

老　不是跟你吹呀，想当年出生在东北，逃荒要饭到西北，当兵之后到华北，支援边疆又回到了大西北，这一辈子没走南光闯北了。

台　老先生啊，这个地方好像和以前不一样了。

老　这不西部开发了吗？还别说这，现在全国都变样了。

战　到处都是喜事。

老　申奥成功了，中国威风了，足球胜利了，中国提气了，W 就要 TO 了，那西瓜哗啦一下丰收了。

台　这 WTO 跟西瓜丰收有什么关系啊？

老　咋没关系呢？你想想啊，WTO 西瓜丰收……它俩前后脚的事……

战　有关系。（解围地）

老　有关系吧。

战　西瓜是圆的。

老　圆的。

战　O 也是圆的。

老　圆的嘛！那 O 是圆的？

台　哎呀，老先生你很幽默啊！我听说原来这里是一片黄土坡。

老　早就铲平通火车了。

台　那边有片沙土沟。

老　已经填平变绿洲了。（指着解放军战士）都是他们帮着干的。

战　军民共建，都是我们应当做的。

老　啥应该做的，这就叫代表人民群众的根本利益。吃瓜！

台　不比不知道，一比吓一跳，这边当兵的比我们那边当兵的对老百姓好多了。

老　你哪能那么说呢，现在全国一盘棋，走到哪都一样。

战　对，"双拥"城、"双拥"县已经遍布全国了。

台　我们那边确实不如这边。

老　那肯定是你们没处理好关系。

台　是的，是的。

老　你什么兵种啊？

台　　侦察兵。

老　　哦，特务连的。

战　　没看人家手里拿地图。

老　　哪年当兵啊？

台　　用这边的话说是八〇年。

老　　也得算是老兵了。

战　　那我得叫你首长。

台　　不敢当，不敢当。

战　　不是首长也是领导。

台　　不敢当，不敢当。

战　　不是领导也是老同志。

台　　不敢当，不敢当。

老　　你这个人就瞎客气，一个同志有啥不敢当的。同志就是有共同志向
　　　的人。

台　　所以，就更不敢当了。

老　　在哪当兵啊？

台　　台湾。

老　　在哪儿？

台　　台湾啊。

老　　（站起身生气地）不许动！举起手来！（抢下西瓜）一个台湾兵我给你
　　　免啥费啊。

台　　你不是说拥军吗？

老　　我拥的是中国人民解放军。

台　　那我们"国军"……

老　　小样吧！你还"国军"。

台　　那我买你的还不行吗？

老　　我怕你买不起。

台　　多少钱一个？

老　　一百万。

台　　啊！

老　美元。

战　那也太贵了。

老　不贵，有钱买军火，没钱吃西瓜呀。

台　那也不是我干的嘛。

老　甭管谁干的，你给我捎个信儿，告诉他们少炸刺儿，要是把我惹火喽，
　　收拾你们还多大个事儿咋的。

战　大爷别动手。

老　我们绝不承诺放弃武力解决台湾问题。

台　老先生，我是来考察的。

老　考察？我看你像侦察的。（抢下地图欲撕）

台　不能撕啊，你的心情我理解，我也是个中国人哪，我们台湾老百姓也是
　　盼望祖国早日统一啊！这地图就是我爷爷靠着回忆画下来的。

老　（打开地图看）

战　张村……还有咱李庄。

老　你爷爷也是西北人？

台　是土生土长的西北人，当年他也在这块土地上种过西瓜，是赫赫有名的
　　瓜王。

老　他叫啥？

台　大号王天龙，人称王大瓜。

老　（动情地）孩子。

台　您是？

老　大号张天顺，人称张二瓜。

台　爷爷！（跪在地下，音乐起）我可找到您啦！

老　孩子。

台　爷爷，我们找你找了好多年啊！

老　孩子，快起来。

战　（搀起大爷）大爷，坐下说。

老　和你爷爷长得真像，50多年啦！想当初我逃荒来到大西北，是大瓜哥
　　一家收留了我。（音乐中）那天也是八月十五，我和大瓜哥种的西瓜熟
　　了，大瓜哥拉了一车的西瓜到城里去卖，说好了回来给我带月饼。

台　爷爷遇上了国民党的军队，他们把爷爷和西瓜一起抢走了。

老　那天晚上我坐在瓜棚里等啊等，谁知道这一等就是50多年哪！

台　这50多年爷爷在台湾一直操着老本行。

老　还种西瓜哪。

台　种，每年中秋节他都要冲着家乡的方向摆上一个又圆又大的西瓜。

老　他还没忘了咱家乡瓜农的老规矩啊，这叫"祭瓜"，今年祭瓜是为了明年的好收成。[三人望着瓜摊高处祭典的那个西瓜。

台　独在异乡为异客。

老　每逢佳节倍思亲。

台　爷爷说全世界的瓜果都比不上咱家乡的西瓜甜。这次西部开发，我准备把家乡的西瓜引进宝岛，让它穿越海峡，走向全世界。

老　把这袋瓜籽给你爷爷带回去，改良后的新品种比过去更甜了，告诉大瓜哥，只要是咱中国的土，中国的水，不管在哪，都能种出咱家乡的味，别忘了，咱们是一根藤上的瓜呀！

战　到时候给西瓜起个名字，就叫"兄弟瓜"。

老　不，叫"团圆瓜"。

合　团圆瓜。

[在《我爱你中国》乐曲中，三人遥望着远方。

[剧终。

（1998年双拥晚会　与张振彬、王铁虎合作）

种 子

时间：冬季
地点：东北农家

人物

老　头——70 多岁，农村庄稼汉

老　太——70 多岁，老头的老伴

老班长——70 多岁，离休干部，战争中曾任侦察班班长

景置：东北农村老房子内景，窗上贴着窗花，墙上挂着蒜辫，一盘土炕，炕
　　　后面放着一个大箱子，炕的右侧有一组炕柜，中间是炕桌，远处，白
　　　雪覆盖着一栋栋黑色的房舍，家家门前高悬的大红灯笼显得格外喜庆、
　　　吉祥。

　　　　　　〔幕启，老太着急忙慌地冲上来喊着老伴。

老　太　　老头子……（差点摔倒）

老　头　　来了来了！（搀扶老伴）你跑啥呀？自己血压高不知道呀？万一摔
　　　　　个脑溢血，看病得花多少钱哪？

老　太　　你个老抠门儿，就知道钱！（神秘地）村里来外人了！

老　头	来外人咋了？咱这高速公路修通了，农贸市场竣工了，投资的那都一窝蜂了，外国人都来当股东了，来个外人能咋的？
老　太	那个人可是专门来找你的！
老　头	那我得看看我有没有时间接见。
老　太	那人说找你来还种子！
老　头	不管他还啥……还啥？
老　太	还种子！
老　头	……莫非是当年的老班长来啦？
老　太	肯定是他！
老　头	（张望）他在哪儿呢？
老　太	在村口呢！我去把他迎进来！（欲出门）
老　头	等会儿！他说他来还种子？
老　太	（比画）拉了一大车呀！
老　头	他这人咋这样呢？不就是十斤种子吗？他还没完没了……
老　太	土改那年他就给咱家寄过钱……
老　头	被我给退回去了！
老　太	六〇年发大水他又给咱家汇过款……
老　头	也让我给退回去了！而且我告诉邮递员说我不在了。
老　太	说你不在了，他又打听我。
老　头	让我给挡下了！
老　太	咋挡的？
老　头	说你改嫁了！
老　太	（拍老头）你个没正形的！后来咱又搬了好几回家，他咋又找上门儿了呢？
老　头	找上门儿也不认！这还没完没了了！

[俩人在炕上坐下。

老　太	这么多年，你一直念叨他，他这找上门儿来你咋又不见了呢？
老　头	一认不就得还种子吗？再说了，这么多年没见，你知道人变没变啊？
老　太	不能变吧？

260

老　头	不能变？你都割双眼皮了，你知道他变成啥人了？
老　太	人家是老革命！
老　头	老革命也能遇上新问题。
老　太	那咋整？
老　头	这样，等会儿他来之后，先装不认识他，摸清情况再说，记住，一不能热情，二不能主动，见机行事，说话留缝！
老　太	留缝？
老　头	不管他问啥，全用两个字儿对付他！
老　太	哪俩字儿？
老　头	那还……
老　太	（学老头比画）那还……
老　头	不行就装糊涂，不准说别的，记住没？
老　太	（继续学老头比画）那还……
老　头	你跟我装什么糊涂！
	［老班长风尘仆仆上。
老班长	老哥哥……
	［老太急忙迎接。
老班长	老嫂子……
老　太	（比画）那还……
老班长	（学老太比画）那还……
老　头	（比画）那还用说，我肯定是你老哥。
老班长	（热情地握住老头的手）老哥哥，我可想死你了！
老　头	我也想你呀！我想你想的……都想不起来了，你是谁呀？
老班长	你瞅着我不眼熟吗？
老　头	熟！说熟吧……还有点儿生，说生吧……还有点儿熟，咋说呢？半生不熟吧。
老　太	（一把拉过老头）你做饭呢？
老班长	对，做饭，就是做饭的事儿！老哥哥，1948 年 1 月 10 号，还记得不？
老　头	1948 年 1 月 10 号……记不起来了！

老班长	那天晚上漫天的大雪啊，有五个追赶解放军大部队的伤员，连冻带饿就躺在你的屋檐下，你是二话没说就把他们拉到了屋里……想起来了吗？
老　头	有这事儿？
老班长	有一个班长求你给弄点吃的，你是二话没说就给同志们弄了一大锅饭，之后大家才知道，那是你准备开春种地的种子，老哥哥，咱农民有句老话，卖啥不能卖土地，吃啥不能吃种子，所以临走的时候，那个班长还给你留下了一张欠条，记得不？
老　头	（学着班长的语气）记得不？
老班长	问你呢！
老　头	（转身看着老太）问你呢！
老　太	（激动地）问我呀？记得！老头子常给我说……
老班长	他咋说的！

　　〔老头咳嗽，提醒老太。

老　太	他……（比画）那还……
老班长	那还……
老　头	（急忙接过话茬）那还……站着干啥呀？就你嘴快……
老班长	老哥哥你就别再装了，土改那年我给你汇过款，你又给寄回去了，六〇年发大水，我给你寄过钱，你也给我退回去了……
老　头	不可能的，你肯定是认错人了！我是全村有名的抠门儿呀！不信你问她……（指老太）
老　太	抠！他可抠门儿了！你就说刚才吧，我差点摔了个跟头，他不怕我摔出脑溢血，他怕我进医院花钱！
老　头	得了病好赖是自己的，钱花出去就回不来了。
老　太	听听，他有多抠！
老　头	所以你肯定认错人了！我这些年有个习惯，就是别人不管给我啥我都不往回退！土改那年，柱子给我牵回一头牛……
老　太	那是村公所给的！
老　头	没退！到后来铁蛋给我拉了一挂车……
老　太	那是乡政府给的！

老　头	没退！乡亲们给我腾出一套房……
老　太	那是共产党给的！
老　头	没退！妇女主任给我介绍的媳妇……
老　太	那是毛主席给的！
老　头	没退！到现在还对付着呢！
老　太	你说啥呢？
老　头	我是说你怎么也比十斤种子值钱！
老　太	（拍老头）嘿……

[老班长听出端倪，打断老头老太。

老班长	老哥哥，你怎么知道是十斤种子呀？
老　头	十斤？
老　头 老　太	（齐声打哈哈）那还……
老班长	老哥哥，我今天到这来不光是为了还东西，还跟你要东西呢！
老　头	要东西？
老班长	我们老部队要建一个军史馆，我是专门到这里来征集革命历史文物的。
老　头	（激动地拍手）你咋不早说呢！老婆子，倒茶！
老　太	那还……
老　头	（握着老班长的手）老班长，我可想死你了！
老班长	（学老头）哎呀！我想你想的呀，都快想不起来啦！

[老头拉老班长坐在炕上。

老　头	老班长，这么多年没见，得叫老军长了吧？
老班长	哎呀，我已经离休了。
老　头	哈哈，咱俩差不多，我也离休了！
老班长	（惊讶）村长也离休？
老　头	犁休！犁完地我就休息了，哈哈！
老班长	哈哈，犁休，犁休！
老　头	老班长，咱这别的没有，革命文物有的是，样样都是珍品。
老　太	瞎掰，都是破烂儿。

老　头	破烂儿？你个败家娘们儿，日子好了就啥也不讲啦？过去的事儿那就不想啦？哼！（看着老班长）我跟你说，我这些文物样样都有说头，（下烷）把我的水壶拿出来。
老　太	哪儿呢？
老　头	（指着箱子）你不压箱底了吗？

[老太从箱底翻出一个旧军用水壶递给老头。

老　头	你看它眼熟不？（把水壶递给老班长）这是你们班张小狗，把我那个瓷壶打碎了，把自己的水壶给我留下了。

[老班长颤颤巍巍地接过军用水壶。

[老太拿出军大衣。

老　头	（捧着军大衣）这是你那天晚上偷偷给我留下的。
老班长	（动情地看着）那可是三九天啊，你就穿着一件夹袄……
老　头	这辈子，我从来没有穿过那么暖和的棉袄啊！第二天早上一看把我乐坏了，我穿着军棉袄，挎着军水壶，昂首阔步我就进城了，刚到城门口，就让敌人把我给抓住了。
老班长	那正是拉锯战的时候……
老　头	愣说我是解放军，好家伙，摁在地上噼里啪啦一顿打呀！我咬住牙根啥也没说，对付他们就用俩字儿……
老班长	哪俩字儿？
老　头	（比画）那还……
老　太	老头子，没想到你这"那还"还有传统啊？
老班长	我说老哥哥，你把当年对付敌人的那套来对付我了？
老　头	那我也没对付过你这侦察兵呀。
老班长	老哥哥，我当年给你留的那个欠条你还保存着吗？
老　头	保存着呢！那是珍品中的珍品啊！

[老头拉开抽屉，从里面拿出用红布一层层包裹着的欠条。

[《三大纪律八项注意》的音乐声传来，老头充满感情地念着欠条的内容。

老　头	今借，黄老狗家十斤麦种，等革命胜利后加倍偿还，侦察连三排九班班长——王大成。

264

老　太	战士刘喜贵——
老　头	李来福——
老　太	郭玉柱——
老　头	（激动地）张小狗……这小狗呀不会写这个狗字，在张字旁边画了一个小狗，有字有画，名副其实的字画啊！

[老班长双手颤抖，接过欠条。

老　太	县政府管他要他都没舍得给！
老　头	就想留个念想，老班长，他们几个也都离休了吧？
老班长	（点点头）离休了，就是张小狗他……老哥哥，那天晚上，从你这出去我们就和敌人遭遇了，那可是一场恶战啊……张小狗他……永远地埋在这片土地上了。
老　头	
老　太	啥？
老班长	老哥哥，这账我不还上我这心里一辈子都不得安宁啊！我是他们的班长，这些年，我总觉得他们时时刻刻都在看着我，看着我是怎么样对待老百姓的。
老　头	说得好！看着……前几天电视上有几个干部被判了刑，可惜了，他们辜负了党的培养，辜负了咱老百姓的期望……老班长，庄稼人知道这个理儿，地养种，种靠地，忘了这老理儿不吉利呀！
老班长	老哥哥，你说的对呀！咱们军民可是血肉关系呀！老百姓养育了我们，我们是靠着老百姓才打胜仗的！老哥哥，当年没有你的十斤种子，恐怕我这条命也就不在了，更谈不上子孙后代了，可是如今，我孙子都农大毕业了，他们研制了一种优良麦种，我给你拉来了一车，送给你，还有老区的乡亲们！这你可得收下啊！
老　头	你这也算父债子还啊！
老班长	老哥哥，我找了你大半辈子，今天，总算又见到你了，我还想……当面给你敬一个军礼。（敬礼）

[《父老乡亲》的音乐在小村里缓缓飘荡……

老　头	老班长，没有你们当年的浴血奋战，就没有我们今天的好日子，在这里，我们老两口儿，也向你，向张小狗，柱子，来福……向

在座的首长和子弟兵，鞠上一躬！

［三人走向台前，鞠躬……

［剧终。

（1999 年双拥晚会 与张振彬、王宏、王铁虎合作）

下　棋

时间：当代

地点：某部队招待所客房

人物

营长爹——60 岁左右，营长的父亲

团长爹——60 岁左右，团长的父亲

公务员——男，20 岁左右，战士

景置：客房里摆放着一张桌子、两把椅子，桌子上放着一盘军棋和一个电视遥
　　　控器，桌子左侧的小茶几上放着一个红色的电话。

　　　　　［幕启，远处隐隐地传来军营里训练的口号声。

　　　　　［营长爹上。

营长爹　　来到部队把儿子看，赶上部队搞演练，想到前面凑热闹，没想到
　　　　　拉了警戒线，有心要钻铁丝网，说实话——怕有电。

　　　　　［电话铃声响起。

营长爹　　来电了，（接电话）哎，我是营长——他爹，什么？给我房间还要
　　　　　安排一位来队家属？来吧，反正闲着没事干！男家属女家属啊？

男的还行，否则住着不方便，好，就这样，再见！〔放下电话，回身拿起遥控器打开电视。

〔公务员领团长爹拖着行李上场。

公务员　团长大爷！

团长爹　什么团长大爷，就叫大爷。

公务员　哎！团大爷！（拦住团长爹）我还是单独给您安排一个屋吧！

团长爹　两个人住一块好，一个人住闷得慌。

公务员　不是，营长他爹那脾气啊，逮谁管谁，我怕您受不了哦。

团长爹　我跟司令员他爹都住过一个屋，没关系！

公务员　（暗自琢磨）也好，让团长他爹管管营长他爹，团长大爷……

团长爹　（拉过公务员）记住哦，跟任何人都不能说我是团长他爹！

公务员　是！（拖着团长爹的行李进屋）

团长爹　走！

营长爹　（摁遥控器）走！

〔团长爹进屋正好挡住营长爹看电视。

营长爹　别挡着我呀！走！

团长爹　哎呀！老哥哥，看电视呢？

营长爹　看，想看的东西看不到！相声不笑，小品太闹，唱歌的一真唱还跑调，我就想看军事频道，你看，还广告！

公务员　大爷……大爷他昨天晚上在电视里看见我们营长了……

营长爹　看见啦！带着战士真刀真枪搞演练呢！就是时间短点，我想看看今天还能续上不。（拿遥控器搜台）

团长爹　你当那是电视连续剧呢？天天都有你儿子啊！

营长爹　那倒是，昨天我儿子一走，播音员出来了，告诉我：（学播音员）"别走开，广告之后马上回来！"就她一句话，等得我一宿没敢上厕所，等到了天亮都没回来。

团长爹　哈哈，老哥哥，我要是没猜错的话，你就是导弹营长他爹。

营长爹　对，那小子从小就捣蛋，没承想捣出名堂，成营长了。

公务员　我介绍一下，这位是团长（被团长爹摁住）……团长派我送来的……

营长爹	（握着团长爹的手）家属！
公务员	是！
营长爹	这孩子嘴笨。
团长爹	哈哈！（坐）老哥哥，不瞒你说，昨天晚上我也看电视了……
营长爹	你儿子也上电视了？
团长爹	镜头里没他……
营长爹	没上镜头准是兵，跟在后头打冲锋，一波一波看不清……小刘啊，给这位大爷倒水！
公务员	是！
团长爹	先给你倒！
营长爹	客气啥呀！在我们部队，对待战士家属和我们干部家属那都是一个待遇，倒上！
公务员	是！（倒水）
营长爹	小刘啊……（低头看茶杯）这茶叶都是一样的吧？
公务员	你那是红茶！
营长爹	他呢？
团长爹	我喜欢喝绿茶。
营长爹	红茶绿茶……你说前面演习到底是红军胜了还是绿军胜了？
团长爹	哎呀老哥哥，那叫红军、蓝军。
营长爹	你别管啥军，谁输谁赢你来个电话呀！（起身）想当年打仗的时候那还得向总部汇报呢，不能让我干着急呀！
公务员	大爷，您就是再急，那也得等演习结束才知道输赢。
营长爹	（不服）我儿子肯定赢！
公务员	哦？
营长爹	哦啥呀哦？昨天下军棋我还赢你三盘！
公务员	（找团长爹诉苦）大爷，他根本就不会下，还非得赢！
营长爹	废话，我营长爹还不得赢啊？
团长爹	哈哈，老哥哥，我陪你下两盘？
营长爹	来吧！
公务员	（拉过团长爹悄声道）大爷，你敢跟他下棋呀？

团长爹	没关系，他怎么下我怎么下。
营长爹	小刘，摆棋！
公务员	是！
团长爹	前方演习，咱后方下棋……
营长爹	争取跟我儿子一起，锁定胜局！
团长爹	下！
营长爹	下！

［俩人走到桌前坐下，摆开架势。

营长爹	说吧，你想怎么下？
团长爹	（谦让）你想怎么下？
营长爹	我不是和你吹，我随便摸个子我就知道它是啥官儿！（伸手摸棋）呃，司……司机……
公务员	司令！（对团长爹）昨天晚上就拿工兵吃我的司令，他愣说是吃司机！
营长爹	哈哈，我那是逗你玩的，我还不知道这个，一级管一级，司令管军长……
团长爹	军长管师长。
营长爹	师长管旅长。
团长爹	旅长管团长。
营长爹	团长管我儿子，剩下的都归我儿子管，我还不知道这个。
团长爹	老哥哥，你儿子的权力不小啊？
营长爹	我问问你，你现在待的这个地方叫啥呀？
团长爹	军营啊？
营长爹	那不就完了吗？学校归校长管，银行归行长管，军营就归营长管！

［公务员在桌子后面听着俩人的谈话忍俊不禁，哈哈大笑。

营长爹	笑啥啊笑？管你不？
公务员	管！
营长爹	摆上！

［公务员继续摆棋。

团长爹	老哥哥，从你身上我还真能看出点儿军人气质。
营长爹	那当然，老底子在这摆着嘛，你当过军人没有啊？
团长爹	抗美援朝的时候当过三年。
营长爹	哦……那基本属于建国以后了！
团长爹	你是建国前的啊？
营长爹	我这么跟你说吧，小时候当过儿童团，后来调到民兵连，前几年下来不干了，也不算离休，基本属于解甲种田！
团长爹	哈哈哈，你就没当过兵啊？
营长爹	民兵也是兵！
公务员	两位大爷，棋摆好了。
团长爹	开始？
营长爹	马上进入阵地！
公务员	大爷，今天可说好了，必须按照规矩来，谁先翻到什么颜色的子，谁就是什么军……
团长爹	扛到军旗那才算胜利！
营长爹	我肯定先扛军旗，你先翻！
团长爹	还是你先翻！
营长爹	我就不该暴露我的身份，啥玩意都按照级别来，服从命令，你先翻！
团长爹	（翻开棋子）我是蓝军！
营长爹	（翻开棋子）红军！我赢了！（哈哈大笑起身）
公务员	（慌忙喊住营长爹）还没下你怎么就先赢了？
营长爹	哈哈哈，红军不怕远征难，有这精神我就赢了！
团长爹	老哥哥，这是两码事儿。
营长爹	（回到桌前）不信你接着翻呀！
团长爹	红军工兵，你的！
营长爹	我进行营！
团长爹	红军排长，你的！
营长爹	我进行营！
团长爹	红军连长，你的！

营长爹	我进行营!
公务员	（看不下去了）大爷!一个行营只能进一个子!
团长爹	你怎么把子儿都摞起来了?
营长爹	（拿起一摞棋子）过去部队都住平房,现在都改楼了!
公务员	楼算什么呀?现如今咱部队都是机械化、信息化、数字化!
营长爹	（瞪眼）还有呢?
公务员	您接着下……
营长爹	好!我下,我翻!（翻棋子）营长,我儿子!（把棋子拿到自己面前）
团长爹	这回你怎么不把它摞上去了?
营长爹	现在干部都住经济适用房,（在桌上比画）这算生活区,你翻你翻。
团长爹	（翻棋子）团长,我儿子……
营长爹	（扑哧一口水喷出）你说啥玩意啊?
	［公务员慌忙给营长爹捶背。
团长爹	我儿子是团长的兵……
营长爹	哈哈哈,吓我一跳,我还以为团长是他儿子呢!
公务员	我实话跟您说吧,他就是团长……
团长爹	（制止）小刘!到点了,该复习功课去了!
公务员	是!（欲下）
营长爹	小刘!好好复习!
公务员	是!
	［公务员下。
团长爹	老哥哥,这孩子今年要考军校。
营长爹	现在带兵你得有点真本事,我不是跟你吹,我儿子,博士!
团长爹	（骄傲）我儿子,博士后!
营长爹	那你别着急,让孩子努努力,使使劲儿,早晚整到博士前。
	［团长爹忍俊不禁,俩人继续下棋。
团长爹	旅长!
营长爹	师长!吃了!

团长爹	军长!
营长爹	军嫂! 吃了!
团长爹	这棋里哪有军嫂这个棋子啊?
营长爹	昨晚上我就发现这棋子不对劲儿,一桌子官兵都是光棍儿!
团长爹	你还别说,这从士兵到将军,不能个个都单身呀?
营长爹	军人扛枪把国保,军嫂的贡献不能少,上有老下有小,洗衣服做饭带辅导,从边关到海岛,天涯何处无军嫂,她们就是好媳妇的代表!
团长爹	老哥哥,说得好! 军嫂这个子儿必须加上!
营长爹	对! 解决两地分居问题嘛。

　　〔俩人回到桌前继续下棋,结果坐反位置了。

营长爹	反了,人家两地分居刚解决,结果咱俩整个对调……

　　〔俩人又坐回原位。

营长爹	你翻你翻。
团长爹	(翻棋子)地雷。
营长爹	你拿一边去!(丢棋子)
团长爹	你怎么给我扔了?
营长爹	我国已经加入国际废除地雷公约,你这地雷已经废了!
团长爹	我说你这还带减子儿的?
营长爹	有加有减,走中国特色社会精兵之路。
团长爹	你翻你翻。
营长爹	哈哈,炸弹!(起身围着桌子看)哎呀,我炸你哪儿好呢? 我炸你哪儿好啊……我炸你大本营!
团长爹	我说你这老头儿也太赖了,这炸弹只能直来直去,你这怎么还带拐弯的呢?
营长爹	不仅能拐弯,而且能画圈,这边儿一摁钮,(点烟)那边儿就冒烟,导弹!
团长爹	老哥哥,你连导弹都见过?
营长爹	不仅我见过,五十年大阅兵的时候全世界都见过,过去咱是小米加步枪,现在是卫星加导弹,我整不了你?

团长爹	你要是这个整法，那我也给你玩个新鲜的！（翻棋子）导弹驱逐舰！
营长爹	陆战棋你怎么下出海军来了？
团长爹	老哥哥，我军发展很全面，陆海空天都能战，神舟飞船上了天，海军围着地球转，看清楚了，深圳号！
营长爹	你深我比你还深，核潜艇，整你到底下去了……（吃团长爹棋子）
团长爹	（愣住）你核潜艇？我把刚才扔的地雷找回来。
营长爹	等会儿，这地雷都废了你咋还往回找呢？
团长爹	这不是地雷，改水雷了，专门对付你这核潜艇的。
营长爹	这老头也太赖了，我吃完的子你还悔棋呀？（拿起棋子绕桌跑开）这子我已经吃完了，我还能给你？
团长爹	吃完了你也得给我吐出来！
	［俩人在桌前追逐起来，营长爹眼看要被抓住，把棋子塞进嘴里，公务员冲上。
公务员	大爷！我说不能在一个房间吧，这非要打起来了吧？
团长爹	哎呀，这老头也太赖了！
	［营长爹咬着棋子含含糊糊给公务员解释。
公务员	不下了，下楼，吃水饺！
	［营长爹一激动，把棋子给咽下去了。
营长爹	（拉着公务员）吃……吃啥玩意儿呀？
公务员	水饺啊。
营长爹	水雷进肚了！
团长爹	啊？老哥哥，这水雷你可消化不了。
公务员	那是棋子！（赶紧给营长爹顺气）
营长爹	兵不厌诈，（朝手里吹口气，拿出棋子）不相信我还整不了你，哈哈！
公务员	下楼吃饭！
团长爹	（推开公务员）不！战斗不能停，一切为打赢！
营长爹	我的性子急，非得扛军旗！
团长爹	下！

营长爹	下！
	[俩人回到桌前继续下棋。
团长爹	（翻棋子）快速反应营……
营长爹	电子对抗团……
团长爹	空降旅……
营长爹	装甲师……
团长爹	军旗！
营长爹	军旗！
团长爹	我先翻出来的！
营长爹	我也翻出来了！
	[俩人争执起来，公务员连忙拦下。
公务员	你们别争了，算平棋。
团长爹	老哥哥，我什么都可以让，就是军旗不能让！
营长爹	我也不能让！
团长爹	我当过兵我知道……
营长爹	我没当过兵我也知道……
合	军旗是军人的命根子……
	[音乐起。
团长爹	老哥哥，有件事情我一辈子都忘不了……当年我的一个战友，冒着敌人的枪林弹雨，把军旗插在了山顶上……身上都让子弹打成筛子了，可是他手中的军旗愣是没倒啊！
营长爹	抗洪抢险的时候，大堤上军旗一片啊，老百姓看到军旗心里就踏实了，它是咱老百姓的主心骨啊！
团长爹	老哥哥，你说的对啊，咱国家发展了，军队强大了……
营长爹	可是咱军队的本色没变！
团长爹	没变！
公务员	没变！打得赢，不变质，党对军队的绝对领导，那是我军永远不变的军魂！
合	说得好！
	[电话铃声响起，公务员赶忙去接电话。

营长爹	我儿子！
团长爹	我儿子！
营长爹	你看看是谁儿子！
	［俩人坐下听公务员接电话。
公务员	团长……
营长爹	谁儿子都不是……
公务员	……是，演习结束了？想跟大爷说两句？
营长爹	你看看这孩子，还要跟我说两句……（起身准备接电话）
公务员	是……（把电话递给团长爹）
营长爹	（意外）谁的电话你给他啊？
团长爹	（接过电话）儿子……
	［营长爹大吃一惊，拉着公务员悄声问情况。
团长爹	……我和导弹营长他爹正等着你们胜利的消息呢，啥？导弹营出奇制胜，好……回来给你们庆功……（放电话）老哥哥，这回你儿子可立了头功了！
营长爹	（拍着团长爹的手）那也是你儿子领导得好呀！
团长爹	你儿子……
营长爹	你儿子……
公务员	俩儿子……不对，俩大爷！下楼吃饭！
营长爹	哈哈哈，你先走！
团长爹	你是老哥你先走！
营长爹	那也对，我是博士前你是博士后嘛。
公务员	两位大爷都有了，立正——向右转——齐步走——
	［雄壮的音乐声中，三人下。

［剧终。

（2000 年双拥晚会 与张振彬、耿连忠合作）

保　险

时间：当代
地点：库尔班家

人物

库　尔　班——男，养牛的
阿依古丽——女，养羊的
曲　干　事——男，部队群工干事

景置：库尔班家，屋里有前后两个门，室内摆放着具有维吾尔族特色的家具、
　　　杂物。

[幕启，库尔班在弹琴，欢快的维吾尔族音乐声中，阿依古丽风
风火火上。

阿依古丽　库尔班！
库　尔　班　阿依古丽，你这是干什么呢？我正在这个地方给我的奶牛音乐
　　　　　催奶嘛，这个奶嘛，刚刚的要下了，你一嗓子又给吓回去了！
阿依古丽　你的奶牛不下奶了吗？
库　尔　班　阿依古丽，解放军嘛，这几天在咱们这个地方搞军事演习……

阿依古丽	我知道。
库 尔 班	这个大炮一响嘛，这个奶牛惊着了，不下奶了，内分泌紊乱了……
阿依古丽	内分泌紊乱了？哈哈……你怎么不说它更年期提前了呢？
库 尔 班	更年期？喂喂喂，阿依古丽你这是什么意思啊？
阿依古丽	我不相信。
库 尔 班	怎么不相信呢？解放军嘛有个曲干事，这个曲干事嘛天天给我打电话，说要到我的家里来，说是要赔偿损失。
阿依古丽	库尔班，你在我这儿买的羊奶是一块钱一斤，卖给解放军多少？
库 尔 班	一块六。
阿依古丽	你已经赚钱了嘛，为什么还让解放军赔你钱呢？
库 尔 班	一块六一公斤，两斤！卖给解放军的奶嘛，打得都是八折。
阿依古丽	喂喂喂，你库尔班就不是这样的人嘛。
库 尔 班	我是个什么样的人嘛？
阿依古丽	你这个人我太知道了，别人掏烟你伸手，别人请客你喝酒，买单的时候嘛，你拔腿就走，桌上还剩下一只羊腿，你说要带回家去喂狗，到你家去一看，狗嘛没有，你在啃着呢！
库 尔 班	喂喂喂喂，阿依古丽你说这个话到底是什么意思嘛？
阿依古丽	什么意思？我告诉你，这是你买羊奶给我打的三千块钱欠条子，钱拿来，一分都不能少。
库 尔 班	唉，你不就是想要回你那三千块钱嘛？
阿依古丽	对呀？
库 尔 班	好好好，来来来，这是我们家的银行卡，拿去拿去。
阿依古丽	哦……（接过银行卡，欲下又回）密码是多少？
库 尔 班	我不知道。
阿依古丽	你怎么不知道呢？
库 尔 班	我管银行卡，我老婆子管密码，我老婆子不在家。
阿依古丽	想起来了，他怕老婆嘛，欠条子拿回来！
	［曲干事画外音：库尔班大哥！

库　尔　班	别别别，阿依古丽，阿依古丽，曲干事他已经来啦。
阿依古丽	来了就来了嘛！
库　尔　班	这个解放军要赔偿我的损失，我库尔班怎么能要解放军的钱呢？
阿依古丽	当然不能要。
库　尔　班	所以嘛，这次你要帮我个忙嘛。
阿依古丽	你说！
库　尔　班	你要对曲干事讲嘛，这个钱嘛，保险公司已经赔了。
阿依古丽	保险公司在哪儿呢？
库　尔　班	你就是保险公司嘛。
阿依古丽	我不是保险公司的嘛。
库　尔　班	哎呀，你就说你是保险公司的嘛！
阿依古丽	噢，明白啦。
库　尔　班	一会儿嘛，你从这个后门出去，我先对付他，要是对付不了嘛，你再从前门进来。
阿依古丽	明白啦！
库　尔　班	明白啦？快去快去。
阿依古丽	知道啦。（下）
库　尔　班	一会儿别忘啦……
	［曲干事上。
曲　干　事	库尔班大哥！
库　尔　班	来啦？曲干事你请坐。
曲　干　事	库尔班大哥你也坐。
库　尔　班	好。
曲　干　事	库尔班大哥，我们的演习结束了……
库　尔　班	曲干事，解放军要走了吗？
曲　干　事	对呀。
库　尔　班	我们真是舍不得呀。
曲　干　事	哎呀，库尔班大哥，你看真是对不起了，我们这三天实弹演习，这大炮一响啊，把你的牛全给惊着了，它不下奶了……

库 尔 班	哎，曲干事，这个解放军的大炮响得好得很呀，我这个奶牛高兴得很呀，咣地响一炮，哗地一桶奶，咣地响一炮，哗哗两桶奶，这个牛奶多得很呀！
曲 干 事	牛奶多得很？那这三天你给我们部队送的怎么都是羊奶呢？
库 尔 班	送的就是羊奶嘛！
曲 干 事	羊奶哪儿来的？
库 尔 班	我的奶牛下的嘛！
曲 干 事	啊！
库 尔 班	这个奶牛怎么能下羊奶呢？
曲 干 事	对呀？
库 尔 班	对呀？这个曲干事你不要着急……
曲 干 事	我没着急。
库 尔 班	这个奶牛怎么会下羊奶呢？
曲 干 事	对呀！
库 尔 班	曲干事你养过牛吗？
曲 干 事	没有。
库 尔 班	那就好办了……
曲 干 事	啊？
库 尔 班	哎哎……不是不是……曲干事，这个奶牛下什么样的奶呀，关键嘛是看你给它喂什么样的饲料，你给它喂点进口的洋饲料……
曲 干 事	啊？
库 尔 班	哗——羊奶；你给它喂点水果，哗——果奶；你给它喂点大豆，哗——豆奶！
曲 干 事	你给它喂点醋，哗——酸奶！
库 尔 班	对嘛！
曲 干 事	哈哈，我说库尔班大哥，你就别编了，我早调查过了，这大炮一响把你的奶牛全给惊着了，百十头奶牛每天的产量比以前最少少了1000斤，按市场价计算，你这三天最少损失了三千元。

（曲干事边说边掏出账本）

280

库 尔 班	哎，曲干事，你还记着呢？
曲 干 事	记着呢。
库 尔 班	还有账本呢？
曲 干 事	那当然了。
库 尔 班	哎，拿来我看看。（抢过账本撕碎）
曲 干 事	你怎么给撕了？
库 尔 班	哎，撕了嘛，没有了嘛。
曲 干 事	哎呀，库尔班大哥，你撕了也没有用，我跟你说呀，这三千块 钱我是一定要赔的。
库 尔 班	喂喂喂喂……曲干事，曲干事，这个钱嘛，不用解放军赔了， 已经有人赔了。
曲 干 事	谁给你赔呀？
库 尔 班	保险公司嘛！
曲 干 事	保险公司？
库 尔 班	对！这个保险公司的人马上就到，这个保险公司的人就在门口， （左顾右盼）保险公司在哪个门口呢？哎，我去看一下啊！保险 公司……保险公司……（从前门出去寻找） 〔阿依古丽应声从后门上。
阿依古丽	哎！库尔班呢？
曲 干 事	啊……（指前门）那！ 〔阿依古丽奔前门。
库 尔 班	（从后门转回）哎！保险公司呢？
曲 干 事	啊……（指前门）那！
库 尔 班	啊……这边！噢！（奔前门）
阿依古丽	（从后门上，俩人撞在一起）哎！库尔班！
库 尔 班	哎！
阿依古丽	哎！哈哈哈……
库 尔 班	（示意阿依古丽）说话……
阿依古丽	哎！你是保险公司的吗？
库 尔 班	对！我是保险公司的！

阿依古丽	哈……
库 尔 班	错了！你是保险公司的，我是库尔班！
阿依古丽	对！我是保险公司的嘛！
库 尔 班	曲干事，你看，保险公司的来了。
曲 干 事	噢……
库 尔 班	保险公司，你请坐！
阿依古丽	谢谢！
库 尔 班	曲干事，你也请坐！
曲 干 事	好！
库 尔 班	我也请坐！开始吧！
阿依古丽	库尔班，保险公司听说你惊着了？不下奶了？
库 尔 班	对……哎呀！我下什么奶嘛！我没惊着，牛惊着了！不下奶了！
阿依古丽	对嘛！保险公司要赔给牛多少钱呢？
库 尔 班	赔给牛三千……赔给牛什么钱嘛，赔给我库尔班三千块钱！
阿依古丽	对嘛，来！（递上刚才的那张欠条）你签字，我付款嘛！
库 尔 班	（对曲干事）你看看，保险公司赔钱了嘛！我签字！
阿依古丽	（夺回欠条）这是欠条子嘛，不用签了，直接付款吧！
库 尔 班	你看看，保险公司多大方！来来来！三千块钱拿来！
阿依古丽	我没带钱！
库 尔 班	你怎么不带钱呢？
阿依古丽	我是来要钱的我带什么钱嘛？
库 尔 班	你是保险公司的嘛！
阿依古丽	噢，对！我是保险公司的嘛……我怎么没有带钱呢？
曲 干 事	大姐，你是哪个保险公司的？
阿依古丽	啊？是……
库 尔 班	乌……
阿依古丽	乌鲁木齐！
曲 干 事	噢，乌鲁木齐，那大哥保的是什么险种呢？
阿依古丽	他保的是……人寿保险嘛。

曲 干 事	人寿保险？
库 尔 班	啊……对嘛对嘛，我库尔班是人，奶牛是兽，人兽保险嘛！
曲 干 事	哈哈，那大哥的保额是多少呢？
阿依古丽	保鹅？他保的是牛不是鹅，他家不养鹅嘛！
曲 干 事	哈哈……大姐，要是我没说错的话，你根本就不是保险公司的，你是个养羊的。
阿依古丽	你告诉他的？
库 尔 班	我没告诉他。
曲 干 事	是你自己告诉我的。
阿依古丽	我什么时候告诉你的？
库 尔 班	喂喂……（指阿依古丽的布包）羊奶场，你这包上写着呢，哎！你脑子进奶了吗？
阿依古丽	你脑子才进奶了呢！
曲 干 事	大姐，别说你不是保险公司的，你就是保险公司的，这种情况也不能保！
阿依古丽	为什么不能保呢？
曲 干 事	家财万贯，带毛的不算，人家保险公司就没有这项业务。
阿依古丽	我这有！
曲 干 事	有你也不能替他赔！
阿依古丽	我就替他赔！
曲 干 事	大姐，这件事情跟你没有关系！
阿依古丽	没关系？我让你看看跟我有没有关系，库尔班，这是你给我打的三千块钱的欠条子吧？
库 尔 班	哎呀！你怎么又拿出来了？这个三千块钱的欠条子，是我……
阿依古丽	不要说了！（对曲干事）你要赔他三千块钱？
曲 干 事	对呀！大炮一响把牛全惊着了……
阿依古丽	你也不用说了！（对库尔班）你欠我三千块钱！
库 尔 班	哎！
阿依古丽	（对曲干事）你要赔他三千块钱！看着，（撕欠条）你不用还我了，你也不用赔他了，这个账——平了！

库 尔 班	阿依古丽，这件事跟你没有关系！
曲 干 事 阿依古丽	怎么没有关系？我们是军民关系！
曲 干 事	哎呀大姐……大姐，我们部队上有纪律！
阿依古丽	我们老百姓有规矩！
库 尔 班	曲干事，不就是为了这一点点儿的小事情吗？
曲 干 事	老百姓的事儿就没有小事儿，我们首长说的！
阿依古丽	部队的事儿都是大事儿……
库 尔 班	她爸爸说的！
阿依古丽	对！
曲 干 事	库尔班大哥，不管怎么说，这三千块钱我们是非赔不可！
库 尔 班	曲干事，军民一家人嘛！
曲 干 事	库尔班大哥，亲兄弟还得明算账呢！
库 尔 班	你今天非得要跟我算账吗？
曲 干 事	啊！
库 尔 班	曲干事你请坐，阿依古丽你也坐，曲干事，你拿出笔拿出纸来记一下。
曲 干 事	好！
阿依古丽	你和解放军算什么账嘛！
库 尔 班	不要讲话！今天嘛，我们好好地算一下这笔账……（音乐起）前段时间我们这个地方闹地震，我库尔班是解放军从土堆里扒出来的，我库尔班这条命值多少钱呢？还有阿依古丽，她也是解放军从土堆里扒出来的，当时嘛，她的肚子里面还怀着一个小娃娃，两条命！两条命值多少钱呢？解放军豁出性命把我们老百姓救出来，又去救我们的牛和羊，手指头都扒烂了，满手都是血呀，解放军为我们老百姓流的血值多少钱呢？地震过后，解放军又帮我们盖起了房子，修通了公路，你说，我们应该给解放军多少钱呢？共产党和人民政府让我们老百姓过上了好日子，不管哪个地方有灾有难的时候，只要解放军一出现，我们老百姓的心里嘛就觉得踏实了，安全了，保险了！保险公司保

的是我们的财产，可解放军保的是我们老百姓的命啊！

曲 干 事　　库尔班大哥，这是我们的职责呀，军队打胜仗，人民是靠山，解放军和老百姓心连着心哪！

库 尔 班　　哎！

阿依古丽　　这就对了嘛！

库 尔 班　　曲干事，你这个话说得太好了嘛！来来来，曲干事，这个钱你一定要拿回去。（推着曲干事往门外走）曲干事，去干别的事儿吧。

曲 干 事　　那就太谢谢你们了，哎呀……我归队的时间已经到了，我跑着回去都来不及了！

库 尔 班　　不要着急，曲干事不要着急，我马上去套上我的牛车送你，我的这个牛跑得快得很啊！阿依古丽过来帮忙！

阿依古丽　　来了来了！

　　　　　　〔库尔班下。

曲 干 事　　（曲干事拉住阿依古丽）大姐，库尔班大哥给我们送的羊奶是不是在你这买的？

阿依古丽　　对呀？

曲 干 事　　那我以后直接从你这订奶行吗？

阿依古丽　　太好了嘛！按库尔班的规矩，给你们打八折！

曲 干 事　　好！这三千块钱你拿着，这是订金！

阿依古丽　　三十六桶嘛！

曲 干 事　　没问题，再见！

阿依古丽　　哎……他去给你套牛去了！

曲 干 事　　嘘！我开着吉普车来的！

阿依古丽　　噢？

曲 干 事　　再见！

阿依古丽　　再见！

　　　　　　〔曲干事跑下，库尔班跑上。

库 尔 班　　来了！来了！牛车已经套好了！来……喂喂……人呢？

阿依古丽　　走了！人家是开着吉普车来的！

库 尔 班	（发现钱）咦？这个钱怎么会在你的手上呢？
阿依古丽	曲干事直接从我这个地方订的羊奶，我和你一样，给他们打的八折！（高兴地唱：阿拉木汗住在哪里……）
库 尔 班	（着急地）阿依古丽！解放军的演习已经结束了！解放军都已经走了！
阿依古丽	什么？

〔音乐起，阿依古丽与库尔班追到门前，望着曲干事远去的方向……

阿依古丽 库 尔 班	（动情地）解放军！亚克西！

〔音乐扬起，剧终。

（2001 年双拥晚会 与张振彬、王宏、王铁虎、丁大勇合作）

对　手

时间：当代
地点：经理办公室

人物

总经理
退伍连长
退伍班长

景置：舞台中间一张经理桌，一把老板椅，两把普通折叠椅，办公桌上有一个
　　　写有"副总经理"的桌牌，一部无绳电话。

　　　　　　　[幕启，总经理拿着扫把在扫地，班长上。

班　长　　人逢喜事心欢喜，应聘竞争副经理！哎呀，好家伙，这还没人
　　　　　呀？我先练练……（掏出稿子）山笑水笑人欢笑，新来的副总经理
　　　　　来报到，来报到，来报到，还不知道人家要不要……

总经理　　（从后面拍了一下班长）哎！

班　长　　（吓一跳）这还有人哪！这还……

总经理　　哎哟，你是干什么的？

班　长	我……我是竞争副总理……
总经理	哦，竞争副总理呀……不对呀？
班　长	哦，不是副总理，是副总经理。
总经理	我说嘛，你别看差一个字呀，那差着不少事儿呢。
班　长	对，国务院也不干啊。
总经理	哦。
班　长	你是？
总经理	打扫卫生，哎呀，未来的副总经理呀，欢迎欢迎，来来来，坐下，我给你倒水喝。
班　长	好好，谢谢啊！好家伙，这还没当副总经理呢，对我就这么客气。
	（坐在老板椅上）
	﹝退伍连长雄赳赳上。
连　长	人逢喜事心欢喜，应聘竞争副经理！
总经理	你也是来应聘的？
连　长	是。
总经理	哎呀，又一个未来的副经理呀！来来来，坐下！
班　长	（看了一眼对方）看来，我今天的对手来了！
连　长	同志，您是？
班　长	我和你一样！（指副经理的桌牌）冲它来的！
总经理	（拿起牌子）冲它。
连　长	您就是我今天的竞争对手？
班　长	对，我就是你今天的克星！
连　长	请！
班　长	请！
	﹝俩人同时坐，班长不知道身后没椅子，一屁股坐到了地上。
班　长	哎哟！这拿走凳子怎么不告诉我一声啊？
总经理	对不起，对不起呀……
班　长	没事！
连　长	没事吧？
班　长	没事！我练过！

[连长看老板椅被总经理拿走，拿起了两把折叠椅。

班　长　　慢点！这还没当副总经理呢就多吃多占？廉洁点！

总经理　　我说呀，二位未来的副经理，先互相认识认识吧？来吧！

　　　　　[俩人握手。

连　长　　我是当过兵的！

班　长　　我是扛过枪的！

总经理　　哎呀，都不好对付啊！

连　长　　战场上只有第一，没有第二！

班　长　　战场上的第二就预示着失败！

总经理　　嗯，有戏了！（冲班长）哪年当兵？

班　长　　八八年！

连　长　　八七年！

总经理　　早你一年！（对班长）哪年入党？

班　长　　九二年！

连　长　　九一年！

总经理　　（对班长）又早你一年！什么职务？

班　长　　班长。

连　长　　连长。

总经理　　哎哟……（对班长）又大你四级！什么学历呀？

连　长　　大专。

总经理　　哎呀，（对班长）大专哪！

班　长　　我也是大专！函授的。

总经理　　哦，哎呀，国家承认哪！

班　长　　对呀，国家承认哪！你哪年结婚？

连　长　　九二年。

班　长　　我九一年，早他一年！

总经理　　哦，（对连长）早你一年！

班　长　　有小孩吗？

连　长　　有一个！

班　长　　我有俩，我还多他一个！

总经理	哦，不对呀？你这叫不计划生育啊！
班　长	我是双胞胎！
总经理	哦，双胞胎是没法计划，我看出来了，你们两个是棋逢对手啊！我跟你们说呀，这副总经理不是那么好干的……
连　长 **班　长**	（同时把椅子搬到面对面）好干就不来了！
连　长	（对班长）早就听说了，在一百多个应聘者当中，你"鹤立鸡群"。
班　长	（对连长）您太客气了，我也听说了，你是"羊群里找出的骆驼"！
连　长	（英语）
总经理	哦，（对班长）他说他这个副总经理啊，他是当定了！
班　长	（英语）
总经理	哦，（对连长）他说他这个副总经理啊，他是当仁不让啊！
连　长	（英语）
总经理	（对班长）他说你说的英语啊，有点大葱味儿！
班　长	（英语）
总经理	（对连长）他说你说的英语啊，有点洋葱味儿！
连　长 **班　长**	哼……（冲总经理）您也懂英语？
总经理	别看俺们这个公司小啊，常跟外商打交道，连伙房大师傅都会说两句外语啊，开饭不叫开饭，他叫……（英语）
连　长 **班　长**	够牛的！
总经理	当然了，眼下俺们这个公司呀，是技术达标，产品走俏，前景良好，市场可靠啊！别的老总站着发愁，俺们老总他躺着睡觉啊！
连　长	哎，大叔，这可不行啊！
总经理	怎么不行？好日子啊！
连　长	俗话说：人无远虑，必有近忧。
班　长	对，俗话说：不先下米，喝不着热粥。
总经理	哪有这俗话呀？
连　长	眼下，WTO 谈判进展顺利，中国"入世"在即，如果满足现有成

	绩，到时候，不是经不起冲击，就是抓不住机遇！
班　长	不够全面！二十一世纪的经济是知识经济、信息经济、数字经济，不更新观念改变体制，今天牛气没准儿明天就……完了！
总经理	那依你们说……
连　长	面对这种形式，我们不能等、不能靠、不能停、不能绕！
班　长	不能急、不能躁、不能退、不能耗！
总经理	那到底怎么办呀？
班　长	超前动作，掌握信息。
连　长	拓展空间，壮大科技！
班　长	攒足后劲，留有余地！
连　长	永远领先一步！
班　长	提前进入无竞争领域！舒服！
总经理	哎呀，你说说俺们这个老总他怎么就没有想到呢？
连　长	这就叫当局者迷！
班　长	没准儿他压根儿就是个棒槌！
总经理	棒槌？嘿嘿，这棒槌就棒槌呗！
连　长	大叔，你们这个总经理什么时候到啊？
总经理	（对连长）小伙子，你干什么这么紧张啊？
连　长	我压根儿就不知道什么叫作紧张！
总经理	那就挺好的呗！哎呀（冲班长），我说你也放松点吧，啊！
班　长	嘿嘿，我压根儿就不知道什么叫放松！
总经理	那还是紧张呗？你看看，你哆嗦什么呀？
班　长	我……我和别人不一样，我一放松就哆嗦！
总经理	什么毛病啊！我说二位，咱们先喝口水吧？
连　长	
班　长	谢谢！
总经理	我给你们拿杯子。
连　长	我这有！（从包里拿出印有"钢一连"的缸子）
班　长	你这个缸子哪儿来的？
连　长	连里发的！

班　长	有这个缸子的人可为数不多！
连　长	"钢一连"出来的兵，为数也不少！
班　长	你是"钢一连"的兵？
连　长	原装的！
班　长	"钢一连"有三件宝？
连　长	延安的草鞋。
班　长	抗战的棉袄。
连　长	
班　长	解放战争的"马蹄表"！
连　长	"钢一连"有新三宝！
班　长	抗洪抢险的锦旗。
连　长	抗震救灾的铁镐。
连　长	科技练兵奖励的电脑。
班　长	你是？
班　长	
连　长	"钢一连"第二十一任上尉连长——李小丁！
班　长	李连长。
连　长	你是？
班　长	"钢一连"一排一班第三十六任班长——王大虎！
连　长	王班长！
班　长	李连长！
连　长	哎呀，王班长是你呀？
班　长	李连长，没想到啊……
连　长	哎呀，山不转水转哪，转来转去，没想到把咱们没见过面的老战友又转到一块儿来了！
班　长	这有什么稀奇的啊？神舟飞船能上天，WTO 要"入世"，三峡大坝都合龙了！咱哥俩就不能见个面？
连　长	哎呀，复员六年了，性格还是没变！
班　长	你是我退伍第二年来咱们连上任的。
连　长	哎呀，老同志可没少提你。

班　长	他们老写信说起你……快来，坐！
连　长	（同时面对面坐）哎呀，我说老班长/李连长……
班　长	
总经理	（打断）哎，哎，听我说，过去是战友，今天成了对手了，不管今天谁输谁赢都要请我喝酒！
班　长	没问题，我说大叔，俺们战友见战友，一唠好几宿，让我们哥俩好好唠唠。
连　长	让我们好好唠唠。
总经理	我说……
班　长	你把那边扫扫。
总经理	哎，好，好。
连　长	哎呀，老班长啊，你还记得你复员的那天，在火车站送行的那个场面吗？
总经理	哎，那个我听说过呀，那是人山人海呀……
连　长	大叔，你把那边也扫扫。
总经理	哎，好。
班　长	哎呀，要说我退伍那个场面可太感人了，好家伙，人山人海，都来送呀！俺指导员爱唱那首歌……（唱）一把拉住老兵的手，怎么舍得让你走，舍不得让你走……
连　长	（接唱）
班　长	不行……一听这歌，鼻子发酸……
连　长	当时，你搂着指导员哭啊，指导员说，行了，王大虎，你别哭了，赶快上车吧，结果你跟指导员说了一句话，把他给逗乐了，你还想得起来吗？
班　长	我怎么想不起来呀！我说，指导员，我这一退伍不要紧，再也见不着咱嫂子了！
总经理	你说说，你说说……哈哈……你说的这都是……
班　长	你笑什么？这都是真事，那嫂子对咱们多好呀，给咱们洗衣服……
总经理	（打断）我知道你说的都是真的，我问问你，今天是干什么来了？

连　　长	
班　　长	应聘副总经理呀？
总经理	对呀，战友归战友，别忘了，一个留下，一个得走啊！
班　　长	连长……你是干部，转业，国家应该给你安排工作呀？
连　　长	与其捧个铁饭碗，不如趁年轻出来闯一闯，也是做个自我检验吧。
班　　长	行，像咱"钢一连"的连长！
连　　长	哎，老班长，你不是在化肥厂当业务员吗？
班　　长	足球运动员都能转会，我就不能换换地方？这叫体现自我价值。
连　　长	成，像"钢一连"的兵！
总经理	哎，你夸他，他夸你，别忘了今天总得见高低哦……
连　　长	
班　　长	（同时站起）
班　　长	连长，我看出来了，你的素质比俺高！
连　　长	不，你的经验比我丰富！
班　　长	你是连长，你比我高！
连　　长	不对，你是老兵你不比我低呀！
班　　长	不，连长……
连　　长	不，老班长，咱们"钢一连"历来有个传统，在荣誉和利益面前，都是干部让给战士。
班　　长	不！我今天就把这个规矩改一改，让我这个老兵让你这个干部一回……再见！
连　　长	老班长！
班　　长	嘿嘿……
连　　长	老班长，你复员已经六年了，这个位置对你来说太重要了！
班　　长	连长，你别说了！
连　　长	你今天能够站在这里，是一步一个脚印走过来的，你不容易啊！
班　　长	连长，你别说了！
连　　长	你为什么让着我？不就是因为我们战友之间的这份情谊嘛！
班　　长	连长你别说了！不管你今天说什么，俺是走定了！
连　　长	好，你走，我也走！

294

总经理	站住！（拿起桌上电话）通知各部门负责人，马上到会议室开会，欢迎新上任的两位副总经理！
班　长	大叔，您是扫地的吗？
总经理	啊，除了扫地，我还干点儿别的。
连　长	您干什么？
总经理	总经理呗。
连　长 班　长	啊？
总经理	就是你说的那个棒槌。
班　长	（尴尬）大叔……
总经理	你们两个都别走了，知识可以不断增长，观念可以不断更新！我最看重的就是你们的素质高、有远见和你们身上那股子重情义、不服输的劲头啊！我还从来没有见过像你们俩这样的对手啊！
班　长	棒槌……不是……大叔……不，老总，你才是我们今天……
连　长 班　长	真正的对手！
总经理	说对了，这就叫兵不厌诈嘛，我转业二十多年了，今天又练了一回老科目！
连　长	你也当过兵？
总经理	你往这看。（一扯衣服，露出里面印有"侦察连"三字的圆领衫）
连　长 班　长	侦察兵！
总经理	都有了！立正！向左转，目标会议室，跑步走！一二一……

〔三人跑下，剧终。

（2002年双拥晚会 与张振彬、王宏、王铁虎合作）

为祖国干杯

时间：当代
地点：某高原哨所

人物

哨　长——20多岁，三级士官
嫂　子——20多岁，哨长媳妇
北大荒——19岁，哨所战士，上等兵
小上海——18岁，哨所战士，列兵

景置：高原哨所，舞台正面有堵墙，墙上有扇窗户，窗户两旁有一副对联，
　　　上联是：大戈壁人烟少；下联是：小哨所笑声多。横批是：报效祖国
　　　（横批被红纸贴住），主演区有一张小桌子，四个凳子，桌上有菜肴。

[幕启，小上海、哨长、嫂子、北大荒四人踩着京剧锣鼓点上⋯⋯
哨长与嫂子手拿酒瓶，北大荒拿着录音机。

小上海　（唱）天上掉下个林妹妹⋯⋯
北大荒　小上海！
小上海　干什么？
北大荒　你干啥呀？叭、达、呛呢？

小上海	洗掉了。
北大荒	那我录的那段二人转呢？
小上海	洗掉了。
北大荒	你干啥呀？
小上海	你干啥呀？
北大荒	你干啥呀！
小上海	你干啥呀！
哨　长	你俩干啥呀？洗了就洗了呗，你吵吵什么？大过年的。
北大荒	哨长啊……
哨　长	你多大他多大？你哪年兵他哪年兵？没个老兵样子！（对小上海）我那段山东吕剧呢？
小上海	也洗掉了。
哨　长	（发火）你干啥呢！
嫂　子	你干啥呢？你多大他多大？你哪年兵他哪年兵？没个老兵的样子！北大荒！
北大荒	到！
嫂　子	你不是要听二人转吗？嫂子给你唱。
北大荒	谢谢嫂子！
嫂　子	小上海！
小上海	到！
嫂　子	你不是要听沪剧吗？嫂子给你演。
小上海	谢谢嫂子！
哨　长	那我那段山东吕剧呢？
嫂　子	干活去！
北大荒	小上海，嫂子长得那么漂亮，咋还化妆呢？
小上海	你懂什么？嫂子化妆是为国争光！
北大荒	哨长化妆？
合	雪上加霜。
哨　长	你们说谁呢？集合！小娟，你也坐。
小上海	嫂子坐我这儿。

北大荒	嫂子坐我这儿！
哨　长	抢，抢，抢什么？她你们也抢啊？能抢得过我吗？小娟儿，来，坐我这儿。
嫂　子	坐哪儿不一样啊。
哨　长	坐下！讲一下！（众起立，冲嫂）你坐下，请坐下！（众坐）今天是过年，放松，端起酒杯。
小上海北大荒	部队规定不许喝酒。
哨　长	你们两个闻闻这是酒吗？
嫂　子	这是嫂子从家里带来的果茶。
小上海北大荒	谢谢嫂子！
嫂　子	这是我们全体公司员工的心意！
小上海	谢谢公司！
哨　长	
哨　长	今天是十六大召开以来，全国人民过的第二个年！（放杯子，鼓掌）我祝你们二位和你们二位的爷爷、奶奶、姥爷、姥姥、爸爸、妈妈、全体家人，身体健康，合家欢乐，美美满满、团团圆圆！干！
小上海北大荒	哎！
小上海	这个时候我们家肯定围坐在一起吃着我们上海的本帮菜。
北大荒	这时候俺们家那肯定是猪肉炖粉条、小鸡炖蘑菇正可劲地造着呢。
哨　长	要说这个时候俺家呀，家家挂红灯，村村鞭炮声，那个二踢脚，叮——当！丁——（被嫂子踢了一下）哎呦！
小上海北大荒	……炸手了？
嫂　子	（把哨长拉到一旁）你让我上山干什么来了？
哨　长	用实际行动拥军来了。
嫂　子	怎么拥军？
哨　长	让他们俩高高兴兴过年啊！

嫂　子	（指着无精打采的小上海与北大荒）你看这是高兴吗？
哨　长	哎呦……同志们，咱们做个游戏怎么样呀？
合	（兴奋起来）做游戏啊？
小上海	实话告诉你们，从小到大，我做游戏我就没输过。
北大荒	我实话告诉你，我做游戏，打遍天下无敌手！
小上海	我有个外号叫东方不败！
北大荒	我也有个外号叫独孤求败！
小上海 北大荒	（伸手）两只小蜜蜂啊，飞到花丛中啊……
哨　长	停！我说你们两个飞什么飞？往哪儿飞啊？咱这是哨所，又不是幼儿园。
嫂　子	（看门口的对联）这副对联写得好啊！大戈壁人烟少……
小上海	嫂子，上联是我写的。
嫂　子	写得好，小哨所笑声多……
北大荒	嫂子，下联我写的。
嫂　子	写得不错，怎么没有横批啊？
哨　长	我还没想好呢。
嫂　子	好，我提议，咱们就用这副对联里的大小多少来做个游戏怎么样。
哨　长	好好好，咱们就说说什么大、什么小、什么多、什么少。
嫂　子	我来说多，你们来说少，谁先拍到他的肩膀谁先说，怎么样？
北大荒	拍肩膀？耶！
哨　长	哦，我明白了，我就是那个抢答器啊。
北大荒	抢答器请坐。
哨　长	预备……
	［二人使劲拍哨长的肩膀。
嫂　子	我还没说开始呢。
小上海 北大荒	试试抢答器。
哨　长	好使，好使。
嫂　子	注意听好，我说咱们这个小哨所，常年冰雪覆盖，白色多。

小上海	（拍哨长）绿色少！
嫂　子	风天多。
小上海	（拍哨长）晴天少！
嫂　子	娱乐设备多。
小上海	（拍哨长）氧气有点少！
哨　长	这边打得多，这边打得少。
嫂　子	小上海赢了。
哨　长	奖励一杯。
小上海	谢谢大家！（乐滋滋喝饮料）
哨　长	（对北大荒）你怎么这么笨呢？
北大荒	说的都是咱们哨所的事嘛，这我都知道。
哨　长	知道你就打呀？
北大荒	我不是下不了手吗？
哨　长	该出手时就出手啊！
北大荒	哦！（用力打哨长）
哨　长	嗬！你真打啊？
北大荒	你早说啊！
小上海	（喝完）舒服，接着来！
嫂　子	接着来。
北大荒	不就是哨所这点事儿吗？
嫂　子	说哨所外边的事儿也可以。
北大荒	那说点俺们家的事儿行不？
嫂　子	当然行啦！现在城市、农村变化太大了，听好，花园多了。
小上海 北大荒	（猛拍哨长）
哨　长	（指北大荒）他先说。
小上海	我先打的！
哨　长	他打得比你狠啊！
嫂　子	开始，花园多啦！
北大荒	（拍哨长）烟尘少了。

嫂　子	广场多了。
北大荒	（拍哨长）噪声少了！
嫂　子	喷泉雕塑多了。
北大荒	（拍哨长）垃圾污水少了！
嫂　子	天上的小鸟多了。
北大荒	（拍哨长）地上的耗子少了！
哨　长	（疼得直咧嘴）我有点儿受不了了。
北大荒	嫂子……
嫂　子	你喝。
北大荒	嘿嘿……（举杯欲喝）
小上海	等等！北大荒，你说的太没有水准了，你这几句话就能代表家乡的变化吗？我们大上海的变化，那是摸得着，看得见，一说就是一大串儿。
北大荒	那你说呀！
小上海	（不断拍打哨长）路灯多了，彩灯多了，电线杆子少了！高架桥多了，立交桥多了，红绿灯少了！轻轨地铁磁悬浮，交通工具多了，等车挤车的少了！私人轿车多了，停车场显得少了，出去旅游的多了，在家闷着的少了！
哨　长	（咧嘴）抢答器打坏了。
嫂　子	（对哨长）你坐好！小上海说得好！现在不但在国内旅游的多了，去国外旅游的也不少。
小上海	没错，嫂子，前几天我爸爸妈妈还去了一趟加拿大。
北大荒	加拿大？没"多"啊？
小上海	加拿大的多伦多！俩多！
哨　长	俩多，你喝。
小上海	谢谢大家！（喝饮料）舒服。（打饱嗝）
北大荒	小上海，给我整两口儿行不？
小上海	我就是把肚皮撑破了，也不让你喝。
哨　长	小上海，你这个话说得是不是有点儿过分呀？
嫂　子	这有什么过分的？人家赢了，凭的是本事。

哨　长	（对北大荒）好，一会儿我替你喝。
北大荒	你还替我喝？我一口都没喝呢。
哨　长	我替你说！
小上海	嫂子！
嫂　子	别急，嫂子替你说。
小上海	谢谢嫂子！
哨　长	来！
嫂　子	现在生活水平提高了，咱们就说说吃。
哨　长	哎呀，要说吃这不桌子上明摆着吗？现在是饭菜花样多了，营养成分多了。
嫂　子	吃几口就饱，饭量少了。
北大荒	现在拿窝头当点心的多了。
小上海	把点心当礼物的少了！
北大荒	过去，吃不了浪费了那叫烧包。
小上海	现在，吃不了兜着走那叫打包！
嫂　子	我宣布，小上海赢了。
哨　长	我宣布，北大荒赢了。
嫂　子	小上海赢了。
哨　长	北大荒赢了。
嫂　子	小上海赢了！（瞪哨长）
哨　长	……小上海赢了。
嫂　子	喝！
北大荒	（对哨长）你咋说变就变呢？
小上海	谢谢嫂子！
北大荒	喝！都喝了！
小上海	（难受地）这东西呀，喝少了肚子舒服，喝多了肚子咕噜。
北大荒	哨长，换大杯子不？
哨　长	换大的！
小上海	嫂子，换小杯子吧？
嫂　子	什么大杯小杯的，咱们接着说大小。

北大荒	来!
小上海	
北大荒	俺们家住在大兴安岭。
小上海	小呢?
北大荒	小蘑菇屯儿!
小上海	大?
北大荒	俺们那儿冬天都能吃上新鲜的蔬菜……
小上海	没大。
北大荒	塑料大棚!
小上海	小?
北大荒	俺们家养的羊都是新品种……
小上海	没小。
北大荒	小尾寒羊!
小上海	大?
北大荒	高新技术种出来的西瓜那是越来越大。
小上海	小?
北大荒	生物工程种出的西红柿,那是越来越小。
小上海	大?
北大荒	西瓜越大越甜,西红柿越小越值钱,鼓掌!
嫂 子	说的真是这个理儿。
小上海	你听听,小西红柿,一点儿都不大气。
哨 长	哦,要说大呀,我这儿有啊,现在的农民胆子大了,气魄大了,投入大了,规模大了,大市场大事业大步伐大丰收大阔步大把赚钱!
北大荒	大气!
嫂 子	最重要的是农民负担小了。
小上海	你听听,哨长说了蛮多的,嫂子一句话就说到点子上去了。
北大荒	跨世纪工程咱们有三峡大坝。
哨 长	跨世纪工程还有小浪底水利枢纽。
嫂 子	新世纪我们申奥成功,还加入了 WTO。
小上海	2010 年的世博会被我们大上海拿下。

北大荒	科教兴国咱们党考虑的是百年大计！
小上海	菜篮子工程，人民政府关心老百姓的生活，细微到了一碟小菜、一棵小葱。
嫂　子	13年的大步跨越，咱们国家综合国力大大提升！
哨　长	无论在经济、政治、文化、军事、外交等各个领域，我国已跻身大国行列。
北大荒	大得漂亮！
嫂　子	十六大确立大目标，我们即将全面进入小康社会。
小上海	小得精彩！
哨　长	无论大小多少，我们的生活——
合	越变越好！
小上海	嫂子，我喝的不是酒啊，我怎么觉得晕乎乎、热乎乎的，好舒服啊。
北大荒	哨长，我是一口都没喝啊！我咋觉得有点儿醉了呢？
嫂　子	这就叫酒不醉人人自醉啊……
小上海	……爸、妈，守卫大西北，我当兵不后悔。
北大荒	……爹、娘，相隔千山万水，我看得见咱家乡越变越美！
嫂　子	说实话，刚才我还怕你们想家，现在我明白了，其实你们心里装的是大家，是国家，现在我只想说一句话，为老百姓的好日子站岗放哨的兄弟们，我爱你们！
北大荒 小上海	嫂子！（与嫂子拥抱）
哨　长	同志们，我实话告诉你们吧，这个横批我早就有了，同志们，你们看！（揭开红纸，露出横批）
合	报效祖国！
哨　长	来，同志们，过年了，让我们一起……
合	为祖国干杯！

[音乐起，剧终。

（2003 年全军双拥晚会　与张振彬合作）

304

今夜神舟飞过

时间：当代

地点：山顶

人物

老黄头——男，70多岁，农民

老魏头——男，70多岁，农民

老郭头——男，70多岁，农民

景置：山顶，一块卧龙石。

[幕启，老黄头蹲在巨石上，手拿一老式望远镜望天。

老黄头 飞船围着地球绕，报上说今晚能看到，我望天望了多半宿，两眼瞪得像灯泡，满天星星乱了套，哪是五号不知道。耶，来了，神舟五号！不对呀，咋落树枝儿上了？报上写只是路过，没说降落呀？噢，萤火虫，小样儿，腚上有点光环，就敢冒充飞船？进不了大气层就得玩儿完！

[老魏头抽烟斗上，老黄头拿望远镜追踪。

老黄头 来了，来了，这才是飞船呢！肚子溜圆，尾巴带弯儿，头上有火，腔上冒烟儿，胡子挺长，门牙挺尖儿，门牙？

老魏头	老黄头，你疯了？
老黄头	妈呀，老魏头，我说这飞船屁股上咋还长牙呢？
老魏头	什么？
老黄头	你咋才上山呀？报上说这飞船今晚打咱这天上过。
老魏头	没错，在这山顶上用肉眼就能瞅见。
老黄头	那你还不盯着点儿，也就一秒钟，兴许一眨眼就过去。
老魏头	老郭头没来？
老黄头	没通知他，就他那能耐劲儿，天上知道一半儿，地下知道一串儿，捡个石头都敢说全世界就这一块儿！他还用我通知？
老魏头	那你也该言语一声。
老黄头	甭言语，酒菜带了没有？
老魏头	全齐了。
老黄头	那他准来，倒上，我先来口儿，要不一会儿不够他造的。
老魏头	（摆食盒、酒具，倒满两杯酒）我说你不戒酒了吗？
老黄头	戒了，有本事戒，就有本事喝，今天是啥日子？老哥哥，千年等一回呀！（拿起望远镜）
老魏头	这玩意儿借我瞅瞅行不？
老黄头	那不行，就一秒钟，赶你发现了飞船，倒不过手来。
老魏头	这不双筒的吗，咱俩一人看一个眼儿？
老黄头	那行，不过你得上这边来。
老魏头	那为啥？
老黄头	我这只眼看不见。
老魏头	哎，换！

〔老黄头、老魏头换位，脑袋挤在一起同看一个望远镜，老郭头抱一大座钟上，郭乘俩人不注意喝干了两杯烧酒。

老黄头	（端空杯子）你没倒呀？
老魏头	倒了？
老黄头	倒啥了？年轻轻的一点儿记性没有。
老魏头	那你先吃口烧鸡。（打开食盒，乘机拿过黄的望远镜向天上望着）

	［老郭头伸手去拿烧鸡，老黄头眼睛盯着天上，也伸手去拿烧鸡，老黄头抓住老郭头的手欲往嘴里送。
老郭头	哎！别咬！
老黄头	（吓了一跳）老郭头？吓我一跳，我说这鸡爪子也太大了。
老魏头	哎，你啥时候来的？
老郭头	刚到，也就两杯酒的工夫。
老黄头	说吧，又有什么小道消息？
老郭头	大道消息，准确无误，官方确认，独家发布。
老黄头	得了，上回你也这么说，什么航天员都特别胖，体重在两百斤以上，天上有失重现象，太瘦了压不住炕，闹不好偏离航向，这不全你说的吗？
老魏头	对呀，今天发射场，航天员亮相，咱一看杨利伟，不高也不胖，跟你说的，完全两样。
老郭头	这回我这消息可是大报上登的。
老黄头	啥消息？
老郭头	航天员杨利伟，是辽宁省绥中县人，咱们老乡。
老黄头	你才知道？利伟是咱绥中县城中心小学毕业的，起小我就瞅这孩子有出息。
老魏头 老郭头	你认识他？
老黄头	可熟了，他爹妈都是老师，当年我们在一个学校，都属于教育工作者。
老郭头	你是教育工作者？
老黄头	对，他爹上课我开灯，他妈下课我打钟。
老魏头	临时工呀。
老黄头	要说起来杨利伟上天有我一半功劳。
老郭头	你？
老黄头	怕他晕高受不了，我带他爬树偷过枣儿。
老魏头	哎呀，这事儿你可别往外捅。
老黄头	怕啥？小孩儿戏，早该解密了。

老郭头	吹呗，吹破了咱再补。
老黄头	吹啥呀？一会儿飞船路过老家，他没准还拿手电筒给家乡的老少爷们发信号呢。
老魏头	对呀，可这飞船啥时候到呀？
老郭头	县广播站报的，神舟五号经过本地区的准确时间是23点11分52秒，（指座钟）我已经定好了，到时候它就打点。
老黄头	我说你这破钟不会走慢了吧？
老郭头	放心，一秒不慢。
老魏头	那就好。
老郭头	快三分钟。
老黄头	快三分钟？
老郭头	我特意调快的，这叫提醒注意，留有余地。
老魏头	对，老郭，那广播上没说飞船从哪边过来呀？
老郭头	说了，从西北飞向东南，相当于三等星的亮度。
老魏头	三等星是啥意思？
老黄头	这你都不知道？三等星就是最亮的星。
老郭头	不对，我听说一等星最亮。
老黄头	瞎掰，数字越大星星越亮，跟咱旅游住店一样，一星级屋里就一炕，三星级房间里还能打麻将。
老郭头	哎呀，这是两码事儿，你不懂天文！
老黄头	你懂，不提这事我还忘了，小时候哪天下雨你哪天尿炕，那褥子跟卫星云图一个样儿。
老郭头	你……就是一等星最亮！
老黄头	三等星最亮！
老郭头	一等星最亮！
老黄头	三等星最亮！
老黄头	
老郭头	老魏，你说，到底谁最亮？
老魏头	嘿嘿，都亮。
老黄头	有骨头没魂儿，你整个一老好人儿，啥叫都亮呀？咱看啥来了？

飞船！咱中国人自己造的飞船！六十年代，咱勒紧裤腰带搞出了两弹一星，九十年代，咱打破封锁发射了一箭三星，到今天，综合国力大提升，载人飞船上太空，就凭这点，谁也别争，这神舟五号就是今天世界上空最亮的星！

老魏头	说得好！
老黄头	小样儿，不懂历史，你敢跟我争？
老郭头	我不跟你抬这杠。
老黄头	那你跟我抬啥杠？
老郭头	我跟你抬……我抬杠干吗？
老黄头	还一等星最亮？那航天员杨利伟，肩牌牌上就两颗星，可人家扛的是五颗星，五星红旗！什么星比它亮？
老郭头	我不和你争，你厉害，地下装不下你，有本事你也上天呀？
老黄头	咋的？不服呀？跟你说我也就是上岁数了，要是早上十年，我也报名上飞船。
老郭头	你算了吧，人家那是载人飞船，不拉货。
老黄头	你那狗嘴里吐不出象牙来。
老郭头	我不如你，你那象嘴里全是狗牙。
老魏头	行了，二位老哥哥，都抬了一辈子了，你俩呀，不见面还想，一见面就崩，屁股上面全带刺，就像两只老马蜂。
老黄头	这叫坚持真理。
老郭头	这叫敢于斗争。
老魏头	行了，今天是中国人的喜日子，来，咱老哥仨，整一杯。
老黄头	整一杯！（对郭）跟你说，也就看神舟五号的面子吧。
老魏头	好，为了咱们的神舟五号，为了从咱这黑土地飞上太空的航天兵——
三人合	干！
	［三人干杯。
老魏头	痛快！老黄，要说咱老哥们儿，有福呀……
老黄头	可不，临老临老，啥好事都让咱赶上了。
老郭头	那是，港澳回归、申奥成功、三峡蓄水、飞船腾空，一样没落。
老魏头	打小就听说、月亮上有嫦娥、敦煌那儿有飞天，谁见过？

老黄头	那是神话，现在咱经历的可都是看得见、摸得着的。
老郭头	哎，你这话不对，等会儿那飞船能看见，你摸不着。
老黄头	咋摸不着？发射飞船，你得有钱，如今咱老百姓的腰包鼓了，摸得着吧？
老魏头	摸得着。
老黄头	证明咱国家兴旺有基础了，对不？
老郭头	对！
老黄头	党中央执政兴国办实事儿，才有这蒸蒸日上的热腾劲儿，没错吧？
老郭头	没错！
老黄头	还是呀，看得见、摸得着，你少给我鸭蛋里头找鸡毛。
老魏头	哎，老黄，你说，造这么个飞船得花多少钱？
老黄头	那可不少花，得个几万。
老郭头	瞎说，要这么便宜，咱村里就能造它百八十个。
老黄头	钱算啥？钱买不来的东西多了，这叫实力、能力、竞争力，国际上说话的权利！有了这权利，咱一辈子面朝黄土背朝天的庄稼汉，才能像今天这样挺直了腰杆抬头看天，扬眉吐气！
老郭头	好！
老魏头	说得有水平。
老黄头	这不是吹，也就是 70 多岁不能提了，不然也进政治局了。
老郭头 老魏头	呸！
	[座钟打点声。
老黄头 老魏头	哎，来了！
老郭头	别慌，还有三分钟。
老黄头	把酒都倒满，神舟五号一出现，咱一块敬它三大碗！
老魏头	哎呀，我真恨我这双眼，这要看不见，我一辈子都遗憾。
老郭头	对了，今天电台现场直播，咱边听边看。（掏出收音机）
老黄头	打开。

[郭打开收音机，收音机里传出音乐及人群欢呼声。电台主持人话外音：听众朋友们，就在刚刚过去的几秒里，神舟五号飞船，在人们的阵阵欢呼声中，缓缓飞过了我省上空……

老郭头 你们听、你们听！神舟五号，飞过我省上空！飞过……

老黄头 飞过去了？

老郭头 飞过去了……

老魏头 看不上了？

老黄头 看不上了……

老郭头 奶奶的……都怪这个破钟！我、我砸了它！（举钟欲摔）

老黄头 放下！它没准儿你也没准儿呀？

老郭头 都怪我，都怪我！

老魏头 怪你有什么用！为了这几秒钟，我准备了一整天，我老伴儿瘫痪在床上，她还等着我回去告诉她，飞船在天上是啥样呢，可我没看着，你让我跟她怎么说？说我瞪着两眼没看着？

老黄头 不，跟她说，你看见了……其实咱都看见了，咱是用心看见的，不光咱，今天，全世界的人都看见了！（音乐）你就跟老伴儿说，那飞船又大又亮，一个劲儿地往高处飞呀，赶上了星星，赶上了月亮，就像一颗红红的太阳一样，永远不落，光芒万丈！

老魏头 我看见了……那飞船又大又亮，一个劲儿地往高处飞呀，赶上了星星，赶上了月亮，就像一颗红红的太阳一样，永远不落，光芒万丈！

老黄头 来，伙计们，让我们为这轮太阳，干杯！

老魏头
老郭头 干！

[三人用双手将酒杯高高举过头顶，音乐扬起，剧终。

（2004 年双拥晚会 与张振彬、王宏、王铁虎合作）

背　影

时间：当代
地点：长江边上某渔村村口

人物

赵记者——男，70多岁，离休军旅摄影家（简称"赵"）
蒋大爷——男，70多岁，四九年划船送亲人过大江的支前模范（简称"蒋"）
鲁大娘——女，70多岁，四九年划船送亲人过大江的支前模范（简称"鲁"）

〔幕启，舞台上方居中挂着一块银幕，似影集又像镜框……
〔满头白发的赵记者穿着摄影背心，手里拿着相机，从观众席中边拍照边往台上走……

赵　　哎，那位小同志，往我这儿看，好！（拍照，同时小战士的照片显现舞台中间的银幕上）那位姑娘，乐一点儿，好！（拍照，同时女兵的照片显现银幕上）这位老同志，请把头转过来点儿，好！（拍照，同时将军的照片显现银幕上）我当了一辈子的兵，拍了一辈子的照；拍过军营、拍过战场，相机就是我手中的钢枪大炮。都知道照相要照清人的正脸，可是那个背影让我一辈子魂牵梦绕。（银幕上呈现《我送亲人过大江》的照片，照片中最引人注目的是那个留着长辫子的划船姑娘）这幅照片是四九年百万雄师过大江时，我拍下的。我始终没有看到这个姑娘的正

312

脸，也不知道她的名字。今天我在长江边上搞这次特殊的影展，一定要找到这位当年的大辫子姑娘。〔蒋大爷扛着一根大擀面杖上场。

蒋　我来了。来了个记者要照相，把我们折腾得好够呛，还让带上划船的桨，扛不动了，我只好整根儿擀面杖。（冲幕后）老婆子，你倒是快点儿啊！

鲁　（幕后喊）来啦！（鲁大娘挎着包袱上）老头子，你看我这模样儿好看不？

蒋　好看、好看，都这把年纪了能好看到哪去。

赵　（迎上前去）大哥大嫂，你们好啊！

蒋　（冲赵）噢，你就是从北京来的照相的？

赵　对。

蒋　贵姓啊？

赵　姓赵。

蒋　哦，干啥姓啥呀！

赵　您二位贵姓啊？

蒋　我是划船的，姓蒋；她是摇船的，姓鲁。

赵　划船和摇船有什么区别？

鲁　那区别可大了。

蒋　摇船的两面摆，划船的往后拽，基本是南北两大派。

赵　大哥大嫂，我这次来主要是想找个人。

蒋　知道，寻人启事里都说了。

赵　寻人启事？

鲁　我们村儿里天天广播，不就那几个条件吗：会划船的，支过前的……

蒋　家住这一片儿的，梳过辫儿的……

赵　没错！大嫂，您年轻的时候是不是也留过辫子？

鲁　留过。

蒋　（自语）啥记者呀，见着辫子就往上上！

赵　当年您的辫子有多长？

蒋　（欲上前，被大爷拉住）这事我能替她回答，小时候短，长大了长。结婚的时候让她妈给铰了。

313

赵　完了，刚有点线索又断了。

蒋　你要是按着辫子找线索，我估计你是一时半会儿找不到了。

赵　为什么？

鲁　哪儿有把辫子留到现在的，那不成缆绳啦！

蒋　再说了，结婚时不把辫子截了，那还能叫结（截）发夫妻吗！

赵　当年咱这儿留辫子的姑娘多吗？

蒋　我告诉你，想当年，咱长江边儿上的姑娘一色儿的大辫子！不像现在染黄毛、染红毛，挺大个姑娘还剃秃瓢儿。连个姑娘样儿都没有！

赵　是啊，现在这姑娘都爱梳短发。

蒋　对，小伙子开始留辫子啦。那天我正上厕所呢，进来了一个留大辫子的，冷不丁地吓我一跳。我说：姑娘，错了，这是男厕所！他说：爷们儿，咱俩都一样，我也是雄性！熊样儿！还雄性呢！

赵　哈哈哈……这男人留辫子，审美是有问题。

鲁　你别说，以前他就留过辫子。

赵　啊！你还留过辫子？

蒋　没留过辫子村长能让我来吗！

鲁　小时候他妈怕他命短，给他留了个长寿辫儿。

蒋　别说，长寿辫儿这玩意儿挺管用，送亲人过大江，枪林弹雨，好几个来回，啥事儿没有！

鲁　你净瞎说，当时我就在你后面看着呢，一个炮弹落在船边，要不是解放军你早没命了。

赵　大哥大嫂，送亲人过大江之前你们认识吗？

蒋　不认识，她住江之头，我住江之尾，她的老家在江南，我的老家在东北。

赵　相隔这么远，你们怎么碰一块儿啦？

鲁　我们是在支前路上认识的，过江那阵儿他划一条船，我划一条船。

蒋　后来她那条船让炮弹炸飞了，回来的时候，没办法啦，她就上了我的船啦。

鲁　是，上去我就下不来了。

赵　那后来呢？

鲁　后来他就让我坐船头了。

蒋　再后来她就让我亲个够了……

鲁　你这个老东西，跟记者说话小心点！

蒋　没事儿，就咱这点隐私曝光了，也没人炒作。〔记者举起相机抢下这个镜头。

蒋　你看曝光了吧。

赵　哈哈哈……大哥大嫂，你们当年有没有印象当时在你们身边有个手里拿相机的？

蒋　相机没注意，当时光注意敌人的飞机了。

鲁　你别天上一脚地上一脚的，那相机和飞机能扯到一块儿吗？

蒋　咋不能呢？相机对准你，一按，留个影儿；飞机对准你，一按，影儿都没了！我无所谓，关键这儿还有一船战士呢！

赵　大哥大嫂，（指着大屏幕）这张照片就是四九年过大江的时候，我拍下来的。我看到的始终是她的背影，我多想看看她的正脸儿。

蒋　城里人就是死心眼儿，前面看是背影，到后面儿一看不就是正脸儿了吗！

赵　后面儿？

鲁　对，以前村儿里放露天电影的时候，正面人多，我和老头子总到那银幕后面去看。

蒋　后面人少，看得又清楚，就一样儿，所有的战士都是左手打枪（边说边往照片后面走），我估计从这边儿看，这姑娘也得是用左手划……噢，死葫芦的呀！

赵　大哥，这是照片，不是电影！

蒋　（欣赏地看着照片）当年，你的辫子差不多也有这么长！

鲁　可我没这么好看的身条儿。

蒋　后边看还行。

鲁　看着这张照片，我就想起了当年；看着这条大江，我就想去划船（边说边做起优美的划船动作）……

蒋　（冲赵）这是悠她孙子悠多了！你这软绵绵的，是划船吗？（拿起擀面杖）划船你得这样儿：握住桨，挺起胸，前腿弓，后腿绷，一圈儿一圈

315

儿不放松，一圈儿一圈儿不放松……（推着擀面杖原地转圈儿）

赵　　老哥，你这船遇着漩涡了？

蒋　　不是，我们村儿现在不生产小磨香油了吗！

鲁　　他这是拉磨拉多了。

赵　　（看着数码相机）这张照片抓得真不错。遗憾的是手里拿了根擀面杖。

蒋　　擀面杖咋了？这擀面杖是革命文物！解放军过江的时候，咱给亲人包过饺子，回来的时候，煮过面条儿，都是用它擀出来的！

鲁　　对，庆祝胜利那会儿，咱还用它擀过团圆饼哪！

赵　　是呀，人民军队的成长，是人民用小米喂大的。

蒋　　现在用不着了，部队都现代化了，咱想赶都赶不上了。

鲁　　就是啊，咱孙子都当上驱逐舰长了。

蒋　　用不着咱去划船啦。

赵　　不，如果现在打起仗来，那一定会是一场现代化的人民战争！军队打胜仗，人民是靠山，想当年正是有了千千万万的人民群众，我解放大军才能横扫千军如卷席，打过了长江。

鲁　　把敌人赶出了南京。

蒋　　一直赶到了台湾岛！

鲁　　有人还想搞分裂。

蒋　　敢！（举起擀面杖）我擀不扁他！

赵　　大哥，你往船头一站，我又看到了当年的一条好汉。

蒋　　老婆子！

鲁　　老头子！

蒋　　解缆！

鲁　　解缆！

蒋　　升帆！

鲁　　升帆！

蒋　　准备好了吗？

鲁　　准备好了。

合　　开船！

蒋　　撑稳舵呀，握住桨啊，万众一心，奔前方啊，军民团结，打胜仗啊，勇

316

往直前，过大江啊，嘿……嘿！［舞台灯光频闪，枪炮声大作，《解放军进行曲》的乐曲声响起，银幕上，《我送亲人过大江》的照片，幻化成一组百万雄师过大江的短镜头……老两口在银幕下，喊着号子，做着当年送亲人过大江时的划船动作，直至高潮。银幕又定格在《我送亲人过大江》的照片上。

赵　（激动地）大哥大嫂，就是你们！这照片上的大辫子姑娘就是大嫂！

鲁　赵记者，这个姑娘真不是我！我当年是留着条大辫子，如果是我的话，她的头上还少了样东西。

赵　少了样东西？

鲁　（从随身的包袱里，取出一个钢盔）那天，我刚上船，有个解放军哥哥摘下头上的钢盔对我说：小妹妹，你年纪太小，把它戴上。后来我就再也没见到过那位战士。

蒋　是啊，当时一发炮弹落在我的船边，是一位解放军兄弟把我压在身下，我脱险了，可那位解放军兄弟再也没有起来，到现在我都不知道救我的恩人叫什么名字。船一靠岸，所有的战士拼着命地往前冲，我看到的全是他们的背影！赵记者，今天，我们也是来找人的，我们俩就是想通过你，寻找那些不知名的好兄弟呀！

赵　大哥大嫂，为了这背影，我苦苦寻找了五十多年，今天我终于找到了，她就是你，是你，是她！是千千万万个老百姓和子弟兵，是那些永远不知姓名的背影，为我们换来了一个欣欣向荣的共和国！来！（举起照相机）大哥大嫂，我今天给你们照一张合影。

蒋　照？

鲁　照！

合　一、二、三。（二人一起转身造型，把背影留给赵）

赵　咳！今天咱不照背影，照正脸儿！

鲁　现在正脸儿没法看了。

蒋　满脸皱纹，都是年轮！

赵　大哥大嫂，你们的正脸儿更好看、更美！

合　不照、不照……

赵　别动！

［在推让过程中，赵按下了快门儿，银幕上显现蒋大爷、鲁大娘的特写照片，虽说他们已经没了门牙，但笑得十分灿烂……

［电视剧《江山》的主题歌音乐响起："老百姓是地，老百姓是天，老百姓是共产党力量的源泉……"

［赵搀扶着蒋和鲁，向舞台的纵深走去，留给观众的是三个人亲密无间的背影……

［剧终。

（2006 年双拥晚会 与全维润合作）

追　星

〔在观众热烈的掌声中，一位农村老大爷挎着一个篮子，由观众席入场——

爷　　各位领导、老少爷们儿们你们好哇！给你们拜年了！热热闹闹迎新春，党政军民心连心，千山万水隔不断，看见你们格外亲，我想死你们了！大老远地从我们村儿跑到北京来，就是给大伙儿添麻烦来了，麻烦大伙儿……

〔突然大爷的手机响起，大爷接电话——

爷　　对不起，我接一下，"喂，到了，到了，下了火车没吃饭，直接赶到中国剧院。你放心，这事我一定办成，没问题，军民心连心，再大的困难就找亲人解放军。你想啊，那么大的洪水他们都给咱挡住了，这点事保证能给咱解决。放心，拜拜！"（关电话）说心里话，如今党的"三农"政策好，不愁吃、不愁穿。党中央还给咱免了税、免了捐。加大了对咱农村的投资力度，咱农村处处都变样了，充分体现了科学发展观，腰包有了钱，脸上露笑颜，都琢磨着怎么过好这个年。这几年全村家家都富裕，一到过年就唱大戏。"三贴近""三下乡"咱农民沾了不少光。《心连心》来过两遍，《同一首歌》经常看。"文化快车"挨个村串，二人转没意思了，现在我们全村几百口子一起转。啥节目都看过，帕瓦罗蒂的音乐会，演艺明星贺岁，天鹅湖、天仙配、舟舟指挥乐队。名人凑一块儿，专门请大腕儿，欣赏的口味越来越高，对节目的品位越来越挑，相声不笑，小品太闹，舞蹈乱跳，唱歌的演出对口形，偶尔有个真唱的，一张嘴还跑调儿，全村认真研究，今年谁最火、今年谁最棒、今年哪颗星最亮。〔大爷的电话又响起，大爷接电话——

爷　　喂，谁啊？别乱抢，一个一个说，二愣子，你说，请姚明？他最高，请不来姚明刘翔也行，他最快。喂，三彪子你说，请施瓦辛格！瞎扯，人家都改行当州长了，出不来。喂喂喂，你看又换人了，谁呀？你慢点说，别跟鸟叫似的，孙女啊，请谁？超女？别扯了，计划生育抓得严，不能超女，也不能超男！（关电话）这孩子净瞎闹，最后我们村民主投票，得出结论，今年过年，意识超前，不请名家，不请剧团，就请最亮的那颗星，我们的英雄航天员！航天员在太空围着地球转，回来之后呢又围着全国转。在电视上看见航天报告团作报告，香港、澳门，然后到各个省，再到地、市、县。这样往后算一算，等到我们村最少还得一年半。乡亲们着急呀，所以年前让我来一定把航天英雄请回去。急三火四赶到北京，高楼大厦直转向，东西分不清，但是有一条我牢记在心中。不管什么时候只要遇到困难，就得依靠咱人民子弟兵！听说今天这儿当兵的多，下了车就直奔这儿了，不瞒大伙儿说，为了迎接英雄航天员，我们把日程都排好了。（拿出一张纸，念起来）迎接仪式是这样的，请大家指正并审定。全村夹道欢迎，小学生打鼓吹号，放气球，响鞭炮，车队迎接，拖拉机开道，为了避免太吵太闹，拖拉机外面我们扣了个罩。挂红灯，搭彩门，十里之外迎亲人！

［电话响起，接电话——

爷　喂，村长啊，什么？活动日程都安排好了？好好，我知道了。你放心，咱中央首长都到农民家做客，航天员也一定能去！（关电话）你看，我们那儿具体日程都安排好了，因为航天员工作非常繁忙，我们活动安排得比较紧凑，大年初一是庆功宴，初二是副村级以上领导接见，初三为村里科技馆剪彩，初四和全体村民见面，初五到我们村少儿航天培训中心参观，初六是报告会，地点在本村场院，括弧，如遇风天雪天时间往后顺延，初七航天英雄返回，本着七上八下的说法，我们选的是最吉利的时间。住处一人一栋小楼，学习室、健身房，又暖和又朝阳，火炕上边安弹簧，一色儿新式沙发床。伙食标准基本没有上限。早晨猪肉炖粉条子、大米干饭。中午鸡鸭鱼肉蛋。晚间全村各家轮流设宴。夜餐一碗炸酱面，所有食品一律严格安检，坚决消灭禽流感。我们村跟其他村不一样，我们与航天事业有着特殊的关系。首先，我们有远见，想为祖国的航天事业做点贡献。其他村儿的孩子一下生先学走路，我们村的孩子先学爬树，为了适应太空失重，而且是大头冲下往上蹿，没关系，从小吃点苦，以人为本，为将来登月打好基础。我们村的姑娘择偶观也发生了变化，不找有钱的，不找当官的，一心就找搞航天的，他们振奋了民族精神，就是新时代最可爱的人！我四个儿子，就是没姑娘，要不我也能当上航天老丈人。在"神舟六号"飞天的那些日子里，电视直播我们全村天天看，为了方便看电视，我们家把房间都重新装修了，客厅叫推进舱，大伙在一块推进感情，卧室叫返回舱，睡得踏实，饭厅叫轨道舱，吃着顺溜，连厕所都叫逃逸塔，我老伴愣把茶壶叫回收器。大伙谁都不用它喝水了，不管咋说，这个做法在我们村，也算自主创新，航天员在飞船里做啥动作，我们在电视旁就跟着学。看见费俊龙在太空里翻跟头，我小孙子也跟着翻。人家费俊龙都翻过去了，我小孙子在被垛那儿窝着呢。看见航天员在太空把食品扔起来再用嘴接。我老伴炒了一盘花生米，她扔起来愣让我拿嘴接。瞎掰，我哪有那功夫，扔一个接不着，扔一个接不着。"咔棱"把假牙都甩出去了。我低头一看，花生米一个没糟践，桌子下边趴个小花狗都让它给接住了。一盘花生米我一个没吃着，倒把它喂饱了。聂海胜在太空上过生日。我老伴可难过了，说海胜这孩子过生日也没吃上蛋糕也没点上蜡烛，我说你净瞎说。"神六"上天全中国人民都祝福，地球就是一个大蛋糕，那冉冉升起的火箭就是最大的生日大蜡烛！看见海胜和女儿通完话眼角有泪花，我老伴想起一首歌，说这是《谁的眼泪在飞》。我说你拉倒吧，那叫男儿有泪不轻弹。最激动人心的就是胡总书记和航天员天地通话，当时我就纳闷儿，打电话的时候，人家胡总书记都站着，你们航天员咋还躺着呢？太不礼貌了，后来一想明白了，人家在太空上失重啊。躺着也是站着，站着也是躺着呀。村里人都说"神五"上去一个人，是独生子，"神六"上去两个人是双胞胎，等"神七"再上去个女的那就是龙凤胎，用不了多久太空上就是一个"超生游击队"。全村的老少爷们儿想啊、盼哪，就想和英雄航天员见见面，和他们说说咱农民的心里话呀！费俊龙和聂海胜都是咱农民的儿子。过去咱农民的儿子连学都上不起，如今咱农民的儿子上天了！

〔在激越的音乐中，英雄航天员从舞台后区高台上走下来，老大爷激动地迎上前去——

爷　俊龙、海胜，我可把你们盼来了。我想你们呀！全村人想你们哪！

费　我也想念你们哪！

聂　想念父老乡亲们哪！

爷　盼着你们到我们村去，和乡亲们一起过年哪！

费　感谢全国人民对航天事业的厚爱。

聂　感谢全军广大官兵对我们的关怀。

费　在这里我们代表全体航天科技工作者。

聂　代表航天员大队全体人员。

费　向首长和全国各族人民拜年！

聂　向全军广大官兵拜年！（二人敬礼）

　　〔大爷从篮子里拿出两个系着红绸子的大地瓜

爷　俊龙、海胜，这是乡亲们让我给你们带来的礼物，说你们总吃太空食
　　品，嘴里没味儿，吃点土里长的地瓜，接接地气儿。来！咱照张合影，
　　拿回村里这就是一道风景。

　　〔大爷手捧大地瓜和费俊龙、聂海胜合影。

爷　有了这张照片，来年我们村的地瓜就好卖了。俊龙、海胜，走，咱们回
　　村过年去！

　　〔在欢快的音乐中三人下场。

　　〔剧终。

（2007 年双拥晚会　与张振彬、王宏合作）

322

俺是航天人

时间："神七"成功发射的第三天
地点：航天城餐厅

人物

二妞爹——男，60多岁，农民

高　工——男，30岁，厨师

二　妞——女，25岁，服务员

景置：餐厅，一张铺着餐布的方桌，四把椅子。

　　　　　　［幕启，高工上。

高　工　　咱农民工进城很自豪，我在航天城里数得着，我想炒谁就炒谁，
　　　　　具体工作——掂大勺！
　　　　　　［二妞上。

二　妞　　小高！

高　工　　二妞！（抱起二妞）飞船发射！

二　妞　　听指令，马上降落！（高放下二妞）我爹要来了，马上就到，我到
　　　　　大门口接他，我把他安排到招待所，一会儿你过来跟我爹见面。

高　工	那行，我马上点火给他做点饭。
二　姐	点什么火呀？一会儿去的时候千万别说你是厨师，把这身衣服也换了。
高　工	为什么？
二　姐	我没跟我爹说你是厨师。
高　工	你为什么不说？
二　姐	我怕我找个厨师我爹不同意。
高　工	他为什么不同意呢？
二　姐	我爹就是厨师，我大姐找了个厨师，我二姐找了个厨师，我再找个厨师，逢年过节我们家做饭的比吃饭的多。
高　工	那你怎么不说你妈是服务员，你大姐是服务员，你二姐是服务员，你又是个服务员呢？你们家，不是炒菜的就是端菜的，谁吃呢？
二　姐	所以我没敢说呀。
高　工	那你跟你爹说我是干什么的？
二　姐	我说你是航天城里的高工，具体工作——点火的。
高　工	我是在航天城里工作，我名字是叫高工，我做饭是要点火的，可你别连一块说呀，你连在一块儿说那意思可就变啦。
二　姐	我不连一块说我怕我爹的主意变了，先见面，完了再慢慢说吧！ （急匆匆下） 〔二姐爹拎蛇皮袋子上。
二姐爹	神州七号升太空，我家人气也飙升，俺闺女在航天城里是个服务员，找了个对象是高工，在发射基地管点火，这工作要多威风多威风，我这个没过门儿的老丈人，紧跟着身价就大增，厨师之家添新人，知识结构有变更，我在电视里面有了影儿，广播喇叭有了声儿，从此不敢乱出门，那帮老太太，跟着屁股来追星，谢谢你，停一停，那感觉就是谢霆锋！我风光啊！
高　工	大爷，您怎么从后厨进来了？
二姐爹	职业习惯，一进航天城闻着味儿我就来了。
高　工	大爷，你也是厨师？
二姐爹	是厨师！

高　工	厨师？你来看闺女？
二妞爹	对！看闺女！
高　工	你是二妞他爹？
二妞爹	你别管我闺女是谁，我是高工的老丈人！
高　工	啊……听说您来了。
二妞爹	瞧这知名度，在航天城里都躲不过！都是媒体惹的祸，我风光啊！
高　工	您请坐，二妞到大门口接你去啦。
二妞爹	这孩子太张扬，接什么接？做人要低调，我来的时候全村到车站欢送，风光啊！到了这儿就别搞欢迎仪式了，今天"神七"要返回，告诉大家，要把主要精力放在迎接航天员上。
高　工	您老还没吃饭吧？我给你炒俩菜去。
二妞爹	整几个家常菜就行，该多少钱就多少钱，别一听高工的老丈人就高标准低付账！
高　工	好，我点火去！
二妞爹	（发现桌上的菜）等会儿，这不有吗？做厨师要精打细算，绝不能看见剩菜剩饭！我把它打扫了！（狼吞虎咽地吃饭）鲁菜吧？
高　工	哎哟，老爷子，你太厉害了，一口就吃出来是鲁菜了？
二妞爹	盐多色重，严重好色嘛！
高　工	鲁菜的特点就是重油重色！
二妞爹	给我整点水。
高　工	这是刚沏的茶，是不是口有点重呀？
二妞爹	不是，我一天没吃饭、没喝水了，那欢送仪式把我折腾坏了，再见、再见，你得跟着喊呢，太隆重了，风光啊！
高　工	我这菜也咸了点儿，我口重。
二妞爹	不咸！东北人口也重，其实山东菜和东北菜有着千丝万缕的关系，闯关东的时候带过去的嘛，后来就串了，再后来就乱了，要不后来就出了一道名菜——乱炖！
高　工	对对！山东人和东北人不仅口味相同，性格也差不多。
二妞爹	厨师干了几年了？

高　工	学了 8 年了。
二妞爹	我干了 38 年了，你几级啊？
高　工	一级。
二妞爹	我二级。你师傅是……
高　工	王一刀。
二妞爹	我师父是刘一勺啊！
高　工	那我得叫你师哥！
二妞爹	我应该叫你师弟！
高　工	师哥！
二妞爹	师弟！
高　工	久旱逢甘雨。
二妞爹	他乡遇厨师。（拥抱）
	［二妞进。
二　妞	爹！
二妞爹	来，二妞，我给你介绍介绍，这位是……
二　妞	我认识，小高！
二妞爹	什么小高！这是你师叔！叫师叔！
二　妞	我……
二妞爹	叫！
二　妞	我……
二妞爹	这孩子，找了个高工，眼眶子高了？
高　工	师哥，别难为她了，我们都是同事。
二妞爹	什么同事？干咱们这行的不能乱辈儿！别管位置有多高，到什么时候都要有老有少，从今天开始，二妞就是你侄女，高工就是侄女女婿，当着我的面必须改口，叫师叔！
二　妞	……师……叔！
高　工	哎！
二　妞	（踢高）你哎什么？
二妞爹	这孩子没礼貌，跟你师叔还动手动脚的，坐下！（冲高）你侄女有出息，（冲妞）再有出息，以后也要跟你师叔多学点手艺！将来成

家了，你不得给人高工做饭吗。

高　工　不用，到时候我做就行。

二姐爹　瞎扯！人家高级工程师要请也请个保姆，哪儿能在家里雇个男厨
　　　　子呀？

二　姐　爹，我们是朋友！

高　工　对，我们不是一般的朋友！

二姐爹　太不一般了，你们既是朋友又是叔侄，说白了就是一家人啊！

高　工　老爷子，我做梦都想成为一家人哪！

二姐爹　不是做梦，这就是现实，今天就算个简单仪式，确定你们的叔侄
　　　　关系。

二　姐　爹！

二姐爹　做晚辈的别说话！好人交好友，好菜配好酒，好像缺点儿啥。

高　工　我拿酒去。（欲走）

二姐爹　你别亲自动手，让你侄女干。（冲女儿）拿酒去！

二　姐　不拿！

高　工　（喊）拿去！

二姐爹　哎！你这才有个长辈的样儿！自己的孩子该说就说，该打就打，
　　　　平时我不在身边，说白了你就是她爹。

高　工　那我彻底没戏了！

二　姐　爹……

高　工　哎！

二　姐　你答应什么！

高　工　（小声）拿酒去，酒壮尿人胆，用酒盖着脸我好把关系给你爹挑
　　　　明了。

　　　　〔二姐下。

二姐爹　今天咱哥俩得好好喝一盅。

高　工　好，我陪你。

二姐爹　〇八年大事一桩接一桩，好事坏事都成双，万众一心抗冰雪，八
　　　　级地震心不慌，北京奥运点圣火，"神七"又写新篇章，总的来
　　　　说，上半年多难，下半年兴邦，我女婿高工点火，咱全家人跟着

327

沾光！

高　工　　"神七"发射你看了吗？

二姐爹　　看了，前天嘛，我跟中央首长一起观看的。

高　工　　中央首长是在我们酒泉观看的。

二姐爹　　是！中央首长在酒泉看的，我在酒桌上看的，村长陪着我，风光啊！一边喝着酒，一边看直播，航天员一出舱，我就失重了。

高　工　　你那是喝醉了。

二姐爹　　我高兴啊！今天"神七"就要回来了，今天你侄女就要定亲了，我实话给你说，我心里不落底，你说咱闺女就是个服务员，你找个厨师那是门当户对，咱找个高工是不是有点儿太空漫步的意思？

[二姐拿酒上。

二　姐　　什么太空漫步呀，高工也是个普通人。

二姐爹　　再普通人家也是高工，我想了解下，这高工到底有多高呢？

二　姐　　一米五六。

高　工　　就我这样。

二姐爹　　啊，（看高）外形差点儿没关系，我是想问他的级别有多高？

二　姐　　一级。

二姐爹　　（冲高）高工的一级和咱厨子的一级有啥区别呢？

高　工　　完全一样。

二姐爹　　哦，那我就放心了，这里没有高低问题，那这高工一个月能挣多少钱啊？

二　姐　　一千五。

高　工　　加上奖金一千八。

二姐爹　　那你一个月多少钱啊？

高　工　　一千五。

二　姐　　加上奖金一千八。

二姐爹　　哎呀，这是我没有想到的，这就是奉献哪！我还想问点儿具体的，这"神七"点火怎么点啊？

二　姐　　你点了一辈子火你不知道怎么点啊？

二姐爹	我点火能和人家点火一样吗？
二　姐	完全一样，不信你问他。
二姐爹	问他？他资历还不如我呢，我们是先点火，后坐锅，油热了咔咔咔磕五个鸡蛋，大勺一抖出锅。
高　工	完全一样！我点火也是这程序。
二姐爹	拉倒吧，那不成了做饭了？我明白，你们俩这是给我保密，理解，你别说航天事业了，干咱这行一样都得保密，有些配方都是家传的，我们门口那卖烧鸡的，秘方传给他女婿了，后来他老丈人倒闭了嘛。
高　工	（喝酒，对二姐）这个密我保不住了。
二　姐	干什么？我爹心脏不好，有些话得慢慢说。
高　工	师哥，帮帮我吧。
二姐爹	你说，什么事儿？
高　工	我找了个对象是个服务员，我爱她，她也爱我，可她爹到现在没表态。
二姐爹	为什么？
高　工	我对象没敢对他说我是个厨师。
二姐爹	为什么？
高　工	怕她爹不同意。
二姐爹	混蛋！这是什么老丈人！厨师怎么了？我告诉你，我老伴找我，我是厨师吧？我大闺女找的是厨师吧？我二闺女找的是厨师吧？我三闺女……当然，她现在改变我家知识结构了，说实话她要是没找高工，我建议她找个厨师。
二　姐	爹！我就想找个厨师。
二姐爹	胡说！你不能把人家高工给甩了！（冲高工）你告诉你那老丈人，他要认你，你就叫他爹，他要不认你，你就不叫他爹。
高　工	他不让我叫他爹。
二姐爹	让你叫什么？
高　工	让我叫他师哥。
二姐爹	那你就叫他师哥。

高　工	师哥！
二　妞	爹，他就是我对象。
二妞爹	啊……哎呀！我怎么又有太空漫步的感觉了。二妞，你不说你对象是航天城里的高工，点火的吗？
高　工	我就是在航天城工作，我的名字就叫高工，我不点火怎么做饭呢？
二　妞	爹，我没给你说瞎话，高工参与研制的航天食品已经上天了，他真的相当于高工，这是航天报上登的他的事迹。

[二妞爹接过报纸，音乐起。

高　工	大叔，和航天人比起来我们差远了，咱们当厨师的就希望别人吃饱吃好，可在航天城里经常是我做饭有点儿，他们吃饭没点儿，我做得再丰盛，他们吃得也是那么简单，一顿饭往往是凉了热，热了凉，有时候根本顾不上吃啊。
二　妞	在这航天城里，大人们在现场加班加点，孩子们在家也经常是没人管，吃不上饭，小高主动给孩子们做饭，我送饭，让孩子们能吃上可口的。在这个院里，我的家就是你的家，你的家就是我的家，所有女人都是孩子的妈。我是个服务员，上班就守着餐厅这一扇门，可下了班我拿着家家户户的钥匙。（说着解开外衣，露出胸前的一串钥匙）
二妞爹	（看钥匙）闺女，这是天底下最美的项链，比钻石都珍贵啊，一把钥匙就是一个家，一个家就是一份儿奉献。你把爹想低了，你不用编瞎话，其实你们就是航天人，咱们都是航天人，十三亿中国人不可能人人都在太空上出舱，但人人都在地面上出力了！这个女婿我同意了，高工，争取早一天在这上面再加一把自己家的钥匙！
二　妞	爹！（冲高工）叫啊！
高　工	师哥！
二　妞	叫爹！
高　工	师爹……爹！
二妞爹	哎！你们两个航天人要是结了婚，我就是航天之父，你妈就是航

母啊。

二　姐　航母?

二姐爹　你妈那吨位，差不多，（众人乐）行了，孩子，还有一个重要任务，（打开蛇皮袋拎出两只兔子）咱村正在发展养殖业，村长说等"神八"上天的时候，把这两只兔子带上去，人们都说兔子到天上转一遭，下来就能变熊猫。

二　姐　爹，太空里能养兔子吗?

二姐爹　咋不能啊，那玉兔在月亮上待多少年了?

二　姐　那就是个神话!

二姐爹　神话咋了? 改革开放三十年，咱们国家富裕了、国力增强了、经济翻身了，过去飞天是神话，现在神话成真了!

[画外音：神舟七号圆满完成太空飞行任务，胜利返航。激昂的音乐声中，大屏幕上，巨型降落伞徐徐降落。舞台深处，三名航天员身穿航天服向前台健步走来，三人上前跟航天员握手拥抱。

[剧终。

（2008 年双拥晚会　与张振彬、王宏合作）

甜 水

时间：当代
地点：宁夏回族自治区彭阳县陡坡村

人物

盼　水——男，陡坡村党支部书记

盼　妻——女，盼水的妻子

水　灵——女，盼水的女儿

等　水——男，村民

喊　水——男，村民

水　牛——男，小学生

陡坡村回、汉村民若干

景置：苍凉古塬上，一片光秃秃的山坡。

〔幕启：水牛于高坡上显现……

〔童谣声："山是和尚头，沟深坡又陡，老天不下雨，滴水贵
如油……"

〔盼水及众男女村民相继显现……

盼　水	……俺陡坡村是在宁夏回族自治区彭阳县的山坡坡上，俺是陡坡村的党支部书记，俺叫个盼水。
众　人	嘿嘿嘿……
盼　水	为甚叫个盼水哩？俺这个地方缺水呀！
众　人	缺水呀！
盼　水	陡坡村的人命里就缺水，所以生了娃取名字都带个水字儿。
众　人	对着哩！
盼　水	生个女娃叫个水月、水灵、水花，生个男娃叫个等水、盼水、喊水……可是天天喊水、年年喊水、辈辈喊水，把个嗓子都喊哑啦，就是喊不出这个水来！
众　人	没水呀！
盼　水	我这辈子最揪心的，就是我女儿水灵出嫁的那天……

[唢呐声起……

[水灵穿上红袄，盖着红盖头，端坐在大缸上，众人抱着电视机、录音机、被子等嫁妆站在后面，瞬间形成嫁女场面……

喊　水	起轿！

[几个小伙儿抬起大缸组成的"轿子"，盼水妻冲出……

盼　妻	站住！不能走！
众　人	为甚？
盼　水	水灵她娘，迎亲的队伍都等着呢，为甚不走了呢？
众　人	为甚不走了呢？
盼　妻	按咱村老辈儿的规矩，闺女出门子娘家得陪嫁满满一缸甜水！
众　人	对着哩！
盼　水	可这缸里只有半缸水……
众　人	嗯？
盼　水	……他娘，就差一巴掌！
众　人	就差一巴掌！
盼　妻	差一指头也不行！
盼　水	……哎呀，咱这儿不是没水吗！
众　人	没水呀！

等　水	婶子，咱村的情况你也知道……
众　人	你知道！
等　水	自古就是借油不借水，借水不能给……
众　人	对着哩！
盼　水	就这点甜水还是乡亲们一家一碗、一户一瓢凑的份子，她娘啊，让闺女走吧！
众　人	让闺女走吧！
盼　妻	不走！老辈儿的规矩不能改，缸不满，缘分浅，不是守寡就是命短，我不能把闺女往火坑里推。
盼　水	哎呀，差一巴掌那就算满了。
众　人	就算满了！
盼　妻	不行！缸不满，宁肯不嫁！
众　人	咋办吗？
盼　水	……她娘！
等　水	婶子！
众　人	婶子！
水　灵	娘，别再难为俺爹了，（从缸上下来，掀开缸盖，看了看）缸里的水不少了，这都是乡亲们凑的，娘，咱的日子会好的……娘……
	〔见娘不语，水灵从地下搬起一块石头，沉入水缸……
水　灵	娘，缸满了。
	〔众人俯身探望……
众　人	满了……
盼　妻	闺女……走了……
	〔水灵再次端坐在水缸上……
盼　水	……闺女，爹欠你的！
等　水	起轿！
众　人	起轿！
	〔唢呐声扬起……嫁女的队伍行进，定格。
盼　水	闺女就这样走了，带着半缸水，走了，这是俺的一块心病啊……今年四月十二号，也就是农历二月二十五，听说上面来人了，北

京来人了，俺万万没想到中央领导到俺陡坡村来了……

众　人　来了！

盼　水　头一个接见的就是俺这个党支部书记！

众　人　对着哩。

盼　水　……俺说……挺好，现在农民种地不交税了……

众　人　不交税了！

盼　水　学生上学不收费了……

众　人　不收费了！

盼　水　老百姓看病不太贵了。

众　人　不太贵了……

盼　水　领导打断俺的话，问，缺水喝吧？（众人惊异）俺愣了一下说……
　　　　我这个党支部书记带领乡亲们打过井。

众　人　打过！

盼　水　乡上、县上都派人来打过井。

众　人　打过！

盼　水　可塬上的黄土地渴透了，愣是打不出一滴水呀！

众　人　没水呀……

盼　水　政府给家家都建了水窖……（众人点头）可水窖建好了，老天爷他
　　　　不长脸啊！

众　人　不下雨呀……

盼　水　几年没下一场透雨呀！

众　人　几年啦！

盼　水　领导紧紧握了握我的手，没有说话……他和在场的村民都紧紧地
　　　　握了握手……

众　人　没说话……

盼　水　没过几天，宁夏军区给水团给俺们打井来了！

众　人　来啦！

盼　水　解放军说，哪怕把地球钻个窟窿，也要给乡亲们打出水来！

众　人　对着哩！

　　　　[钻井机的轰鸣声响起，众人倾听。

［喊水冲上。

喊　水　盼水叔，解放军把他们带的干净水都分给乡亲们了，他们现在没有干净水喝了！

众　人　咋办吗？

［水灵挺着大肚子冲出……

水　灵　爹！解放军都舀咱们水窖里的水喝，好多战士都病倒了！

众　人　咋办吗？

盼　水　是呀，战士们喝不惯咱这水窖里的水呀！喝一口，拉一天！

众　人　咋办吗？

盼　水　咋办……你娘她们已经带人给解放军送水去啦！

众　人　对着哩！

［盼水妻带一群妇女抱着各种塑料桶、矿泉水冲上……

盼　妻　水灵他爹，解放军不收！

盼　水　为甚？

众　人　为甚？

盼　妻　人家说心意领了，水不收。

众　人　咋办吗？

盼　水　哎呀，咱不能让打水的人喝不上干净的水呀！

众　人　对着哩！

盼　水　战士们干的那活儿，是人和铁叫板，铁和石头较劲啊，没日没夜连轴转啊！

众　人　就是的……

盼　水　二排长的脚让钻杆砸伤了，那脚肿的，最大号的雨靴子也穿不进去呀！他把那脚包起来，在钻塔上握着刹把子一站就是一宿啊……

众　人　就是的！

盼　水　等早上换班的时候，他那脚和铁板都粘一块了，拽都拽不下来呀！

众　人　就是的……

盼　水　乡亲们，咱别管用什么办法，一定要把水送上去，不能让战士们再喝窖水了!

众　人　对着哩!

盼　水　等水、喊水,把缸抬上来。

众　人　嗯?

盼　妻　你抬缸干什么啊?

盼　水　我说抬就抬!

众　人　抬!

　　　　〔众人将水缸抬上。

盼　水　解放军不是喝窖水吗?那咱们就给他们送窖水。

众　人　送窖水?

盼　妻　你这个脑子……

众　人　进水了吧?

盼　水　你懂甚!把纯净水、矿泉水都倒进缸里,咱就说这是窖水。

众　人　噢!

盼　水　解放军打井为咱老百姓,咱老百姓为解放军凑一缸百家水!百家
　　　　水,水长流,喝了它,钢筋铁骨鬼见愁。来,倒水!

众　人　倒水!

　　　　〔众人纷纷掏出矿泉水倒入缸内……

　　　　〔倒水的声音汇成喷涌的水流声……

　　　　〔喊水冲上……

喊　水　出水啦!

众　人　出水啦?

喊　水　水是甜的!

众　人　甜的?

盼　水　我亲口尝过了,井里的水真是甜的!

众　人　甜的!

　　　　〔众人欢呼雀跃……定格。

　　　　〔一阵婴儿清脆的啼哭声传来……

盼　水　就这么巧,解放军给我们打出第一口甜水井的时候,我的外孙子
　　　　降生了!

[水灵怀抱婴儿出……

水　灵　这孩子有福啊，一落地就有甜水喝！

盼　水　我给孩子起名叫——甜水！

水　灵　甜水！

众　人　甜水！哎呀，这个名字起得好……

盼　水　嘘！

[清泉流淌的声音……

[众人蹑手蹑脚围坐一片……

[水牛跑上……

水　牛　盼水爷爷……

盼　水　嘘……小点儿声。

水　牛　盼水爷爷，我们学校里的同学们天不亮就准备好了，就等着给解放军送行哩。

盼　水　好！解放军打井都累坏了，叫他们多睡会儿！我先说两句啊，乡亲们……

众　人　嘘……

盼　水　哦，（压低音量）乡亲们啊，今天，为咱们村打井的恩人们就要走了，咱们陡坡村全体回、汉村民，要用最隆重的仪式给亲人们送行……

众　人　对着哩！

水　牛　盼水爷爷，我有个礼物想送给解放军叔叔。

盼　水　什么礼物？

众　人　甚礼物？

水　牛　（掏出一张画）我画的，我们村的明天。

[众人围拢过来，将画展开……

众　人　哎呀，两只鹅嘛！

盼　水　你这孩子，咱村的明天就是两只鹅吗？

水　牛　爷爷，你见过鹅吗？

盼　水　电视里经常出现嘛，头上长个包，爪子不分瓣！它还有个晚辈叫鸭子嘛！（众笑）

水　牛	爷爷，你见过活鹅吗？
盼　水	咱这儿它不长这东西啊，我没见过。
众　人	没见过。
水　牛	解放军叔叔说，咱们村有水后就能养鹅了！今天我给解放军叔叔们送我画的鹅，明年我给叔叔们送我自己养的鹅。
盼　水	好！
等　水	盼水叔，我也准备礼物了。你看！（拿出一大一小两只鞋）
喊　水	一大一小咋穿吗？（众笑）
等　水	哎呀，井打完了嘛，水出来了嘛，可是二排长的脚现在还肿呢嘛，我媳妇亲手做的！
盼　水	好，想得周到！等一下就让二排长穿上。
众　人	穿上！
喊　水	盼水叔，人家给咱打出来的是以前拿命都换不来的甜水啊！我想来想去还是送锦旗合适。（拿出锦旗）
等　水	拉倒吧……你那个字拿得出手哇？歪歪扭扭地写得跟蝎子爬一样。
众　人	嘿嘿嘿嘿……
喊　水	这是写的吗？这是绣的！
等　水	你绣的？
喊　水	我娘绣的！这是俺娘用我们家舍不得用的被面子，一针一线绣了好几晚上啊，俺娘说，她绣得不好，可这全是心里话啊。（抖开锦旗）
盼　水	（读）渴了几辈子，今天喝饱了，苦了几代人，今天过好了！
众　人	渴了几辈子，今天喝饱了，苦了几代人，今天过好了！
盼　水	叫人！
众　人	叫！
等　水	我叫……
喊　水	我叫……
	［等水、喊水争执不下……
	［盼水妻跑上……
盼水妻	她爹！没人！

众　人	嗯？
盼水妻	只有一封信。
众　人	写的甚？
等　水	（夺信，念信）陡坡村的父老乡亲们，当你们看到这封信的时候，我们已经出发了……
众　人	啊？
等　水	西边的沙沟村是我们的下一个战场，我们一定会再接再厉，作出更大的成绩，感谢乡亲们对我们的关心和照顾，我们明年还会再来，再给乡亲们多打几口井，祝乡亲们的日子越过越好！致军礼，宁夏军区给水团一营三连全体官兵。

　　［滴水声渐渐形成清新的音符，流淌着……

盼　水	二排长啊，乡亲们都等着给你们送行呢，你们怎么就这么悄悄地走了？我们陡坡村的父老乡亲们祖祖辈辈都不会忘记你们的！
众　人	忘不了哇！
盼　水	敬爱的中央首长，解放军给我们村打了三口甜水井，有人说是救命井，有人说是致富井，有人说是小康井、爱民井……俺贫困山区的百姓能在家门口喝上甜水，这是村里人从来不敢想的事儿啊！乡亲们喝在嘴里，甜在心里，打心眼儿里感谢党中央、感谢共产党！感谢亲人解放军哪！
众　人	（各自重复着以上内容）……

　　［音乐响起："从小爷爷对我说，吃水不忘挖井人……"

　　［众人相继随盼水前行，向台下深深鞠躬……

　　［幕落。剧终。

　　　　　　　　　　（2009 年双拥晚会　与王宏、李文绪、王宏坤合作）

山村喜事

时间：当代
地点：蘑菇屯村村民黄河家院内

人物

黄　　河——男，60多岁，蘑菇屯村村民
村　　长——男，50多岁，蘑菇屯村村委会主任
张营长——男，28岁，某部工兵营营长
朱前友——男，40多岁，蘑菇屯村村民
杨发奋——男，40多岁，蘑菇屯村村民
新娘、蘑菇屯村男女村民及部队官兵若干

景置：三个巨大的粮仓，呈品字形排列，上面都贴着巨大的"丰"字。台前的
　　　石桌上，放着一本大红色礼账簿。

　　　　　　［幕启：欢快的音乐声中黄老汉兴冲冲上。
黄　　河　　蘑菇屯儿又是艳阳天，我老黄的地位要升迁，虽然名字叫黄河，
　　　　今天闺女要出嫁，我这黄河成了老泰山。（唱）我们就是黄河泰
　　　　山……听见没，那就是唱我呢。（拿礼账簿）哎呀！姑娘出嫁，随

礼的不少，写满了，该送的都送了，就差村长了。

[村长上。

村　　长　　老黄！

黄　　河　　来了，兔子叫门——送肉来了。

村　　长　　老哥，恭喜恭喜。

黄　　河　　别来虚的，礼账在这呢，该送多少自己填。

村　　长　　见面就要礼啊？

黄　　河　　不仅要，而且要多要，你是长辈嘛，你得长一倍。

村　　长　　我长十倍。

黄　　河　　那我宁可当你晚辈。

村　　长　　你姑娘是乡卫生院的院长，嫁的又是工兵营的营长，今天往军营
　　　　　　送嫁妆你打算怎么送啊？

黄　　河　　怎么送？咱们村送嫁妆过去是肩扛手提，后来是骑马赶驴，现在
　　　　　　我要来个跨越式发展，向部队学习，信息化主导，机械化开进，
　　　　　　创新发展是时代的主题，不是跟你吹啊，建国六十年天安门广场
　　　　　　的大阅兵看了吗？

村　　长　　你还打算给你闺女陪送两枚导弹啊？

黄　　河　　那玩意儿咱买不起，阅兵后边的彩车巡游你看了吧？

村　　长　　看了。

黄　　河　　跟那一个规格，今天我要给我姑娘扎个彩车。

村　　长　　人家那彩车展示的是国家的建设成就。

黄　　河　　我展示的是我们家的建设成就，大家小家都是家，小处生根，大
　　　　　　处开花。我那彩车上，冰箱是海尔，空调是雪花，光彩电我就买
　　　　　　了仨，家电下乡政府补贴，投桃报李，种豆得瓜。

村　　长　　说得好！你扎彩车的事全村都知道了，这不过年了嘛，大家想趁
　　　　　　这个机会，把送给部队的年货装到彩车上当嫁妆，直接送进军营。

黄　　河　　那不行，公是公私是私，你不能放到一块儿搅和。

村　　长　　老哥你想想，这些年要没有政府投入和解放军帮助，就没有咱这
　　　　　　条公路，如果没有路，信息进不来，山货出不去，咱能有今天的
　　　　　　好日子吗？往年春节，咱们打算给工兵营送点土特产，人家死活

不收，可是今年八一，人家派人偷偷来买了。

黄　河　明白了，这是看到国际上经济危机了，战士们自己掏钱来帮咱拉动内需了。

村　长　经济问题你也懂啊？

黄　河　懂，华尔街一场金融海啸，国际市场有点乱套，外国大亨嗷嗷直叫，油表指针上下乱跳，咱村经济也受影响，有些产品不太走俏，党中央的经济政策是灵丹妙药，下半年经济形势起稳向好出乎意料，GDP 超八奔九绝对保靠！

村　长　老哥，了不起啊！

黄　河　别崇拜哥，哥就是个传说。

村　长　别吹了，咱说点正事儿吧，送东西他们不是不要嘛，咱把年货装到彩车上，按嫁妆送，他想退都没法退！

黄　河　他敢退嫁妆我就敢把闺女领回来。

村　长　所以你得帮忙呀。

黄　河　明白，这叫明修栈道，暗度陈仓，对付解放军必须用军事手段。

村　长　太好了，上货！

　　　　〔众乡亲拿着各种年货上。

黄　河　等会儿，咱得说清楚，这是嫁妆，送的东西可得吉祥。

村　长　放心，都是咱村的老品牌。

王二嫂　我准备的大枣。

李大妈　我准备的栗子。

黄　河　有讲，早立子！上！

二柱子　我送的是大棚里的甜瓜。

三顺子　我送的是野生的蜂蜜。

黄　河　有讲，甜甜蜜蜜！上！

建　军　这是我们养殖场养的山鸡。

建　国　这是我们鱼塘里的鲤鱼。

黄　河　有讲，吉庆有余，上！

愣　子　我送的是梨！

黄　河　停！结婚有送梨的吗？太不吉利了，我看你小子没安好心，走！

343

（冲另一村民）你送什么？

铁　蛋　　蚕蛹。

黄　河　　蚕蛹？二愣子回来吧！

二愣子　　又要了？

黄　河　　你俩放一块儿就有讲了，这叫永不分离，上！

村　长　　好！差不多了，再装车上就全是货了，娘家人根本就没地方坐了。

黄　河　　出发！

　　　　　[朱前友、杨发奋二人各赶一群猪和一群羊从上场门、下场门分别
　　　　　上。猪羊分别由孩子扮演，卡通装束，活泼可爱。

朱前友　　唠……卧倒。

杨发奋　　嘚……趴下。

朱前友　　原地休息。

杨发奋　　躺马路上。

黄　河　　啥意思？整事儿呀？

朱前友　　村长，我们养猪场在咱村也算是支柱企业吧？

杨发奋　　我们养羊场在咱村也能顶起半拉天吧？

村　长　　也可以这么说。

朱前友　　那村里办这么大的事儿，咋没我们的事啊？

黄　河　　我说朱前友……

朱前友　　你别叫我老名，我现在叫朱有钱了。

黄　河　　我说杨发奋……

杨发奋　　我现在叫杨奋发了。

黄　河　　行，你就发吧，粪发大发了还能做沼气呢，我这儿办喜事呢，你
　　　　　们干吗这么大气儿啊！

朱前友　　（对黄）跟你没关系！拥军这么大的事儿为什么不通知我们呀？我
　　　　　是比别人矮一头呀还是矬半截呀？

杨发奋　　我是比别人挣钱少呀还是家底薄呀？

二人合　　这不是看不起人吗？

村　长　　谁看不起你们了？送这玩意儿不合适。

朱前友　　不合适？别忘了我们拥军是有传统的。

村　长	啥传统？
朱、杨	（边唱边跳）猪啊羊啊，送到哪里去啊，送给那亲人八路军……
村　长	有讲，上车！
黄　河	等会儿！这玩意儿能上婚车吗？我闺女往车上一坐，这边一头猪，这边一只羊，那是什么模样？那不成猪八戒背媳妇了吗？那不出洋相吗？
朱前友	啊呀，就算伴郎伴娘还不行吗？
杨发奋	找个丑点的当伴娘显你闺女更突出。
黄　河	滚！越说越不像话了！
杨发奋	不管怎么样，我俩必须上，要不然彩车就别想走。我们俩都是养活物的，解放军帮咱们修通了这条路，我们俩是最大的受益者，过去每次进城卖羊，我赶着羊得走三天三夜。
黄　河	听说了，把你累得够呛，羊也累瘦了，一进城一帮孩子就围上来了，说快来看啊，耍猴的来了！小兔崽子，你见过猴长犄角啊？
朱前友	羊好歹还能走山路呢，我那猪多笨啊，在悬崖上走一段，摔死一头，走一段，摔死一头，本来三天的路，我扛着死的，赶着活的走了一个礼拜，给人家送了一堆死猪！
黄　河	你没摔着就不错，你比猪还笨呢。
朱前友	自从工兵营帮咱修通了这条路，我上午开车进城送猪，下午就能回家数票子了，要不你姑娘办喜事我能随那么大份子？
杨发奋	我能给你这么厚的红包？
黄　河	（翻账本）啥也别说了，装车！
村　长	哈……出发！
	〔村姑们簇拥着新娘上。
	〔张营长和战士们上。
张营长	等等！
村　长	张营长，不是说好我们去送吗？你们怎么还过来迎了？
张营长	不矛盾，你们是送亲，我们是迎亲。
村　长	好！一条大路心连心，军民关系根连根，蘑菇村的姑娘嫁军营，咱们从此亲上亲！老哥，办交接吧。

黄　河	哎，（拉过女儿）给！
村　长	说话！
黄　河	父亲和女儿格外亲，牵着骨头连着筋，交给别人不放心，嫁给亲人解放军！
村　长	鼓掌！
黄　河	张营长，从今天开始，孩子就交给你了！
张营长	放心吧，大叔！
黄　河	叫啥呢？
张营长	爸！（敬礼）
黄　河	别客气首长。（还礼）
村　长	哎，你敬啥礼呀？
黄　河	给营长当爸，总觉得应该有点儿军事化。
村　长	送嫁妆！
黄　河	对，差点儿把正事忘了，营长啊，按照我们村里的老习惯，新郎一叫爸，先请看陪嫁。
张营长	等等！（接过村长手中的礼单）爸，所有的东西都在这儿呢？
黄　河	都在这儿呢！
张营长	哎呀……这么点儿呀？
黄　河	嗯？
张营长	不太够！
黄　河	不太够？
张营长	不是不太够，是太不够了！
黄　河	那你还想要多少？
张营长	有多少要多少！
黄　河	啊？村长啊，我有点儿晕，我姑娘嫁的是解放军吗？
女　儿	爸！大虎没让我给你说，今天，他要代表全营官兵送给咱全村一份儿大礼。
张营长	乡亲们！今年八一节我们从村里买了不少土特产，咱们村生态环境好，咱们的特产那是真正的绿色食品，好东西还应该有好销路、好市场、好价格，我们的战士来自五湖四海，那些土特产我都分

发给探家的战士和复员的老兵了，战友们说回去为咱蘑菇屯儿的特产作广告，找销路，他们把自己的亲戚朋友全动员起来了，你看，这是五份儿订货合同，这是要山鸡蛋的、这是要木耳的、这是要蔬菜的，人家还说，过了年就来，准备和你们建立长期的供求关系，还有的想到咱们这儿来实地考察，就在这里办工厂搞深加工，杨大哥、朱大哥，到时候你们就不用把猪羊运出去销售了，咱们在这儿直接就可以把猪羊变成罐头、火腿、红肠……到那时候，咱这些土特产的身价会打着滚儿地往上翻，那才叫富得流油啊！

村　长　张营长，谢谢！

众　人　谢谢！

黄　河　谢谢！孩子啊，我真没想到你们为我们想得这么周到呀，过去老兵复员的时候都在这黑土地上捧一把土带回去，没想到今天他们把土特产带回家了，解放军不仅帮我们打通了致富的公路，接通了电路，还帮我们找到了产品的销路，提供了发展的思路……当年打隧道的时候，咱东北多冷啊，战士们的手上冻得全是口子，滴滴答答往下流血呀。那次排哑炮，张营长第一个冲上去，一块石头砸在他腰上，差点要了他的命啊……

张营长　要不是乡亲们和小芳精心护理，我也恢复不了那么快呀。

村　长　要不是你那次受伤，也成不了这门亲事。

黄　河　乡亲们！大家可要记住，共产党、解放军是咱蘑菇屯儿世世代代的恩人！

众　人　谢谢！

张营长　乡亲们！乡亲们！千万别说这个谢字，当年为了掩护抗联将士，你们村有15位村民献出了生命，他们的墓就在这山上，他们当年可不是为这个谢字才去捐躯的！军民心连心，高山托长城，大山越稳定，长城才越坚固！

众　人　对！

黄　河　上车！

　　　　〔欢快的音乐声中，中间的粮仓升起，显现装饰一新的彩车，车头上挂着一个大红喜字。身穿节日盛装的村民和各种扮成农作物的卡通人站在车上，伴随着音乐的节奏做行进状。与此同时，两边的粮仓缓缓转动，显现军营的楼房和一群敲锣打鼓的战士。村长从车上走下，胸前佩戴着写有"司仪"两字的绶带。

村　长　婚礼开始!

黄　河　奏乐!

［欢快的音乐声中，彩带飘舞，花雨纷飞，众人簇拥新郎、新娘及黄大爷、村长走向台前，把手中的喜糖撒向观众。

［剧终。

（2010年双拥晚会　与张振彬、王宏合作）

村晚直播

时间：当代

地点：中国北方幸福村场院

人物

父　亲——男，60岁，幸福村村民

儿　子——男，30多岁，农民企业家

老伴儿——女，50多岁，幸福村村民

王　导——男，40多岁，乡文化站辅导员

男女老少众村民

景置：远山近水，幸福新村，一棵大树繁茂的枝叶覆盖着村头的场院。

　　　　　　［幕启：老伴儿背着大包小裹，端着导演椅上。

老伴儿　　今年粮食大增产，我村也要办春晚，儿子投资搞晚会，他爹非当
　　　　　　总导演，有请总导演上场！

　　　　　　［父亲穿马甲上。

父　亲　　来了！倒过葱、倒过姜、倒过篓、倒过筐、倒过花椒面、倒过
　　　　　　十三香，猪马牛羊都倒过，才知道，当导演导人最风光！放

　　　　　　　凳子！

　　　　　　　［老伴儿不情愿地放凳子。

父　亲　　　水杯！

　　　　　　　［老伴儿递水杯子。

父　亲　　　毛巾！

　　　　　　　［老伴儿递毛巾。

父　亲　　　喇叭！

　　　　　　　［老伴儿递喇叭。

父　亲　　　掐掐脖子！

老伴儿　　　我掐死你，我是你老伴儿，不是你老妈子。

父　亲　　　你现在是剧务！剧务、剧务就是具体服务。

老伴儿　　　我不干了！给你当剧务比给儿媳妇伺候月子还累呢，你这谱儿也
　　　　　　　太大了。

父　亲　　　你什么意思？我谱儿大，这事儿更大，让你当剧务是照顾你，说
　　　　　　　实话，比你年轻漂亮的女同志有的是，我都没启用，选你到身边
　　　　　　　最大的目的就是回避绯闻，知道不？

老伴儿　　　还回避绯闻呢，就你这模样绯闻回避你。

父　亲　　　好，你不想干马上走，孙老太太等着呢，她到我身边你就知道什
　　　　　　　么叫难受了。

老伴儿　　　还难受呢，老孙头整不死你。

父　亲　　　别跟总导演顶嘴！总导演和剧务的关系还用我重复吗？总导演喝
　　　　　　　茶你倒水，总导演说话你闭嘴，总导演休息你捶腿，伺候总导演
　　　　　　　要比伺候老公还要美！

老伴儿　　　你……

父　亲　　　别忘了晚会是你儿子投资，用自己人是为了节约成本！知道不？

老伴儿　　　知道了。

父　亲　　　续水！

老伴儿　　　哎！（倒水）

父　亲　　　通知演员集合！

老伴儿　　　报告总导演，早集合好了，就等你下令了。

父 亲	好！全场注意，预备……
	［儿子带王导上。
儿 子	爸、妈！
合	哎呀，儿子回来了……
儿 子	爸，我给你介绍一下，这位是咱乡文化站的王老师。
父 亲	王老师。
儿 子	是咱们乡村文化的大名人。
父 亲	大名人。
儿 子	是我为这台晚会请来的总导演。
父 亲	总……总导演？
老伴儿	（对父）你不是说总导演是你吗？
父 亲	别急，我问问。儿子，一台晚会有几个总导演啊？
儿 子	当然一个总导演啊。
父 亲	那他是总导演，我呢？
儿 子	你就是带着排练的秧歌头儿。
老伴儿	好啊，闹了半天你不是总导演啊？你太能装了，边儿去！（把导演椅搬到王导身边）总导演，请坐。
王 导	你是？
老伴儿	我是本晚会的剧务。
王 导	哎呀，你们村儿搞得挺专业啊。
老伴儿	我们都训练过了，剧务、剧务就是具体的服务，总导演喝茶我倒水，总导演说话我闭嘴，总导演休息我捶腿，伺候总导演比伺候老公还要美。
父 亲	哎呀我的妈呀！
儿 子	妈，这是怎么回事儿啊？
老伴儿	你别管，总导演，喝水！
父 亲	（拉过老伴儿）你傻啊你啊，我不是跟你说过了吗，外请导演得你儿子掏钱知道不？我当总导演不是为了给你儿子省钱吗？你怎么里外不分呢？
老伴儿	妈呀，我把这茬儿给忘了，老头子，还是你当。用句网络语言，

我顶你。

父　亲　对，咱俩一块儿，踩他！（对儿子）儿啊，爸给你商量商量，我带着全村排练了好几天，这总导演我当行不？

儿　子　哈……爸，你还导演呢，你捣乱吧，种地你是把好手，到啥时候也是个农民。

父　亲　农民咋的啦？新时期农民不平凡，想的干的都超前，飞机潜艇都敢造，当导演对我来讲算休闲，放凳子！

老伴儿　是，（对儿子）你就让他当吧！你看这派头多像导演啊。

父　亲　那当然，过去穿棉袄，现在穿马甲，过去抽烟袋，现在抽烟斗，马上准备留胡子了，上烟。（老太太递上烟斗）

儿　子　爸，你就别跟着掺和了。

父　亲　什么叫掺和呀？大发展大繁荣，农民也要来加盟，如果这次晚会成功，借此我就成立一个文化公司，名字我都想好了，叫想象力有限公司。

老伴儿　听见没有，这名字多豁亮，想象力！

儿　子　哈……想象力——有限！

父　亲　我想象力有限？守着电视和电脑，天下大事全知晓，我告诉你，文化体制改革了知道不？过去咱种粮食叫产业，搞艺术叫事业，现在艺术也产业化了，咱农民连续七年大增产，搞产业它产得过咱吗？

王　导　哈……老爷子的思维挺有意思，（对儿子）既然老爷子有这个愿望，我还真的挺忙，我先撤了。

儿　子　别，爸，你就别捣乱了，人家王老师晚会方案都做好了。

父　亲　我方案也做好了。

老伴儿　哎！既然都有方案，咱就和春节晚会一样，来一个现场竞标，你俩PK。

王　导　我跟他PK？

父　亲　咋的？嫌掉价啊？

王　导　我不是这意思。

父　亲　要得好，大敬小，你K我P。

儿　子	好！王导，先把你的方案给他说说。
王　导	我们这台晚会准备在电视上直播……
父　亲	落后了，我们这台晚会准备在电脑上直播……
老伴儿	网络直播！
父　亲	说网我怕他不懂。
儿　子	你懂网络啊？
老伴儿	懂！你爸一直在网上倒农产品、倒鸡蛋，对网络太熟悉了，他还在网上给晚会发了个帖子呢。
王　导	哦？怎么写的？
父　亲	本晚会网上直播大年初五，各大网站，沙发版主，及时点击，防止拥堵，网址是，达不留达不留达不留，幸福村，圈诶，点炕母。
王　导	哎呀，挺专业啊。
父　亲	不是跟你吹，自从我发布了办晚会的帖子，网上反响非常强烈，尤其是听说我当总导演的消息，跟帖的太多了，有赞的、有顶的，献花的特别多。
儿　子	拍砖的也不少吧？
老伴儿	对，拍他的可多了，为了上晚会，都拍他的马屁。
儿　子	我说的是拍砖，往下拍他！
父　亲	拍砖怕啥啊？拍得越狠，知名度越高，小树是栽出来的，大腕儿是拍出来的，王老师，你这么高的知名度，拍你的肯定也很多吧？
王　导	哈……对对对。
儿　子	爸，谁跟你说大年初五直播啊？我出钱办晚会这里面还有广告效应，我们定的播出时间是大年三十儿，只有黄金时段，收视率才能上去。
父　亲	拉倒吧，大年三十儿，你能干过中央电视台春节晚会啊？和它比收视率你不是以卵击石吗？
儿　子	那就放年前，大年二十九。
父　亲	双拥晚会档次更高。
王　导	我看大年初五网上直播可以，咱办自己的晚会不和别人抢收视率，

	要办咱就办个独特的晚会，就在这场院上，到时候在这后面挂上一块大画幕，上面画上咱们社会主义新农村的壮丽美景。
父 亲	挡住了！大画幕一撤，后面全是壮丽美景。
儿 子	你再美那也是真景啊！
父 亲	难道艺术非要假的吗？你看，食品加工厂、医疗卫生站、五保户敬老院，三个地方连一起，啥意思你知道吧？食、医、五！这就是我们村的十一五工程。
王 导	十一五工程？
父 亲	对！镜头一调，对面就是十二五，正建着呢。
儿 子	行，就算你景有了，有作品吗？
父 亲	他有吗？
王 导	现在还没有，我们准备请一批作家，来咱们村体验生活，写农民的事、写农民的情、写农民的变化。
父 亲	费事儿了！我们农民的事儿我们农民最熟悉，我们不仅写出来了，而且都排完了。
儿 子	排完了？
父 亲	老伴儿，上！（大爷掏出竹板，老伴拿出手绢，边舞边唱）农村变化真不小，幸福指数在攀升，公路修到大门口儿，有线电视频道多，新型合作医疗好，农民也有了退休金，城乡统筹结硕果，农民兄弟勇向前！勇——向——前！
王 导	哈哈哈，太有意思了……
儿 子	有什么意思啊？天上一脚地上一脚，一点都不合辙，都是村里的玩意儿，上了网谁看啊？
老伴儿	只有民族的才是世界的。
父 亲	只有村里的才是全国的！
王 导	好，没问题，作品是靠演员来表现的，到时候我请专业演员来演咱农民。
父 亲	绕远了，农民演农民最专业，演员演农民那才叫业余呢。
儿 子	胡闹，呜呜嚷嚷瞎起哄，台上一帮老百姓，这还能称得上春晚吗？

父　亲　谁说叫春晚？我们叫村晚！

王　导　村晚？

父　亲　村民的晚会，简称村晚！过去是演员演我们看，那叫被娱乐、被联欢，现在老百姓的需求不一样了，农民的晚会农民办，农民演出农民看，庄户话，庄户说，庄户人唱庄户歌！这就是老百姓的需求，村晚就是咱中国农民的品牌！

王　导　说得好！（对儿子）老人家的观念很新啊！

父　亲　那当然了，创新型社会嘛，别看我年龄大，按辈分我在中国也就算第九代导演吧。

老伴儿　老头子，再抽一袋。

老　头　那就第十代了。

王　导　哈……我看演员还真可以不请了。

儿　子　行！一般演员可以不请，但晚会上明星大腕儿绝对不能少。

父　亲　不能少，晚会能缺明星吗？那是亮点呀！我手里有几个明星，你审查一下看够不够档次。

儿　子　你手里有明星？

父　亲　剧务！

老　伴　到！

父　亲　有请全体演员和明星上场！

老伴儿　是，上场！

　　　　［众村民：来了——

　　　　［音乐起，全体村民上场。狮子、旱船、高跷、跑驴、大头娃娃、兔儿爷等一应俱全。勾脸的、打旗的、举灯的、戴花的，五彩缤纷。抱南瓜的、扛冬瓜的、身上戴蒜辫儿的、脖子上挂辣椒串儿的……五花八门。

父　亲　生旦净末丑，神仙老虎狗，唱念做打扭，样样全都有！

王　导　哎呀，阵容不小呀。

儿　子　爸！这都是村里的乡亲，哪儿有明星啊？

父　亲　儿啊，你过来，（拉儿子走到一村民前，摘下对方的大头娃娃，露出一个憨厚的农民）认识吧，刘小刚。

儿　子　他我能不认识吗？小时候一块儿掏鸟窝儿的。

父　亲　后来人家建鸟巢了。

儿　子　（小声地）爸，不就是个农民工吗？

父　亲　农民工怎么了？南水北调、西气东输、深圳特区、上海浦东、世
　　　　博会馆、亚运施工，哪里也少不了咱农民工啊，大伙儿说，他是
　　　　不是明星？

众　人　是！

父　亲　（走到一村民前，摘下对方的大头娃娃，露出一个漂亮的姑娘）认
　　　　识她吗？

儿　子　这不嫦娥她妹妹吗？

父　亲　对了，嫦娥她妹妹嫦娥二号，她是咱村走出去的大学生，现在都
　　　　参加探月工程了，你说，她是不是明星？

众　人　是！

父　亲　（走到一村民前，摘下对方的大头娃娃，露出一个中年汉子）这是
　　　　咱们的村支书，咱村是基层党组织建设的先进单位，这五年咱村
　　　　变化这么大，就靠有一个坚强的班子，你说咱支书是不是明星？

众　人　是！

　　　　〔一个穿作训服装、背背包的复员战士跑上。

小战士　乡亲们好，复员战士马小宝向家乡父老报到！

　　　　〔众鼓掌。

父　亲　（上前拉住小宝的手）还有他，马小宝，玉树地震、舟曲特大泥
　　　　石流，他和部队的战友第一时间赶赴灾区，就这小身板儿，一个
　　　　人在废墟里救出了五条人命，五条人命呀！大伙儿说，他是不是
　　　　明星？

众　人　是！

父　亲　孩子，明星是什么？明星就是咱老百姓啊！这些年我就想啊，咱
　　　　这个地球上怎么这么不消停啊，一会儿金融危机，一会儿局部战
　　　　争，这边台风海啸，那边地裂山崩，同样的大灾大难，为什么咱
　　　　中国这块儿地儿经过了大灾大难、大风大浪，照样是人寿年丰，
　　　　照样是安定繁荣！为啥呀？就因为咱中国人奋力拼搏、艰难抗争、

众志成城，就因为咱前面有颗最亮的星！就因为这颗星的周围有咱十三亿颗星，十三亿明星照亮了中国的天空！

王　导　大叔，您说得太好了，我相信这台晚会会引起强烈共鸣。

儿　子　既然这样我把钱投在拍摄设备上，租最好的机器，摇臂、轨道、彩虹机、烟雾器，把这台晚会打造成精品……

父　亲　不用，设备都有了，全是我们土造的。

众　人　土造的！（亮出手中的各种农具）

父　亲　又省油、又省电、又环保、又低碳、拍出片来准好看！

众　人　准好看！

王　导　（感动地）黄大叔，您不仅是个好导演，而且是个好父亲，老总，按你爸这个计划连投资都省了。

父　亲　不，该省的不能花，该花的不能省！剧务！

老伴儿　到！

父　亲　把儿子给的现金拿出来！（老伴儿从兜里拿出红包）儿子，爸替你做主了，咱把晚会的资金变成奖金，奖给我们的明星，奖给为咱村做出贡献的父老乡亲！

儿　子　爸，妈！我同意！

父　亲　（与老伴儿做出胜利的手势）耶！

王　导　总导演，下令开始吧！

父　亲　好！阳光普照惠民生，和谐盛世舞春风，九州同乐合家欢，政通人和万事兴！我宣布，幸福村村晚现在开始！

　［音乐起，三个主要演员演唱《好日子》，表演中，各种农具流动而过，两村民拿扁担代替摇臂摄像机；一村民推小车，车上有一村民拿 DV 拍摄，代替轨道车；一村民拿农药喷雾器喷出白烟代替干冰机……人们尽情舞蹈、欢歌，高潮处，两个脱粒机喷出稻谷化作道道彩虹。剧终。

（2011 年双拥晚会　与王宏、王宏坤合作）

安居小区饺子宴

时间：除夕夜
地点：安居小区幸福广场

人物

黄大爷——70多岁，小区"区长"
刘大叔——60多岁，小区居民，南楼楼长
张大婶——60多岁，小区居民，北楼楼长
小区居民若干

景置：舞台上挂有安居小区饺子宴的横幅，左右各有一张圆桌。

［幕启，鞭炮声中，黄大爷推着由红布遮盖的奖品上。

黄大爷　　老街坊、新邻居，大家过年好啊！我先自我介绍一下，本人是安居小区的区长，过去在棚户区也是区长，基本属于平调重用，位置提高了，上楼了嘛，过去咱是鼻子对鼻子眼对眼，平面生活，现在是一家顶一家，立体生活，咱不但要享受立体的幸福，也要找回平面的和谐。

众　人　　对！

黄大爷	大发展大繁荣，群众文化在基层，小区今天要搞饺子宴，赛一赛谁家的饺子有内容。
众　人	对！赛一赛谁家的饺子有内容！
黄大爷	除夕年年过，今年更欢乐！
众　人	饺子年年包，今年心气儿高！
黄大爷	南楼到齐了吗？
众　人	我们南楼齐了，就差队长刘大叔没来。
黄大爷	北楼齐了吗？
众　人	齐啦，就差队长张大婶没到！
黄大爷	哎呀这俩人，一个单身，一个光棍儿，同时迟到，一定有事儿，猫腻儿！
众　人	对，肯定有事儿！
	［张大婶、刘大叔跑上。
张大婶	来啦……来啦……
刘大叔	到了……到了……
黄大爷	俩人约好了一个点儿来啊？
刘大叔	啊？
张大婶	啊？
黄大爷	啊啥呀？约会都没那么准点儿的，过去在棚户区，你俩人住对门，你离不了他，他离不了你，你帮他遮风，他帮你挡雨。自打搬进新小区，一个宅男，一个剩女，现在咋还相互不理了呢？
刘大叔 张大婶	都忙。
黄大爷	啥都忙啊？你俩啥关系我心里有底。
众　人	啥底啊？
黄大爷	保密！
刘大叔	说我俩干啥啊？比赛赶紧开始吧。
黄大爷	好！乐队准备好了吗？
众　人	好啦！
黄大爷	锅碗瓢盆擀面杖，各种家什儿一起上，幸福民生交响曲，安居

小区……

众　人	大合唱！
刘大叔	区长啊，咱们比赢了给啥奖啊？
黄大爷	你眼睛小，这么大奖品看不见啊？
刘队众	我看像冰柜，我看像冰箱！
张队众	我看像彩电，我看像音响！
黄大爷	大家别喊也别叫，我这一揭幕，大家一定吓一跳！二位队长，对比赛有没有信心？
张大婶 刘大叔	有！
张大婶	我必须和他决出雌雄。
黄大爷	大妹子，雌雄就不用比了，男女大家都很清楚。兄弟你呢？
刘大叔	我一定和她比出高低！
黄大爷	你傻啊，还高低呢，就你这个头没比就败了，而且是惨败。
刘大叔	哎，过去在棚户区她高我低，那是在一个地平线上，现在上楼了，她住七楼，我住八楼，我高她一个层次。
黄大爷	就你这个头还层次？住在顶层也就算个阁楼。
刘大叔	（歪头看黄大爷）
黄大爷	这阁楼还是个斜顶的，不算面积。
刘大叔	别废话，上饺子！
刘队甲	（端上饺子）黄大爷，我包的饺子是素馅的。
张大婶	素馅的太平常了。
刘大叔	我们有讲，这叫由荤变素，生活进步！
张队甲	我们家的饺子只放酱油没放盐！
刘大叔	那能好吃吗？
张大婶	这叫由咸变淡，转变观念！
黄大爷	好，现在生活水平提高了，咱都得预防"三高"了。这两样饺子都是健康食品，我宣布，南楼北楼1比1平局，继续！
张队乙	我们家饺子是荞麦面做皮儿，四喜丸子做馅的！
黄大爷	怎么讲啊？

张大婶	这叫乔迁之喜。
刘大叔	拉倒吧，太牵强了，你包的是四喜丸子，乔迁之喜这才一喜，你得说出四个喜来，说说。
张大婶	喜……喜……
刘队众	洗洗睡吧！哦——
黄大爷	起什么哄啊？怎么没有四喜啊？一喜告别棚户区；二喜搬进安居房；三喜楼里有电梯；四喜家里有澡堂，包括茅房！
刘大叔	哎，说过了，这是五喜！
黄大爷	五喜都说少了，咱安居小区配套设施多全啊，幼儿园、图书室、健身区……下次你该包个石榴馅的，说十六喜都不为过。
刘大叔	哎，老黄头你是裁判，可别偏向女同志。
黄大爷	谁对我向谁！
刘大叔	咱这是饺子宴，你说什么茅房啊？要注意文明，那叫卫生间。
黄大爷	现在讲文明了，咱当初住棚户区的时候，厕所都在外面，尤其是大冬天，半夜出来上趟厕所那得下多大决心啊，记得那年12月24号晚上，天上下着大雪，你出去上厕所，一阵风把你家门关上了，你又没带钥匙，你光棍一个家里没人，在外边溜溜儿站了一宿，第二天早上我一开门吓我一跳，门口站了个圣诞老人。
刘大叔	那是我！
黄大爷	是，要不你个怎么没长起来呢，就那一晚上冻的。
刘大叔	冻还能影响长个吗？
黄大爷	这点儿常识你都没有吗？热胀冷缩嘛！要说你得感谢人家张大婶，要是没人家张大婶那碗鸡汤，你光棍早变冰棍了，为了给你熬鸡汤，张大婶半宿没合眼啊。
众　人	（唱）蒙山高，沂水长，我为亲人熬鸡汤……
张大婶	（害羞地）哎呀老黄，饺子比赛你说我干吗啊？快说饺子吧。
黄大爷	是，咱饺子比赛，别的事儿就不能往里搅，好，刚才四喜丸子这馅儿比较有创意，你们队什么馅儿？
刘大叔	他们有创意，我们有创新！
刘队丙	我包的是什锦饺子，里面有芹菜韭菜黄花菜，芥菜蕨菜卷心菜，

酸菜紫菜山野菜，白菜菠菜油麦菜。

刘大叔	十二种蔬菜包得全，基本概括这一年！
张大婶	十二个月有什么创新啊？哪年不是十二个月啊？
黄大爷	不，过去的十二个月是不平凡的十二个月，这是我国保障性住房建设规模最大、建设进度最快的一年，为了安居工程，为了让老百姓住有所居，在过去的一年里，党中央为咱们操了多大的心啊。
张大婶	你一个小区的区长连党中央的事儿你也知道啊？
黄大爷	区长虽然官不大，我站在楼上看天下！现在政治透明度多高啊，我不仅知道国家发生的大事喜事，我还知道党中央为了安居工程每个月都干了啥。
张大婶	我不信。
黄大爷	你听着！党中央经济会议做部署，为安居工程绘蓝图。一月份，国务院提出扩大覆盖面，给各级政府下任务；二月份，安居房写进"十二五"，各省市签下责任书；三月份，人大把规划纲要来通过，政协提案智谋足；四月份，针对工程建设来督查，国务院派出八个督查组；五月份，中央的补助资金全到位，建设进程加速度；六月份，三个确保齐推进，兑现承诺底气足；七月份，确保开工千万套，科学管理大投入；八月份，金融服务做支撑，为安居工程铺平路；九月份，中纪委深入工地做监察，四万公顷建设用地落实处；十月份，提出了阳光工程生命线，增加分配透明度；十一月，咱眼含热泪拿钥匙，欢天喜地来入住；十二月，全国又开工作会，党中央又把明年的任务来部署！
众　人	好！
刘大叔	说得好！
张大婶	好也不是你说的。
刘大叔	他替我说的。
张大婶	他替你说的不算！
黄大爷	停，争什么争！太拿区长不当干部了！我宣布，南楼、北楼2比2平！
张大婶	哎，就一份大奖，你这总判平，赛不出结果来，这个大奖是不是

归你了？

刘大叔　不，我判断，闹不好是两个奖，最后一家一个，大家欢乐，那就别比了，你直接给我们发了得了！

黄大爷　不！总共就是一份大奖，（对张大婶、刘大叔）一定是你的期盼，你的梦想！

刘大叔　那我们接着比！

张大婶　那我们接着赛！

刘大叔　那这回我们先来，我们这个饺子是花生馅儿的，上！

张大婶　饺子还有花生馅儿的？

刘大叔　对，王二嫂在棚户区里住的时候一直怀不上孕，搬到新家就怀上了，老中医一号脉是个龙凤胎，二嫂，你来！

　　　　［刘队丁挺大肚子上。

黄大爷　二嫂，孩子准备叫啥名呀？

刘队丁　区长，我们这俩孩子，闺女起名叫小花，儿子起名叫小生！

刘大叔　花生馅儿的嘛。

黄大爷　二嫂啊，幸亏你这饺子是花生馅儿的，要是跟月饼一样整个五仁馅儿的，你非生个五胞胎不可，人家这饺子有意思，你们还有啥绝招？

张大婶　他们是花生，我们是大学生，上。（女孩端饺子上）

张队丁　黄爷爷，我这馅儿可特别，我姥爷是老中医，我用两味中药拌的馅儿，壮骨草和桂圆，这叫状元饺子，是专门送给您的，您不是有关节炎吗？

黄大爷　你看这孩子多懂事啊，不愧是名牌大学的高才生，不容易啊，当年多艰苦啊，咱们房挨房不隔音，你一个人背题我们大家都跟着受教育，你哪是复习啊？你那是辅导啊。

张队丁　辅导？

黄大爷　可不辅导吗？记得那天她在隔壁背题，我和我老伴儿在我家收拾饭桌，吃剩了条鱼，她说扔了，我说不扔，老伴儿说你没听隔壁孩子说吗？剩余价值，剩余价值，一条剩鱼也是有价值的。后来我才知道这话是马克思说的，跟我这条鱼一点儿关系没有。

　　　　　　　　　［众人乐。

黄大爷　　哈哈……继续!

刘队戊　　（穿军装，端饺子上）区长，我这是栗子面的饺子，宫廷风味儿的馅儿。

黄大爷　　我知道了，你这叫立功饺子，连你的立功喜报我们都看到了。

刘队戊　　黄爷爷，当兵这三年我经常在梦里回家，可这次探家回来我找不到家了，咱们的城市变了、街道变了、家也变了，人的精神面貌变化更大!爷爷，回到部队我一定苦练本领，保卫咱们的新生活!（敬礼）

黄大爷　　好孩子，有出息!

张队戊　　（端饺子上，哑语）啊吧……

张大婶　　这是咱们小区的哑嫂。

张队戊　　啊吧……

张大婶　　她想告诉大家，她包的饺子是韭菜叶馅儿的。

刘大叔　　韭菜叶馅儿的?

张队戊　　啊吧……

张大婶　　她想告诉大家，搬进小区以后，政府安排她当上了保洁员，她就业了!

张队戊　　啊吧，啊吧……（不断鞠躬）

　　　　　　　　　［全体鼓掌。

黄大爷　　好啊!这饺子比赛比得咱心里热乎乎的，别管谁家的饺子，包的都是一份情感，那就是"民心"!今天的比赛，比出的是幸福指数，赛出的是真情实感!我宣布比赛结果，北楼获得一等奖。

　　　　　　　　　［众欢呼。

刘大叔　　我们南楼呢?

黄大爷　　南楼获得一等奖!

张大婶
刘大叔　　都是一等奖啊?那奖品怎么分啊?

黄大爷　　都是一等奖，奖品给队长!

众　人　　（大眼瞪小眼）怎么归队长呢?

黄大爷	别急，马上揭晓，请二位队长到幕后候场，本区长现在开奖！
	［黄揭开奖品上蒙着的红绸，俩队长镶在绘有婚纱和礼服的挡板后边，构成一幅婚纱照，结婚进行曲音乐起……在场的邻居们激动地鼓起掌来，刘、张站在景片后边，一脸茫然。
张大叔	区长，这是什么奖品啊？
黄大爷	婚纱照！
众　人	到底怎么回事啊？
黄大爷	我现在把这张底牌亮给大家！刘叔、张婶在棚户区就相爱了，当时房子紧张，他们为了各自的儿女始终没有走到一起，搬到安居房的第一天，他俩就偷偷地登了记。
刘大叔	你怎么知道？
黄大爷	给你们盖章的是我那没过门的儿媳妇。我给大家介绍一下，敲鼓的就是我没过门的儿媳妇！章就是她盖的。
	［鼓手敲鼓。
刘大叔	啊？登记处你还有卧底啊？
黄大爷	我知道，你们俩觉得自己岁数大了，不想惊动大家，不想让大家破费，可咱是多少年的老街坊，这是你俩的喜事，更是咱安居小区的喜事，其实办这个饺子宴，就是想给你们俩办个婚礼，红红火火的日子咱就得红红火火地过！
众　人	对！
黄大爷	我宣布，婚礼现在开始！
	［音乐声中，挡板转出已穿好中国式结婚礼服的两位老人。
黄大爷	下面请老新娘和老新郎入场！
刘大叔	你这太啰唆了，简化说。
黄大爷	好！下面有请老郎和老娘……差辈儿了！（众起哄）下面请新娘新郎交换信物。
刘大叔	老张，你的医疗保障卡我给你办好了，从现在开始，你看病查体打针吃药一卡全通！
张大婶	老伴儿啊，这是我的养老金证，我凭着它月月都能从政府那儿领取养老金！而且一年比一年多！连续七年增长！今天大权交给

你了！

黄大爷　无论是贫穷还是富有，你们能坚守一生吗？

张大姊　我能。

黄大爷　无论是疾病还是健康，你们能白头偕老吗？

刘大叔　我能。

黄大爷　好！下面进行第三项——

众　人　拜天地！

黄大爷　不！黄昏之恋，新事新办！今天咱不拜天，不拜地，用咱老百姓
自己的方式来表达心中的谢意，一鞠躬，感谢党的好政策！二鞠
躬，感谢各级好领导！三鞠躬，感谢咱们伟大的党！

众　人　感谢咱们伟大的党。

黄大爷　下饺子！

　　　　〔众人纷纷把包好的饺子倒入沸腾的大锅中。载歌载舞。

众　人　（唱）百家的馅儿、百家的皮儿、百家的大碗儿、百家的盆儿，盛
的都是新生活，包的都是好日子儿……

　　　　〔音乐中，众人鞠躬谢幕，幕落，剧终。

（2012 年双拥晚会　与王宏合作）

相逢在前线

人物

主持人

虎　子——解放军某部连长

艾燕燕——连长妻子

[幕启，主持人上场。

主持人　同志们，告诉大家一个好消息，我们很荣幸地请到了沈阳军区赴老山前线慰问团的家属代表、某部侦察连连长的爱人艾燕燕同志。下面请她和大家见见面。[艾燕燕一露头，边说边缩回幕里。

艾燕燕　哎呀，我出来早了吧？[主持人上前把她让出。

主持人　不早，不早，艾燕燕同志，你能不能和大家说点什么呢？

艾燕燕　我说不好。

主持人　同志们，艾燕燕在丈夫赴老山前线期间，一人挑起了家庭的全部重担。为此，地方政府授予她"支前模范"的光荣称号。艾燕燕同志，还是你自己谈谈吧。

艾燕燕　我真说不好，那这样吧，下面我就把来老山前线前写给战士们的一首小诗，在这里给大家朗诵一下。

主持人　还有诗呢，好！大家热烈欢迎。

艾燕燕　"东北老虎上老山，战斗打得真壮观。你们在前方打胜仗，我们在后方腰杆直"！完了。

主持人	完了？好，这首诗我怎么听着没有辙呀。艾燕燕同志，这么着吧，你能不能和大家谈一谈，你到老山前线后，最想见到的是谁呀？
艾燕燕	广大官兵呗。
主持人	她倒是会说，我是说你最想见到的是谁？
艾燕燕	干啥呀，×× 同志，同志们，他们这些当演员的最能开玩笑了，走一道，问一道，老问我最想见到的是谁，我说了能咋的，反正咱们都是合法夫妻了，我最想见到的就是……

〔人群中随着一声激动人心的呼喊，幕后蹦出了虎子。

虎　子	燕子！
艾燕燕	虎子！〔二人拥抱。主持人走到台前。
主持人	请看小品《相逢在前线》，表演者 ××、××。（下）
虎　子	（故意大声地）我的伤。
艾燕燕	（一惊，忙松手）伤？
虎　子	哎呀我的妈呀，你也太勇猛了，赶上第一捕俘手啦。
艾燕燕	伤哪儿啦？虎子，快让我看看！
虎　子	没事！走，进屋。〔主持人上场。
主持人	艾燕燕同志。
艾燕燕	虎子，这就是军区文工团的 ×× 同志。
虎　子	×× 同志，你好！
主持人	张连长，嗯，慰问团再有三十分钟又要出发了。你们小两口有什么事呀，抓紧时间办。
虎　子	三十分钟？这时间是紧了点儿啊。〔二人进屋，主持人下。
虎　子	哎，你别动，让我好好看一看，嗬！真漂亮呀！
艾燕燕	虎子，让我看看你伤哪儿啦？
虎　子	没有！哪儿也没伤！你看。（做动作）
艾燕燕	哎呀！行啦，行啦。
虎　子	（拿椅子）来，你坐这儿。〔二人坐下，对视……笑。
艾燕燕	来，让俺好好看看俺的大英雄。哎呀，黑啦！
虎　子	这个地方的紫外线照得厉害。

艾燕燕	瘦啦。
虎　子	可结实啦。哎！你给我带什么好东西啦?
艾燕燕	你等着啊！（打开皮箱）
虎　子	人参烟!
艾燕燕	抽了有营养。
虎　子	老龙口。
艾燕燕	我还给你放了二两鹿茸、一根人参呢，喝了之后补补身子。
虎　子	在这个地方也用不上啊。
艾燕燕	虎子，你把眼睛闭上。
虎　子	干啥呀?
艾燕燕	你闭上嘛!
虎　子	好，闭上。
艾燕燕	（从皮箱里拿出一块叠得方方正正的红色尿布）你嗅嗅。
虎　子	什么呀，这么香?
艾燕燕	你猜呀。
虎　子	我也猜不出来呀。
艾燕燕	你那没见面的儿子用的第一块尿布!
虎　子	啊！我儿子的尿布? 真香啊!
艾燕燕	废话，来前洒的花露水。
虎　子	我儿子的尿布，不洒花露水也香!
艾燕燕	虎子，你再看这个。（取出录音机）
虎　子	录音机?〔录音机里传出儿子的哭声。
虎　子	我儿子的哭声? 哎呀，哭得真好听呀!〔接着又传出喊爸爸的声音。
虎　子	我当爸爸啦，我当爸爸啦，真牛 × 呀!
艾燕燕	哎!
虎　子	啊！对对，在儿子面前说话要注意语言文明。〔录音机里传出一老人的说话声音:"虎子啊，上前线可要注意安全啊……"
虎　子	这是谁说的?
艾燕燕	孩子他爷爷。

虎　子	咳！你怎么都录到一块儿啦。
	［录音机声继续："孩子，你走了以后，可苦了燕子啦，白天她带孩子上班，晚上还要照顾我这老人，叫俺这当爹的不忍心哪！"］
虎　子	燕子，让你吃苦啦！（抱住艾燕燕）
艾燕燕	哎呀，看你那脏样！
虎　子	我这是工作需要。
艾燕燕	工作需要？
虎　子	对！这些敌人哪，买不起牙膏和香皂，我们化装侦察呢，也就得是不洗脸、不刷牙，学习他们那种不要脸的精神。燕子，我们侦察兵够有意思的吧！
艾燕燕	虎子，家乡的人把你们侦察兵作战的故事都传神了。有一次，收音机里正广播你们侦察兵作战的故事，咱爹耳朵背，听不清，咔叭一下就给关上了。他说："这戏匣子里也不播送点侦察兵作战的故事，净是什么'拔牙''锁喉'，老歌颂那些医院五官科的事。"
虎　子	你别说，咱爹这个岔打得还真有点水平。
艾燕燕	虎子，有时候我就想，等你凯旋的时候，身着一身儿新式军装，胸前佩戴军功章，咔，咔，咔，咔。
虎　子	哎呀，走错啦。
艾燕燕	哎呀，虎子，你过来，你坐这儿别动！
虎　子	干啥呀？
艾燕燕	戴上军功章，我给你照张像，好拿回去给咱爹，给咱厂职工看。
虎　子	等等，燕子，我的胸前要是没有军功章，你还给我照不？
艾燕燕	咋的啦？你犯错误啦？
虎　子	哎呀，你想到哪儿去啦。
艾燕燕	那咋会呢，人家报纸上都说你是英雄啦，要不然这次首长能让我来吗？
虎　子	燕子，在战场上有这么句话：要是把军功章看成自己的，军功章一点儿光彩都没有。也就是说，军功章后面，还有千千万万个英雄！
艾燕燕	啥？军功章后面还有英雄？那《十五的月亮》唱得好，军功章上

	有你的一半，也有我的一半，那也没有不戴军功章的英雄。
虎　子	燕子，你看看这个。
艾燕燕	这是啥呀？
虎　子	弹片！
艾燕燕	弹片？
虎　子	对！有一次我排了一颗地雷。
艾燕燕	你排雷啦？
虎　子	是呀，因为我想，我们连的战士很年轻，他们才十八九岁呀。可在回来的骨干会上，一个工兵班长哭着骂我："连长，难道我们都他妈的死绝了吗？要你亲自去排雷？你的价值不是排雷的！"就是这个工兵班长一次执行排雷任务，我嫌太慢，闯到了前头，他一把拉住我，就地一滚，滚下了坡。这个弹片就是从他身上取出来的。（沉默片刻）燕子，走后门儿这个字眼儿你不陌生吧？可你听说过在战场上走后门儿吗？就是这个工兵班长，他母亲病重，还带着年轻的妹妹，连里照顾他，让他回家看一看，可他找到我跟我套老乡，坚决要求参加捕俘组，去流血、去牺牲，他图个啥呀！我他妈都不理解。
艾燕燕	虎子！
虎　子	这就是我们的战士。可是，评军功是有一定比例的，你能说没佩戴军功章的同志，就不是英雄吗？
艾燕燕	虎子，你别说了，只要你能够打胜仗，能够把战士们安全地带回来，你就是不立功，我也从心眼里为你高兴，为你自豪。
虎　子	燕子！
艾燕燕	（拿出红腰带）来！把这个扎上！
虎　子	这干啥呀？
艾燕燕	红衣大佛……
虎　子	哎呀！燕子，这……
艾燕燕	虎子，祛邪免灾。
虎　子	（拿出国旗）燕子，你看，我们有这个！
艾燕燕	国旗？

虎　子	国旗。
艾燕燕	名字？
虎　子	名字。
艾燕燕	（念国旗上的名字）×××、×××、×××。
虎　子	我们的战士，在每一次出征前，全都在国旗上留下他们的名字。他们没有遗憾，没有遗言，只要求祖国能记住他们。他们有的不是英雄，却已长眠在南疆的大地上。但是，他们都是黑土地上成长起来的共和国的军人！
艾燕燕	虎子，我能在这上面签上字吗？
虎　子	能！因为你是军人的妻子，又是来前线的军人家属代表，当然有这个资格。来，留下你的美好祝愿吧！
	［艾燕燕庄重地在国旗上写了一个"爱"字。
虎　子	爱？
艾燕燕	爱。我爱你，我爱英雄，我爱所有前线的将士们！
虎　子	好！就让你的爱，伴随着我们全连勇猛地战斗吧！燕子，拿出家乡的烟，端起家乡的酒，去看看我们的英雄！
艾燕燕	哎！［二人跑向观众席，发烟、发糖。

　　　　　［剧终。

（1988 年在老山前线　与李新华合作）

零点哨

时间：一九九二年春节除夕夜
地点：北疆某哨所

人物

班　长——老东北
新　兵——小四川

　　［小四川高兴地将大红灯挂在了门前，然后进屋用毛笔在红纸上写
　　了个"福"字，哼着歌把"福"字倒贴在房门上，仔细地端详着。
　　［班长身背冲锋枪，高声地唱着"好一派北国风光"的京剧片段兴
　　冲冲上。

班　长　红灯挂门前，瑞雪兆丰年。小四川，干啥呢？
新　兵　班长，下岗啦？
班　长　这福字咋整的，贴倒啦？
新　兵　我说班长，这你就不晓得喽，福倒，福倒，福倒，这就是说让福
　　　　来到我们哨所。
班　长　噢，把福倒在这儿，全国就这么一个福字。哗啦一下全到咱这疙
　　　　瘩，别人咋整？咱们的口号是以苦为乐！
　　　　［班长拿起了笔写了个苦字，然后把苦字倒贴在福字上，将福字

　　　　　　盖满。

新　兵　　哎，班长……

班　长　　要倒呢，把苦倒在咱这疙瘩，把福留给全国人民。来吧，吃点东西，增添点热量，过会儿你还要上零点哨呢。（拿出方便面）

新　兵　　热量，热量，人家的热量是靠高蛋白，咱们的热量是靠热乎气。

班　长　　热乎气也顶一阵儿。来，吃点。

新　兵　　不吃。

班　长　　来来，吃点嘛。

新　兵　　我不吃。长这么大，过春节，还从来没有在大年三十晚上吃过这个东西。

班　长　　那你们那儿过年都吃啥呀？

新　兵　　好东西多得很。

班　长　　你可别吹了，你寻思我不了解四川呀？你们四川除了年糕就是辣椒，剩下的还有那山包……

新　兵　　你小瞧人！

班　长　　小瞧人，你们那儿有啥东西给我叨咕叨咕？

新　兵　　我们四川一过年，好东西都吃不完，辣鼋鱼、熘黄鳝、麻婆豆腐、担担面。过了腊月二十三，人人都把新衣穿，挂红灯、放洋鞭、贴福字、贴对联、听川戏、看彩电，总而言之那是好一派过年气氛。

班　长　　你说这些都没用，你说说大年三十晚上怎么过？

新　兵　　三十晚上家家户户包饺子，包完饺子，下饺子，下完饺子吃饺子，吃完饺子……

班　长　　咳！小四川，一个饺子有啥了不起的。常言说得好，过年了谁家还不吃顿饺……咱不提这饺子了，啊！〔小四川拿出一张照片。

班　长　　全家福！哎呀，你瞧这一家子！哎，这是你爸？

新　兵　　我哥。

班　长　　你哥长得够老的，哎，这是你姐呀？

新　兵　　是的。

班　长　　你姐长得挺漂亮，有姐夫吗？

新　兵	没得。
班　长	那也没啥希望，人家也看不上咱大兵，是不是？
新　兵	你胡闹！
班　长	对你姐夫就这态度？
新　兵	个老子涮坛子！
班　长	我这不是逗你玩呢嘛。哎呀！你瞧这一家子，过年还挺热闹？
新　兵	当然喽。吃完饺子，我们就磕头。
班　长	还磕头？怎么磕？
新　兵	那太讲究喽，是得有一番程序的。
班　长	都有啥程序？
新　兵	首先得有一个棉垫子。
班　长	噢，棉垫子？（把棉手套解下来）这棉垫子放到啥子地方？
新　兵	放到地下。
班　长	噢，垫在地下。（将手套垫到地上）这垫子放好之后呢？
新　兵	摆上椅子。
班　长	噢，摆上椅子。（将椅子放好）这椅子放好之后呢？
新　兵	请老人入座。
班　长	请老人……我先替他一会儿吧，（坐在椅子上）这老人坐好之后呢？
新　兵	我们就一字站好，整理衣服，站好位置，集体跪下，一叩首……（做磕头状）你占我的便宜吗？
班　长	我哪儿占你的便宜了？我虽然坐在这疙瘩，我这不恭恭敬敬举着你爸的相片呢吗？
新　兵	啥子班长！
班　长	我这不为让你高兴吗？小四川，我跟你说，刚才你形容四川过年的情景比起我们东北那差多了。我们东北是过腊月二十三就送那灶王爷灶王奶奶上天……
新　兵	啥子，你爷爷奶奶还要上天？
班　长	也就是说，上天上去把天下一年发生的什么事，都得跟天上说叨说叨。

新　兵	噢。
班　长	就跟咱连通讯员到营部汇报那个意思。
新　兵	哎，有意思。
班　长	大年三十晚上请财神见过没有？
新　兵	见过。
班　长	哎哟，请财神那场面之大，首先摆上供桌，然后摆上供果，请神的那位身穿长袍，迈着小步"嗖"地一下上去了。站到桌子上以后，往下这么一看，你知道看啥不？
新　兵	不晓得。
班　长	看谁腰包带了多少钱，心里得有个数，看完之后开始发功，钱……不行！
新　兵	咋个啰？
班　长	咱革命战士都是无神论者，对这迷信的东西应加以批判。
新　兵	噢，对头。班长再讲讲别的有意思的。
班　长	要说最值得提的就是咱东北的年货。
新　兵	年货？
班　长	啊，简直是堆积如山。分三大系列，首先是冻的系列：有冻饺子、冻豆腐、冻梨、冻柿子……
新　兵	哎，班长，听起来就冷得很。
班　长	冷没关系，咱有热乎的。炖的系列有：炖酸菜、炖白菜、炖土豆、炖豆腐、炖冻豆腐、炖血豆腐、炖肠子、炖血肠子、炖狍子、炖跳子……
新　兵	啥子？炖跳子不炖臭虫呀？
班　长	啥叫炖臭虫呀？跳子就是兔子，在我们东北管兔子就叫跳子。
新　兵	明白了。
班　长	要说最拿手的就是猪肉炖粉条子。我告诉你，过去有些文艺作品中，对咱东北的猪肉炖粉条子加以贬义，他那是不了解，那玩意儿吃起来才过瘾呢。大肉块子四方方，最短的粉条两寸长，从炕头拉到炕梢。小孩在上面跳猴筋，吃的时候挑起一根，找到头，放到嘴里"提拉突噜"地往里喂那才香呢。说完炖的系列，我再

跟你说黏的系列：有黏米饭、黏切糕、黏面糖饼……

新　兵　黏豆包。

班　长　都老皇历了，还黏豆包呢，现在不吃黏豆包了，都改成窝窝头了。

新　兵　啥子，过年还吃窝窝头？

班　长　我不是窝头翻个跟头你显大眼儿，过去窝头在我们那旮旯那是主食，现在那是点心，平时吃不着，过年尝个新鲜。我告诉你最值得一提的是，最热闹的就是正月十五闹花灯，老头老太太全发疯，八十多岁的老太太戴着大粉花，抹两个大红脸蛋，成群结队地上街扭秧歌，那小眼神比那小媳妇看着还舒服。

新　兵　班长，太有意思啦！

班　长　小四川，刚才你说的磕头的情节那都不对，我没好意思纠正你，怕伤了你的自尊心。

新　兵　咋个喽？

班　长　以后当着外人可不能那么说，那不让人笑话吗？哪有吃完饺子磕头的，那不把饺子"撅"出来了吗？应该是饺子一下锅就开始把头磕。

新　兵　噢，饺子一下锅，开始把头磕……

班　长　哎，这里面有个顺口溜，叫"先把凳子摆好，然后请上二老，（让新兵站到座位上）晚辈人在下面跪好，脑袋往下一叩……"我差点给你磕一个。

新　兵　哎，班长，一比一……

　　　　　［爆竹声突然响起。

新　兵　到了放鞭炮的时候了，就要到磕头的时候喽。可是，我现在呢，就要上岗喽，冰天雪地尿泡尿都得用棒棒敲，还说潇洒，我看是去了个潇字，光剩个"傻"喽！［《爱的奉献》音乐响起。

班　长　小四川，我理解你，远离爸爸妈妈，在外边过第一个春节肯定有些不习惯。是啊，在家里可以全家团聚，可以跟小伙伴们去放鞭炮，那可是每个青年人都可以做到，都可以拥有的。你想过没有，在除夕夜的晚上，能够拿着这杆枪去站零点哨的青年又有几个？这是祖国给我们的信任和荣誉。记得三年前，我刚来部队的时候，站的也是这班零点哨，当时我站在山上，望着山下张灯结彩，鞭炮齐鸣的情景，我的心里也不是滋味。我把打靶时留下的十发子弹全部压入枪膛，扣动扳机，对天长鸣，我要用我的枪声压倒整个山下的爆竹声……

新　兵　后来呢？

班　长　后来我挨了处分，不过从那天起我才知道什么是一个真正的军人。小四川，你知道军人意味着什么吗？〔二人走到贴有苦字的门前。

班　长　吃苦！苦在前，福在后，只有我们的苦，才能给人民带来福啊。（将苦字撕下，露出后边的福字）我们的苦是有价值的……

新　兵　班长，我去接岗。

班　长　好，我陪你去。〔二人拿枪，浑厚的零点钟声响起。

班　长　（深情地）小四川，来，给你的父母拜年！

新　兵　哎！〔歌声起："人海茫茫，你不会见到我，我在遥远的路上，风雨兼程……"

新　兵　爸爸妈妈，我们上岗喽，孩儿在遥远的北国给你们拜年喽！〔二人向远方敬军礼，歌声渐强。

〔剧终。

（1990 年沈阳军区　与梁巨才合作）

380

泄　密

（单人小品）

喂，总机吗？请接外线，市图书馆。喂，市图书馆吗？我是城西西港的驻军。

就是五六七八部队，过去七六八五部队改的，为了保密，我们这是对外的番号。

对内就是陆军四十五团，我们上回要的 1851 本书怎么样啊？哦，太多了，我跟你说。

这 1851 本书，主要是保证全团人手一册？哦，才能解决 100 多册啊，那才能保证一个班一册，这样，你再帮我增加 75 套，我把连排以上的干部都给解决啰！中吧？谢谢，谢谢！我们什么时间去取呀，哎呀，现在正搞演习呢！海陆空联合作战，军委都来人了。整个营房全部走空，就剩一个排值班。哦，你们能送货上门哪，那太好了！我们这儿特别好找，出了新华书店往西，一直地往西走，走到城西有一片营房，打头有四排迷彩房子，那是导弹仓库，穿过导弹仓库，有一排红砖房，那是特务连，往后一拐，一个小黄楼，一楼作训部，二楼指挥部，三楼就是保密室了，不过我们这儿大门把得特别紧，如果问你口令的话，你就说"团结奋斗"，哦，明天来，明天就变成"斗志昂扬"了！你看他拿枪不要害怕，一般站岗，枪里不放子弹，直接找我就行了，保密室谢干事，我叫谢密啊！

（1991 年）

巡　堤

时间：抗洪期间
地点：大堤上

人物

村长——60 多岁
电视台女记者——20 多岁
摄像男——20 多岁
将军——50 多岁
战士——18 岁

[幕启，蛐蛐声。村长手提灯上，向上台口。

村　长　二娃子，你那段大堤一定要看好，解放军把决口堵住了，咱们一定要严防死守。

二娃子　（话外）村长，放心吧。

村　长　（向下台口）睡不醒，我抽根烟过半个小时我再来换你，你千万别睡觉啊！

睡不醒　（话外）村长，我怎么睡呀，这么多蚊子。

村　长　有蚊子也好，省得我盯着了……（说着坐在沙包上，刚刚点着火，困得一下就睡着了。）[将军带着战士手拿电筒匆匆上场。（从上

场口）

将　军　　是谁在那儿睡觉呢?

战　士　　（急跑过去）这就是老村长。（欲叫，被制止）

将　军　　不要叫醒他，老人家这么大年纪了不容易呀。［战士举手要打村长脸上的蚊子，被将军抓住手，上前轻轻赶走蚊子，并将自己戴有少将肩章的迷彩服披在老村长身上。

将　军　　让他多休息一会儿吧。［军长、战士走下，电视台女记者和摄像，手持话筒，提摄像机匆匆上。

摄　像　　这可真怪了，听说前线有100多位将军，怎么到采访时一个都找不着了?

女记者　　就是呀，第一次执行任务，采访不到将军，回去怎么交代呀? （欲走，忽然村长的呼噜声大作，惊动了两位记者，二人同时回头，惊喜地……）

合　　　　将军!

女记者　　快! （手持话筒，开始播音）观众朋友们，当我们看到这位将军的时候，他已经累得在大堤上睡着了。（欲接着说，村长呼噜声起）听! 将军的呼噜响起来了! ［鼾声。

女记者　　铿锵有力。［鼾声。

女记者　　惊天动地。［一声变调的呼噜。

女记者　　当然刚强之中也有丝丝柔情。［向摄像示意。

女记者　　我们的将军多么朴实呀! 还穿着露脚趾头的布鞋。（往上摇，动情地）他那没有时间修理的胡须，已经掩盖了他真实的年龄，看上去更像一位农村的老大爷。推，推胡子特写。推。［把熟睡的村长惊醒，下意识地穿好衣服。

村　长　　不好，有情况! 哎呀，还扛着干啥，快往下扔啊! （抢过摄像机要扔）

摄　像　　不能扔，那不是麻包，是摄像机。

女记者　　（拦在村长面前）我们是电视台的。

村　长　　啊? 你那机器上红灯一闪一闪的，我还以为是洪峰警报呢!

女记者　　哎呀首长，我们是电视台的记者，想采访一下您。

村　长	采访我干啥，你们应当去采访战士。
摄　像	首长，您就给我们一点儿时间吧。
女记者	首长，只给一点点儿。
村　长	你别总首长首长的，哪能这么叫我呀，叫大爷。
合	哎！大爷！
村　长	不习惯哪，那叫同志，老同志。
女记者	老同志，这么晚了，您还在这儿亲自坐镇哪！
村　长	还坐阵呢！我一坐就困。〔两人大乐。
村　长	真的！刚坐一会儿这不就睡着了。
女记者	老同志，您跟着部队一定吃了不少苦吧！
村　长	我吃啥苦呀，部队那点好吃的，都让我吃了，不吃不行，战士们掰着嘴往里塞，他们塞得挺累，我吃得挺饱。〔大家笑。
女记者	您说话真幽默。（示意摄像录）老同志，您贵姓？
村　长	我看谁呀！
女记者	（记者跑到摄像机的一边，笑）老同志，您贵姓？
村　长	姓管。名字就不说了，现在说不吉利。
合	不，您一定告诉我名字。
摄　像	我们要做字幕的。
村　长	想当年，打仗的时候为了突出英勇，起名管勇，当时谁听谁说好，可现在，谁听谁烦，看见没有，这满大堤的沙袋都是预备堵我的。
女记者	您说话太有意思了，您是哪年参加革命的？
村　长	四八年。
女记者	（向摄像）老资格呀！
摄　像	四八年才是少将，进步够慢的。
摄　像	（女记者欲制止，摄像阻）那您在这个位置上干了多少年了？
村　长	四五十年吧！
摄　像	一直没动？
村　长	没动，我都不想干啦，岁数太大了，不行啊！这不，今年又选上了！
合	选？

摄　像	这将军还有选的吗？
女记者	哎！很可能是部队内部，干部制度有改革呗！咱不了解。（向村长）那您一定打过不少仗吧？
村　长	这可不是跟你吹，想当初，从四八年辽沈战役开始，我就推着小车一溜烟，一气儿推到长江边，到后来，他们打过去了，我就留这边儿。
女记者	想当年，百万雄师过大江，是为了解放全中国，今天，百万大军手挽手，也是为了保护国家和人民的利益，哎！老同志！您能不能从宏观上概括一下，这次胜利的决定因素。
村　长	宏观，啊！就是洪峰到来之前那关……（两人笑，摄像师从肩上拿下摄像机）
村　长	（看）那……我还说吗？
女记者	说说（示意摄像拿起摄像机）。老同志，您还挺内行。
村　长	自打一发洪水，在大堤上见过这个。宏观？
女记者	就是从大的方面。
村　长	我想主要原因有这么几点，一是咱们党领导得好！军队玩命干，咱们中国人抱团儿，咱国家富了，好家伙，这出现一个管涌就得几十吨的砂石往里填，砂石不够就填粮食，大米、黄豆，多少钱呢！这要不是改革开放咱国家有点儿存货，早完了！
女记者	您说得太好了！那您是怎样指挥千军万马挡住洪峰的？
村　长	（笑）这丫头，多会说话呀！还千军万马哪！我家里的骡子都是战士救出来的。
摄　像	（拉女记者）听这话，不像是将军啊！将军家里还有骡子？
女记者	那很可能是将军的家乡也遭受了水灾，别打岔。
摄　像	您歇会儿吧，老同志，像您这个级别的干部，在前线算是最高领导了吧？
村　长	这我得批评你几句，还是搞电视的，哪儿能连电视都不看哪！好家伙，江主席和中央领导全都亲临前线，和他们一比，我算啥呀，也就是个基层干部吧。
摄　像	这话听着像将军。

女记者	就是将军。（欲询问被村长打断）
村　长	这次在前线，将军和群众没有两样，整个部队都玩了命，尤其是解放军战士，刚开始是一个人扛三个麻包，到后来三个人拉不动一个，他们泡在水里一干就是两个月，他们烂腿、烂裆、烂肩膀，战士们扛完了麻包累得连筷子都拿不住，站在水里的战士，把饭盒漂在水面上，用手扒拉着往里吃，战士累到什么份儿上，上着厕所都能睡着了。（难过地低下头）
女记者	老同志，您别太难过。
村　长	谁家没有儿和女呀，哪个身体也不是铁打的，堵决口的时候，战士、干部一起儿跳，有位将军堵在决口处，我们大家往上拉他，说："将军，你不能跳啊！万一有个闪失，谁来指挥部队。"他说："我站在这儿和战士站在一起，就是以实际行动指挥部队。"
女记者	（激动地）太好了，拍下来了吗！（顺手拿下摄像脖子上的毛巾）
女记者	老同志，您坐。（扶村长坐在沙包上）老同志，我想统计一下，像您这样级别的领导，在咱们前线有多少？
村　长	那可老鼻子了。
女记者	有没有具体数字？
村　长	你算呗！全县200多个村，像我这样级别的干部，一个村一个。
女记者	（自言自语）噢！一个村一个。
	（正在喝水）
合	啊？村长啊？
摄　像	（急得在村长前转）咋的了，烫着了？
女记者	没有。（苦笑）
摄　像	您是村长啊？
村　长	啊！
摄　像	我还以为是军长呢！
村　长	这小伙子，这军长的肩膀上有牌牌，我这……（摸自己肩膀，惊呆了……音乐起）
村　长	这军装？
女记者	不是您的？

摄　像	大爷，我全明白了，肯定是在您睡着的时候，一位将军给您披上的。（村长手摸肩牌，激动地……）将军的肩牌也被沙包磨烂了。过去，光知道将军的肩牌又威武又好看，今天才知道，你们肩上的担子重啊！你们用肩膀扛起了一道梁；你们用胸膛挡住了一条江。你们这是堵完了决口，又来巡堤了，你们太累了。［摄像拿起摄像机准备拍。
村　长	你老拍我干啥呀！还不去找将军去。
合	对。
村　长	哎呀这边，我刚从那边过来。
摄　像	大爷，我带头，我年轻，眼神好。［两人下。
村　长	还眼神好呢！还吹啥呀！看见个披军装的就以为是将军。 ［下。

　　［小品结束。

（1998 年）

情系小汤山

人物

大爷、战士、护士

[当代。

[北京小汤山"非典"专科医院门前。

[幕启。

[着装整齐的小战士警惕地站在哨位上。

[大爷身穿特制防护服，戴防护帽、口罩、手套，扛一编织袋匆匆上。

大　爷　　闯过一关又一关，从东北来到小汤山，一咳嗽怕别人怀疑我"非典"，憋得我一路没抽烟。哎呀妈呀，憋死我了。（放下编织袋，掏出烟和火，准备点烟）

战　士　　同志，这儿禁止吸烟!

大　爷　　对不起! 不抽了。[大爷背起编织袋往院内走，被小战士拦住

战　士　　站住! 请您过来。

大　爷　　这还有条线呢。

战　士　　您这穿的什么衣服?

大　爷　　袋服。

战　士　　大夫? 您是哪个区的?

大　爷	不是大夫，是袋服，用化肥袋子做的防护服。你看这不都写着吗？（转身露出背后"化肥"字样）
战　士	净重 80 公斤……
大　爷	含氮 30%。
战　士	还真是化肥袋子做的防护服。
大　爷	连这都看不出来，这眼神还站岗呢。（欲走）
战　士	站住！没有证件不准进去。
大　爷	小同志，电视上都说了，在这非常时期内科、外科、骨科连牙科的医生都上来了。大敌当前，不分内外，我们万众一心对付病毒萨克斯。
战　士	萨克斯？还双簧管儿哪，那叫 SARS。
大　爷	叫啥？
战　士	SARS。
大　爷	SARS？中间没克啊？
战　士	没克！非典型肺炎，简称"非典"，学名 SARS。
大　爷	小样儿，还俩名呢。一个中国名，一个外国名，怪不得要中西医结合治疗呢。（欲进）
战　士	站住！没看这牌子上写着呢——凭证入内。
大　爷	小同志，我是来送药的，你知道不？我已经两天两宿没睡觉了，你知道不？
战　士	三天三宿也不行，"非典"时期认证不认人，这是铁的纪律。
大　爷	哎呀，你真是要急死我呀！（大爷伸手摸兜，掏出香烟和打火机点烟）
战　士	不能点！
大　爷	你不让我进，我就点。
战　士	不让进，你也不能点。
大　爷	你不让我进，我肯定点。
战　士	在这儿你绝对不能点。
大　爷	我非点！我非点！我非点！〔护士上。
护　士	谁非典？

大　爷	我非点！
护　士	你非典？
大　爷	我非点……烟。
护　士	吓我一跳，我还以为有疫情呢。现在是非常时期，这"非典"能乱喊吗？
大　爷	他逼我喊的。
战　士	我什么时候逼你喊了？
护　士	（冲战士）小刘，在医院门口"我非典，我非典"地乱喊，非出事不可。
大　爷	已经出事了。
护　士	出啥事儿了？
大　爷	在火车上我就要点烟，我老伴不让点，我打开窗户点，她还不让点，我跑车厢过道上去点，她还不让点，气得我一边点一边跟她嚷嚷，"我非点！我非点！"结果左右一看，两车厢人全吓跑了，值班员当时就把我隔离了，还以为我是疑似病人呢。（护士、战士大笑，大爷冲战士）笑啥？严肃点儿！
战　士	是！
大　爷	好好站岗！
战　士	是！
大　爷	（冲护士）走，你陪我进去。
护　士	好！
战　士	……站住！没有证件绝对不能进去。
大　爷	这医生可以给我证明啊。
护　士	（莫名其妙）大爷，您先在这儿等会儿。（转身冲战士）这到底怎么回事？
战　士	这位老乡，说是来送药，非要进去不可。
护　士	送药？
大　爷	（急忙上前）姑娘，首长，首长姑娘！我带的这是样品，我老伴还在火车站等着呢。只要领导一认可，我们就大批往这儿运。
护　士	您是哪个单位的？

大　爷	东北，大盘岭乡，蒜薹村。
护　士	我问您这药是哪儿生产的？
大　爷	还哪儿生产的？咱自家产的，（说着打开编织袋，拎出一辫大蒜）我们家乡的特产——独头蒜。
战　士	唉，闹了半天，您装的是蒜！
大　爷	你才装蒜呢！姑娘，你可别小看这大蒜。我们村从群众到村干部，家家户户吃大蒜，熏得苍蝇往外跑，熏得蚊子团团转，医务人员来检查，呼啦熏倒一大片。SARS病毒全熏死，我们村一个"非典"病人没出现。
护　士	大爷，SARS病毒很顽固，光吃大蒜是没有用的。
大　爷	姑娘。我们村的大蒜和别处的可不一样，真正的绿色食品。再说了，这是我们老百姓的一片心呢。
护　士	大爷，谢谢您的好意！可现在隔离区里太危险了。
大　爷	啥？危险？解放军就不怕危险吗？建筑小汤山医院是个奇迹，解放军进驻小汤山医院更是奇迹，一夜之间神兵天降。电视上我们都看见了，新婚刚三天的解放军上来啦！孩子不满周岁的解放军上来啦！家中有父母病重卧床的解放军也上来啦！今天站着抢救别人，明天没准儿自己就会倒下。唐山抗震，你们冲上去了；九江抗洪，你们冲上去了；小汤山抗"非典"，你们又冲上来了。二十多岁的姑娘都不怕，我个糟老头子怕啥呀？
护　士	大爷，您的心意我们都领了，可是真不行，您绝对不能进去！
战　士	就是啊，就是进去也得严格检查身体。
大　爷	明白，不就是量体温吗？（说着，掏出体温计）我带着呢！
护　士	大爷，您还随身带着体温计呢？
大　爷	这就叫随身带着随时量，"非典"时刻要提防。（说着把体温计夹到腋下，又从兜内掏出一张纸递给护士）对了，这是我一路上的体温记录，请医生同志过目。
战　士	大爷，看不出您自我防护意识还挺强。
大　爷	放心！我们是给北京献热情来的，不是给北京献病情来的。
护　士	哈尔滨三十六度一、长春三十六度二、沈阳三十六度三、山海关

三十六度四……

大　爷　别看了，一站一度，东北方面情况良好。

护　士　哎，大爷，您这体温怎么越往南走越高啊？

大　爷　这就叫体温随着气温变，不过最高天津也没超过三十六度六，基本不属于被控制对象。

战　士　嘿，大爷，没看出来，您还是个行家呢。

大　爷　还行家？体温三十五，心里别打鼓，体温三十六，啥病都不够，体温三十七，不能坐飞机，到了三十八，赶紧待在家，一到三十九，马上去自首，要不然，发现你也别想走，逮着你一隔离就是十几宿。（护士、战士乐。大爷说着，掏出腋下的体温计）到点儿了。不是跟你吹，咱这体温绝对正常，三十九度六。（把护士和战士吓了一跳，马上戴口罩）

战　士
护　士　多少？

大　爷　三十九度六……哎呀，妈呀，咋这么高呀？可能是穿得太多捂的。（说完就脱防护服）

护　士　小刘！

战　士　到！

护　士　马上进隔离区！

战　士　是！（冲大爷）大爷。

大　爷　到！

战　士　请进！

大　爷　不是要证件吗？

战　士　不用了，您的体温就是证件。

大　爷　（冲观众）看来这招儿挺好使。那我进去了啊？

护　士　等会儿。（接过大爷的体温计看）哎，这不三十六度九吗？

大　爷　刚才可是三十九度六啊。

护　士　您甩了吧？

大　爷　甩了，我刚才甩了好几下呢！

战　士　没甩，我没看见您甩啊。

大　爷	我自己甩没甩我还不知道啊？我甩甩打打就过来了。
护　士	（掏出本子边问边记）大爷，您是坐火车来的吗？
大　爷	对。
护　士	多少次列车？
大　爷	39次。就这次数不吉利，要坐36次，体温就肯定正常。
护　士	您坐在几号车厢？
大　爷	从车头找到车尾，没座啊。
护　士	坏了，看来全火车的人员都要一一排查。
大　爷	我这不成祸害了吗？
护　士	中途下车了没有？
大　爷	下了。
护　士	在哪儿下的车？
大　爷	唐山。
护　士	哎呀，您到唐山干什么去了？
大　爷	光听电视上说小汤山小汤山，我还以为这医院在唐山呢。
护　士	这下麻烦了。
大　爷	我在站台上一打听在北京，我又上来了。
护　士	（拿起体温表）再试一遍。
大　爷	不用了，这表挺准的。
护　士	试！
大　爷	是！
护　士	（冲战士）看着他，我打个电话，向里面汇报一下情况。
大　爷	坏了，这下非露馅儿不可。
护　士	（打电话）护士长，大门口发现一个疑似病人，正在试体温，过一会儿有了结果再向您汇报。
大　爷	（冲战士打喷嚏）你老盯着我干啥？
战　士	我怕您乱动。
大　爷	你总盯着我，我能不紧张吗？一紧张，一受惊，体温肯定往上升。
战　士	大爷，您的心情要舒畅，体温才会往下降。
	［大爷打喷嚏，战士躲。

大　爷　往下降，真要降下来我还能进去吗？

战　士　你说什么？

护　士　到点了。

［大爷取出体温计欲甩。

护　士　别甩！

大　爷　我自己会看。

护　士　给我，三十六度九。

大　爷　（一屁股坐在编织袋上）我说这大蒜好使嘛，往这儿一坐，体温下落了。

战　士　哈……我早就知道您骗我们呢，刚才您就没往下甩。

护　士　您体温正常。

大　爷　坏了！这体温一正常，我又进不去了！

护　士　大爷，您为什么非要进去呢？

大　爷　姑娘啊，除了送大蒜我还有个心愿，临来之前，全村老少给我做了这套防护服，就是为了让我走进隔离区，像中央首长和军委首长那样，亲自和第一线的医务人员握握手，给他们打打气呀！

［音乐起。

护　士　大爷，我代表解放军的医务人员谢谢您啦。

战　士　大爷，谢谢您！

大　爷　应该谢谢你们呀！好，我马上就去火车站。

护　士　大爷，您慢走！

战　士　慢走！

大　爷　我走啥呀。火车站还有一大堆蒜呢，一会儿我还回来呢。（冲观众）就看老伴体温怎么样了，她要是高，兴许我还能混进去。（下）

［护士、战士目送着这位老人。

［音乐中剧终。

（2003 年　与王承友合作）

394

喜从天降

时间："神七"太空飞行的日子里
地点：妇产医院产房外

人物

大　爷——60 多岁
大　娘——60 多岁
女护士——20 多岁

景置：舞台上有一块白色景片，一条白色长椅，女护士兴高采烈上场。

护　航天工作者们，你们好！你们辛苦了！高兴高兴真高兴，举国上下齐欢
　　庆，喜看"神七"上太空，盼望归来更激动，大家说对不对？嘘……小
　　点声，我们这里需要安静。（翻过景片，露出"产房"两字）
　　［大娘急匆匆上……

娘　姑爷在酒泉来当兵，姑娘在产房就要生，这姑爷关键时刻指不上，还得
　　让老丈人替他姑爷当老公，老头子，快走啊！
　　［大爷抱着一堆婴儿衣服和用品，挎着一个小摇篮，手拿报纸，上场。

爷　看见了吗？2008 年，大事儿一桩接一桩，好事赖事都成双，众志成城

化冰雪，八级地震心不慌，北京奥运创辉煌，"神七"太空谱新章。概括起来说，2008上半年多难，下半年兴邦！我来介绍一下，这是我老伴嫦娥，我是她老公吴刚。（又要看报纸）

娘 　你别尽说那没用的，姑娘就要生了，你还看啥报纸啊！

爷 　我得关心国家大事！

娘 　你关心国家大事，家里的事怎么不关心啊？

爷 　我怎么不关心，这不在超市给外孙子买了一堆东西嘛！

娘 　都买啥了？

爷 　奶粉。

娘 　三鹿的？

爷 　啥三鹿的！那玩意儿早就下架了，飞天的，航天员指定奶粉，相当于太空食品。

娘 　你别跟我太空太空的，还买啥了？

爷 　出舱服。

娘 　什么出舱，孩子还没出生呢！

爷 　别着急，医生说了马上出舱。

娘 　你……

爷 　我告诉你，这出舱服便宜，"神七"那出舱服3000多万一套，咱这出舱服30块钱两套。

娘 　两套？一套国产的，一套俄罗斯的？

爷 　啥俄罗斯的？两套全是国产的。你看这不是写着呢吗，Made in China！

娘 　还有呢？

爷 　返回舱。（拎出一个小摇篮）

娘 　摇篮就说摇篮呗，还返回舱！

爷 　这是一般的摇篮吗？这是航天员的摇篮，我总觉得这摇篮跟返回舱差不多。你看咱外孙子出生得躺着，航天员在舱里也得躺着，航天员在空中飘着，咱这摇篮也在空中飘着，从小适应太空失重，长大上天兴许有用。

娘 　你能不能说点人话！

爷　我怎么不说人话了？

娘　你哪句是人话？

爷　我哪句不是人话？

娘　你一上来就太空食品、出舱服，这又整出个返回舱，这跟生孩子有啥关系？

爷　咋没关系呢？〔*女护士上。*

护　大爷、大娘请安静！你们是产妇家属吧？

娘　对。

护　几号床？

爷　神七。

娘　七床就七床呗，你还神七！

护　七床的产妇正在待产！

娘　啥叫待产？

爷　这还不明白，待产嘛，就等于火箭发射前的倒计时，五四三二一，一按电钮，唰，孩子就出生了。（*发现大娘在看着他，不出声了*）

护　大爷说得太形象了，其实待产就跟出舱一样，走出舱门就是一个神奇的世界。这是我国航天里程上迈出的历史性一步。

爷　哎呀，姑娘，这话说得太严谨了，跟报纸上一模一样，一个字都不差呀。

护　大爷，我是个航天迷。

爷　那我是个老迷啊！她叫嫦娥，我叫吴刚。我俩是在农村草垛上看星星认识的，她说我是牛郎星，我说她是织女星，后来我俩跨过银河就走到一块了。（*拉住女护士的手*）

娘　你跟我走到一块拉人家手干啥呀？

爷　我这不想起年轻时候了嘛。我俩结婚那天，正赶上咱们国家第一颗人造卫星发射，我俩是踩着《东方红》的乐曲步入婚姻殿堂的。

护　太浪漫了！不瞒你们说，"神五"发射那天，我们接生的全是独生子，"神六"发射那天，我们接生的基本上都是双胞胎。

爷　老伴呀，兴许咱姑娘今天能生仨呀！

娘　行了，行了，你张口"神七"，闭口太空，这跟你有啥关系啊？

爷　怎么没关系啊！要没有咱姑爷"神七"能上天吗？

护　你姑爷？

爷　那当然，要不是他忙"神七"的大事，我们能替他来侍候月子吗。

护　噢……怪不得，东北口音。你姑爷是翟志刚。

娘　人家孩子都上高中了。

护　刘伯明？

娘　人家孩子快考大学了。

护　景海鹏？

爷　越整越远，又跑山西去了。

护　您老肯定是谦虚，你姑爷一定是航天员。

爷　瞎说，要给航天员当岳父，我不成航天之父了吗？

护　你姑爷到底干啥的？

娘　警卫连连长，给发射场站岗的。

爷　站岗的咋的，如果没有我姑爷给火箭和飞船站岗，我们的"神七"发射能万无一失吗？报纸上都说了，航天员光荣，航天工作者也光荣，为航天事业服务保障、默默无闻、甘愿奉献的人更光荣，航天员代表祖国登上太空，那是无数双手在托举着他们！

护　大爷说得太好了，我先到里边看看，等会我把您的外孙子托举出来。

爷　你忙，你忙。（看报纸）

娘　（抢过报纸）别看了。

爷　不看就不看，我看电视。（拿起遥控器选台）看见没有，航天员出舱精彩回放，你看这航天员在舱里跟咱看 B 超，孩子在娘胎里一样，出舱的时候，身上那根绳子，就像婴儿的脐带连着自己的母亲一样啊。

娘　都放了多少遍了，你还看。

爷　我就是看不够，看不够胡主席和航天员天地通话，看不够五星红旗在太空高高飘扬。〔女护士急上。

护　大爷、大娘，产妇难产！

娘　难产？

护　您二老千万不要着急，为了航天工作者的后代，我们的医护人员一定会全力以赴的，有事我会及时通知你们。（返回产房）

娘　我姑娘她怎么就难产呢？

爷　别着急，这就跟飞船着陆通过黑障区一样，过了那一阵就好了。

娘　你别瞎联系，咱姑娘这是难产！

爷　我知道，可难产也得产啊。

娘　那得多难呀。

爷　谁不难呢，（音乐起）家有家的难，国有国的难，当初航天人在荒原上，平地建起一座航天城，难不难？白手起家造出自己的火箭和飞船难不难？从无人飞行到太空出舱，一步一个脚印难不难？从零点起步到一个航天大国，这过程难不难？远的不说，八级地震突然袭来的时候，我们的国家难不难？我们的人民难不难？只要挺直腰板，什么事也难不倒中国人！〔音乐声中，传来出生婴儿的啼哭声，护士抱着婴儿上场。

护　生了，生了！又一代航天人出生了！

娘　（接过婴儿）孩子，这我心里就踏实了。〔突然传来"神七"着陆的轰鸣声和解说声，"神舟七号"完成太空飞行和出舱任务，凯旋归来，胜利着陆！

爷　好啊，这回我这颗心才算落地了。我为伟大的祖国骄傲啊，我为你们这些航天人骄傲啊！〔强劲的音乐中，三位航天员出场，二位老人迎上前去。

爷　孩子们你们辛苦了！我们谢谢你们，祖国人民谢谢你们！

翟　感谢全国人民对我们的支持！

刘　感谢党和军队对我们的培养！

景　我们要不辱使命，向着更高更远的目标一往无前！

合　永远进发！

翟　敬礼！

〔三人敬军礼，音乐推向高潮。

（2005 年庆祝"神舟七号"飞船发射　与张振彬合作）

二十五个孩子一个爹

黄宏担任编剧、导演、主演。本片获"金鸡奖"导演处女作奖、"百花奖"最佳故事片奖、夏衍电影文学奖、伊朗国际儿童电影节金蝴蝶奖、长春国际电影节银鹿奖、雅典国际电影节最佳故事片奖、日本国际儿童电影节最佳故事片奖等20多个电影节的重要奖项。

故事梗概：

改革开放以来，人民的生活有了极大的改善，党的富民政策使一部分人首先脱贫致富，赵光就是其中的一个。养鸡大户赵光，出身孤儿，是下沟村的乡亲把他拉扯大的。小时候没有衣服穿，人们叫他赵光腚，到了岁数娶不上媳妇，人们叫他赵光棍，如今靠劳动致富，人们又叫他赵光荣了。赵光在县表彰会上，将相亲用的一万元钱捐给了福利院的孩子。这一举动引起了新闻媒体的关注，面对摄像机，善良、热情、易冲动的赵光说出"愿为所有孤儿当爹"的豪言壮语。不料，这句大话为他带来了不小的麻烦，十里八村的孤儿和冒充孤儿的孩子一起拥向下沟村"认爹"。二十五个孩子难以驯服，把下沟村搞得鸡飞狗跳。面对这种局面，刚刚当选典型的赵光骑虎难下。起初，用养鸡的方式驯服孩子，但没想到，孩子比鸡难管得多。为了满足孩子们的求学愿望，村委会建议赵光用学习把孩子们拢起来，为此，大字不识的赵光赶鸭子上架办起了临时学校，由此引发了一连串的笑话……乡亲们对赵光的做法产生了抵触情绪，尤其是未婚妻刘桂清和她的母亲更是难以接受……通过一段时间的朝夕相处，赵光和孩子们产生了深厚的感情，同时也找到了自身的人生价值。最后在各级组织和乡亲们的协助下，孩子们终于有了自己的归宿。

该片采取"悲剧喜唱"的方式赢得了观众及业内人士的认可。

剧照

阳光天井

黄宏担任编剧、导演、主演。本片获得"北京大学生电影节"优秀儿童演员奖。

故事梗概：

这是一个发生在北京普通的天井院的故事，院中房屋拥挤，邻居说句话都会传到隔壁，谁家做点好吃的，都能闻出来。没有隐私、没有秘密，相处起来有争吵、有温情。

单身男人田玉敏带着8岁的女儿妞妞生活，女儿不知父母已经离婚，以为妈妈远在美国。为了不使女儿受到伤害，田玉敏求助于同事耿梅，扮演媳妇，用电话跟女儿沟通，不料，一次被妞妞识破，田玉敏和耿梅无奈之中只好假扮夫妻，由此产生一连串的笑料……

天井院早日一派热闹，如今由于搬迁，只剩下寥寥几户。李爷爷就住在田家对门，是妞妞最亲近的邻居，在这个寂静的天井院中，中年人整日在外忙碌，最孤独的就是80岁的李爷爷和8岁的妞妞。由于李爷爷行动不便，把自家的玻璃当成黑板，经常在玻璃上写字，传授妞妞一些课外知识，没想到妞妞学的字，都是反的，正忙没帮好，倒忙受埋怨……

剧照

但人间的真爱是小院的永恒，每个邻居都是时代的缩影，人人心中的天井，都有一束不灭的光……

让我们记住

黄宏担任编剧、导演、主演。本片获"五个一工程奖"，黄宏本人被授予首都抗击"非典"先进个人银质奖章、北京形象大使。

故事梗概：

年轻的护士林琳本来和父母一起过着无忧无虑的生活，父亲是医院院长，母亲是医生，男友为记者。邻居出租车司机赵勇在工作中感染了"非典"，使整个小区都被隔离起来了。

作为院长的父亲，把女儿派到一线，进入隔离区前，亲手为女儿剪掉长发，那是一种特殊的告别。

这场突如其来的灾难，使整个首都陷入困境，街头巷尾车辆人数极度减少，恋人在机场、车站告别，也常会出现戴着口罩吻别的画面。面对"非典"，有的人坚强，坦然面对，积极防治；有的人惶恐，局促不安，担惊受怕，由此引发一连串有血有肉、有情有义的感人故事，党和政府在这场特殊的战役中也面临着考验。

在短短半个月隔离期间，人们在"非典"面前并肩奋斗，记者、医务人员……人生百态一一凸现。女儿林琳在一线被感染，父母忍着巨大的伤痛抢救着隔离区内的女儿。面对长辈，他们强颜欢笑，最终，女儿在这场灾难中失去了生命……

这场灾难中，许许多多不相识的人们在死神面前相互携手，用真诚和关爱共同挑战生命的极限。

与演员李明启（右）、李小璐（左）在现场

405

鸳鸯板

黄宏与王承友、李平分共同担任编剧。本片获夏衍电影文学奖。

故事梗概：

山东快书艺人袁满棚在解放后入伍，他崇尚军人，但惧怕战争，生活中带着艺人的习气。业内对他嘴上的功夫有个调侃式的赞扬，"能把死人说活了"。到了战场才知道，死就是死。在生死面前，他表现得如此忐忑，打水的时候发现一个敌方士兵，却心软放过了他，事后受到批评，他把自己的这段经历编进了山东快书。看到身边的战友一个一个倒下去，使这位在旧社会闯荡江湖的艺人深受触动。一颗子弹打在他的前胸，是那片鸳鸯板保住了他的生命。

山东籍的战士在上战场之前能听到他表演的山东快书，如同见到亲人。曲艺说唱这种短小的艺术形式，在战场上起到了不可替代的鼓舞士气的作用。战士们把炸碎的炮弹皮打磨成鸳鸯板，袁满棚教他们打板、教他们说唱，从说武松到唱英雄，他完成了自我的成长。

一次战前动员会上，团政委让他唱一段快书，作为战前动员，那也是袁满棚在舞台上最爆棚的一次演唱。战争获得胜利后，战士们赠予他一个具有崇高荣誉的名字——"铜板将军"。

炮弹皮夺去了这位铜板将军的

与山东快书大师高元钧合影

406

左臂，他开始用右手打板。在一次战斗中，对面阵地上的敌人顽固抵抗、拒不投降。得知敌团山东兵居多，他主动报名，在两军交界处的阵地上演唱《武松打虎》，那一刻，他做好了牺牲的准备，因为在他的从艺路上有一句座右铭——艺人最幸福的是爆棚，更幸福的是在舞台上死去。而这场演出，迎来的是和平。

一个特殊军人，在特殊的年代，讴歌和平，向往美好。

倾 城

黄宏担任编剧、导演。本片获"金鸡奖"最佳原创编剧奖、最佳男演员提名奖，夏衍电影文学奖，加拿大国际电影节优秀奖，中美电影节金天使奖，法国红水晶电影节最佳故事片奖等。

故事梗概：

西南某城警官王老石，对五年前从他手上逃脱的银行盗窃犯刘川一直耿耿于怀，发誓要亲手抓获。刘川东躲西藏，为了女儿，五年后他再次潜回小城，与王警官不期而遇。两个人展开生死追逐。就在王老石抓获刘川的瞬间，地震了，整座城市轰然倾塌。苏醒过来的刘川为了逃脱，换上了王老石的警服，没想到，灾难中的群众见到警察就像见到救星一样，纷纷求助，让他无法脱身。在那种特殊情境的感染下，刘川似乎觉得自己真的成了一个警察，而叛逆女孩秦肖雄因为刘川的勇敢，心生爱意。

刘川逃脱时给王老石戴了手铐，王老石的出现，却被人们误认为是罪犯。两人再次狭路相逢，谁都无法说清自己的身份。危急关头，两人放下恩怨，携手救援。城池废墟上，警察与罪犯之间的猫鼠游戏仍在继续。

与演员林心如在现场

最终王老石遇难，刘川在他的衣兜里发现了自己的通缉令，在通缉令的背后，王老石清晰地记录了刘川在抢险救灾中的积极表现，并建议道，如罪犯能投案自首，希望给予宽大处理。刘川抱着王老石的尸体，走向废墟的城市。

（与王金明共同编剧）

战火中的芭蕾

黄宏与龚应恬共同担任编剧。本片获第 12 届"俄罗斯邦达尔丘克国际电影节最佳故事片奖""最佳女演员奖"、第 13 届"俄罗斯奥泽罗夫军事电影节最佳新人奖"。

故事梗概:

1945 年 9 月 12 日,潜伏在黑龙江边境小镇丛林中的 300 多名日本军人拒不投降、负隅顽抗,血洗了当地村庄,并袭击了苏联红军。最后东北抗联部队和苏联红军一举剿灭了这股日军。由于战斗发生在日本宣布投降以后的第 28 天,故称为抗日战争中发生在黑土地上的"最后一战"。在这场战争中,萌生了一对相爱的情侣,女主角像一朵红莲,跳着芭蕾舞给战士力量。

火车司机马大铲子是抗联的卧底,女儿鹅儿在苏联人开的面包店里打工,跟女老板悄悄地学习芭蕾,是一个芭蕾舞热爱者,一次在回家路上发现了受伤的苏联士兵安德烈,带回家中照料,整个家庭处于恐惧之中。鹅儿把安德烈藏在地窖里,精心照料,两人产生感情。后来马大铲子得知,安德烈正是日本通缉的要犯,也是面包店女老板失散多年的儿子。

在兵荒马乱的时代,两个年轻人相识、相知、相恋,地域的不同、文化的差异并没有阻止他们的爱情。安德烈在"最后一战"中英勇牺牲,临终前,他的脑海中又一次出现鹅儿翩翩起舞的身姿,战争与芭蕾形成强烈的对比。

与俄罗斯导演米哈尔科夫在现场

机智

诙谐

幽默

滑稽

噱头

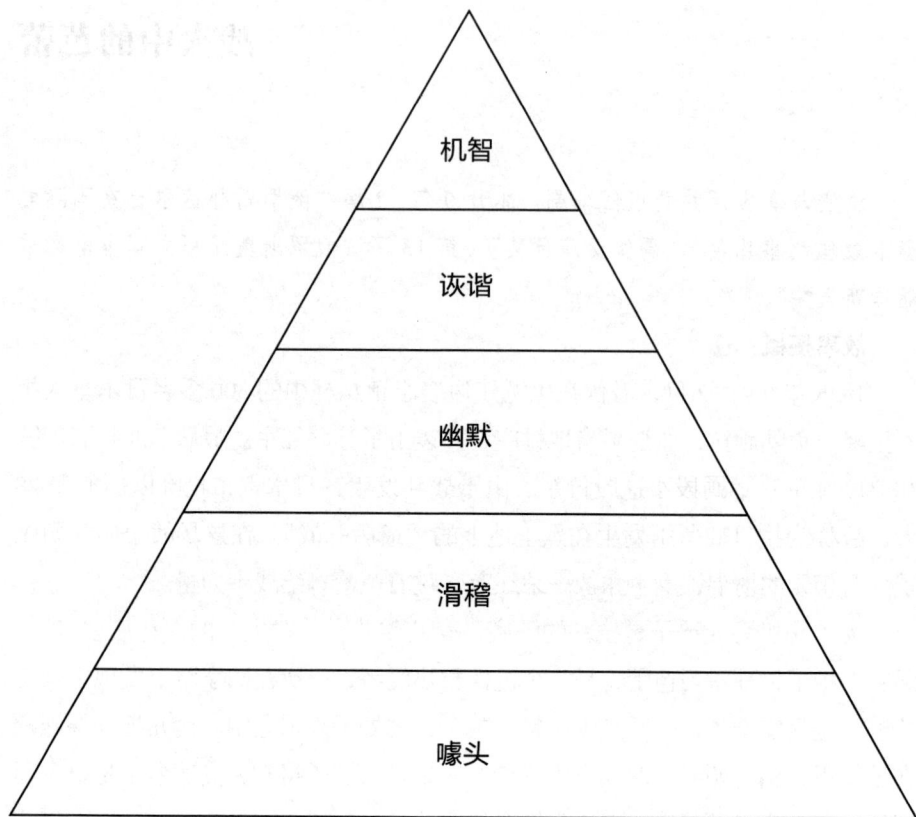

这是我心中的"喜剧金字塔"，我认为喜剧
是有层次的，这个次第也是我的追求。

后 记

我 13 岁当兵，14 岁就在海城地震灾区创作处女作山东快书《姜大叔保猪场》，荣获沈阳军区通令嘉奖，从此，我开始了自编、自演的创作生涯，共创作了百余篇曲艺小品作品，数十部电影话剧作品，多次获得全军、全国会演一等奖、文华奖、曹禺戏剧文学奖、牡丹奖、金鸡奖、百花奖、夏衍文学奖等舞台影视重要奖项，《种子》获得解放军文艺大奖，《相逢在前线》荣立个人二等功。

1990 年与妻子段小洁共同创作、与搭档宋丹丹共同表演的小品《超生游击队》，参加中央电视台元旦晚会，被观众熟知，该小品获"中国小品 20 年评比大奖"。

连续 24 年参加中央电视台春节联欢晚会，多次获得一等奖、二等奖、三等奖。其中《鞋钉》《打扑克》《装修》等成为家喻户晓的小品代表作。

连续 23 年参加军队主办的双拥晚会，《下棋》《种子》《巡堤》成为鼓舞战士士气的力作。

唐山地震、淮河水灾、九江决口、老山前线、抗非典、抗冰雪、汶川地震，每当国家发生灾难时，我们都会在第一时间深入一线，拿出力作鼓舞士气，从未缺席。写出身边事，演出心中人，让那些优秀官兵和生活中极为平凡的小人物走进作品，与观众一起分享他们闪光的荣耀。

本书将一些获奖作品收录其中，以飨读者。

黄宏

图书在版编目（CIP）数据

喜剧的荣耀 / 黄宏著. —北京：中国文史出版社，2018.3
（政协委员文库）
ISBN 978-7-5205-0164-4

Ⅰ.①喜…　Ⅱ.①黄…　Ⅲ.①戏剧小品—作品集—中国—当代
Ⅳ.① I238.8

中国版本图书馆 CIP 数据核字（2018）第 052622 号

责任编辑：刘　夏

出版发行：**中国文史出版社**
网　　址：www.chinawenshi.net
社　　址：北京市西城区太平桥大街 23 号　邮编：100811
电　　话：010-66173572　66168268　66192736（发行部）
传　　真：010-66192703
印　　装：北京地大彩印有限公司
经　　销：全国新华书店
开　　本：787×1092　　1/16
印　　张：26.25　　　　字数：415 千字
版　　次：2018 年 7 月北京第 1 版
印　　次：2018 年 7 月第 1 次印刷
定　　价：78.00 元
